MORD IM DÖRFLE

Matthias Ernst wurde 1980 in Ulm/Donau geboren. Nach dem Studium der Psychologie arbeitete er in mehreren psychiatrischen Kliniken in Oberschwaben. In seinem ersten, 2015 im Midnight-Verlag als eBook erschienen Psychokrimi »Die Spur des Jägers« verbindet er seine beiden größten Leidenschaften miteinander: die Psychologie und das Schreiben. Die Reihe um die Kommissarin Inge Vill setzte er mit »Schwabenmord« (2016), »Schwabenblut« (2017) und »Schwabenschmerz« (2019) fort. Matthias Ernst ist Mitglied im SYNDIKAT.

MATTHIAS ERNST

MORD IM DÖRFLE

Oberschwaben Krimi

emons:

Lust auf mehr? Laden Sie sich die »LChoice«-App runter, scannen Sie den QR-Code und bestellen Sie weitere Bücher direkt in Ihrer Buchhandlung.

Bibliografische Information der Deutschen Nationalbibliothek
Die Deutsche Nationalbibliothek verzeichnet diese Publikation in der Deutschen Nationalbibliografie; detaillierte bibliografische Daten sind im Internet über http://dnb.d-nb.de abrufbar.

© Emons Verlag GmbH
Alle Rechte vorbehalten
Umschlagmotiv: birdys/photocase.de
Umschlaggestaltung: Nina Schäfer, nach einem Konzept
von Leonardo Magrelli und Nina Schäfer
Umsetzung: Tobias Doetsch
Gestaltung Innenteil: César Satz & Grafik GmbH, Köln
Lektorat: Christiane Geldmacher, Textsyndikat, Bremberg
Druck und Bindung: CPI – Clausen & Bosse, Leck
Printed in Germany 2019
ISBN 978-3-7408-0621-7
Oberschwaben Krimi
Originalausgabe

Unser Newsletter informiert Sie
regelmäßig über Neues von emons:
Kostenlos bestellen unter
www.emons-verlag.de

Dieser Roman wurde vermittelt durch die
Agentur Ashera GbR, Markt Rettenbach, Gottenau.

Meinen Eltern in Liebe und Dankbarkeit

Du kannst von dem, was du nicht fühlst, nicht reden.
Wärst du so jung wie ich, und Julia dein,
Vermählt seit einer Stund, erschlagen Tybalt,
Wie ich von Lieb entglüht, wie ich verbannt:
Dann möchtest du nur reden, möchtest nur
Das Haar dir raufen, dich zu Boden werfen
Wie ich, und so dein künft'ges Grab dir messen.

William Shakespeare, »Romeo und Julia«, III,3

1

Gompiger Doschdig

Ein Flöckchen verirrte sich auf die bleiche Wange des Mädchens. Die winzigen Eiskristalle glühten im Kerzenschein einen Augenblick lang golden auf. Dann schmolz die noch vorhandene Körperwärme den Schnee zu einer Träne, die einsam über das starre Gesicht rann, für einen Moment am Kinn verharrte und schließlich auf den gefrorenen Boden tropfte.

Ob es schon vorbei war? Gerne wäre er aus seinem Versteck hervorgekrochen und hätte ihren Puls gefühlt. Aber der Junge konnte jederzeit hier auftauchen. Und der durfte ihn auf keinen Fall entdecken. Er versuchte, die Gestalt auf der Holzbank zu beobachten und auf Lebenszeichen zu achten. Doch sie wirkte so reglos wie vor achtzehn Minuten, als er sie dort abgelegt hatte. Auch Atembewegungen konnte er nicht mehr ausmachen. Das beruhigte ihn. Zumindest so lange, bis ihm bewusst wurde, dass das flackernde Licht seine Sinne getäuscht haben mochte.

Er schob sich aus seinem Unterschlupf hervor und stieß dabei die Whiskeyflasche um. Mit einem Gluckern schwappte ein Teil der Flüssigkeit auf den Boden und schmolz den Schnee. Fluchend richtete er die Flasche wieder auf. Wenn das hier erledigt war, musste er dringend seine Spuren verwischen.

Er rieb die klammen Fingerspitzen aneinander, um sie anzuwärmen. Schließlich wollte er nicht, dass der Kälteschock die Kleine aus ihrem Dämmerschlaf weckte, wenn er ihr den Puls fühlte. Er betrachtete das Mädchen auf seinem Totenbett unter den beiden Bäumen am Ufer des Lindenweihers. Es war eine Schande, so ein junges, hübsches Leben zu beenden. Aber sie hatten keine andere Wahl gehabt.

Ob der Junge wohl in die Falle tappen würde, die sie ihm

gelegt hatten? Das Röhrchen mit den Tabletten lag in den gefalteten Händen seiner Freundin. Er konnte es gar nicht übersehen. Aber würde er die Dinger auch schlucken? Der Plan war kompliziert. Zu kompliziert. Hätte sein Wort mehr Einfluss gehabt, dann wäre das alles hier deutlich weniger dramatisch über die Bühne gegangen.

Er ließ seinen Blick über das Lichtermeer gleiten. Neunundneunzig rote Teelichter. Wahnsinn. Wenn er daran dachte, wie viele Spuren er allein schon beim Anzünden der Dochte hinterlassen hatte, schnürte es ihm die Kehle zu. Er hoffte, dass Robert hier auftauchen und sich genau so verhalten würde wie vorhergesagt. Sie konnten den Plan nicht mehr abändern. Die ersten, unwiderruflichen Schritte waren getan, und nun mussten sie es durchziehen. Bis zum bitteren Ende.

Er wollte nach der Halsschlagader des Mädchens tasten. Da ließ ein Geräusch seine Hand zurückzucken. Als ob der Schreck ihn urplötzlich zu einer Eisskulptur gefroren hätte, stand er da und lauschte.

Der Wind rauschte durch die blattleeren Kronen der Bäume, durch die Büsche am Rand der Liegewiese und durch das Schilf am Ufer des Weihers. Ein Teelicht erlosch mit einem Zischen, als eine Schneeflocke in die Flamme fiel. Die Stille der Nacht vervielfachte die Lautstärke des Geräuschs, sodass es in seinen überreizten Ohren klang, als würde ein Kühlwasserbottich in eine weiß glühende Esse geschüttet. Dann knackte es, und er wusste, dass es ein Fehler gewesen war, den Beobachtungsposten zu verlassen.

Einen Fluch unterdrückend hastete er zurück in sein Versteck. Ein Ast schlug ihm ins Gesicht und riss ihm die Haut auf. Er konnte nicht verhindern, dass ihn der jäh einsetzende Schmerz kurz aufstöhnen ließ. Schwer atmend kauerte er sich nieder. Der Puls hämmerte gegen seinen Kiefer, und er zitterte vor Anspannung.

»Jana? Bist du hier?«

Sein Gehör hatte ihn nicht getäuscht. Der Junge war da. Jetzt galt es, so unauffällig wie möglich zu sein. Hoffentlich war er durch den Anblick seiner toten Freundin so abgelenkt, dass er die allzu deutlichen Spuren nicht beachtete, die ihm die Anwesenheit ihres Mörders verraten konnten. Er hielt den Atem an und wartete.

2

Ruaßiger Freidig

Tobias Wellmann hörte zwar das dreimalige Klopfen an der Tür, was ihn jedoch weckte, war der Schmerz hinter seinen Schläfen.

Reflexartig zog er die Augenbrauen zusammen. Doch das verstärkte den Druck auf seinen Kopf nur noch mehr. Eine jähe Übelkeit stieg in ihm auf. Er zwang sich, die Muskeln an Stirn und Nasenwurzel zu lockern, und atmete tief ein und aus, um dem Brechreiz entgegenzuwirken.

»Tobias? Bischt du wach?«

Die Stimme seines Vaters ließ die Pein hinter den Lidern erneut aufflammen.

»Lass mich in Ruhe!«, wollte Wellmann rufen, doch aus seiner ausgetrockneten Kehle drang nur ein Krächzen, das in ein Würgen überging, als der Inhalt seines Magens die Speiseröhre heraufdrängte. Er kniff die Augen zusammen. Die Tür öffnete sich knarrend. Er hörte, wie sich schwere Schritte dem Bett näherten.

»Hoscht du geschtern Abend etwa so läschterlich gsoffe oder was?«, fragte sein Vater.

Wellmann winkte ab.

»Ich vertrag wohl nichts mehr.«

Der rote Schein vor seinen geschlossenen Lidern wurde mit einem Mal gleißender, was mit dem Geräusch zurückgerissener Gardinen korrespondierte. Kurz darauf knarrte das Fenster. Ein Schwall Winterluft traf sein Gesicht. Der Schock ließ ihn reflexartig Atem holen, und plötzlich nahm die nagende Übelkeit ein wenig ab. Wellmann wagte es sogar, ein Auge zu öffnen. Doch er schloss es sofort wieder. Ein Sonnenstrahl war tief in sein Gehirn gedrungen und hatte eine Schmerzwelle durch seinen Körper gejagt.

»Aufstehe, dei Typ wird verlangt, Sohnemann!«, rief sein Vater.

»Ich habe Urlaub. Und bin für niemanden zu sprechen«, knurrte Wellmann und drehte sich demonstrativ zur Seite, was den Brechreiz erneut verstärkte.

Sein Vater ließ nicht locker.

»I hon immer dacht, dass die bei dr Polizei koin Urlaub hont, wenn dr Dienscht ruft«, sagte er. »Außerdem steht a junge, hübsche Frau unte in dr Stub, die behauptet, dei Kollegin zu sei.«

Weitere Schmerzen in Kauf nehmend, wandte Wellmann sich um und öffnete beide Augen. Die Linsen benötigten ein paar Sekunden, um sich der unangenehmen Helligkeit anzupassen. Verschwommen sah er den weißen Wuschelkopf seines Vaters vor sich. Ob dieser ihm einen bösen Blick zuwarf oder schadenfroh grinste, konnte er jedoch nicht sagen.

»Eine Kollegin?«, fragte Wellmann matt.

»Prima, des Gehör scheint no nett glitte zu hon. Schmeiß dir a kaltes Wasser ins Gsicht und dann komm runter. I mach uns an starke Kaffee.«

Fünf Minuten später wankte Wellmann die Treppe hinab, musste sich dabei jedoch am Geländer abstützen, weil ihm Schwindelattacken das Gleichgewicht zu nehmen drohten. Er hatte sich frisch gemacht, sich die Kriegsbemalung aus dem mit kurzen, teils schwarzen, teils grauen Bartstoppeln übersäten Gesicht gewaschen, den abgestandenen Schweißgestank seines Körpers notdürftig mit Deo überdeckt und sich die Jeans und den Pulli angezogen. Praktischerweise hatten seine Klamotten noch dort gelegen, wo er sie gestern ausgezogen hatte, ehe er sich in sein Indianerkostüm geworfen hatte.

Die Neunzig-Grad-Kurve, die er nehmen musste, um in die Stube zu gelangen, stellte eine weitere Herausforderung für seine aus den Fugen geratene Körperbeherrschung dar. Erst als er den Türrahmen auf sich zukommen sah, wurde ihm bewusst, dass er zu viel Schwung genommen hatte. Glücklicherweise funktionierten seine Reflexe noch, und seine linke Hand verhinderte in letzter Sekunde, dass ein Veilchen sein ohnehin schon recht derangiertes Aussehen vervollständigte.

»Oh mein Gott!«, hörte er eine Frauenstimme sagen.

»Tobias reicht vollkommen«, murmelte er.

»Das finde ich nicht lustig«, sagte Linda Keller. Sie musterte ihn mit ihren graublauen Augen. »Was ist denn los?«

Sein Vater nahm ihm die Mühe des Antwortens ab.

»Geschdern Abend war dr Bua auf dr Weiberfasnet in der Gmoindshalle. Koi Sorg, früher hot er jedes Mal so aussehe. Der erholt sich scho wieder.«

Er stieß ein heiteres Lachen aus.

»Ganz recht, Vater«, sagte Wellmann und fügte an Linda gewandt hinzu: »Und wenn du mir meinen freien Tag gegönnt hättest, anstatt hier reinzuschneien, hättest du dir den Anblick und ich mir deine Sorgenmiene sparen können.«

Sie wollte etwas erwidern, doch Wellmann hob die Hand.

»Also, was kann ich für dich tun?«

»Jetzt setzet euch erscht mal na, dr Kaffee ischt fertig«, fuhr sein Vater dazwischen.

Er griff Linda kurzerhand am Unterarm und führte sie zur Eckbank im Herrgottswinkel. Sie nahm widerstrebend Platz. Wellmann tat es ihr langsam und vorsichtig nach. Er hoffte, dass der Koffeinschub seinen wackeligen Kreislauf so weit stabilisierte, dass ihm später beim Aufstehen nicht schwindelig würde.

Sein Vater stellte zwei dampfende Tassen auf den Tisch, dazu eine Dose mit Kaffeesahne und ein Schälchen mit Zuckerwürfeln. Wellmann verzichtete auf das Beiwerk und nahm einen tiefen Schluck. Als die heiße Brühe sich seine Gedärme hinunter brannte, verfluchte er kurz seinen Wagemut. Doch der Kaffee und auch die Reste von was auch immer seinen Magen gefüllt hatte schienen an Ort und Stelle bleiben zu wollen, und so entspannte er sich ein wenig.

Linda nahm die Tasse auf und nippte daran. Er versuchte, seine Aufmerksamkeit auf sie zu fokussieren. Sie war angespannt. Das sah er deutlich an den weiß hervortretenden Knöcheln ihrer Finger, die das Gefäß fest umklammert hielten. Er sah es an der vermehrten Häufigkeit ihres Blinzelns. An der ruckartigen Bewegung ihres Kopfes, mit der sie alle paar Sekunden eine besonders widerspenstige Strähne ihres dunkelblonden Haares aus ihrem Gesichtsfeld entfernte. Und er sah es an ihrer Zungenspitze, die sich immer wieder zwischen ihren Zähnen hervorwagte wie eine nervöse Maus, die aus ihrem Loch hervorspitzt, um Ausschau nach einem Fressfeind zu halten.

»Also, was ist los?«, wiederholte er seine Frage.

»Wir haben zwei Leichen gefunden, Jugendliche. Ein Junge und ein Mädchen. Beide achtzehn Jahre alt, hier aus der Gegend. Sieht nach Selbstmord aus.«

»Suizid«, korrigierte er sie. »Es heißt Suizid. Und das ist kein Verbrechen mehr heutzutage.«

»Ich bin mir nicht sicher, ob es tatsächlich ein Suizid war«, sagte sie mit leiser Stimme.

»Warum nicht?«, fragte er.

»Wenn ich jetzt ›Nur so ein Gefühl‹ sage, lachst du mich aus.«

»Nein, das tue ich nicht«, entgegnete er kopfschüttelnd, was sich als schwerer Fehler entpuppte, da die Bewegung die Schmerzen sofort wieder anheizte. »Aber es reicht mir nicht. Was lässt dich glauben, dass es kein Suizid war?«

Sie zögerte kurz, dann sagte sie:

»Es gibt Anhaltspunkte am Fundort. Das passt einfach nicht. Ich kann es dir auch nicht genauer erklären.«

»Was meint Martin dazu?«

Sie rollte die Augen.

»Du kennst ihn doch. Für ihn ist es ein Selbst… ein Suizid. Punkt, fertig, aus. Er wollte meine Zweifel nicht gelten lassen.«

Tobias nahm noch einen Schluck aus seiner Kaffeetasse.

»Und warum kommst du damit zu mir?«

»Ich wollte dich bitten, dir den Fundort einmal anzuschauen. Deine Meinung ist mir wichtig.«

Er hinderte sich im letzten Moment daran, den Kopf zu schütteln, und sagte stattdessen: »Nein, das geht nicht. Ich bin praktisch schon im Urlaub. Gleich nachher habe ich einen Arzttermin, und packen muss ich auch noch. Und den Kindern habe ich versprochen, dass ich heute Abend mit ihnen auf den Fasnetsumzug nach Ochsenhausen gehe. Ich bin heilfroh, wenn ich morgen endlich im Zug nach Oberstdorf sitze.«

»Es stimmt also«, sagte sie.

»Was stimmt?«

»Was in der Dienststelle hinter deinem Rücken über dich getratscht wird. Dass du nur wieder nach Biberach zurückgekehrt bist, um eine ruhige Kugel zu schieben.«

Er hob die Hand.

»Es ist mein gutes Recht, Urlaub zu nehmen«, entgegnete er ruhig, obwohl er spürte, wie der Zorn in ihm hochkochte. Linda kniff die Lippen zusammen. Dann nickte sie. Ihre Schultern sanken kraftlos herab.

»Okay, dann lasse ich dir eben deine wohlverdiente Ruhe«, sagte sie leise.

Sie stellte ihre Kaffeetasse ab, erhob sich, gab Arnold Wellmann die Hand und verließ die Stube, ohne Tobias eines weiteren Blickes zu würdigen.

Er wollte ihr folgen, ihr erklären, dass er sich nicht aus Egoismus dem Fall verweigerte, doch das allzu rasche Aufstehen hüllte ihn in eine Wolke aus Schmerz und Schwindel. Mit fahrigen Bewegungen griff er nach der Tischplatte, verfehlte sie aber und sah sich schon hilflos auf dem Boden liegen, als eine starke Hand ihn am Oberarm packte.

»Du gehscht jetzt da mit, Bua«, sagte sein Vater. »Und i ruaf beim Doktor an, dass du a Schtond später kommschd.«

Kurz darauf bretterte Linda in ihrem Twingo über den Bahnübergang in Hochdorf. Wellmanns Magen drohte zu revoltieren, und er schloss die Augen, in der Hoffnung, dass ihm rasch eine effektive Meditationstechnik gegen die unselige Kombination aus Reiseübelkeit und Kater einfallen würde. Sie bremste ab. Auf der schneeglatten Straße kam das Auto ins Schlingern. Wellmann zog die Lider hoch. Der Kleinwagen legte sich in eine scharfe Linkskurve und raste einen asphaltierten Feldweg entlang, dessen Verlauf unter der dichten Schneedecke nur zu erahnen war.

»Wo fahren wir hin?«, fragte er mit gepresster Stimme.

»Zum Lindenweiher«, erwiderte Linda.

»Halt an«, sagte er leise.

»Wie bitte?«

»Halt an!«, rief er.

Sie stieg auf die Bremse, und der Wagen kam zum Stehen. Wellmann fummelte am Schalter seines Anschnallgurtes herum, und als der Verschluss endlich aufsprang, riss er die Tür auf und wuchtete sich ins Freie. Ohne sich umzuschauen, stapfte er den Weg zurück.

»He, was ist denn los?«, rief ihm Linda nach. Er antwortete nicht, ging einfach weiter, hoffte, dass sie wieder einsteigen und davonfahren würde. Doch das rasch näher kommende Keuchen und ihr fester Griff an seine Daunenjacke deuteten auf das Gegenteil hin. Sie überholte ihn und baute sich vor ihm auf, hundertzweiundsechzig Zentimeter voller Zorn, Unverständnis und Irritation.

»Was ... ist ... los?«, wiederholte sie ihre Frage, unterbrochen von hektischem Nachluftschnappen.

Die Gegenfrage, die ihm auf der Zunge lag, kam unzensiert über seine Lippen: »Was ist das hier für ein Spiel?«

Linda legte ihren Kopf schräg und schaute ihn fragend an.

»Was soll das? Warum schleppst du mich zum Lindenweiher? Ausgerechnet zum Lindenweiher!«

Es tat schon weh, das Wort auszusprechen, und doch musste er es zweimal tun, so als ob ein Zwang auf ihm läge.

Ihre Augen weiteten sich, während ihre Schultern langsam nach unten sanken. Plötzlich sah sie wieder so aus wie die junge, unsichere Polizeischülerin, der er vor zehn Jahren zum ersten Mal begegnet war.

»Ich ...«, stammelte sie. »Da wurden die ... die Leichen gefunden.«

Er schüttelte den Kopf und stöhnte: »Das ist jetzt nicht wahr, oder?«

Sein Gesicht wurde mit einem Mal warm, und er spürte die Röte aufsteigen, eine Reaktion seines Körpers, die er in all den Jahren nie unter Kontrolle hatte bringen können. Wie hatte er nur so die Beherrschung verlieren können? Linda musste ihn für vollkommen paranoid halten. Aber sie hatte ja auch keine Ahnung, welche Bedeutung dieses Gewässer für ihn hatte. Oder etwa doch?

»Ich kann da nicht hin«, sagte er in einem Ton, der versöhnlich klingen sollte.

Ihre Kinnlade klappte nach unten, und ihre Augen weiteten sich noch mehr.

»Was?«

»Ich kann nicht an den … den Lindenweiher.«

Er atmete tief durch.

»Es geht einfach nicht.«

»Aber … warum?«

»Glaub mir, ich kann nicht. Und jetzt fahr mich bitte nach Hochdorf. Vielleicht schaffe ich dann noch meinen Arzttermin.«

Er streckte seine Hand aus, um sie am Arm zu packen und sie zum Auto zurückzuziehen, doch sie entwand sich ihm.

»Was ist denn das für ein Mist? Willst du mich verarschen oder was?«

»Nein«, erwiderte er ruhig. »Hör zu …«

»Ich habe dir jahrelang zugehört, Tobias«, unterbrach sie ihn. »Alles, was ich über Polizeiarbeit gelernt habe, habe ich zuerst von dir gehört. Ich habe keine Ahnung, was du hier abziehst. Was soll das?«

Er rang mit sich. Sollte er es ihr erzählen? Und wenn, würde das etwas verändern? Würde sie es verstehen?

»Weißt du, welcher Satz von dir sich mir am tiefsten eingeprägt hat?«, fragte sie und nahm ihm damit die Entscheidung ab.

Er schaute sie an. Sein Mund war mit einem Mal vollkommen ausgetrocknet. Er ahnte, wusste, was jetzt folgen würde. Und es gefiel ihm gar nicht.

»›Ich-kann-nicht wohnt in der Ich-will-nicht-Straße‹. Das war dein Lieblingssatz. Das war dein Anspruch an uns Polizeischüler.«

Sie hob die Arme und sah ihn mit großen Augen an.

»Was soll ich sagen?«, murmelte er und wich ihrem eine Antwort erflehenden Blick aus, indem er zu Boden schaute.

Er hörte, wie sie sich umdrehte und zu ihrem Wagen stapfte. Langsam hob er seinen heftig pochenden Schädel wieder und sah ihr nach. Sie erreichte das Auto, riss die Tür auf, warf sich auf den Sitz und fuhr davon. Wellmann atmete tief ein und aus. Er schaute in Richtung Hochdorf, wo sein Arzttermin auf ihn wartete. Dann wandte er sich wieder dem Twingo zu, der an Fahrt aufnahm. Er zögerte kurz, dann traf er eine Entscheidung.

3

Sie hatten nicht mehr miteinander gesprochen auf dem Weg, der sie zuerst durch das Ried und das Wäldchen und schließlich an der Lindenmühle vorbei zum Parkplatz des Weihers geführt hatte. Linda hatte stur geradeaus gestarrt, und Wellmann hatte sich die ganze Zeit über gefragt, was ihn geritten hatte, in seinem derangierten Zustand hinter ihrem Twingo herzurennen und wild mit den Armen zu fuchteln. Sie hatte ihn schmoren lassen, und er war schon beinahe am Ende seiner Kräfte angekommen, als er endlich die Bremslichter hatte aufleuchten sehen.

Immerhin hatte ihn die Aktion ein wenig abgelenkt von einem viel brennenderen Problem, der Frage nämlich, wie er nur die nächsten Minuten überleben sollte. Er war seit Jahrzehnten nicht mehr am Lindenweiher gewesen. Seit jenem unglückseligen Tag, an dem …

Sofort legte die Erinnerung Eisenbänder um seine Brust und zog mit einer Gewalt daran, die ihm den Atem nahm. Mit aller Macht kämpfte er den Drang nieder, die Tür zu öffnen und auszusteigen. Denn sosehr er sich auch darüber ärgerte, Linda hatte mit ihren Worten zuvor einen wunden Punkt bei ihm getroffen. Er wollte sich keine weitere Schwäche erlauben. Nicht vor ihr. Seine Finger gruben sich in die Polster des Beifahrersitzes, als ob sein Leben davon abhinge. Endlich kam das Auto zum Stehen. Er riss die Tür auf und sprang ins Freie, um die eiskalte Luft in seine Lungen zu saugen.

Wellmann hielt die Augen geschlossen, bis sein Puls sich ein wenig beruhigt hatte. Dann schaute er sich um. Am Parkplatz standen bereits mehrere Autos. Er erkannte den Dienstwagen des Dezernats für Kapitalverbrechen, den Privatwagen seines Vorgesetzten Martin Waibel und den Kleinbus des Erkennungsdienstes. Außerdem waren zwei Leichenwagen herbeordert worden, deren Heckklappen offen standen wie die Mäuler hungriger Ungeheuer.

Frischer, schwerer Schnee lag auf dem Boden. Das würde die Spurensicherung erschweren. Ihm würde es die Aufgabe jedoch wohl ein wenig erleichtern. Zuletzt war er an einem schönen, warmen Sommertag hier gewesen. Ein Tag, der zu der schrecklichen Szenerie, die ihn damals erwartet hatte, gepasst hatte wie die Faust aufs Auge. Er schüttelte heftig den Kopf hin und her, in der Hoffnung, der unweigerlich dadurch hervorgerufene Schmerz würde die furchtbare Erinnerung mit einer noch schlimmeren Qual überdecken. Dies gelang ihm auch, aber die rasenden Kopfschmerzen raubten ihm nun das Gleichgewicht.

Wellmann biss die Zähne zusammen und wankte Lindas rhythmisch hin- und herschwingendem Pferdeschwanz hinterher. Sie bewegte sich zielstrebig in Richtung Liegewiese. Verdammt. Er zwang sich, den Weiher zu seiner Linken außerhalb seines Blickfeldes zu halten, denn er bezweifelte, dass er stark genug wäre für die Dämonen, die dieser Anblick in ihm heraufbeschwören konnte.

Etwa zwanzig Meter vor sich sah er das vertraute Bild eines Fundortes vor sich. Die beiden Toten lagen noch auf der Holzbank, die ein paar Schritte vom Ufer des Weihers entfernt unterm Schatten zweier Bäume stand. Er kannte diese Bank, und ihr Anblick stieß sofort Erinnerungen in ihm an. Er versuchte, seine Ermittlerbrille aufzusetzen und die Szenerie möglichst emotionslos zu betrachten, was ihm auch gelang.

Das Mädchen lag auf dem Rücken, die Augen starr zum Himmel gerichtet. Ihre langen blonden Haare waren wie ein Fächer unter ihrem Kopf ausgebreitet. Der Junge kniete vor ihr. Sein Oberkörper war über ihren Bauch gebeugt, sein Kopf ruhte unter ihrer Brust. Seine Lider waren geschlossen. Auf dem Boden standen Dutzende von abgebrannten Teelichtern.

Wellmann trat näher heran, hielt jedoch inne, als er im Augenwinkel etwas sah, das seine Aufmerksamkeit erregte. Rasch wandte er sich nach rechts und musterte interessiert einen trotz der fehlenden Blätter ziemlich dichten Busch. Zwei Äste waren abgebrochen, die Knickstellen waren noch saftig. Das war vor Kurzem geschehen.

Eine Stimme riss ihn aus seiner Konzentration. »Tobias, was machst du denn hier?«

Er wandte sich um und sah sich Martin Waibel gegenüber, seinem Freund und Vorgesetzten. Dieser wirkte erstaunt. Die Röte, die seine runden Wangen angenommen hatten, verriet jedoch noch ein anderes Gefühl. Er war zornig. Und Wellmann ahnte, warum.

»Nun, das hier ist ein Tatort«, entgegnete er. »Und ich bin Hauptkommissar beim Dezernat für Kapitalverbrechen, also …«

Waibel rollte mit den Augen.

»Tobias! Verarschen kann ich mich selbst. Du solltest nicht hier sein. Und zwar nicht nur, weil du Urlaub hast.«

Wellmann zuckte mit den Achseln.

»Wer hat dir überhaupt gesteckt, was hier los ist?«

»Das war ich«, sagte Linda. Sie trat neben Wellmann.

»Also daher weht der Wind. Warum um alles in der Welt hast du Tobias nicht in Ruhe in seinen Urlaub fahren lassen? Das hier hätten wir auch alleine hinbekommen.«

»Vielleicht«, erwiderte sie. »Aber mir ist einfach wichtig, dass wir nichts übersehen. Und wenn wir schon einen der besten Profiler Deutschlands im Team haben, warum sollten wir ihn dann nicht kurz um seine Meinung bitten?«

»Weil er ein Recht auf seine Privatsphäre hat?«

Linda wollte etwas erwidern, doch Wellmann kam ihr zuvor. »Lasst es gut sein, jetzt bin ich nun mal hier und nicht im Urlaub. Machen wir doch einfach das Beste daraus.«

Linda atmete tief und lange aus. Waibels Empörung kochte noch eine Sekunde länger auf höchster Stufe, dann musterte er eingehender Wellmanns Gesicht, und ein besorgter Ausdruck schlich sich in seine Miene.

»Wie siehst du überhaupt aus? Bist du krank?«

Er winkte ab. »Nein, nur ein bisschen außer Form. Also, was haben wir hier?«

Waibel seufzte.

»Gut, meinetwegen. Aber untersteh dich, uns einen Nervenzusammenbruch hinzulegen. Hier ist schon genug los.«

Er führte Wellmann zu den beiden Leichen. Die Erkennungsdienstler wuselten noch immer herum, in ihren weißen Anzügen wirkten sie vor dem schneebedeckten Hintergrund wie Soldaten in Tarnkleidung. Für Wellmanns Augen stellten ihre schnellen, kontrastarmen Bewegungen eine Bewährungsprobe dar, die er sofort mit einer erneuten Schmerzattacke bezahlte. Er rieb sich die Schläfen, was ihm jedoch kaum Linderung verschaffte.

Ein paar Meter abseits erkannte er die hochgewachsene Gestalt von Dr. Marianne Fendl. Die Allgemeinmedizinerin aus Ingoldingen war offenbar dabei, die Todesfeststellungsbescheinigung auszustellen. Wellmann nickte ihr zu, und sie erwiderte seinen Gruß mit einem schmalen Lächeln.

»Also, bei den beiden Toten handelt es sich um Jana Krüger und Robert Miller«, begann Waibel.

»Miller?«, fragte Wellmann, und der Druck auf seine Brust nahm mit einem Mal wieder zu.

»Ja, aus Schweinhausen«, bestätigte Waibel. »Jana stammte aus Ingoldingen.«

Wellmann atmete tief aus, um nicht in den emotionalen Abgrund zu stürzen, den der Nachname des jungen Mannes in ihm aufriss.

»Wann wurden sie gefunden?«, fragte er mit heiserer Stimme.

»Um fünf nach acht heute Morgen ging ein Notruf bei der Rettungsleitstelle ein«, berichtete Linda, die den beiden Männern vorsichtig gefolgt war. »Eine Frau, die mit ihrem Hund Gassi ging, hatte die Leichen entdeckt. Zwei Minuten später rief eine Freundin der Toten bei der Leitstelle an. Sie machte sich Sorgen, weil sie einen recht eindeutigen Facebook-Post von Jana Krüger gelesen hatte.«

»Kann ich den mal sehen?«, fragte Wellmann.

Linda reichte ihm einen Ausdruck der Facebook-Seite der jungen Frau. Ihr Profilbild zeigte ein herzlich lachendes Mädchen in einem barocken Kostüm. Wellmann suchte nach dem letzten Eintrag. Er war von gestern Abend, der Zeitstempel lautete auf 23.17 Uhr.

Im Leben getrennt, im Tode vereint. Oh du willkommenes Messer. Dies ist deine Scheide. Roste dort und lass mich sterben.

Darunter war ein grobkörniges Bild zu sehen, das die brennenden Teelichter zeigte.

»Ist das aus einem Gedicht?«, fragte Wellmann.

»Die letzten drei Verse sind aus ›Romeo und Julia‹. William Shakespeare. Dass der Herr Meisterdetektiv das nicht weiß, erstaunt mich.«

Ein ziemlich kleiner, aber auch ziemlich durchtrainierter Mann Anfang dreißig schob sich in Wellmanns Sichtfeld. Korbinian Mächle, Kriminalkommissar am Dezernat für Kapitalverbrechen, grinste Wellmann hämisch an. Dieser ignorierte ihn.

»Als ob du eine Ahnung von Shakespeare hättest, Korbinian«, zischte Linda. »Du weißt es doch auch nur, weil die Zeugin es erwähnt hat, als sie bei der Leitstelle angerufen hat.«

»Es sind Julias letzte Worte«, schaltete Waibel sich ein. »Jana Krüger hat die Rolle im Schultheater des Pestalozzi-Gymnasiums gespielt. Vor zwei Wochen war die Uraufführung.«

»Hat Robert Miller den Romeo gespielt?«, fragte Wellmann.

»Nein, aber er war Janas fester Freund.«

»Also für mich ist das hier klar«, sagte Mächle im Brustton der Überzeugung. »Eine hysterische Jungschauspielerin tritt maximal dramatisch aus dem Leben ab und nimmt ihren Lover mit.«

»Sehr gut zusammengefasst, Herr Kommissar«, sagte plötzlich eine Frauenstimme im Rücken der Polizisten. Wellmann erkannte sie sofort, trotz der vielen Jahre, die seit ihrem letzten Treffen vergangen waren. Er wandte sich um und sah in das Objektiv eines Fotografen, der Bilder vom Tatort schoss. Neben ihm stand eine in eine wattierte Daunenjacke gekleidete Frau, deren ungezähmte braune Locken unter einer orangen Strickmütze hervorwallten.

»Scheren Sie sich davon!«, rief Waibel.

»Wir erledigen hier nur unseren Job, genau wie Sie«, erwiderte die Journalistin. »Darf ich Ihren Kollegen zitieren?

Der Teil mit der hysterischen Jungschauspielerin ist allerdings etwas unfair, weil Jana wirklich gut war als Julia. Ich habe die Kritik für den Regionalteil geschrieben.«

Mächles Gesichtsfarbe wechselte zwischen Rot und Weiß hin und her wie die elektronische Werbebande im Daimlerstadion.

»Wenn du deinen Job richtig machen willst, dann solltest du gar nichts über den Vorfall hier schreiben, Bine«, fuhr Wellmann sie an. »Und dein Fotograf kann seine Bilder gleich wieder löschen. Oder wollt ihr eine Suizidwelle lostreten? Schon mal was vom Werther-Effekt gehört?«

Sie legte den Kopf schief und lächelte ihn an.

»Tobias, Tobias. Da sieht man sich zwanzig Jahre nicht, und dann bist du gleich dermaßen stinkig. Keine Sorge, mein Artikel wird den höchsten journalistischen Ansprüchen genügen. Und natürlich werde ich im letzten Absatz brav auf die Suizid-Hotline hinweisen.«

»Jetzt reicht's«, brummte Waibel. »Korbinian, schaff bitte die Presseleute hier weg. Wir sind hier doch nicht in den USA.«

Mächle warf seinem Vorgesetzten einen unsicheren Blick zu, dann ging er auf die beiden Reporter zu. Der Fotograf trat von sich aus den Rückzug an, Sabine Braun, die Redakteurin der Biberacher Lokalzeitung, blieb jedoch stehen und zwinkerte dem Polizisten zu.

»Sie wollen mir doch keine Gewalt antun, Herr Kommissar?«

Mächle hielt inne und sah sich zweifelnd zu Waibel um.

Linda rollte die Augen.

»Ah, Korbinian, echt jetzt!«, rief sie, drängte sich an ihm vorbei, packte die Journalistin am Arm und zog sie in Richtung Parkplatz.

Wellmann seufzte und wandte sich wieder den beiden Toten zu.

»Woran sind sie gestorben?«, fragte er.

»Wir haben das hier in der Hand des Jungen gefunden«, sagte Waibel und reichte ihm ein Plastikröhrchen, in dem sich Rückstände eines weißlichen Pulvers befanden.

»Kein Etikett«, murmelte Wellmann, »da müssen wir auf die chemische Analyse warten.«

Er trat auf Jana Krüger zu und betrachtete ihr erstaunlich rosig aussehendes Gesicht, in dem nur die blauviolett verfärbten Lippen anzeigten, dass sie nicht schlief. Sie sah friedlich aus. Der Tod schien gnädig mit ihr umgegangen zu sein. Wellmann wandte seine Aufmerksamkeit Robert Miller zu. Das Erste, was er wahrnahm, war ein schwacher, aber noch deutlich vorhandener Geruch.

»Alkohol«, sagte er.

»Na, das war ja klar«, hörte er Mächle lästern. »Damit kennst du dich aus.«

»Wir haben das hier in der anderen Hand des Jungen gefunden«, sagte Waibel und hielt Wellmann eine Plastiktüte hin, in der sich eine leere Whiskeyflasche befand.

»Könnet mir die Leiche dann mitnehme?«, fragte einer der Bestatter.

»Moment noch«, sagte Wellmann.

Er winkte einen der Kriminaltechniker heran und lieh sich ein Paar Handschuhe, dann begann er, die Taschen der Toten zu durchsuchen.

»Das haben wir schon gemacht«, sagte Mächle in einem leicht angesäuerten Ton. Er rieb sich die Hände und trat von einem Fuß auf den anderen. Offenbar war ihm kalt in seiner dünnen Designerjacke.

Wellmann richtete sich wieder auf.

»Und, bahnbrechende Erkenntnisse?«, fragte Mächle.

Wellmann ignorierte ihn und fragte stattdessen den Kriminaltechniker: »Was haben Sie bei den beiden gefunden?«

Der Mann deutete auf mehrere Beweismitteltüten, in denen sich ein Schlüssel, zwei Geldbeutel und ein Handy befanden.

»Sonst nichts?«, fragte Wellmann.

Der KTler schüttelte den Kopf.

»Also, dann ist die Sache klar, Selbstmord«, stellte Mächle mit einem zufriedenen Lächeln fest. »Da hättest du dich gar nicht herbemühen müssen. Wäre vielleicht auch besser gewesen, wenn du deinen Rausch einfach ausgeschlafen hättest, als ihn in aller Öffentlichkeit zur Schau zu stellen.«

Wellmann spürte den Ärger in sich aufwallen. Er wollte etwas erwidern, doch ein lautes Geschrei hinderte ihn daran.

Alle Köpfe wandten sich dem Eingang zur Liegewiese zu, von wo ein kräftiger Mann um die fünfzig auf sie zustürzte.

»Nein! Nein! Mei Bua, mei Bua!«

Schreiend drängte er sich zwischen Korbinian Mächle und Linda Keller durch und kniete neben der Leiche des Jungen nieder. Wimmernd und klagend umfing er den Körper mit den Armen, zog ihn von dem Mädchen weg und legte die Stirn an die kalte Wange des Toten. Die Polizisten umstanden die Szene wie Eisskulpturen. Linda und Waibel wirkten betroffen, Mächle eher irritiert. In Wellmanns Gesicht aber spiegelte sich die schiere Panik. Er kannte den Mann, der hier um seinen Sohn trauerte. Er kannte seinen Schmerz. Er hatte ihn selbst schon gefühlt. Hier, an ebendieser Stelle. Und mit einem Mal war das Gefühl wieder da, das grausame, quälende, unstillbare Gefühl des unwiederbringlichen Verlusts. Nun hielt ihn nichts mehr, kein Pflichtbewusstsein, keine Neugier. Er musste hier weg. Grob schob er Linda zur Seite und eilte davon.

4

Linda starrte Wellmann fassungslos hinterher. Was war nur in ihn gefahren? Hatte er jetzt komplett den Verstand verloren? Er stapfte mit großen Schritten in Richtung Parkplatz davon, den Kopf gesenkt wie eine Wildsau, die, von einer Hundemeute gejagt, panisch durchs Dickicht bricht. Linda spürte, wie der Ärger in ihr aufwallte. Es war vollkommen sinnlos gewesen, ihn an den Tatort zu holen. Er blamierte sich mit seinen Eskapaden. Und er blamierte sie. Der Impuls, ihm zu folgen, ihn festzuhalten, ihn zur Rede zu stellen, wurde immer stärker. Doch dann spürte sie, wie sich eine Hand um ihren Oberarm schloss.

Sie drehte sich um und sah in das Gesicht von Martin Waibel. Ihr Chef schüttelte den feisten Kopf.

»Lass ihn!«, sagte er.

Sie wollte etwas erwidern, doch er ließ sie nicht zu Wort kommen.

»Wir haben hier genügend Arbeit.«

Er deutete mit der freien Hand auf den laut jammernden und klagenden Mann, der noch immer den toten Jungen in den Armen hielt und ihn mit seinen Tränen benetzte.

Lindas Kehle schnürte sich zu. Das war die Art von Situationen im Polizeialltag, mit denen sie am schlechtesten umgehen konnte. Sie tat sich schwer damit, dem Leid der Angehörigen zu begegnen und die richtigen Worte und Gesten des Trostes zu finden. Vorsichtig trat sie auf den Trauernden zu.

»Mei Bua, mei Bua!«, stöhnte er unablässig.

Sie legte ihm die Hand auf die Schulter.

»Guten Tag, mein Name ist Linda Keller. Ich bin von der Kriminalpolizei. Ist das … ist das Ihr Sohn?«

»Mei Bua, mei Bua!«

Sie wandte sich hilfesuchend zu Martin Waibel um. Doch der war in ein Gespräch mit Dr. Fendl vertieft, die gerade ihren

Koffer zusammenpackte und sich anschickte, den Fundort zu verlassen.

»Mei Bua! Mei Bua!«

»Lass mich das machen.«

Korbinian schob Linda auf die Seite. Sie wollte protestieren, doch da hatte er schon eine der Hände des Trauernden ergriffen und redete behutsam auf ihn ein. Zunächst schien das keine Wirkung auf den nach wie vor klagenden Mann zu haben, doch Korbinian fuhr fort, ihm mit einfachen und ruhigen Worten zu erklären, dass die Kriminaltechniker ihre Untersuchung bald abgeschlossen haben würden und dass der Leichnam seines Sohnes danach in die Gerichtsmedizin gebracht werde.

Mit der Zeit entspannte sich der Mann ein wenig, das Zittern ließ nach und er wimmerte nur noch leise vor sich hin. Schließlich gelang es Korbinian, ihn zu einer etwa zehn Meter vom Fundort der Leichen entfernten Bank zu führen.

Die Ärztin trat neben Linda.

»Das macht er gut, Ihr Kollege«, sagte sie.

Linda nickte verwundert. Sie hatte einen Kloß im Hals. So nutzlos hatte sie sich schon lange nicht mehr gefühlt.

»Furchtbar, wenn man erleben muss, wie das eigene Kind stirbt«, fuhr Dr. Fendl fort. »Und dann noch durch Selbstmord.«

»Sind Sie sicher, dass es ein Suizid war?«

Sie zuckte mit den Achseln. »Das werden Ihnen nur die Kollegen in der Gerichtsmedizin mit Sicherheit sagen können. Ich habe zumindest keine Spuren von Fremdeinwirkung gefunden.«

Sie packte ihre Tasche und ging in Richtung Parkplatz davon.

Linda trat zu Korbinian und dem verzweifelten Mann.

»Kann ich … kann ich irgendwas tun?«, fragte sie.

Korbinian schüttelte den Kopf. »Wir brauchen noch ein paar Minuten, dann fahre ich ihn nach Hause. Vielleicht kannst du seine Personalien feststellen und dafür sorgen, dass ein Notfallseelsorger mich dort trifft. Die Mutter des Jungen weiß wahrscheinlich noch nicht, dass ihr Sohn tot ist.«

Linda sah einen Geldbeutel aus der hinteren Hosentasche des Mannes ragen und zog ihn heraus. Nach kurzer Suche hatte sie seinen Personalausweis gefunden.

»Eberhard Miller, Hauptstraße 23 in Schweinhausen«, sagte sie.

»Okay, das finde ich«, sagte Korbinian. Linda wandte sich um und ging zurück zu Waibel.

»Wir müssen den Eltern des Mädchens noch die Todesnachricht überbringen«, sagte er.

Linda schluckte. Das war eine der furchtbarsten Aufgaben, die ihr Beruf so mit sich brachte.

»Was ist mit der Frau, die die beiden gefunden hat?«, fragte sie rasch. »Ist die schon ordentlich befragt worden?«

»Äh, nein, ich glaube nicht.«

»Gut, das übernehme ich«, sagte Linda schnell. »Du fährst zu den Eltern des Mädchens, und später treffen wir uns in der Dienststelle.«

»Nichts da. Es ist besser, wenn eine Frau bei der Überbringung der Todesnachricht dabei ist, das weißt du doch. Geh schnell die Zeugin befragen, und dann fahren wir gemeinsam nach Ingoldingen.«

Linda seufzte und brachte ein müdes »Okay, Chef« hervor.

Sie ging am Rand des Weihers entlang auf die ehemalige Lindenmühle zu, die dem Gewässer seinen Namen gab. Im Sommer war die Mühle ein beliebtes Ausflugsziel. Doch um diese Jahreszeit wirkte sie verlassen und öde.

Hinter der Mühle befand sich eine kleine Siedlung. Linda schaute auf den Zettel, den ihr der Kollege von der Schutzpolizei gegeben hatte, und wandte sich dem zweiten Haus zu, einem modern anmutenden Neubau, der in dieser oberschwäbischen Einöde etwas deplatziert aussah. Sie durchquerte den Vorgarten und klingelte.

Sekunden später öffnete eine kleine, ganz in Schwarz gekleidete Frau mittleren Alters. Im Hintergrund hörte Linda einen Hund kläffen.

»Ja, bitte?«, fragte die Frau.

»Linda Keller, Kripo Biberach«, sagte sie und hielt ihr den Dienstausweis hin. »Sind Sie Frau Kuster?«

»Ja, die bin ich«, erwiderte die Frau mit matter Stimme. Ihre Augen wurden mit einem Mal glasig. Weinte sie etwa?

»Sie haben die beiden Toten entdeckt?«

Die Frau nickte.

»Ich habe da noch ein paar Fragen, darf ich eintreten?«

Wortlos öffnete Frau Kuster die Tür und ließ Linda ein. Etwas Kleines, Haariges schoss auf sie zu und wuselte bellend um ihre Beine herum.

»Maxi, aus!«, rief Frau Kuster, doch den Hund kümmerte das nicht.

Sie schob Linda in ein Zimmer und schloss rasch die Tür hinter sich, ehe Maxi sich durch den Spalt drängen konnte. Linda sah sich um. Sie waren in einem Arbeitszimmer. Einem ziemlich chaotischen Arbeitszimmer, in dem Papierstapel und Ordner wild durcheinanderlagen.

»Sie müssen entschuldigen«, sagte Frau Kuster, der Lindas prüfender Blick nicht entgangen zu sein schien. »Es ist das Arbeitszimmer meines verstorbenen Mannes, und ich habe es seit seinem Tod nicht mehr betreten.«

Wieder wurden ihre Augen glasig, und dieses Mal kroch sogar eine Träne ihre Wange herab.

»Wann ist Ihr Mann verstorben?«, fragte Linda.

»Vor drei Wochen. Er hatte einen Autounfall«, schluchzte Frau Kuster.

Das erklärte einiges.

»Mein Beileid«, sagte Linda.

Frau Kuster nickte nur.

»Wie kam es dazu, dass Sie die Leichen entdeckt haben?«, fragte Linda.

Frau Kuster seufzte. »Ich bin heute Morgen mit Maxi Gassi gegangen. Wie jeden Tag. Wir machen immer eine Runde um den Weiher. Meistens gehen wir außen rum, aber heute hat Maxi mich in Richtung Liegewiese gezogen.«

Sie schluckte.

»Wahrscheinlich hat er gewittert, dass da etwas nicht stimmt.«

»Wann war das?«

»So gegen acht.«

»Können Sie mir beschreiben, was Sie gesehen haben, als Sie an der Liegewiese angekommen sind?«

Frau Kuster atmete tief durch.

»Ich dachte zuerst, dass da jemand einen Scherz mit zwei Schaufensterpuppen veranstaltet hat. Da lag ein Mädchen auf der hinteren Bank und ein Junge kniete vor ihr. Und überall waren diese Teelichter.«

»Waren die schon erloschen?«

Sie nickte. »Es ist wohl ziemlich viel Schnee gefallen heute Nacht. Gestern Abend war ja noch alles grün.«

»Haben Sie in der Nacht irgendetwas Ungewöhnliches gesehen oder gehört?«

Sie schüttelte den Kopf.

»Mein Hausarzt hat mir ein starkes Schlafmittel verschrieben. Ich bin wie tot nachts. Und das ist auch gut so.«

»Das muss ein ganz schöner Schock für sie gewesen sein, als Sie die beiden Leichen entdeckt haben.«

Frau Kuster zuckte mit den Achseln.

»Seit dem Tod meines Mannes schockt mich gar nichts mehr«, erwiderte sie lakonisch.

Linda verabschiedete sich und verließ das Haus. Sie sog die frische Winterluft tief in ihre Lungen. Nun würde sie mit ihren Kollegen zu den Eltern des Mädchens fahren müssen. Der Gedanke an das, was ihr bevorstand, bedrückte sie. Doch sie konnte und durfte dem nicht ausweichen. Es war ihre Pflicht. Und wie würde sie vor Korbinian dastehen, wenn sie kneifen würde?

5

Wellmann stapfte durch den Schnee wie eine Dampflokomotive durch die sibirische Wildnis. Wäre er doch nur schon umgekehrt, als er vorhin aus Lindas Auto ausgestiegen war! Er hätte sich die ganze Qual erspart, das Kopfweh, den Schwindel, Korbinians Sticheleien, den Anblick der Leichen, den Lindenweiher in seinem Rücken und Eberhard Millers herzzerreißende Trauer um seinen Sohn.

Er wollte so rasch wie möglich weg von diesem furchtbaren Ort. Am liebsten wäre er gleich aufgebrochen zu seiner Skitour. Aber er musste noch etwas Wichtiges erledigen, und das duldete keinen Aufschub. Also zurück nach Hochdorf.

Die frische Luft tat ihm gut, weitete seine vor Angst zusammengekrampften Bronchien und versorgte sein verkatertes Gehirn mit einer Extraportion Sauerstoff. Zum ersten Mal an diesem schrecklichen Tag fühlte er sich lebendig. Bei der Lindenmühle trat er aus dem Wald heraus und sah sich um. Die Sonnenstrahlen hatten eben die letzten Nebelschwaden verjagt, und so wölbte sich nun ein strahlend blauer Himmel über dem Ried, das sich zwischen Ingoldingen und Hochdorf, knapp zehn Kilometer südlich von Biberach an der Riß erstreckte.

Er kannte den Weg nach Hause gut. Wie oft war er ihn gegangen oder mit dem Fahrrad gefahren, wenn er mit seinen Freunden beim Baden am Lindenweiher gewesen war. Es mussten etwa drei Kilometer sein. Eine lächerliche Strecke, zumindest für einen Sportler seines Kalibers. Bald würde er eine viel härtere Etappe vor sich haben. Die Vorfreude auf das Abenteuer, das morgen früh beginnen sollte, durchströmte ihn warm. Das eben Geschehene verblasste, war mit einem Mal weit weg. In Gedanken sah er sich schon die Felle von seinen Tourenskiern abnehmen und den Alpenhauptkamm hinuntergleiten.

Doch ein Hupen riss ihn aus der angenehmen Vorstellung

und brachte ihn wieder unsanft zurück in die oberschwäbische Realität. Wütend wandte er sich um und sah einen schwarzen BMW auf dem Weg von der Lindenmühle hinter ihm herfahren. Das Fenster auf der Fahrerseite öffnete sich, und eine braune Wuschelmähne erschien.

»Soll ich dich ein Stück weit mitnehmen?«, rief Sabine Braun ihm zu. »Ich muss auch nach Hochdorf.«

»Nein, danke«, sagte er und trat an den Wegesrand, um sie vorbeifahren zu lassen. Doch die Journalistin gab sich nicht so rasch geschlagen, wie er gehofft hatte.

»Ach, komm schon, wenn nicht der alten Zeiten wegen, dann doch wegen deiner Gesundheit. Du wankst hin und her wie ein Tattergreis. Ich habe keine Lust, dass man hier noch eine Leiche findet.«

»Und ich habe keine Lust, alles, was wir in deinem Auto reden, morgen früh brühwarm im Regionalteil zu lesen«, entgegnete Wellmann und machte weiterhin keinerlei Anstalten einzusteigen.

»Ich werde dich ganz sicher nicht über die beiden toten Teenager am Weiher ausfragen, versprochen. Und alles, worüber wir reden, wird dieses Fahrzeug nicht verlassen. Das schwöre ich bei meiner Ehre als ehemaliges Mitglied der Lindenweihergang!«

Sie hob eine Hand aus dem Fenster des BMW, von der Zeige- und Mittelfinger in Form eines V abgespreizt waren. Der Anblick der Geste und ihre Worte jagten Wellmann sofort wieder Schweißperlen auf die Stirn.

»Die Lindenweihergang gibt es nicht mehr«, knurrte er, wandte sich um und stapfte in Richtung Hochdorf davon. Er hörte, dass Sabine den Wagen in Bewegung setzte, aber anstatt Gas zu geben und an ihm vorbeizubrausen, rollte sie neben ihm her.

»War doch nicht böse gemeint«, sagte sie. »Ich würde nur gerne ein bisschen mit dir quatschen. Wir haben uns ewig nicht mehr gesehen, und früher waren wir doch mal recht gut befreundet.«

Er nickte.

»Seitdem ist viel passiert«, sagte er.

»Ja, seitdem ist viel passiert«, gab sie ihm recht. »Und mich würde interessieren, was du so machst.«

Er seufzte und hielt an. Sie bremste.

»Eins sage ich dir: Wenn du mit dem Fall anfängst oder irgendeine alte Geschichte aufkochst, steige ich sofort wieder aus.«

»Keine Sorge«, sagte sie.

Er ging um die Motorhaube herum, öffnete die Beifahrertür und ließ sich neben Sabine nieder.

»Wo hast du deinen Fotografen gelassen?«, fragte er, während er sich anschnallte.

»Der wollte noch ein paar Landschaftsbilder für die Wochenendausgabe machen. Oberschwäbischer Wintertraum. So in der Art.«

Im Innern des Autos war es angenehm warm, und die Ledersitze des BMWs waren sehr bequem.

»Ist der neu?«, fragte Wellmann, als er den unverwechselbaren Geruch von frischem Plastik wahrnahm.

»Viertausend Kilometer«, erwiderte sie und gab Gas. Das Heck des Wagens brach kurz aus, dann stabilisierte er sich und sie brausten mit gut und gerne achtzig Sachen über den Feldweg.

»Den habe ich mir von meinem Teil des Hauses gekauft. Uli hat mich ausbezahlt.«

»Ihr seid geschieden?«, fragte er und versuchte, die peinliche Tatsache zu überdecken, dass er gar nicht gewusst hatte, dass Sabine und Uli, zwei Freunde aus Schulzeiten, miteinander verheiratet gewesen waren.

»Ja, du auch?«, fragte sie.

Er schluckte.

»Nein, wir leben im Trennungsjahr«, sagte er knapp. »Evelyn wohnt mit den Kindern in Biberach in unserem Haus.«

»Schon seltsam«, sagte Sabine. »Da haben wir jahrelang keine zehn Kilometer voneinander entfernt gewohnt und sind uns doch nie über den Weg gelaufen.«

»Beim Schützenfest habe ich dich mal von Weitem gesehen«, erwiderte Wellmann. »Vor vier oder fünf Jahren muss das gewesen sein. Und dann bin ich nach Stuttgart gegangen.«

Er verstummte, da sie nun an einem Punkt angekommen waren, der ihm unangenehm war. Er wollte nicht über seine Stuttgarter Zeit sprechen. Genauso wenig, wie er über die Gründe sprechen wollte, warum er nach vier Jahren beim LKA wieder zur Kripo nach Biberach zurückgekehrt war.

»Was macht denn Uli jetzt so?«, fragte er ausweichend.

»Er ist im Vorstand der Raiba Donau-Riß«, erwiderte sie. »Insofern habe ich eine gute Partie gemacht. Von dem Unterhalt, den er mir zahlen muss, könnte ich locker leben, ohne mir etwas dazuverdienen zu müssen.«

»Das hört sich immer so toll an, Geld fürs Nichtstun zu bekommen«, sagte Wellmann. »Aber das kann ganz schön öde sein.«

»Warum, hast du Erfahrungen damit?«, fragte sie.

Er biss sich auf die Zunge. »Nicht so direkt«, entgegnete er und suchte rasch nach einem neuen Thema.

»Wohnst du noch in Hochdorf?«

Sie nickte. »Ich bin bei meinen Eltern wieder eingezogen«, sagte sie.

»Da haben wir was gemeinsam«, brummte er. »Ich wohne bei meinem Vater.«

»Na dann, willkommen zurück. Wo soll ich dich denn absetzen. Daheim?«

Er hatte gar nicht bemerkt, dass sie bereits wieder unter der B 30-Brücke durchgefahren waren und nun das Ortsschild passierten.

»Äh, nein, an der Gemeindehalle bitte. Ich habe noch einen Arzttermin.«

Sie hielt vor dem Hochdorfer Ärztehaus.

»Danke fürs Mitnehmen«, sagte Wellmann.

»Gern geschehen«, erwiderte Sabine. »Und falls du Insider-Informationen über die High Society in diesem Nest brauchst, kannst du dich jederzeit an mich wenden.«

Er schaute dem BMW hinterher, bis die roten Rücklichter um die Ecke verschwanden. Irgendwie war er doch froh, dass er sich dafür entschieden hatte, Sabines Angebot einer Fahrgelegenheit nach Hochdorf wahrzunehmen. Und nicht nur, weil es die einzige Möglichkeit gewesen war, rechtzeitig zu seinem Termin zu kommen. Es war sogar ein bisschen nett gewesen, das musste er sich eingestehen. Auch wenn ihn manche Gesprächsthemen sofort wieder unangenehm berührten.

Wellmann ging auf den Neubau zu, auf dem in großen Buchstaben die Aufschrift »Ärztehaus Hochdorf« prangte. Er drückte auf den Knopf neben dem Schild, auf dem »Dr. Fridolin Neuner. Facharzt für Allgemeinmedizin« stand, und schob mit dem kurz darauf einsetzenden Surren die Tür auf. Die Sprechstundenhilfe grüßte ihn knapp und reichte ihm einen Plastikbecher. Er stellte das Gefäß auf einen der Stühle im Wartezimmer, zog seine Jacke aus und hängte sie an den Haken der Garderobe. Dann folgte er der Arzthelferin, die ihn in eine Toilette führte.

Er stellte den vollen Becher in eine Klappe, die in der Wand eingelassen war, und schloss seine Hose. Dabei dachte er, wie einfach es wäre, das System der Drogenkontrolle zu überlisten. Er hätte sich nur cleanen Fremdurin aus dem Internet bestellen müssen. Da ihm niemand beim Pinkeln zuschaute, wäre es überhaupt kein Problem gewesen, eine unbelastete Probe in das Gefäß zu füllen. Doch dieser Versuchung musste er nicht widerstehen. Er wusste, dass er sauber war. Vielleicht sollte er aber Fridolin einmal darauf hinweisen, dass er seine Kontrollen verschärfen musste.

Er wusch sich die Hände und verließ die Kabine wieder, um im Wartezimmer Platz zu nehmen. Gerade wollte er nach einer der dort ausliegenden Zeitschriften greifen, als eine kräftige, jedoch ziemlich erkältete Männerstimme zu ihm sagte: »Ja, jetzt schlägt's dreizehne. Servus, Tobias!«

Wellmann blickte auf und sah sich einem recht kleinen, kahlen Mann mit einem enormen, kunstvoll gezwirbelten Schnurrbart gegenüber. Um seinen Hals war ein riesiger weiß-roter Schal geschlungen.

»Isidor!«, rief er. »Ja, grüß dich!«

Er reichte dem Glatzkopf die Hand. Dieser ließ sich neben Wellmann nieder.

»Und, hot se di au erwischt? Die Poschtfasnets-Erkältung?«, fragte Isidor.

»Ja, ein bisschen malad bin ich auch noch wegen gestern Abend«, gab Wellmann zu. »Aber ich muss den Doc aus einem anderen Grund sehen.«

Er konnte Isidor ansehen, dass dieser zu gerne gewusst hätte, warum Wellmann bei seinem Hausarzt vorstellig wurde. Er war schon immer das gewesen, was man in Schwaben als »Ratschkattl« bezeichnete, neugierig bis zum Gehtnichtmehr. Aber Wellmann hatte keine Lust, dass das ganze Dorf schon zu diesem Zeitpunkt von den Drogenkontrollen erfahren sollte. Dass es sich herumsprechen würde, war unvermeidlich. Allen Beteuerungen von Seiten des Arztes zum Trotz traute Wellmann keiner seiner Assistentinnen über den Weg. Pikante Details aus Krankenakten den Partnern oder Eltern beim Vesper zu verraten, war einfach zu verlockend, noch dazu, wenn sich in der Dorfgemeinschaft ohnehin jeder privat kannte.

»Warst du gestern Abend auch auf dem Ball?«, fragte er Isidor.

Der grinste ihn zweideutig an und erwiderte:

»Aber klar doch. Weischt des nimmer? Na ja, du warscht ja au gut dabei. Alter Schwede!«

Wellmann schaute ihn irritiert an. Er konnte sich beim besten Willen nicht daran erinnern, Isidor am Vorabend über den Weg gelaufen zu sein. Klar, er hatte ein wenig getrunken. Anders hätte er, der eingeschworene Fasnetsmuffel, diese Veranstaltung wohl auch nur schwer ertragen. Auf die Idee, dass er den Ball besuchen könnte, war sein Vater gekommen. Der alte Wellmann hatte ihn regelrecht dazu gedrängt, ein bisschen unter die Leute zu gehen und vielleicht auch ein paar bekannte Gesichter von früher zu treffen, anstatt die ganze Zeit mit trübseliger Miene in der Stube zu sitzen wie an all den anderen Abenden. Also war er hingegangen. Und ja, er hatte Alkohol getrunken.

Aber nicht so viel, dass er einen Filmriss hätte haben können. Da war er sich sicher. Obwohl, wenn er an seinen Zustand heute Morgen nach dem Aufwachen dachte …

»Was hattest du denn für ein Kostüm an?«, fragte er sicherheitshalber.

»Ja, mei Häs. Von de Hochdorfer Hirabicker.«

Wellmann verzog das Gesicht. Der Namen des hiesigen Fasnetsvereins war einfach zu bescheuert.

»Dann hast du deine Maske auch aufgehabt?«

»Aber klar. Ohne die Fratze ischt des Häs doch bloß halb so schee.«

Wellmann fiel ein Stein vom Herzen. Natürlich konnte er sich nicht daran erinnern, Isidor gesehen zu haben. Er hatte ihn hinter seiner Maske nicht erkannt.

»Und was machst du jetzt so?«, fragte er den Glatzkopf.

»I hon's gut erwischt. Bin nach der Ausbildung bei der Poscht no verbeamtet worde. Seit zwanzig Jahr bin i jetzt im Zuschtelldienst tätig. Bei Wind und Wetter, sechs Tag die Woch.«

»Wie groß ist dein Revier?«, fragte Wellmann mit erwachendem Interesse.

»Na, die ganze Dörfer hier im Gäu. Ummedorf, Fischbach, Schweinhause, Hochdorf und Ingoldinge. Unter- und Oberessedorf und Winterstettestadt werdet von Schusseried aus bedient.«

»Puh, ganz schön viel zu tun, oder?«

»Ja, aber i fahr jetzt mitm Auto. Früher, als i bloß in Hochdorf und Ingoldingen unterwegs war, hon i alles no mitm Fahrrad gmacht. Aber da machet meine Knoche nimmer mit.«

Wellmann wusste nicht, was er darauf antworten sollte. Er war mit Isidor in die Grundschule gegangen, sie waren gleich alt, zweiundvierzig Jahre. Dass einen in diesem Alter der Körper schon im Stich ließ, fand der Kommissar furchterregend.

Sein Bedauern über die Gebrechen seines ehemaligen Klassenkameraden wurde jedoch abgelöst von dem spontanen Interesse für einen Mann, der eben den Wartebereich betreten hatte.

Wellmann schätzte ihn auf Anfang zwanzig, obwohl er viel älter aussah. Er war spindeldürr. Eine vor Schmutz starrende Jeans baumelte um seine höchstens streichholzdicken Beinchen herum, der sicher ebenso magere Oberkörper wurde von einem viel zu großen Pulli bedeckt. Die ganze Gestalt glich eher einer Vogelscheuche als einem jungen Kerl im besten Alter.

Der Mann setzte sich ihnen gegenüber. Sein Körper wurde von unwillkürlichen Zuckungen durcheinandergeschüttelt. Als er den Kopf hob, sah Wellmann, dass er kaum noch Zähne im Mund hatte.

»Des ischt einer von dene Haschkrüppel«, raunte Isidor ihm zu. »Pass bloß auf dein Geldbeutel auf!«

Der zuvor leere Blick des Mannes schien sich zu fokussieren. Er blieb auf Wellmann und Isidor hängen, und mit einem Mal trat ein Ausdruck in seine Augen, den der Kommissar gut kannte. Nackte Panik. Der Mann sprang auf und eilte aus dem Wartezimmer, stolperte dabei über das Glastischchen mit den Zeitschriften und stieß es um.

»He, Obacht!«, rief Isidor.

»Was ist denn hier los?«, hörte Wellmann eine tiefe Stimme.

Er wandte seine Aufmerksamkeit von dem Rücken des Patienten ab, der fluchtartig die Praxis verließ, und seinem Hausarzt zu, der im Türrahmen des Behandlungszimmers stand und das Chaos im Wartebereich begutachtete. Wellmann hob zwei Zeitschriften auf und legte sie auf den Tisch.

»Lass das doch bitte meine Assistentinnen machen, Tobias«, sagte Dr. Fridolin Neuner. »Dafür werden sie schließlich bezahlt.«

»Du siehst grauenhaft aus«, sagte der Arzt mit sorgenvoller Miene.

Sie saßen sich in seinem Behandlungszimmer gegenüber, einen extrabreiten Schreibtisch zwischen sich.

»Gibt es was, was du mir jetzt sagen solltest, ehe ich morgen die Testergebnisse zugefaxt bekomme?«

Wellmann schüttelte den Kopf.

»Ich habe gestern ein bisschen zu viel Glühwein getrunken, das ist alles«, sagte er und hoffte, dass es stimmte. An den Glühwein konnte er sich erinnern. Aber hatte er davon so viel erwischt, dass es ihm heute Morgen so mies gegangen war wie seit zwanzig Jahren nicht mehr?

»Du solltest es auch beim Alkohol nicht übertreiben, das ist dir schon klar, oder?«, fragte Fridolin.

Wieder wirkte er eher besorgt als streng. Zum Suchttherapeuten taugte er wahrlich nicht.

»Seitdem ich wieder hier in Hochdorf wohne, bin ich nur ein einziges Mal ausgegangen, und das war gestern Abend. Und Alkohol habe ich bis auf dato keinen angerührt. Auch wenn mein Vater immer versucht, mir zum Vesper ein Bierchen aufzuschwatzen.«

»Wie sieht es mit den anderen Sachen aus. Amphetamine? Kokain? Marihuana? Ecstasy?«

»Ecstasy habe ich nie angefasst, das weißt du. Und Kokain auch nur einmal.«

»Ja, aber das hat dazu geführt, dass du dein Auto geschrottet und deinen Führerschein verloren hast.«

Wellmann seufzte. Da war er wieder, der wunde Punkt.

»Ja, und dafür habe ich gebüßt. Dafür büße ich heute noch. Unter anderem damit, dass ich an meinem freien Tag in aller Herrgottsfrühe zur Urinkontrolle muss.«

Neuner schaute demonstrativ auf seine Armbanduhr und sagte: »Also kurz vor halb zwölf würde ich nicht als ›In aller Herrgottsfrühe‹ bezeichnen. Aber bitteschön, darüber wollen wir jetzt nicht streiten.«

»Die Antwort ist ›Nein‹«, sagte Wellmann. Neuner schaute ihn irritiert an.

»Du hast mich nach anderen Drogen gefragt, und nein, ich habe keine genommen. Ich bin clean. Auch wenn ich mich nicht so fühle.«

Der Arzt erhob sich und griff ohne Vorankündigung nach Wellmanns Handgelenk.

»Dein Puls ist bei hundertfünf. Ganz schön hoch für ein

paar Spätfolgen von zu viel Glühwein. Mach mal den Ärmel hoch.«

Der Kommissar tat wie ihm geheißen, und Neuner wickelte die Manschette des Blutdruckmessgerätes um Wellmanns Bizeps.

Das Pumpgeräusch hatte eine ungünstige Frequenz, denn Wellmanns Kopfschmerzen meldeten sich wieder, pulsierend im Takt der Pumpbewegungen.

»Hundertsiebenundsechzig zu hundertsieben. Herrje!«

Die grauen Augen unter den Lesebrillengläsern fixierten ihn.

»Raus mit der Sprache«, sagte der Arzt. »Wie viel hast du getrunken?«

»Ein paar Glühwein«, erwiderte Wellmann und fügte leise hinzu: »An mehr kann ich mich wenigstens nicht erinnern.«

»Soso, einen Blackout haben wir auch noch. Weißt du was, dann nehmen wir zur Sicherheit gleich noch Blut ab. Dein Restalkoholspiegel würde mich interessieren. Wann bist du denn nach Hause gekommen?«

Wellmann schaute zu Boden.

»Keine Ahnung«, sagte er und kam sich dabei vor wie ein Kindergartenkind, das die strenge Erzieherin ausschimpft, nachdem sie es beim Einnässen erwischt hat.

»Na, das wird ja immer besser.«

Neuner legte ihm eine Schlinge um den Oberarm und zog zu. Dann führte er mit geübten Bewegungen eine Nadel in eine hervortretende Ader ein und zapfte drei Röhrchen Blut ab.

»Wenigstens hast du gute Venen. Einstichstellen sehe ich keine. Und deine Zähne sind auch in Ordnung. Mit Heroin oder Crystal Meth scheinst du ja immerhin nichts am Hut zu haben.«

»Ganz anders als der Kerl, der da eben aus deiner Praxis geflohen ist, oder?«, sagte Wellmann, froh, eine Gelegenheit gefunden zu haben, um das Gesprächsthema von sich wegzulenken.

Fridolin Neuner hob den Kopf und sah Wellmann direkt in

die Augen. Der Kommissar konnte den Blick des Arztes nicht deuten, und das machte ihn nervös.

»Du weißt genau, dass ich über Patienten nicht sprechen kann.«

Wellmann winkte ab.

»Schon okay. Aber ist Crystal Meth hier in der Gegend wirklich ein Problem?«

Neuner seufzte. »Ja, das ist zurzeit die Modedroge. Ausgerechnet die, die den verheerendsten Effekt auf den Körper hat. Und wo landen diese Wracks? Bei den Allgemeinärzten. Dabei überziehe ich mein Budget sowieso jedes Quartal gnadenlos. Aber ich will dich nicht vollheulen.«

»Nein, schon okay. Warum hast du mir eigentlich drei Röhrchen abgenommen? Für den Restalkoholspiegel braucht man doch bloß eines.«

»Wenn ich dich schon abzapfe, dann machen wir gleich auch ein Blutbild. Du bist zweiundvierzig, da ist das sinnvoll. Außerdem bist du über die Beihilfe versichert, dann verdiene ich vielleicht sogar ein paar Euro dran.«

Wellmann grinste.

»Also dann«, verabschiedete ihn der Arzt. »Am Montag sollten die Ergebnisse da sein. Die können wir bei deinem nächsten Termin besprechen. Wenn irgendetwas auffällig ist, rufe ich dich an.«

Er streckte ihm die Hand entgegen und schaute ihm direkt in die Augen.

»Ich hoffe, dass ich mir den Anruf sparen kann, Tobias!«

6

Die inzwischen schon erstaunlich starke Wintersonne blendete Wellmann, als er das Ärztehaus verließ. Sein Magen rührte sich. Er interpretierte das schmerzhafte Ziehen oberhalb seines Bauchnabels hoffnungsvoll als ein Hungergefühl und beschloss, sich etwas zu essen zu kaufen. Vorsichtig überquerte er die vom Schneematsch glitschige Hauptstraße und ging die Stufen zu dem kleinen Laden im Keller der Bank hinab. Doch die heruntergelassenen Rollläden verhießen nichts Gutes. An der Tür war ein improvisiertes Schild aufgehängt worden, auf dem in ungelenken Buchstaben die Worte »Bäckerei Krüger heute wg. Fasnet geschlossen« standen. Wellmann verzog unwillig das Gesicht und stieg die Treppen wieder hinauf. In der Hoffnung, dass sich etwas Essbares im Kühlschrank seines Vaters befände, stapfte er heimwärts.

Er hatte nicht weit zu gehen. Der elterliche Hof lag nur wenige Minuten entfernt von der Ortsmitte in südlicher Richtung. Sein Vater hatte den Teilerwerbsbetrieb nach dem Tod der Mutter aufgegeben und alle Tiere und Maschinen verkauft, sodass sich das kleine Wirtschaftsgebäude, eine Kombination aus Kuhstall und Geräteschuppen, aufgrund mangelnder Nutzung inzwischen in einem recht verfallenen Zustand befand. Auch das Wohngebäude sah nicht viel besser aus, aber der alte Wellmann machte keine Anstalten, die Häuser zu renovieren. Wahrscheinlich dachte er, dass es sich eh nicht mehr lohnen würde.

Der Kommissar bog in den Hof ein und klopfte sich an der Treppe zum Wohngebäude den Schnee von den Stiefeln. Dann trat er in den Flur. Eine angenehme Wärme schlug ihm entgegen. Der Vater musste den Kachelofen angeheizt haben. Wellmann zog seine Stiefel aus und ging in die Küche. Sein alter Herr saß am Ecktisch und schlürfte geräuschvoll eine Suppe.

»Magscht au en Teller?«, fragte er.

Wellmann nickte.

»Dann bedien dich!«

Wellmann holte einen Suppenteller aus dem Küchenschrank, dann trat er zum Herd und schöpfte sich mit der Kelle zweimal von der Brühe, in der kleine Maultaschen schwammen. Der würzige Geruch nach Fleisch und Gemüse ließ ihm das Wasser im Mund zusammenlaufen. Er balancierte den Teller zum Ecktisch und setzte sich seinem Vater gegenüber.

»Ond, hoscht helfe könne?«, fragte dieser, ohne von seiner Mahlzeit aufzusehen.

Wellmann, der gerade den ersten Löffel Suppe im Mund hatte, nahm sich die Zeit, die Maultasche zu kauen und herunterzuschlucken, ehe er antwortete:

»Keine Ahnung. Die haben zwei Tote gefunden. Den Miller-Robert und die Krüger-Jana aus Ingoldingen.«

Sein Vater ließ den Löffel geräuschvoll in seinen Teller fallen.

»Net wahr? Echt?«, rief er. »Na, da könnet ihr drauf warte, dass es weitere Tote gibt.«

Wellmann sah erstaunt auf.

»Wie meinst du das?«

»Na, die Vädder, dr Miller-Eberhard und dr Krüger-Albert, hasset sich bis aufs Blut. Die werdet jetzt sicher net stillhalte. Da bringt dr eine de andere um, da wett i was mit dir.«

»Warum hassen die sich?«

Die Antwort ließ einige Augenblicke auf sich warten, weil das Gebiss seines Vaters mit einem ziemlich großen Stück Maultasche beschäftigt war.

»Des sind doch beide Bäcker.«

Wellmann nickte. Er hatte als Kind in beiden Bäckereien gerne eingekauft. Miller in Schweinhausen war von jeher berühmt gewesen für seine Dinkelseelen, dafür hatte Krüger dermaßen gute Brezeln gebacken, dass der kleine Tobias ihretwegen manchmal sogar den weiten Fußweg nach Ingoldingen auf sich genommen hatte.

»Dr Krüger hot sich in de letzschte Jahr ziemlich vergrößert. Er hot Filiale in Hochdorf, in Ummendorf, in Unteressendorf, in Winterstettenstadt, in Steinhausen und in Reute aufgmacht.«

»Und Miller?«

»Na, der hot des irgendwie verschlafe. Letzschten Herbscht hot er sei Stammhaus schließe müsse. Was ma so hört, arbeitet er jetzt bei einem von dene große Bäcker in Biberach in dr Backstub.«

»Wusstest du, dass Millers Sohn und die Tochter von Krüger ein Paar waren?«

Der alte Wellmann zuckte mit den Achseln.

»Des Gerücht ging rum. Aber mir war des egal. Die junge Leut könnet doch mache, was se wollet.«

Sein Vater hatte inzwischen den Teller leer gegessen und stand nun auf, um das Geschirr in die Spüle zu tragen.

»Wann muss i di morge zum Bahnhof fahre?«, fragte er.

»Halb sieben«, erwiderte Wellmann.

»Puh, ganz schee früh. Und du bischt dir sicher, dass du des mache willschd?«

Wellmann schnaubte.

»Wir diskutieren jetzt nicht noch mal darüber, okay?«

Sein Vater setzte sich wieder ihm gegenüber und hob abwehrend die Hände.

»Du bischt en erwachsener Mann, i werd dir net neirede.«

»Danke.«

»Aber i weiß net, ob des so a gute Idee ischt, mit der Winteralpenüberquerung.«

»Es heißt Alpenwinterüberquerung.«

»Egal, wie's hoißt. Es ischt saugefährlich.«

Wellmann seufzte.

»Nicht auf der Route, die ich nehme, Vater. Ich steig ja nicht über den Sperrtobel auf. Lebensmüde bin ich nicht.«

»Na, i hoff, du weischt, was du tuscht. Des hot nämlich in de letztschte Jahr net immer so ausgsehe.«

Sein Vater warf ihm einen schwer lesbaren Blick zu. Wellmann konnte nicht sagen, ob ein Vorwurf darin lag oder Besorgnis oder beides.

»Ich weiß schon, was ich tue, keine Sorge.«

Er erhob sich und trug seinen Teller zur Spüle.

»Ich wasche das nachher ab. Jetzt schau ich noch mal nach meiner Ausrüstung.«

»Mach des, Bua, und wenn du no was besorge muscht, sag Bescheid, dann fahret wir heut Nachmittag a bissele früher los und kaufet des ein, bevor wir die Kinder abholet.«

»Danke«, sagte Wellmann und spürte, wie ihm ein Kloß den Hals zudrückte. Sein Vater übernahm ganz selbstverständlich die Fahrten, die dem Kommissar durch den Führerscheinentzug verwehrt waren. Und dafür war er ihm dankbarer, als er es ihm je hätte sagen können. Na ja, lange würde er ihn damit hoffentlich nicht mehr belasten müssen.

Er verließ die Küche und stieg in den Keller hinunter. Hier verlor sich die angenehme Wärme des Kachelofens rasch. Fröstelnd drückte er den eiskalten Griff der Kellertür und trat in den Vorratsraum. In der Ecke hatte er seine Ausrüstung stehen. Ein Paar Tourenski und Stöcke lehnten an der Wand, davor stand der enorme Rucksack, der den größten Teil der Nahrungsmittelreserven enthielt. Da die meisten Hütten im Winter nicht bewirtschaftet wurden, musste er alles mitschleppen.

Er griff sich die Ski. Mit geübten Händen nahm er sie auseinander und legte beide Latten auf die Werkbank, die Gleitfläche nach oben. Dann schaltete er die Arbeitslampe an und prüfte noch einmal die Schärfe der Kanten und den Belag. Im rechten Ski entdeckte er eine kleine Unebenheit. Ein Stein musste dort die Beschichtung aufgeschrammt haben. Er holte den Wachsblock aus der Seitentasche des Rucksacks und begann, die Kerbe mit der Masse zu füllen, indem er immer wieder darüberstrich.

Es war eine beinahe meditative Arbeit, und zum ersten Mal an diesem Tag hatte Wellmann das Gefühl, ein wenig zur Ruhe zu kommen. Sein Kopf leerte sich, und die Bilder der letzten Stunden, der letzten Monate, der letzten Jahre lösten sich in einer angenehmen Stille auf. Dann wurde die Kellertür aufgerissen, und die Stimme seines Vaters holte ihn zurück.

»Bua, dei Kollegin ischt wieder da. Die hübsche.«

»Ich hab nur eine Kollegin im Dezernat, Vater«, sagte Wellmann.

»Schade, ihr könntet ruhig mehr von der Sorte einstelle. Und jetzt komm mit!«

Seufzend legte er den Wachsblock neben die Ski und folgte seinem Vater nach oben.

Linda saß am Küchentisch, ihre Hände umschlossen eine dampfende Tasse. Der verführerische Duft, der daraus aufstieg, ließ auf frisch aufgebrühten Kaffee schließen. Wellmann setzte sich zu ihr.

»Und, schon neue Erkenntnisse?«, fragte er.

Sie sah ihn eindringlich an. Ihre Lippen waren aufeinandergepresst und bildeten eine dünne, kaum sichtbare Linie.

»Was ist los?«, fragte Wellmann.

»Ich war gerade bei der Familie Krüger«, sagte Linda. »Die Todesnachricht überbringen.« Sie schluckte.

»Das war sicher heftig«, murmelte Wellmann. Er legte eine Hand auf Lindas Unterarm und spürte, dass sie zitterte.

»Heftig ist gar kein Ausdruck«, entgegnete sie. »Ich hab schon einiges gesehen in diesem Job, aber …«

Ihre Augen glänzten, und sie schloss die Lider.

»Janas Vater ist zusammengebrochen. Wohl eine Art Herzanfall. Wir mussten den Notarzt rufen.«

»Das ist schlimm«, sagte Wellmann.

»Ja, aber das war noch nicht das Schlimmste.«

Sie öffnete die Augen wieder.

»Janas Mutter hat geschrien, getobt wie eine Irre. Ich habe zuerst gar nicht verstanden, was sie von sich gegeben hat, doch dann fielen die Worte: ›Die haben meine Tochter getötet. Meine Tochter, mein einziges Kind.‹«

Wellmann seufzte. Das war natürlich Wasser auf Lindas Mühlen gewesen.

»Hör mal«, sagte er, um einen beruhigenden Tonfall bemüht. »Die Frau hatte gerade erfahren, dass sie ihr Kind verloren hat. Da ist es doch natürlich, dass sie ausflippt und nach Schuldigen sucht.«

»Das hat Waibel auch gesagt«, erwiderte Linda tonlos. »Er meinte, auf das Geschrei könnten wir nichts geben. Er und

Korbinian wollen das als Suizid zu den Akten legen«, sagte sie. Ihre Unterlippe zitterte.

»Und Schönlechner hat ihnen wohl schon grünes Licht gegeben«, fuhr sie fort.

»Wer hat denn den Chef hinzugezogen?«, fragte er.

»Korbinian«, sagte sie mit kaum unterdrückter Wut.

Er zuckte mit den Achseln.

»Wahrscheinlich hat er recht.«

Ihre Augen weiteten sich.

»Das meinst du jetzt nicht im Ernst, oder?«

»Warum nicht? Es gibt eine Abschiedsbotschaft auf Facebook und bislang keine Anhaltspunkte für ein Fremdverschulden. Und mir ist am Tatort auch nichts Ungewöhnliches aufgefallen.«

Sie holte tief Luft.

»Du hattest doch gar keine Zeit, dich umzusehen. Erst hast du dich mit dieser Journalistin gekabbelt, und dann bist du Hals über Kopf abgehauen.«

Ihre Stimme klang kratzig, und er erkannte, dass sie verletzt war, dass er sie verletzt hatte. Er unterdrückte den Impuls, sich zu rechtfertigen, und erwiderte stattdessen: »Hör mal, ich kann verstehen, dass der Fundort ein seltsames Bauchgefühl in dir geweckt hat. Das war schon sehr theatralisch inszeniert. Und dann äußert die Mutter des Mädchens auch noch den Verdacht, dass ihre Tochter ermordet worden sei. Von wem auch immer. Aber ein Bauchgefühl ist das eine, Fakten sind das andere. Bislang spricht nun einmal alles für einen gemeinschaftlichen Suizid. Du wirst sehen, wenn die Obduktionsergebnisse vorliegen, besteht kein Zweifel mehr, dass die beiden sich das Leben genommen haben.«

»Was haben die nur mit dir gemacht in Stuttgart?«, fragte sie.

Er zog eine Augenbraue nach oben.

»Wie? Was meinst du?«

»Früher hättest du nicht lockergelassen, bis du die Wahrheit ergründet hättest. Du hättest in alle Richtungen ermittelt, keine Idee schon von vornherein als unsinnig verworfen. Und heute? Heute ziehst du aus ein paar oberflächlichen Indizien deine Schlüsse, wirfst eine schnelle Hypothese hin und lässt die anderen die Feinarbeit erledigen, während du beim Skifahren die Sonne genießt.«

»Ich gehe nicht zum Skifahren …«

»Das ist doch ganz gleichgültig. Tobias, versteh doch, es geht hier um viel mehr. In der Dienststelle brodelt es. Deine Rückkehr hat für Unruhe gesorgt. Und dein Verhalten bestätigt einiges von dem, was an Gerüchten gestreut wird.«

»Zum Beispiel die Sache mit der ruhigen Kugel, die ich angeblich schieben will?«, fragte Wellmann mit versteinerter Miene.

»Zum Beispiel. Und dass du keinen Bock mehr auf Ermittlungsarbeit hast. Dass du den großen Profiler raushängen lässt und die anderen für dich ins Feld schickst, während du auf deinem Bürostuhl sitzt und Däumchen drehst.«

»Wer sagt so was? Der Mächle?«

»Unter anderem.«

Er winkte ab. »Der ist ein Schwätzer.«

»Ja, das ist er. Aber die Leute hören auf einen Schwätzer, wenn sie nicht die Erfahrung machen, dass er unrecht hat. Und das ist gerade schwierig, weil es eher so aussieht, als ob er recht hätte.«

»Und was soll ich deiner Meinung nach tun?«

Sie beugte sich über den Tisch.

»Blas deinen Urlaub ab und ermittle. Zeig ihnen, was du draufhast, stopf ihnen die Lästermäuler.«

Er verschränkte die Arme und dachte einen Moment lang über ihre Worte nach. Dann schüttelte er den Kopf.

»Nein. Ich kann das nicht. Und ich will das auch nicht. Ich brauche diesen Urlaub wie die Luft zum Atmen. Ihr müsst selbst klarkommen. In einer Woche bin ich zurück, und bis dahin wird sich alles gelöst haben.«

»Aber Tobias …!«

»Nein!«, unterbrach er sie scharf. »Das ist mein letztes Wort.«

7

Linda stellte ihren Twingo auf dem Parkplatz der Dienststelle ab. Dieser war leer, ebenso wie die Flure des weitläufigen Gebäudes. Die meisten Kollegen hatten sich schon ins Wochenende verabschiedet.

Als sie dann jedoch das Büro des Dezernats für Kapitalverbrechen betrat, stöhnte sie innerlich auf. Korbinian Mächle saß an seinem Schreibtisch und tippte mit seinem Vier-Finger-Suchsystem auf der PC-Tastatur herum.

»Na, das muss ja ganz schön heftig gewesen sein bei den Krügers«, sagte er und grinste sie hämisch an. »Hast du wieder stumm danebengestanden wie vorher am Lindenweiher, oder hast du dieses Mal zur Abwechslung den Mund aufgemacht?«

»Ach, halt einfach die Klappe«, zischte sie und setzte sich an ihren Schreibtisch.

Korbinians Grinsen wurde nur noch eine Spur breiter. »Also mir hat die Fortbildung zum Umgang mit Angehörigen sehr geholfen, die dieser Polizeipsychologe letztes Jahr gegeben hat. Vielleicht täte dir so etwas auch mal gut.«

»Deine Ratschläge kannst du dir sonst wo hinstecken.«

»Warum bist du denn so genervt? Du packst es wohl nicht, dass du mit deiner Mordtheorie Schiffbruch erlitten hast. Tja, Pech gehabt.«

Linda spürte, wie die Wut heiß in ihr hochkochte. Sie musste alle Beherrschung aufbringen, um Mächle nicht zu schlagen.

»Ach, halt die Klappe!«, sagte sie stattdessen, griff nach ihrer Tasche und stürmte aus dem Büro.

Auf wackligen Knien schaffte sie es um die nächste Ecke. Schwer atmend stand sie auf dem Flur, den Tränen nahe. Korbinians Worte hatten einen wunden Punkt getroffen. Sie hatte Schwierigkeiten, mit emotionalen Krisensituationen zurechtzukommen. Sein Tipp, sich psychologisch fortzubilden, war sinnvoll. Aber das würde sie niemals zugeben. Korbinian würde ansonsten aus dem Feixen nicht mehr herauskommen.

Was sollte sie jetzt tun? Vielleicht wäre es das Beste, einfach nach Hause zu fahren und den freien Abend zu genießen. Aber wie sollte sie das anstellen? Seitdem Rainer nach der Trennung vor einem halben Jahr aus ihrer gemeinsamen Wohnung ausgezogen war, hatte sie sich mehr und mehr in ihren vier Wänden verkrochen. Sollte sie vielleicht eine Freundin anrufen? Würde die überhaupt so kurzfristig Zeit für sie haben? Oder sollte sie es sich auf ihrem Sofa gemütlich machen, eine Pizza bestellen und ein paar Folgen »How I Met Your Mother« anschauen? Beides erschien ihr wenig verlockend.

Da kam ihr eine Idee. Sie betrat den verlassenen Schulungsraum der Dienststelle und loggte sich in ihren Account ein. Sie durchsuchte die bisherigen Berichte zum Leichenfund am Lindenweiher, und nach ein paar Sekunden fand sie, was sie gesucht hatte: die Adresse des Mädchens, das wegen der Facebook-Nachricht bei der Rettungsleitstelle angerufen hatte. Tina Schöller wohnte in der Amriswilstraße 284. Das lag beinahe auf Lindas Heimweg. Sie schaltete den PC aus und verließ das Büro. Sie wusste nun, womit sie den Freitagabend verbringen würde.

Tina Schöllers Familie lebte in einem der Hochhäuser auf dem Hühnerfeld, einer in den siebziger Jahren des letzten Jahrhunderts entstandenen Trabantensiedlung auf einem Hügel über Biberach. Linda sah die Betonklötze immer schon von Weitem, wenn sie ihre tägliche Joggingrunde von Fünf Linden nach Mittelbiberach, Reute, Rißegg und in die Innenstadt absolvierte. Sie parkte vor dem Haus mit der Nummer 284. Es dauerte eine Weile, bis sie im Wirrwarr der vielen Klingelschilder den Namen »Schöller« gefunden hatte. Sekunden nachdem sie den Knopf gedrückt hatte, meldete sich eine Stimme in der Gegensprechanlage:

»Ja, wer da?«

»Kriminaloberkommissarin Linda Keller von der Kripo Biberach. Ich hätte gerne mit Tina Schöller gesprochen.«

Anstelle einer Antwort ertönte ein Surren. Sie drückte die Tür auf und trat in einen düsteren, nach Urin stinkenden Flur. Aufgrund der Anordnung der Namensschilder vermutete sie, dass die Wohnung der Schöllers im obersten Stockwerk läge. Seines wenig Vertrauen einflößenden Aussehens zum Trotz nahm sie den Aufzug, der sie in einen dunklen Gang ausspuckte. Eine der Wohnungstüren stand offen. Ein Mann mittleren Alters musterte sie. Seine hochgezogenen Augenbrauen bildeten ein buschiges V unter den tiefen Falten, in die er seine Stirn gelegt hatte.

»Was wollet Sie von meiner Tochter?«, herrschte er Linda an.

»Ich habe noch ein paar Fragen bezüglich des Todes ihrer Klassenkameradin Jana Krüger«, erwiderte Linda.

Die Augen des Mannes verengten sich.

»Muss des sei?«, fragte er. »Sie leidet scho gnug drunter. Die waret beschte Freundinne, die Jana und sie.«

»Ja, es muss sein«, sagte Linda. »Es sind nur ein paar Fragen. Darf ich reinkommen?«

Schöller zögerte kurz, doch dann ließ er sie durch. Er führte sie eine schmale Diele entlang bis zu einem kleinen Wohnzimmer. Das Schönste an dem Raum war die Aussicht, die ein Panorama der Altstadt und des sie überragenden Gigelbergs mit seinen alten Stadtbefestigungen bot. An den Wänden hingen mehrere Kruzifixe, in der Ecke stand eine Marienfigur auf einem Podest.

Auf dem Sofa saß ein Mädchen. Ihre Gestalt war in sich zusammengesunken, die Augen rot geweint.

Linda stellte sich vor, und Tina gab ihr einen schlaffen Händedruck.

»Es tut mir leid, dass ich Sie behelligen muss«, sagte Linda. »Aber im Zuge der Ermittlungen muss ich Ihnen noch ein paar Fragen stellen.«

Tina nickte. Ihre Lippen bebten, und sie senkte sofort wieder den Blick.

»Sie haben heute Morgen bei der Rettungsleitstelle angerufen und auf die Facebook-Nachricht hingewiesen, die Jana

Krüger gestern Abend gepostet hat«, sagte Linda. »Wie kam es dazu?«

Die Stimme des Mädchens war so leise, dass Linda sich konzentrieren musste, um alles zu verstehen, was sie sagte.

»Ich hab heute Morgen vor der Schule schnell bei Facebook reingeschaut. Und da war dieser Post von Jana. Und als die beiden dann nicht im Unterricht waren, war mir sofort klar, dass da was nicht stimmt.«

»Inwiefern?«, fragte Linda.

»Sie hat sonst nie so was geschrieben. Und in letzter Zeit hatte sie viel Stress mit ihren Eltern. Ich hab mir halt Sorgen um sie gemacht.«

»Hatten Sie gleich den Gedanken, dass sie sich das Leben genommen haben könnte?«

Tina schaute sie mit großen Augen an. Dann nickte sie. »Jana war so toll als Julia. Sie hätten sie sehen müssen. Es war wie echt. Sie hat das gelebt. Und wenn sie Julias letzte Worte geschrieben hat, dann konnte das nur eins bedeuten.«

»Woher wussten Sie denn, dass Jana so unglücklich war?«

Nach kurzem Zögern erwiderte Tina: »Wir waren … beste Freundinnen. Sie hat es mir gesagt.«

»Hat sie Ihnen auch gesagt, dass sie nicht mehr leben möchte?«

Tina biss sich auf die Unterlippe, dann schüttelte sie den Kopf.

»Nein, das hat sie so nicht gesagt. Aber ich hab Angst bekommen, als ich das gelesen hab. Ich hab versucht, sie anzurufen, aber es ist niemand drangegangen. Bei Robert auch nicht. Und dann hab ich die 110 gewählt.«

»Waren Sie mit Robert auch befreundet?«

»Nein, nur mit Jana.«

»Wo waren Sie gestern Abend zum Zeitpunkt, als die Nachricht gepostet wurde?«

Linda wusste, dass das eine heikle Frage war, und dementsprechend fiel auch die Reaktion aus, nicht die Tinas, sondern die ihres Vaters.

»Was soll denn des? Daheim war se natürlich. Wo soll se denn sonscht gwese sei.«

Linda schaute ihn ruhig an. »Na ja, es wäre ja auch möglich gewesen, dass sie auf einem Fasnetsball war.«

»Auf solche Veranstaltunge verkehrt mei Tochter net. Des ischt Teufelszeug.«

»Also waren Sie zu Hause?«, wandte sie sich wieder an Tina. Die nickte nur.

Linda dachte kurz nach, doch fiel ihr keine weitere Frage mehr ein. Zudem wollte sie das Mädchen nicht weiter bedrängen. Tina hatte ein Alibi und schied damit als mögliche Zeugin der Ereignisse am Lindenweiher aus. Linda erhob sich und verabschiedete sich von Tina und ihrem Vater.

»Die Jana war immer nett«, sagte dieser, als er sie zur Tür brachte. »Aber man kann in kein Mensche neischaue. Wenn i gewusst hätt, dass die sich selbst umbringt, dann hätt i meiner Tina den Umgang verbote.«

Linda verließ das Hochhaus und stieg in ihr Auto. Sie war so frustriert, dass sie am liebsten gebrüllt hätte, bis die Scheiben klirrten. Auch die Befragung von Tina hatte keinen Hinweis darauf geliefert, dass beim Tod der beiden Teenager etwas nicht mit rechten Dingen zugegangen sein könnte. Hatten ihre Kollegen letztendlich doch recht mit ihrer Hypothese vom gemeinschaftlichen Suizid? Aber warum war dann da immer noch dieses bohrende Bauchgefühl? Warum hatten ihre kriminalistischen Instinkte sich sofort gegen Waibels und Korbinians Versuche gewehrt, den Fall einfach zu den Akten zu legen?

Gut: Dass der eher behäbige Waibel eine umfangreiche Mordermittlung scheute, war nichts Neues. Der schob nun mal gerne eine ruhige Kugel. Viel stärker brachte sie jedoch Korbinian Mächle auf die Palme. Sie konnte ihn nicht ausstehen. Und das beruhte auf Gegenseitigkeit. Er war ihr schon bei ihrer ersten Begegnung unsympathisch gewesen, damals auf der Polizeischule. Mit Schaudern dachte sie daran zurück, wie er versucht hatte, sie anzugraben, und sie ihn hatte abblitzen lassen. Es war eine alte Geschichte, doch Linda hatte den Eindruck, dass Korbinian ihr nie verziehen hatte, ihn abgewiesen zu haben. Wo er sich doch schon damals für den Nabel der oberschwäbischen Welt gehalten hatte, dieser aufgepumpte Giftzwerg! Sie hatten sich danach aus den Augen verloren, doch eine seltsame Laune des Schicksals hatte sie im selben Dezernat landen lassen. Und nun führten sie bereits seit mehr als zwei Jahren einen erbitterten Kleinkrieg. Korbinian versuchte ständig, Lindas Arbeit abzuwerten und schlechtzumachen, und auch sie ließ kein gutes Haar an seinen Ideen.

Wie sehr hatte sie innerlich gejubelt, als Tobias Wellmann zu ihnen gestoßen war. Endlich jemand, der auf ihrer Seite stand, eine Stimme der Vernunft, der Lehrer, dessen beste Schülerin sie gewesen war, ein brillanter Kriminalist, der den eitlen Fatzke Mächle rasch in seine Schranken weisen würde. Doch ihre Hoffnungen waren durch Wellmanns offensichtliches Desinteresse an der Alltagsarbeit im Dezernat so rasch wieder zunichtegemacht worden, wie sie aufgeflammt waren. Er war in einem desolaten Zustand aus Stuttgart zurückgekehrt. Ein gebrochener Mann anstelle des strahlenden Helden, der vier Jahre zuvor aufgebrochen war, das LKA im Sturm zu erobern. Sie hatte keine Ahnung, was dort alles schiefgelaufen war. Aber es machte sie traurig, Tobias leiden zu sehen. Er war ihr keine Hilfe, konnte ihr keine Hilfe sein, gerade jetzt, wo sie ihn so dringend gebraucht hätte.

Sie spürte, wie sich ein drückend schweres Gefühl der Niederlage in ihrem Innern auszubreiten begann. Korbinian hatte gewonnen. Der Fall würde zu den Akten gelegt werden, und Mächle würde die nächsten Wochen damit verbringen, sie mit ihrem Bauchgefühl aufzuziehen, das sie so jämmerlich im Stich gelassen hatte. Der Gedanke ließ eine jähe Übelkeit in ihr aufsteigen.

Linda rieb sich die klammen Hände, dann startete sie den Motor. Mit einem Mal war der Ruf ihrer Couch so verlockend wie schon seit Langem nicht mehr.

8

»Heilandsack no a mol!«, schimpfte Arnold Wellmann, als er wieder in die Kolonne einscherte, die sich hinter dem Räumfahrzeug gebildet hatte. Sein Sohn war froh, dass sich sein Magen inzwischen beruhigt hatte. Ansonsten hätte der rustikale Fahrstil seines Vaters möglicherweise genau das bewirkt, was er den ganzen Tag über hatte vermeiden können. »Sonst geht's noch, oder?«, rief er. »Das Räumfahrzeug ist dafür da, dass du überhaupt schneller als dreißig fahren kannst.«

»Scho recht«, brummte der Alte und versuchte, an den beiden Autos vor ihm vorbeizuspechten, um vielleicht doch noch einen günstigen Moment zum Überholen zu erwischen.

»Wenn wir fünf Minuten später kommen, ist das auch kein Problem«, sagte Wellmann.

»So wie der da vorne durch d' Landschaft schleicht, werdet's eher fünfzig Minute.«

Wellmann seufzte und beschloss, ihn gewähren zu lassen. Es gab in den umliegenden Landkreisen den Running Gag, nach dem das Biberacher Nummernschild »BC« die Abkürzung für *»Be careful«* darstellte. Im Fall seines Vaters war das sicher kein schlechter Scherz.

Endlich bog das Räumfahrzeug auf die B 30 ab, und Arnold Wellmann jagte seinen Subaru über die von einer feinen Schneeschicht bedeckte Landstraße, die parallel zur Bundesstraße verlief, in Richtung Rißegg.

»Du fährst schon über Biberach?«, wollte Tobias ihn fragen, als sein Vater bereits in das mörderische Steigungsstück einbog, das von Ummendorf her hinauf auf den Hügel führte. Reflexartig klammerte er sich an den Haltegriff, eine Geste, die sein Vater nur mit einem verächtlichen Schnauben kommentierte. Das Auto schlingerte die gut zehn Prozent Steigung nach oben. Bei der Kehre brach das Heck ein wenig aus, doch der alte Wellmann steuerte mit einer gekonnten Bewegung gegen und brauste die restlichen zweihundert Meter mit röhrendem Motor hinauf. Als sie durch Rißegg fuhren, war Tobias nass geschwitzt, und seine rechte Hand schmerzte, weil er den Griff so fest umklammert hatte.

Auch in den engen Gassen des kleinen Ortes drückte Arnold Wellmann weiterhin aufs Gas, und so rasten sie schon nach Kurzem über die Landstraße, die zum Neubaugebiet an der Rißegger Steige führte. Schließlich hielt der Subaru vor dem futuristischen Passivhaus, das Wellmann für sich und seine Frau gebaut hatte und in dem sie mit den Kindern lebte. Und mit ihrem Lebensgefährten. Beim Aussteigen sagte er zu seinem Vater: »Wenn die Kinder im Auto sind, reißt du dich aber ein bisschen zusammen. Sonst nehmen wir den Bus.«

Der Alte brummte etwas, was sein Sohn als Zustimmung interpretierte. Er ging auf das Haus zu, und plötzlich war da wieder dieser altbekannte Kloß im Hals. An der Haustür hing eine hölzerne Narrenmaske, die eine bunt bemalte, grotesk verzerrte Fratze darstellte. Evelyn hatte das Teil vor fünf oder sechs Jahren gekauft, als sie bei einem Narrensprung in Weingarten gewesen waren. Damals, als sie noch eine Familie gewesen waren. Damals, als die Dinge noch anders gestanden hatten. Er ließ die Erinnerung an diese glückliche Zeit für einige Momente zu, wohl wissend, dass auch diese nur eine Illusion war, dass auch diese ihm nur vorgaukelte, dass damals alles gut gewesen wäre. Er kniff kurz die Augen zu und atmete tief durch. Dann drückte er auf den Klingelknopf.

Lange brauchte er nicht zu warten, schon nach wenigen Sekunden öffnete sich die Tür und der braune Lockenkopf von Max Schäfer, dem neuen Herrn im Hause Rißegger Steige 264, erschien im Türspalt.

»Sie kommen gleich«, sagte er knapp. Ohne zu grüßen, schlug er die Tür wieder zu.

Wellmann atmete noch einmal tief durch, wobei er jedoch doppelt so viel Luft holte wie zuvor. Vorsichtshalber steckte er seine Hände in die Hosentaschen. Er wollte sich nicht noch mehr Schwierigkeiten aufhalsen, als er eh schon hatte. Und

Max Schäfer das Nasenbein zu brechen, würde unweigerlich zu Problemen führen.

Die Tür öffnete sich wieder, und ohne Vorwarnung sprang ein kleiner Indianer auf ihn zu und warf sich ihm um den Hals. Wellmann kämpfte mit dem Gleichgewicht.

»Papa!«, rief Dominik und presste sich fest an seinen Vater.

»Winnetou!«, rief Wellmann und drückte seinen Sohn fest an sich.

Dominik schmiegte sich einen Moment lang an ihn, und Wellmann spürte, wie ein warmes, schönes Gefühl von seinem Sohn auf ihn überströmte. Dann ließ Dominik los und glitt an seinem Vater herab.

»Wer ist Winnetou?«, fragte er irritiert.

»Ach, der mächtige und große Häuptling der Apachen. Der bist du doch, oder?«

Sein Sohn schüttelte den Kopf und schaute ihn beinahe empört an.

»Ich bin Yakari!«, rief er.

»Oh, mein Fehler.«

Wellmann warf seinem Sohn einen schuldbewussten Blick zu.

»Und wen haben wir da?«, fragte er. »Prinzessin Leia?«

Nun war auch Lisa im Türrahmen erschienen. Sie war elf, damit drei Jahre älter als ihr Bruder, und die Pubertät warf schon erste Schatten voraus. Das zeigte sich daran, dass sie ihren Vater deutlich reservierter begrüßte und seinen Konversationsversuch deutlich kritischer aufnahm als Dominik. Und trotzdem meldete sich bei ihrem Anblick dasselbe warme Gefühl wie bei seinem Sohn.

»Ich bin Wonder Woman«, sagte sie.

»Okay«, sagte Wellmann und fragte sich dabei insgeheim, was nun der Unterschied zwischen den beiden fiktionalen Figuren war. Schließlich trug Lisa einen eng anliegenden, fleischfarbenen Overall, über den sie eine Art Bikini gezogen hatte. Ihre Füße steckten in hohen Stiefeln, und in ihrer Hand hielt sie eine zusammengerollte Lederpeitsche. Damit wäre sie seiner

Meinung nach auch als Prinzessin Leia durchgegangen. Oder als weibliche Version von Indiana Jones.

»Meinst du nicht, dass das ein wenig zu frisch ist?«, fragte er.

»Das habe ich ihr auch schon gesagt«, mischte sich Evelyn ein, die inzwischen ebenfalls auf der Türschwelle erschienen war. »Aber ich bezweifle, dass sie auf dich mehr hört als auf mich.«

»Ich hab drei Lagen Skiunterwäsche an«, protestierte Lisa. Ihre Mutter rollte mit den Augen.

»Gut, wenn du dir den Tod holen willst … Aber behaupte nachher nicht, dass ich dich nicht gewarnt hätte.«

Lisa zog eine Schnute und verschwand rasch in Richtung Auto. Als sie die Tür öffnete, hörte Wellmann seinen Vater sagen: »Und sonscht hoscht du nix an?«

Dann verschluckte das Geräusch der kräftig zugeschlagenen Tür den Rest der Konversation.

Evelyn versuchte, Dominik einen Kuss auf den Mund zu geben, doch der drehte sich rasch weg, sodass sie nur seine Wange erwischte. Dann eilte auch er zum Auto.

»Wann bringst du sie wieder?«, fragte seine Frau.

»Zwischen zehn und elf, je nachdem, wie es ihnen gefällt.«

»Sie hätten sich sicher gefreut, wenn du sie das Wochenende über genommen hättest«, sagte sie leise. »Ganz besonders, wo am Sonntag der Umzug in Biberach ist. Lisa ist doch bei der Garde und …«

»Ich bin nicht da«, fuhr ihr Wellmann grob über den Mund. »Und das haben wir schon vor Wochen besprochen.«

»Alles in Ordnung?«, fragte eine Männerstimme aus dem Hintergrund, wo Max auf der Lauer lag.

»Halt du dich da raus«, knurrte Wellmann. Seine Hände ballten sich zu Fäusten, während Max sich neben Evelyn aufbaute. Die beiden Männer wechselten feindselige Blicke.

»Schon okay«, sagte Evelyn schließlich. »Passt bitte auf bei dem Wetter. Und sag deinem Vater einen Gruß von mir, er soll vorsichtig fahren.«

Wellmann nickte ihr zu, ignorierte Max und ging zum Auto. Erst als er nach der Tür griff, lockerte er seine Finger wieder.

Opa Wellmann legte tatsächlich ein anderes Fahrverhalten an den Tag als Vater Wellmann. Butterweich und vorsichtig bog er um die Ecken, bremste rechtzeitig, ließ Abstand zum Vordermann und lenkte den Subaru sicher nach Ochsenhausen. Sie nahmen den Schleichweg über Fischbach, Mittelbuch und Hattenburg und stellten das Auto am Sportheim ab. Dann spazierten sie über die schneebedeckten Gehwege in Richtung Innenstadt. Es war inzwischen halb acht geworden, und in den Straßen und Gassen herrschte schon ein reges Fasnetstreiben. Der Nachtumzug hatte sich in den vergangenen Jahren zu einer Institution im oberschwäbischen Faschingskalender gemausert und zog inzwischen ein Publikum an, das bis von Ulm oder Kempten her anreiste.

Dominik hatte die Hand seines Vaters ergriffen und hüpfte fröhlich plappernd neben ihm her. Er erzählte von einem Klassenausflug ins Biberacher Stadtmuseum, wo gerade eine Ausstellung über die Räuber im Oberschwaben des 19. Jahrhunderts installiert war. Doch es gab nicht nur historische Exponate, die Biberacher Kripo hatte einen Spurensicherungskoffer zur Verfügung gestellt, und Dominik zählte nun stolz dessen Inhalt auf, vom Meterstab bis zu den Latexhandschuhen. Wellmann war froh darüber, dass sich das Gespräch auf so vertrautem Terrain bewegte. So konnte er einfach regelmäßig nicken und mehr oder weniger automatische Antworten geben. Bei jedem anderen Thema wäre seinem Sohn sicher aufgefallen, dass sein Vater nur mit einem halben Ohr zuhörte. Denn ob er es nun wollte oder nicht, seine Gedanken wurden immer wieder zu den beiden toten Teenagern zurückgelenkt.

Lisa ging still neben ihrem Großvater her. Sie hatte eine sauertöpfische Miene aufgesetzt, wahrscheinlich, weil der alte Wellmann nicht davon ablassen wollte, sie wegen ihres dünnen und gleichzeitig sehr figurbetonten Kostüms zu kritisieren. Arnold hatte sichtlich Spaß daran, seine Enkelin ein wenig zu necken. Wellmann hoffte nur, dass es zu keinem handfesten Streit zwischen den beiden kommen würde. Eine tränenreiche Eskalation wollte er um jeden Preis vermeiden. Er musste nur noch den Abend über die Bühne bringen, und in vierzehn Stunden würde er schon die einsamen Hänge der Kleinwalsertaler Alpen hinaufsteigen.

Sie fanden einen guten Platz vor dem Café »Crumble«, in dem neben herrlichen Scones auch ein erstaunlich authentisches englisches Frühstück serviert wurde. Zu beiden Seiten der Straße standen die Leute, ganz vorne die Kinder in ihren Kostümen. Wellmann zählte drei Iron Men, acht Darth Vader und sogar einen roten Angry Bird. Indianer waren eindeutig nicht mehr in Mode. Dominik schien das nicht zu stören. Er spechtete eifrig die Straße hinab in Erwartung des Zuges, der bald vorbeikommen musste.

Plötzlich hörte Wellmann eine leise Stimme, die ihm ins Ohr flüsterte: »Papa, mir ist kalt.«

Er drehte sich möglichst unauffällig zu Lisa um, die mit über der Brust verschränkten Armen dastand und stur geradeaus schaute. Er verkniff sich ein Grinsen angesichts der Tatsache, dass sie ihrem Großvater den kleinen Sieg in der Kleidungsfrage nicht gönnen wollte und nun heldenhaft der Kälte trotzte.

»Ich hole uns mal was Warmes zu trinken«, sagte Wellmann. »Früchtepunsch für alle, okay?«

»Mir kannscht an Glühwein bringe«, sagte sein Vater. Wellmann warf ihm einen skeptischen Blick zu, und so fügte er hinzu: »Oiner got scho. Dann läuft's noch runder beim Fahre.«

Zwei Minuten später stand der Kommissar vor einer der Holzbuden, in denen Mitglieder der Ochsenhausener Fasnetsgilde eifrig damit beschäftigt waren, Pappbecher mit dampfenden Flüssigkeiten zu füllen, die sie aus großen Kochtöpfen abzapften. Er bestellte dreimal Punsch und einmal Glühwein.

»Als was sind Sie denn verkleidet?«, fragte die junge Frau im Clownskostüm, die ihn bediente, mit einem Augenzwinkern.

»Ich bin Geheimagent«, erwiderte Wellmann. »Inkognito.«

Sie lachte und drehte sich um, um den Glühwein zu holen. Noch ehe sie ihn auf die Ablage stellte, stieg der würzige Duft nach Nelken, Zimt und Koriander in seine Nase und kitzelte ein Bild aus den Tiefen seines Gedächtnisses. Es war das Gesicht des Jungen. Robert Millers Gesicht. Aber er war nicht tot, sondern quicklebendig. Und er redete. Mit ihm, Wellmann. Er kniff die Augen zu, und das Bild war verschwunden.

»Zwölf Euro wäret des dann, Mister Bond«, sagte die junge Frau. Er starrte sie einen Augenblick lang irritiert an, dann setzte er ein mechanisches Lächeln auf, griff in seine Hosentasche und zog den Geldbeutel heraus. Als er das Wechselgeld wieder eingesteckt hatte, balancierte er die Getränke durch die Menge zurück zum Standort. Während er zahlreichen mehr oder weniger maskierten und alkoholisierten Menschen auswich, versuchte er, das Erinnerungsbild zeitlich einzuordnen. Hatte er mit Robert gesprochen? Er konnte sich nicht erinnern. Da sein Gedächtnis aber normalerweise sehr zuverlässig war, gab es nur zwei Möglichkeiten. Entweder spielte ihm sein noch immer unter den Spätfolgen des Katers leidendes Gehirn einen Streich. Oder er hatte tatsächlich mit Robert gesprochen. Und zwar gestern Abend zu der Zeit, die nun ein schwarzes Loch in seinem Gedächtnis bildete. Doch wie sollte er dieser Erinnerung wieder habhaft werden?

Inzwischen hatte er das Café »Crumble« erreicht. Lisa riss ihm den Punsch förmlich aus der Hand und legte ihre knallroten Finger um den Becher, während sie kleine Schlucke trank. Er gab Dominik seine Tasse und wollte gerade seinem Vater den Glühwein reichen, als ihm eine Idee kam. Er führte das Gefäß unter die Nase und sog den Duft tief ein.

»Bischt du unter die Schnüffler gange, oder was?«, knurrte sein Vater und nahm ihm den Becher ab.

Wellmann erwiderte nichts. Er hatte die Lider geschlossen und beobachtete die Szene, die sich dort abspielte. Robert Miller saß neben ihm. Seine Augen leuchteten vor Eifer und Begeisterung. Er redete auf Wellmann ein, und dieser hörte ihm aufmerksam zu. Doch es war, als ob jemand den Ton ausgestellt hätte. Er verstand die Worte des Jungen nicht, sosehr er sich auch bemühte.

»Sie kommen!«, rief Dominik und zog an Wellmanns Ärmel.

Frustriert öffnete er die Augen und folgte dem ausgestreckten und vor Aufregung zitternden Zeigefinger seines Sohnes. Tatsächlich war die erste Gruppe des Nachtumzugs zu sehen, zu allem Überfluss handelte es sich dabei um einen Schalmeienzug. Wellmann hatte diese lärmenden Vuvuzelas nie leiden können. Doch die Leute schienen sich von dem Getröte anstecken zu lassen. Einige tanzten ausgelassen zu dem Lied, das sie spielten. Die Melodie kam ihm vage vertraut vor. Er hatte sie vor noch gar nicht so langer Zeit schon einmal gehört.

»Es war kein Unfall damals mit Tante Monika. Sie ist ermordet worden.«

Er zuckte zusammen und schaute sich vorsichtig um. Wer hatte das eben gesagt? Es war eine jugendliche Männerstimme gewesen. Sein Vater und Lisa schieden damit aus, und auch Dominik, der den Stimmbruch noch vor sich hatte, konnte es nicht gewesen sein.

Der Schalmeienzug kam näher. Das Getrommel wurde immer lauter, er konnte den Schalldruck auf seinem Brustkorb spüren.

»Tante Monika. Sie ist ermordet worden.«

Da war sie wieder, die Stimme. Was war nur mit ihm los? War er etwa paranoid? Ein Anflug von Panik krallte sich fest in seine Eingeweide. Er schnappte nach Luft, während die Schalmeien an ihm vorüberzogen. Der kleine rationale Teil seines Bewusstseins, der noch aktiv war, erkannte jetzt endlich das Lied. »Sex Bomb« von Tom Jones. Sein Blick fiel auf die Gruppe, die den Musikanten nachfolgte.

»Des sind die Hochdorfer Hirabicker!«, rief sein Vater in einem stolzen Anflug von Dorfpatriotismus.

Es waren wilde Gestalten, gekleidet in weiß-rote Flickerlanzüge mit Kuhglocken um den Hals und aufwendig geschnitzten Masken vor dem Gesicht. Und mit einem Mal verbanden sich die verstreuten Sinneseindrücke zu einem Ganzen.

Wellmann sah noch einmal Robert Miller vor sich. Hinter ihm standen zwei Männer im vollen Häs der Hochdorfer Hirabicker. Die Band spielte »Sex Bomb«. Doch den Jungen interessierte nicht, was um ihn herum geschah. Seine Aufmerksamkeit war ausschließlich auf Wellmann gerichtet. Und dann sagte er die Worte, die der Kommissar so schnell nicht mehr vergessen sollte: »Es war kein Unfall damals mit Tante Monika. Sie ist ermordet worden. Und ich weiß, von wem.«

9

Fasnetssamsdig

Wellmann beobachtete die Digitalanzeige seines Weckers. Gleich würde sie auf 5.30 Uhr springen, die Zeit, auf die er den Alarm eingestellt hatte. Doch das war unnötig gewesen, denn er hatte die ganze Nacht kein Auge zugemacht.

Nachdem sich die Erinnerung an die Begegnung mit Robert Miller in seinem Gedächtnis wieder zusammengefügt hatte, hatte ihn eine fieberhafte Unruhe erfasst. Die Gedanken in seinem Kopf waren so rasch aufeinandergefolgt, dass ihm beinahe schwindelig davon geworden war. Wie auf glühenden Kohlen hatte er dagestanden, während der Nachtumzug an ihm vorüberdefilierte. Er hatte gesehen, wie Dominik seine Tüte mit Bonbons gefüllt hatte, hatte die fröstelnde Lisa fest an sich gedrückt, die Sticheleien seines Vaters gehört.

Und doch war er weit weg gewesen, an einem anderen Ort zu einer anderen Zeit.

Es war kein Unfall, damals mit Tante Monika. Sie ist ermordet worden. Und ich weiß, von wem.

Diese Worte hallten in seinem Kopf wider, so als ob sie in seinem Schädel eingeschlossen worden wären und nun darin umhertobten wie ein Poltergeist in einem mottenverseuchten Kleiderschrank. Sie weckten Erinnerungen. Bilder, Geräusche, ja, sogar Gerüche fluteten in sein Bewusstsein und zogen ihn mit sich fort bis zu jenem Julitag vor vierundzwanzig Jahren.

Damals war sein Leben in tausend Scherben zersprungen, und alle seine Versuche, die Teile wieder zusammenzukleben, waren gescheitert. Seine Ehe war daran zerbrochen. Und beinahe auch seine Karriere. Doch Roberts Worte hatten eine vage Zuversicht in ihm geweckt. Sie hatten die lange verschüttete Hoffnung aufflammen lassen, die Wahrheit über jenen Tag zu ergründen und dadurch vielleicht die Ruhe zu finden, nach der er sich so sehr sehnte.

Die Uhr stand mittlerweile auf 5.37 Uhr, und er hatte den Alarm schon längst ausgeschaltet. Wohin waren die letzten sieben Minuten verschwunden? Er wusste es nicht, genauso wenig, wie er wusste, wo die letzten vierundzwanzig Jahre abgeblieben waren. Er stand auf und ging in die Küche hinunter. Nachdem er die Kaffeemaschine befüllt und angeschaltet hatte, duschte er sich kalt ab. Dann zog er sich an und stieg in den Keller hinab.

Seine Ausrüstung lag bereit. Er hatte schon vor zwei Wochen damit begonnen, alles zusammenzustellen. Eine Alpenüberquerung im Winter war eine logistische Herausforderung. Einerseits durfte er nicht zu viel Ballast dabeihaben, um nicht zu rasch zu ermüden; andererseits durfte er aber auch nichts Wichtiges übersehen. Eine vergessene Gaskartusche konnte buchstäblich über Leben und Tod entscheiden, wenn er beispielsweise gezwungen wäre, während eines Sturms in einer verlassenen Schutzhütte Schnee zu schmelzen, um nicht zu verdursten.

Er überprüfte noch einmal sein gesamtes Gepäck, verglich alles mit der Liste, die er erstellt hatte und auf der hinter jedem Ausrüstungsgegenstand bereits mehrere Haken prangten. Die Thermounterwäsche, die Ersatzhandschuhe, Pullis und T-Shirts, Socken, die Mütze, der Schneeschutz, die Sonnenbrille, die Sonnencreme, der Lippenbalsam, die Instant-Nahrung, das Klopapier, die Gaskartuschen, der Kocher, der Topf, die Lawinenpeilung, die GPS-Uhr. Alles war an Ort und Stelle. Bereit für das große Abenteuer, bereit für die eine Woche der Stille und der Einsamkeit, nach der er sich so lange Zeit gesehnt hatte. Und doch hatte er das Gefühl, dass noch etwas fehlte. Etwas Wichtiges.

Wellmann ging wieder und wieder die Liste durch. Er war sich doch so sicher gewesen, alles aufgeschrieben zu haben, was er für seine große Reise benötigte.

»Instant-Nahrung, Klopapier, Gaskartuschen«, murmelte er. Und dann fiel es ihm wie Schuppen von den Augen.

»Ich Depp! Wie will ich die denn anzünden?«

Er schlug sich gegen die Stirn und griff nach dem roten Feuerzeug, das auf der Ablage über dem Arbeitstisch lag. Gerade wollte er es in den Rucksack packen, als ein bislang frei schwingendes Zahnrädchen in seinem Bewusstsein unvermittelt einrastete. Seine Augen weiteten sich.

»Verdammt!«, rief er und knallte die flache Hand auf den Tisch. Es war, als ob jemand in seinem Innern plötzlich das Licht angeschaltet hätte. Und im grellen Schein der Erkenntnis sah er, dass Linda recht gehabt hatte. Ihr Bauchgefühl hatte sie nicht getrogen. Da war etwas faul gewesen mit dem Leichenfund am Lindenweiher. Er rief sich noch einmal die Szene vor Augen, fügte den Baustein ein, den er eben zutage gefördert hatte, und überprüfte mehrere sich daraus entwickelnde Szenarien auf ihre Plausibilität.

Als Wellmann das nächste Mal auf die Uhr sah, war es kurz nach sechs. Er musste los. Alles war bereit. Nur er war es nicht. Nicht mehr.

Etwas hatte sich verändert. Es war, als ob ein schwerer Granitdeckel über einem antiken Sarkophag sich um ein paar Millimeter verschoben hätte, genug, um das, was dort begraben lag, entweichen zu lassen.

Wellmanns Blick fiel auf seine Ski. Sie standen an die Wand gelehnt, ordentlich von zwei neongelben Klettbändern zusammengehalten, daneben die Stöcke. Sie lockten ihn, riefen nach ihm. Und da wusste er, was zu tun war.

10

Linda parkte auf dem gesicherten Platz hinter der Dienststelle und eilte durch den tiefen Schnee in Richtung des Hintereingangs. Es war eiskalt. Mit jedem Atemzug stieß sie eine weiße Dampfwolke aus, deren mikroskopisch kleine Wassertröpfchen auf ihrer Haut zu Eis gefroren. Sie betrat das Gebäude und ging zu dem Büro, das sie sich mit Korbinian und Tobias teilte. Noch immer bibbernd vor Kälte öffnete sie die Tür und wunderte sich, dass es angenehm warm war. Jemand musste die Heizung aufgedreht haben. Lindas Unterkiefer klappte nach unten, als sie Wellmann an seinem Schreibtisch sitzen sah.

»Was machst du hier?«, fragte sie. »Ich dachte, du bist irgendwo in Österreich.«

»Meine Tour hätte in Deutschland begonnen«, erwiderte Wellmann, ohne seinen Blick vom Bildschirm des PCs abzuwenden.

»Das beantwortet meine Frage nicht«, insistierte Linda.

»Ich habe mich gegen die Alpenüberquerung entschieden«, sagte er, während er weiter durch ein Dokument scrollte. »Viel zu gefährlich bei so viel Neuschnee. Und da ich ungern auf der faulen Haut sitze, habe ich gedacht, ich könnte euch bei den Ermittlungen ein wenig zur Hand gehen. Ich habe meine Ski angeschnallt und eine frische Spur von Hochdorf nach Biberach gezogen. Das hat gutgetan.«

Linda war baff. Sie traute ihren Ohren kaum. Das hatte gestern noch ganz anders geklungen. Wellmann war genervt gewesen, von diesem Fall und von ihr. Notgedrungen hatte sie ihn schließlich in Ruhe gelassen. Und nun saß er hier und wollte doch mitmischen. Was hatte diesen Sinneswandel bewirkt?

»Heißt das, dass du jetzt doch daran glaubst, dass das kein Suizid war?«, fragte sie hoffnungsvoll.

Er zuckte mit den Achseln.

»Das weiß ich nicht. Aber ich glaube nicht, dass die Kollegen den Fall schon zu den Akten legen sollten. Da sind noch zu viele Fragen offen.«

Pünktlich um acht Uhr betraten Wellmann und Linda einen der Konferenzräume der Dienststelle, den das Dezernat für Kapitalverbrechen für die tägliche Morgenlage nutzte. Mächle hatte sich bereits dort eingefunden. Er starrte Wellmann mit einer Mischung aus Abscheu und Fassungslosigkeit an.

»Was hast du hier zu suchen?«, fragte er. »Ich dachte, du hast Urlaub.«

»Tja, da hast du falsch gedacht«, gab Wellmann knapp zurück.

Linda freute sich darüber, wie Mächle der Kamm schwoll. Sein Gesicht lief puterrot an.

»Hey, hey, jetzt mach hier nicht auf großen Macker. Du bist hier nicht mehr der Chef, gewöhn dich dran.«

»Und du bist es auch nicht, Korbinian«, mischte Linda sich ein. »Martin Waibel ist der Dezernatsleiter. Und er wird es auf absehbare Zeit bleiben. Komm damit zurecht und lass deinen Frust nicht an Kollegen aus.«

»Kollegen?«, ätzte Mächle. »Ich sehe hier nur einen ausgebrannten Ex-Helden, der mal wieder im Mittelpunkt stehen will.«

»Glaub mir, Korbinian«, entgegnete Wellmann mit einer Gelassenheit, für die Linda ihn bewunderte. »Ich will nichts weniger, als im Mittelpunkt zu stehen.«

»Erzähl das deiner Großmutter, aber verschon mich mit dem Scheiß. Jeder hier in der Dienststelle weiß, was los ist. Du hast Vitamin B spielen lassen, damit du wie ein geprügelter Hund wieder hierher zurückkehren konntest, nachdem du in Stuttgart versagt hast. Und die Frau ist dir auch noch davongelaufen.«

Mit Sorge beobachtete Linda, wie Wellmanns äußerliche Ruhe mit einem Schlag verpuffte. Er ging zwei Schritte auf Mächle zu und hob die Faust. Er hätte wohl zugeschlagen, wenn ihm eine kräftige Stimme nicht seine Besinnung zurückgegeben hätte.

»Was ist hier los?«

Linda wandte sich um und sah die barocke Gestalt von Martin Waibel im Türrahmen stehen, eine Brezel in den Fingern. In seinem Gesicht spiegelten sich Unglauben und Zorn.

»Er wollte mich schlagen!«, rief Mächle mit einer erstaunlich hohen Stimme.

»Er hat Tobias provoziert«, sagte Linda.

Waibels Augen wanderten zwischen den beiden Kontrahenten hin und her. Schließlich seufzte er und sagte: »Schluss jetzt! Alle auf ihre Plätze.«

Mächle wollte etwas einwenden, doch ein scharfer Blick seines Chefs ließ ihn kuschen. Er zog sich einen Stuhl heran und setzte sich in deutlichem Abstand zu den anderen an den runden Konferenztisch.

»Also, dann wollen wir mal«, sagte Waibel, ohne näher auf die Szene einzugehen, die sich gerade abgespielt hatte. »Zuerst einmal eine Frage an dich, Tobias: Was machst du hier? Du hast doch Urlaub.«

»Zu viel Neuschnee«, entgegnete der Kommissar knapp. »Und den spannenden Fall wollte ich mir nicht entgehen lassen.«

Waibel musterte ihn skeptisch, dann nickte er.

»Gut, wenn du meinst. Korbinian, bring uns bitte auf Stand.«

Mächle warf Wellmann einen feindseligen Blick zu, dann begann er, sein Protokoll vom Vortag vorzulesen. Er beschrieb die Auffindesituation, ging auf den Facebook-Post von Jana Krüger und ihre Schülertheater-Karriere als Julia ein und schloss mit der Feststellung, dass es sich allem Anschein nach um einen Selbstmord gehandelt habe. Als Motiv gab er an, dass die Eltern der beiden die Liebesbeziehung ihrer Kinder abgelehnt hätten.

Mit selbstzufriedener Miene ordnete er seine Papiere.

»Danke«, sagte Waibel und wandte sich an Wellmann. »Ich sehe jetzt nicht wirklich, warum der Fall derart spannend für dich sein sollte, dass du auf deinen Urlaub verzichtest. Gut, die Sache mit dem Shakespeare-Stück ist ein bisschen dramatisch, das haben wir hier nicht so oft, aber dass ein Teenie-Suizid dich vom Hocker reißt ...«

Er legte den Kopf schief.

»Dass es tatsächlich ein Suizid war, steht noch nicht fest«, sagte Wellmann.

Linda nickte eifrig, Waibel runzelte irritiert die Stirn und Mächle lachte lauthals.

»Der große Massa hat gesprochen. Ich dachte, die Mordthese wäre vom Tisch. Dass Linda mit ihrer romantischen Ader sich da was zusammenspinnt, okay, aber du?«

»Hm, du bist wohl eher der, der sich da etwas zusammengesponnen hat«, gab Wellmann zurück und deutete auf das Protokoll, das unter Mächles gefalteten Fingern lag. »Und außerdem habe ich nicht behauptet, dass es sich um einen Mord gehandelt hat. Nur, dass wir eben nicht hundertprozentig sicher sein können, dass es ein Suizid war. Noch nicht.«

Die Gesichtsfarbe seines Kontrahenten wechselte sofort wieder ins Dunkelrote, doch ehe er etwas erwidern konnte, hob Waibel die Hand.

»Wie kommst du darauf, dass es sich nicht um einen Suizid gehandelt haben könnte, Tobias?«

»Nun, am Tatort waren recht deutliche Hinweise darauf, dass eine dritte Person anwesend war.«

»Wie bitte?«

Mächle wirkte einen Moment lang, als ob ihm jemand die Stirn mit einem Schnitzelklopfer bearbeitete hätte. Dann breitete sich jedoch ein Grinsen auf seinem Gesicht aus. »Na komm, dann kläre uns doch mal auf, was du unter deutlichen Hinweisen verstehst. Ich habe nichts, aber auch rein gar nichts gesehen, was darauf hindeuten könnte, dass da außer diesen beiden versponnenen Teenies noch jemand am Lindenweiher war.«

»Zum einen waren da an einem Busch etwa fünf Meter von der Bank entfernt frisch abgeknickte Äste. Was meint die KT denn dazu?«

»Die sind noch nicht so weit. Der Diensthabende hat gesagt, wir sollen morgen früh mal bei ihm vorbeischauen, dann wüsste er mehr«, erwiderte Waibel.

Mächle winkte ab. »Die können auch unter der Last des Neuschnees abgebrochen sein.«

»Möglich«, gab Wellmann zu. »Aber etwas anderes wiegt wesentlich schwerer.«

Er machte eine kleine Pause. Linda spürte ein Kribbeln in ihren Fingern. Warum spannte er sie denn so auf die Folter? Ihr war klar, dass von Wellmanns nächstem Satz das Wohl oder Wehe der gesamten Ermittlungen abhängen würde.

»Die Teelichter.« Wellmann sah Mächle an. »Womit haben die beiden Teenager die angezündet? Die KT hat weder ein Feuerzeug noch Streichhölzer gefunden.«

Mächle schnaubte. Linda grinste breit.

»Keine Ahnung«, sagte Mächle. »Vielleicht hat der Junge das Feuerzeug in den Weiher geworfen?«

»Warum sollte er das tun?«, fragte Linda.

»Keine Ahnung!«, blaffte Mächle sie an.

Waibel hob wieder die Hände.

»Okay, okay«, sagte er. »Die Fragen sind berechtigt. Da müssen wir noch mal nachhaken. Aber dass möglicherweise eine dritte Person vor Ort war, bedeutet nicht, dass sie auch nachgeholfen haben muss.«

»Richtig«, entgegnete Linda, »Aber wenn es einen Zeugen gibt, dann kann er oder sie uns die abschließende Klarheit über den Tatablauf geben. Zudem könnte sich auch jemand der unterlassenen Hilfeleistung schuldig gemacht haben.«

»Was ist mit der Anruferin, die die Facebook-Nachricht gemeldet hat? Kommt die als Zeugin in Frage?«, fragte Wellmann.

Linda schüttelte den Kopf.

»Die habe ich gestern Abend noch befragt. Sie hat ein Alibi, und ihre Aussage klang plausibel.«

Sie berichtete von der Befragung Tina Schöllers.

»Dann müssen wir einmal das Umfeld der beiden Toten in Augenschein nehmen«, sagte Wellmann.

Linda nickte zustimmend, während Mächle mit sauertöpfischer Miene ins Leere starrte, die Arme über der Brust verschränkt.

Waibel seufzte.

»Ihr habt ja recht. So einfach können wir den Fall nicht zu den Akten legen. Was schlagt ihr vor?«

»Ich würde gerne in die Gerichtsmedizin fahren und mit dem obduzierenden Arzt sprechen. Vielleicht gibt es schon Erkenntnisse zur Todesursache«, sagte Wellmann.

»Ich komme mit«, rief Linda.

Waibel nickte. »Gut, ihr beide fahrt nach Ulm. Korbinian wird weiter Dienst tun, und ich gehe in mein Wochenende. Wenn ihr was Relevantes entdeckt, gebt mir Bescheid. Morgen früh um neun treffen wir uns zu einer kurzen Lagebesprechung.«

Wellmann und Linda nickten, während Mächle ein »Ja« brummte und sich dann rasch vom Acker machte.

»Tobias, kann ich dich bitte noch unter vier Augen sprechen?«, fragte Waibel.

Linda verstand den Wink mit dem Zaunpfahl sofort. »Okay, ich bin im Büro. Bis später.«

Zufrieden verließ sie den Besprechungsraum. Sie wusste zwar noch immer nicht, was Wellmanns Sinneswandel ausgelöst hatte, aber seine Unterstützung hatte bewirkt, dass sie den Fall sorgfältig bearbeiten würden. Und darüber freute sie sich wie ein Schnitzel.

Waibel wartete, bis Linda den Raum verlassen hatte, dann fragte er: »Ist alles in Ordnung mit dir?«

»Was sollte nicht in Ordnung sein?«

»Na ja, gestern tauchst du mit einem ausgewachsenen Kater am Fundort zweier Leichen auf, der noch dazu derselbe ist wie …«

Waibel ließ den Rest des Satzes weg und setzte von Neuem an. »Und heute verhindere ich in letzter Sekunde, dass du Korbinian die Nase brichst, obwohl ich dich in den Alpen vermutet hätte. Davon hast du die letzten Wochen doch nonstop geschwärmt.«

»Mit mir ist alles okay, echt«, sagte Wellmann. »Der Fall interessiert mich.«

»Ich hoffe, der Fall interessiert dich nicht nur wegen des Fundorts der Toten und der Verwandtschaftsverhältnisse des Jungen.«

Wellmann winkte ab. »Ich habe überhaupt keinen Bock, alte Sachen wieder auszugraben, die ich schon lange beerdigt habe. Keine Angst.«

»Gut, das will ich dir auch geraten haben. Alleingänge sind nicht mehr drin, Tobias. Ich habe mich ehrlich darüber gefreut, dass du wieder zu uns gestoßen bist. Aber gleichzeitig mache ich mir auch Sorgen um dich.«

»Das musst du nicht.«

»Ich weiß, aber ich tue es trotzdem. Du bist noch nicht auf der Höhe, das sieht selbst ein Blinder mit Krückstock. Und in der Dienststelle gibt es viele, die deine Rückkehr mit gemischten Gefühlen sehen. Dazu gehört übrigens auch der Chef.«

»Das ist mir egal.«

»Mir aber nicht. Und dir sollte es auch nicht gleichgültig sein. Das hier ist deine letzte Chance. Was glaubst du denn, wie wir das hier hinbiegen mussten, dass das Polizeipräsidium in Ulm wegen deiner Führerscheingeschichte beide Augen zudrückt? Du solltest ganz vorsichtig sein. Bleib unter dem Radar.«

»Okay, mach ich«, sagte Wellmann flapsig und wollte gehen, doch Waibel hielt ihn zurück.

»Tobias, es ist mir ernst. Das gilt ganz besonders für Korbinian. Er mag dich nicht, das ist auch mir klar. Aber du darfst ihm keine Gelegenheit geben, gegen dich zu intrigieren. Er würde dich gerne auf dem Abstellgleis sehen. Vielleicht hat er sogar Angst vor dir und deinen Fähigkeiten. Angst ist immer ein schlechter Ratgeber, das brauche ich dir nicht zu sagen. Reiß dich am Riemen, okay?«

Wellmann nickte.

»Gut, dann ab nach Ulm. Und gib mir Bescheid, ja?«

11

Linda lenkte den Dienstwagen des Dezernats auf die B 30. Trotz des Wochenendes und der frühen Stunde war die Straße bereits freigeräumt, sodass sie rasch auf die Höchstgeschwindigkeit von hundertzwanzig Stundenkilometern beschleunigen konnte. Als sie die Steigung hinter dem Jordanbad erklommen hatten, brach Linda das Schweigen.

»Und, wie gehen wir jetzt vor?«

»Na ja, auch wenn ich dich vielleicht enttäuschen muss, werden wir nichts anderes machen als bei jeder beliebigen Ermittlung in einem unklaren Todesfall. Wir werden uns den Befund der Gerichtsmedizin anhören, mit Angehörigen und Freunden der Toten sprechen und ihr Lebensumfeld in Augenschein nehmen.«

»Hast du schon einen Verdacht?«

Linda wäre beinahe erschrocken, als Wellmann in ein schallendes Gelächter ausbrach.

»Es ehrt mich, dass du eine so hohe Meinung von mir hast, aber: Nein, ich habe keinen blassen Schimmer, wer unser dritter Mann am Tatort gewesen sein könnte.«

»Oder Frau«, warf Linda ein.

»Oder Frau, da hast du recht. Vielleicht sollten wir uns einmal Gedanken um ein Motiv für den Suizid machen, wenn es denn einer war. Vorschläge?«

»Korbinian scheint ja voll auf die Romeo-und-Julia-Geschichte abzufahren«, entgegnete Linda. »Demnach wäre die Feindschaft zwischen den Eltern der beiden Teenager so unerträglich gewesen, dass sie beschlossen haben, besser gemeinsam zu sterben als getrennt zu leben.«

Wellmann wiegte den Kopf unschlüssig hin und her.

»Das ist mir zu einfach.«

Nun lachte Linda laut auf.

»Was ist los?«, fragte er irritiert.

»Ich kann mich noch sehr gut an eine deiner Theorieeinheiten während meiner Ausbildung erinnern. Da fiel der Satz: ›Die einfachsten Lösungen sind meistens die naheliegendsten.‹ ›Ockhams Rasiermesser‹ hast du das genannt. Schön, dass du dich so an deine eigenen Grundsätze hältst.«

Wellmann grinste.

»Du wirst dich aber auch daran erinnern, wie sehr ich immer betont habe, dass man mit Prinzipien flexibel umgehen muss. Jedenfalls … Das Ganze wirkt irgendwie überinszeniert. Diese Romeo-und-Julia-Sache ist so dramatisch, dass wir gar nicht anders können, als ein Familiendrama als Hintergrund anzunehmen. Ich werde jedoch den Verdacht nicht los, dass wir genau auf diese simple Erklärung gestoßen werden sollen.«

»Du meinst also, dass die Inszenierung nur ein Ablenkungsmanöver ist? Aber wovon? War es doch ein Verbrechen?«

»Um das herauszufinden, brauchen wir schlüssige Beweise. Man kann es drehen und wenden, wie man will, wir müssen dringend diese dritte Person ermitteln, die das Geschehen beobachtet oder vielleicht sogar beeinflusst hat.«

Sie passierten die Ausfahrt Biberach-Nord. Lindas Gedanken begannen wieder, sich mit dem Fall zu beschäftigen. Sie versuchte, sich den Fundort noch einmal zu vergegenwärtigen. Dann stutzte sie.

»Warum bist du eigentlich gestern so ausgerastet, als ich gesagt habe, dass wir zum Lindenweiher fahren?«, fragte sie.

Wellmann seufzte.

»Ich habe am Lindenweiher einmal ein extrem unschönes Erlebnis gehabt. Seitdem habe ich den Ort gemieden wie der Teufel das Weihwasser. Aber manchmal kann man nicht anders, als sich seinen Dämonen zu stellen, das ist mir schon klar.«

Linda überlegte, ob sie nachbohren sollte. Obwohl es sie gar nichts anging, brannte sie darauf zu wissen, von welchen Dämonen Wellmann sprach. Ob diese alte Sache wohl mit seinen aktuellen Problemen zu tun hatte? Aber gleichzeitig kannte sie ihren Kollegen inzwischen gut genug, um zu wissen, wie fruchtlos es sein konnte, ihn zu bedrängen. Tobias gab nicht gerne etwas von sich preis. Und sie wollte vermeiden, dass er es sich vielleicht noch anders überlegte und seinen Skiurlaub den Ermittlungen vorzog, wenn sie ihm zu sehr auf die Nerven ginge. Daher entschied sie sich schweren Herzens, es gut sein zu lassen, und schaltete das Radio ein.

Auf dem Ulmer Regionalsender liefen die Nachrichten. Linda war erleichtert darüber, dass in den Meldungen aus der Region nicht auf den Todesfall am Lindenweiher eingegangen wurde. Siedend heiß fiel ihr ein, dass sie noch gar keinen Blick in die Zeitung geworfen hatte.

»Hast du schon die ›Schwäbische‹ gelesen?«, fragte sie Wellmann.

Er schüttelte den Kopf. »Daran habe ich heute Morgen gar nicht gedacht.«

Linda kämpfte sich durch den dichter werdenden Verkehr auf der B 10. Als sie schließlich die Abzweigung in Richtung Universität nahmen, verdichtete sich der Schneefall wieder. Im Parkhaus war erstaunlich viel los für einen Samstagmorgen, und sie hatte Mühe, einen Stellplatz zu finden.

»Wahrscheinlich sind all die Besoffenen der letzten Tage heute in der Notaufnahme aufgeschlagen«, knurrte sie.

Schließlich fanden sie einen Parkplatz, und ein paar Minuten später öffneten sie die Glastür, hinter der das Institut für Gerichtsmedizin der Universität Ulm lag. Umsichtigerweise hatte Linda ihren Besuch angekündigt, und so mussten sie nicht ewig darauf warten, mit einem Arzt sprechen zu können. Der diensthabende Pathologe kam ihnen bereits entgegen. Er stellte sich als Dr. Meissner vor und führte sie direkt in den Sektionsraum.

»Wir haben die Leichenschau gestern Nachmittag durchgeführt, ich habe Ihnen die beiden Toten aus der Kühlung geholt, falls Sie sie selbst noch einmal inspizieren möchten.«

Linda schluckte schwer. Leichen gegenüberzutreten war ein weiterer Aspekt ihres Berufs, mit dem sie sich wohl nie anfreunden können würde. Sie bewunderte Wellmann, wie cool und gelassen er mit diesen Situationen umging. Sie konnte ihre

Scheu vor den toten Menschen nicht abschütteln. Ein uraltes Angstgefühl kroch in ihr hoch, schloss seine Finger um ihre Kehle und erzeugte einen drängenden Würgereiz. So gut es ging, kämpfte sie dagegen an und folgte dem Gerichtsmediziner in seinen Arbeitsraum.

Dr. Meissner trat neben einen der drei Sektionstische und nahm das dünne Tuch von dem Jungen. Roberts Gesicht wirkte beneidenswert friedlich auf die Kommissarin. Der Gerichtsmediziner hatte nur seinen Kopf freigelegt, der restliche Körper und damit auch die y-förmige Sektionsnarbe blieben unter dem Laken verborgen.

»Haben Sie Hinweise auf die Todesursache gefunden?«, fragte Wellmann.

Dr. Meissner nickte.

»Wir gehen von einer Mischintoxikation aus. Der Verstorbene hatte einen Blutalkoholspiegel von zwei Komma vier Promille. Zudem fanden wir in dem Röhrchen, das der Tote in der Hand gehalten hatte, Spuren von Flunitrazepam. Das ist ein Benzodiazepin, ein Beruhigungsmittel, dessen atemdepressive Wirkung in Verbindung mit Alkohol deutlich verstärkt wird. Die diesbezüglichen Blutanalysen werden uns jedoch erst morgen früh vorliegen.«

»Das heißt, er hat einfach aufgehört zu atmen?«, fragte Linda, die ihren Brechreiz inzwischen so weit unter Kontrolle hatte, dass sie sprechen konnte, ohne dass ihre Stimme zitterte.

»Ja, so könnte man es ausdrücken. Aber wir müssen wie gesagt zunächst die Blutanalyse abwarten. Dann können wir beurteilen, ob das Flunitrazepam zum Tod des jungen Mannes beigetragen hat oder ob der Alkoholspiegel ausreichend hoch war.«

»Flunitrazepam, ist das nicht eine dieser K.-o.-Drogen?«, fragte Wellmann.

»Korrekt. Es wird auch dazu missbraucht, Menschen gegen ihren Willen zu narkotisieren. Allerdings fällt es in Deutschland unter das Betäubungsmittelgesetz und wird kaum noch verordnet.«

»Der Junge muss also illegal an den Wirkstoff gekommen sein«, murmelte Linda.

»Und das Mädchen?«, fragte Wellmann.

»Hm, das ist ein sehr interessanter Fall«, erwiderte Dr. Meissner.

Er deckte Robert zu und ging zum anderen Sektionstisch, wo er das Laken von Janas Gesicht schob.

»Hatte sie auch dieses Flunitrazepam im Blut?«, fragte Linda.

»Die Analysen laufen wie gesagt noch, aber wir gehen mit ziemlicher Sicherheit davon aus, dass sie eine hohe Konzentration eines toxischen Stoffes verabreicht bekommen hat.«

»Verabreicht bekommen?«, fragte Linda.

Dr. Meissner deutete auf eine Stelle am Hals des Mädchens. Ein etwa fünfzig Cent großes Stück Haut war dort gerötet und mit verkrustetem Blut bedeckt.

»Da wollte jemand eine Einstichwunde verbergen«, sagte der Arzt und deutete mit der Spitze eines Kugelschreibers auf einen winzigen roten Punkt inmitten der rotbraunen Kruste. »Die Haut um die Injektionsstelle wurde mit einem rauen Gegenstand aufgekratzt.«

Lindas Puls beschleunigte sich.

»Einstichwunde? Von einer Spritze.«

Dr. Meissner nickte.

»Eine typische Verletzung nach einer intravenösen Injektion.«

»Hat Robert seiner Freundin ein Gift gespritzt?«, fragte Linda.

»Am Lindenweiher wurden keine Injektionsnadel und auch keine Spritze gefunden«, erwiderte Wellmann. »Und warum sollte er versuchen, danach seine Spuren zu verwischen?«

»Die Schlüsse müssen natürlich Sie aus der Beweislage ziehen«, warf Dr. Meissner ein. »Aber die Injektion muss der jungen Frau von jemandem mit medizinischer Grundbildung beigebracht worden sein.«

»Könnte man ihr auch Flunitrazepam verabreicht haben?«, fragte Linda.

Dr. Meissner nickte.

»Das wäre naheliegend. Aber da muss ich Sie leider bis morgen vertrösten.«

»Ist sie an der Substanz gestorben, die man ihr gespritzt hat?«, fragte Wellmann.

Der Arzt schüttelte den Kopf.

»Sie ist erfroren.«

Eine kalte Welle des Entsetzens fuhr durch Lindas Körper und ließ eine Gänsehaut auf ihrem Rücken zurück.

»Es hört sich schlimmer an, als es ist«, fügte Dr. Meissner hinzu. »Sie wird nichts davon mitbekommen haben, da sie wahrscheinlich betäubt war. Das Erfrieren selbst ist eine der angenehmeren Todesarten, wenn man das so sagen kann. Wir haben das regelmäßig, dass schwer alkoholisierte Personen im Winter im Freien einschlafen und dann durch die Kälte zu Tode kommen. Aber etwas wollte ich Ihnen noch zeigen.«

Er griff nach dem Laken und zog es über die Schultern des Mädchens herab, sodass sie aussah wie eine umgekippte antike Marmorbüste, kalt und schön und tot. Meissner packte Janas rechten Oberarm und zog sie zu sich heran, damit man ihren oberen Rücken sehen konnte. Unterhalb der rechten Achsel konnte Linda einen tiefvioletten Bereich erkennen.

»Ein Hämatom?«, fragte sie.

»Ja«, bestätigte der Arzt keuchend, den toten Körper weiterhin in Position haltend. »Schauen Sie mal genau hin. Da zeichnen sich die Umrisse von Fingern ab.«

»Heißt das, dass sie jemand getragen hat?«, fragte Wellmann.

»Wohl eher geschleppt«, erwiderte Meissner und ließ Jana wieder auf den Sektionstisch zurücksinken. »An ihren Fersen finden sich korrespondierende Blutergüsse, die darauf schließen lassen, dass sie über den Boden geschleift wurde, zumindest ein kleines Stück weit. Die Form und Farbe der Hämatome deutet darauf hin, dass sie zu dem Zeitpunkt noch gelebt haben muss, wenn auch nicht mehr allzu lange.«

»Dann müssen wir die KT noch einmal an den Tatort schicken«, sagte Wellmann. »Die sollen nach Schleifspuren suchen. Möglicherweise hat der Schnee die zugedeckt.«

Er wandte sich an den Arzt.

»Haben Sie bei dem Jungen auch etwas Verdächtiges festgestellt?«

Meissner überlegte einen Augenblick, dann entgegnete er: »Nein. Keine Hämatome und keine anderen Spuren, die auf ein Fremdverschulden hindeuten.«

»Gut«, sagte Wellmann und bedankte sich bei dem Gerichtsmediziner. »Geben Sie uns bitte noch Bescheid, wenn die Analyse des Blutes abgeschlossen ist?«

Der Arzt nickte und brachte sie zur Tür. Als sie wieder im Auto saßen, zückte Linda sofort ihr Smartphone und rief Waibel an.

»Flunitrazepam? Und das Mädchen hat eine Einstichwunde?«

Der Dezernatsleiter klang ehrlich erschüttert.

»Wir brauchen dringend ein Update darüber, wie es im Landkreis bezüglich illegaler Substanzen aussieht«, sagte Linda.

»Ich werde beim Dezernat für Rauschmittel anfragen«, erwiderte Waibel. »Vielleicht kann der Diensthabende euch nachher auf Stand bringen. Das ist ja ein Ding. Und die Blutergüsse deuten darauf hin, dass das Mädchen bewegt wurde?«

»Ja, und zwar noch zu Lebzeiten. Die Frage ist, ob Robert seine Freundin durch die Gegend geschleift hat und ihr ein Gift gespritzt hat oder ob es eine dritte Person war. Kannst du bitte organisieren, dass die KT den Tatort noch einmal genauer unter die Lupe nimmt? Die sollen notfalls den Schnee mit einer Wärmelampe schmelzen und besonderes Augenmerk auf den Busch richten, an dem die Zweige abgeknickt waren.«

Waibel zögerte kurz. »Okay, von mir aus. Ich bin zwar immer noch nicht vollständig davon überzeugt, dass da eine weitere Person beteiligt war, aber wenn wir dadurch Klarheit bekommen, schicke ich ein Team der KT raus.«

Er verabschiedete sich und legte auf.

»Und nun?«, fragte Linda. »Zurück zur Dienststelle?«
Wellmann schüttelte den Kopf.

»Lassen wir doch unserem lieben Martin ein wenig Zeit, alles zu organisieren. Wir werden jetzt zunächst einmal Janas Eltern einen Besuch abstatten.«

12

Als sie sich wieder auf der B 30 in Richtung Süden befanden, war Linda tief in Gedanken versunken. Etwas während ihres Termins in der Gerichtsmedizin hatte sie stutzig gemacht. Es war die Art und Weise gewesen, wie Wellmann den Jungen gemustert hatte. Dem Mädchen hatte er nur kurz seine Aufmerksamkeit geschenkt, aber Robert hatte er mit einem hoch konzentrierten Interesse angesehen. Ihr fiel ein, dass er auch gestern seltsam reagiert hatte, als er am Tatort erfahren hatte, wie der Junge mit Nachnamen hieß. Er war zusammengezuckt und noch bleicher geworden, als er es eh schon gewesen war. Hatte er Robert Miller gekannt? Sie wurde das Gefühl nicht los, dass Wellmann ihr etwas verschwieg. Und das machte sie wütend und traurig zugleich. Sie überlegte, ob sie ihn deswegen nicht vielleicht doch direkt ansprechen sollte, entschied sich aber dagegen. Es würde nichts bringen, ihn unter Druck zu setzen. Sie musste darauf vertrauen, dass er sich irgendwann von selbst öffnen würde.

Linda verließ die B 30 und lenkte den Wagen Richtung Schweinhausen, bog dann jedoch nach Bad Schussenried ab. Die Straße war inzwischen weitgehend vom Neuschnee befreit worden, der nass und grau in hohen Haufen die Fahrbahn säumte. Sie überquerten die Riß und fuhren unter der Brücke der Bundesstraße hindurch. Am Ortseingang von Ingoldingen bog sie sofort rechts ab und jagte den Dienstwagen den Berg hinauf. Hier war das Räumfahrzeug noch nicht durchgefahren, und so rutschte und wackelte der Mercedes bedenklich. Das rote Blech eines Kleinwagens kam auf sie zu. Linda fing das Auto im letzten Moment ab und brachte es wenige Meter weiter sicher zum Stehen.

Sie stiegen aus und gingen zu einem großen, frei stehenden Einfamilienhaus. Linda öffnete die Gartentür und stapfte über einen nur ansatzweise freigeschaufelten Weg aus Kopfsteinen auf den Eingang zu, dicht gefolgt von Wellmann. Sie drückte die Klingel und wartete. Nichts geschah. Sie schellte noch einmal. Wieder nichts. Die beiden Ermittler wechselten einen Blick. Wellmann zuckte mit den Achseln und wandte sich zum Gehen, als plötzlich aus dem Innern des Hauses ein Rumpeln zu hören war. Im Milchglas der Eingangstür erschien ein dunkler Schatten, und kurz darauf drehte sich ein Schlüssel im Schloss.

In dem schmalen Spalt, der sich vor ihnen auftat, erschien der Kopf eines Mannes. Linda schätzte ihn auf Mitte vierzig. Er hatte eine kreisrunde Glatze mit einem Kranz struppiger, nach allen Seiten abstehender brauner Haare. Die Kommissarin suchte nach Ähnlichkeiten mit Jana und fand sie in der zierlichen Nase des Mannes, die für ihn zu klein, für seine Tochter jedoch genau richtig proportioniert gewesen war.

»Was wollet Sie?«, fragte Herr Krüger. Er wirkte müde.

»Guten Tag, Herr Krüger. Mein Name ist Linda Keller, und das ist mein Kollege Tobias Wellmann. Wir sind von der Kripo in Biberach und würden Ihnen, und wenn möglich auch Ihrer Frau, gerne noch ein paar Fragen stellen.«

Der Mann machte keine Anstalten, sie eintreten zu lassen.

»Da war doch geschtern scho jemand da von eich«, sagte er.

»Ja, das war ich. Zusammen mit meinen Kollegen. Wir haben Ihnen die Nachricht vom Tod Ihrer Tochter überbracht.«

Krügers Gesicht verzog sich zu einer Grimasse des Schmerzes, seine Augen füllten sich mit Tränen.

»Jana«, sagte er leise. Dann gab er der Tür einen Stoß, sodass sie aufschwang, und winkte die Ermittler herein.

Sie gingen durch einen dunklen Flur und gelangten in einen Raum, der eine Kombination aus Wohn- und Speisezimmer darstellte. Linda fiel sofort die spartanische, aber edel wirkende Einrichtung auf. Es gab einen gläsernen Esstisch mit vier chromglänzenden Stühlen, ein Regal mit einem guten Dutzend identisch aussehender, in dunkelbraunes Schweinsleder gebundener Bücher, eine futuristische Fernsehwand mit einem riesigen Flachbildschirm und ein schneeweißes Ledersofa. Janas Vater wies auf die Stühle, und Linda und Wellmann nahmen Platz. Eine schwarz gekleidete Frau trat aus der über einen türlosen Bogen mit dem Raum verbundenen Küche und musterte die beiden Kommissare misstrauisch.

»Was wollet Sie?«, fragte sie. »Könnet Sie uns net einfach mit unserem Schmerz allei lasse?«

»Ich kann sehr gut verstehen, dass Sie das Bedürfnis haben, in Ruhe um Ihre Tochter zu trauern«, sagte Wellmann. »Wir kommen gerade aus der Gerichtsmedizin. Aufgrund der Erkenntnisse der Obduktion müssen wir davon ausgehen, dass der Tod Ihrer Tochter von einer dritten Person herbeigeführt worden ist.«

»Sie ischt ermordet worde? Ich hon's doch gesagt!«, rief Frau Krüger.

»Ob sie ermordet worden ist, können wir zum jetzigen Zeitpunkt noch nicht sagen. Unsere Aufgabe ist es, die Umstände von Janas Tod so genau wie möglich zu untersuchen. Und dazu benötigen wir Ihre Mithilfe. Es wird nicht lange dauern.«

Bei der Erwähnung seiner Tochter brach Herr Krüger in wildes Schluchzen aus. Seine Frau legte ihm den Arm um die bebenden Schultern und fixierte Wellmann.

»Die Umständ ihres Todes. Soso«, sagte sie langsam und voller Bitterkeit. »Sie wisset doch ganz genau, wer die Jana auf dem Gwisse hot.«

»Nein, das wissen wir nicht«, sagte Wellmann.

Linda war gespannt, ob Frau Krüger ihre Anschuldigungen gegen die Familie Miller vom Vortag wiederholen würde.

Herr Krüger zog ein Papiertaschentuch aus seiner Hosentasche und schnäuzte sich laut und vernehmlich. Seine Frau verdrehte die Augen.

»Dr alte Miller ond sei Frau natürlich, wer sonscht. Die Hurasiache hond se ombracht, mei Jana«, sagte sie. Ihre harte Stimme wurde umso brüchiger, je länger sie sprach.

»Wie kommen Sie darauf, dass Herr und Frau Miller Ihre Tochter umgebracht haben?«, fragte Wellmann.

»Aus Rache!«, rief Frau Krüger. Ihr Gesicht nahm die Farbe einer reifen Tomate an, und Linda befürchtete schon, sie könnte einen Schlaganfall erleiden, als es aus ihr herausbrach: »Runtergewirtschaftet hot er sei Bäckerei. Mit der Qualität hot's nimmer gstimmt. Des hot jeder im Gäu gwusst. Deshalb hont die Leut au lieber bei uns einkauft, und deshalb hont mir au ei Filiale nach dr andere aufgmacht, während der Miller damit bschäftigt war, die leer gsoffene Schnapsfläschle von seiner Frau zu verstecke. Die hont nie verwunde, dass mir erfolgreicher waret. Aber mir waret au fleißig. Mir hont all des mit unsere Händ verdient. Mir hont dr Jana was biete wolle …«

Ihre Stimme brach. Herr Krüger trat neben seine Frau und legte ihr einen Arm um die Schulter.

»Wie haben Sie reagiert, als Sie erfahren haben, dass Jana und Robert Miller ein Paar geworden waren?«, fragte Wellmann.

Herr Krüger zuckte mit den Achseln.

»Begeistert waret mir natürlich net. Aber die Jana war ganz offenbar glücklich mit ihm. Sie hot so gstrahlt die letzte Woche.«

Ein Schluchzen schüttelte seinen Körper.

Wellmann schien abzuwarten, bis sich die beiden wieder ein wenig beruhigt hatten.

»Wann hat Jana vorgestern Abend das Haus verlassen?«, fragte Linda nach einer Weile.

»Gegen halb neune«, sagte Herr Krüger. »Sie wollte de Robert auf dem Ball in Hochdorf treffe. Ich hon abote, sie zu fahre, aber sie wollt unbedingt des Fahrrad nehme. Zu dem Zeitpunkt war's ja no trocke.«

»Wie sah denn Janas Fahrrad aus?«, fragte Linda.

»Hont Sie des net gefunde?«, fragte er.

Linda schüttelte den Kopf.

Herr Krüger nannte ihr die Marke und die Farbe. Linda machte sich Notizen.

»Wann haben Sie denn bemerkt, dass Ihre Tochter nicht nach Hause gekommen ist?«, fragte Wellmann.

Herr Krüger sah zu Boden.

»Erscht als die Polizischte gekomme sind und uns gsagt hont, dass sie nimmer lebt.«

Seine Stimme zitterte. Seine Frau übernahm wieder das Wort.

»Mir hont dacht, sie übernachtet beim Robert.«

»Sie haben gestern ohne zu zögern Roberts Eltern beschuldigt, für den Tod Ihrer Tochter verantwortlich zu sein. Gibt es denn handfeste Beweise, auf die Sie diese Vermutung stützen?«

Frau Krüger lachte bitter.

»Des mit dene handfeschte Beweise ischt doch Ihr Job, oder? I sag Eahne oins: Sie verschwendet hier Ihre Zeit. Sie solltet die Bude von de Millers auseinandernehme. Dann werdet Sie scho Ihre Beweise finde.«

»Können wir trotzdem erst noch einen Blick in Janas Zimmer werfen?«, fragte Wellmann. Frau Krüger und ihr Mann wechselten einen Blick. Er nickte.

»Kommet Se mit!«

Er führte die beiden Ermittler in das Treppenhaus und ging voran in den ersten Stock des Gebäudes hinauf. Oben war eine kleinere Ausgabe des Flurs, von der drei Türen abgingen. Er öffnete eine davon und trat zur Seite.

Janas Zimmer sah ganz anders aus, als Linda es sich vorgestellt hatte. Es war kein Teenager-Zimmer im klassischen Sinn. An den Wänden hingen weder Poster von Schauspielern noch von Boybands. Stattdessen war eine Wand mit einer Bildtapete bezogen, die ein Gemälde von Monet wiedergab. Eine nur in Umrissen zu erkennende Frau mit einem Schirm machte einen Spaziergang über eine Wiese, in der Mohnblüten blutrot leuchteten. Janas Bett stand vor der Tapete. An der gegenüberliegenden Seite des Zimmers befand sich ein großer Kleiderschrank. Unter dem Dachfenster war ein Schreibtisch aufgestellt worden. Auf der Tischplatte lag ein zugeklappter Laptop.

»Wir würden den Computer Ihrer Tochter gerne zur weiteren Analyse mit auf die Dienststelle nehmen«, sagte Wellmann.

Krüger zuckte mit den Schultern.

»I wüsst net, was i no damit anfange sollt.«

Linda zog sich ein Paar Latexhandschuhe über und begann, die Schubladen von Janas Schreibtisch zu öffnen.

»Wissen Sie, ob Jana ein Tagebuch geführt hat?«, fragte sie Herrn Krüger.

Dieser schnaubte.

»Als ob sie mir des auf die Nas gebunden hätt.«

Im Schreibtisch fanden sich nur Schulsachen und eine kleine Schmuckkassette. Linda wandte sich dem Nachtkästchen zu, wo sie unter einem Berg von Papiertaschentüchern eine geöffnete Packung Kondome fand. Von einem Tagebuch oder persönlichen Aufzeichnungen war nichts zu sehen.

»Gut, dann wären wir hier fertig«, sagte Wellmann schließlich. Sie folgten Krüger wieder in den Flur, um sich von ihm zu verabschieden.

»Wir werden Sie sofort informieren, wenn wir Genaueres über die Umstände von Janas Tod herausgefunden haben.«

»Des bringt mir mei Tochter au nimmer zurück«, sagte Krüger, und seine mühsam wieder aufgerichtete Fassade bekam Risse. Ehe er erneut in Tränen ausbrechen konnte, reichte ihm Linda die Hand und zog Wellmann rasch mit sich durch die Haustür ins Freie.

»Puh, ganz schwere Kost«, sagte sie, als sie wieder im Auto saßen.

Wellmann nickte. »Wir können nur hoffen, dass es keine weiteren Personenschäden gibt. Herrn Krüger schätze ich ja als harmlos ein, aber seiner Frau traue ich da nicht über den Weg.«

»Du meinst, sie könnte ausrasten, weil sie denkt, die Millers hätten sich durch Janas Ermordung an ihr und ihrem Mann rächen wollen?«

»Ich meine, dass wir gut daran tun, die Wahrheit herauszufinden. Das wird weder der Familie Krüger ihre Tochter noch der Familie Miller ihren Sohn zurückbringen. Aber vielleicht können wir noch mehr Tote verhindern.«

13

Als die beiden Ermittler gegen halb zwölf in das Dezernat zurückkehrten, wartete Waibel bereits in ihrem Büro auf sie. Linda sah auf den ersten Blick, dass ihrem Chef eine gewaltige Laus über die Leber gelaufen war. Seine Miene war düster, und zudem kaute er auf seiner Unterlippe, ein untrügliches Zeichen dafür, wie angespannt der Dezernatsleiter war.

»Was ist los?«, fragte Wellmann.

Anstelle einer Antwort knallte Waibel eine Zeitung auf den Tisch. Wellmann nahm sie auf, und Linda konnte erkennen, dass es sich um das heutige Exemplar der »Schwäbischen« handelte. Mit einem mulmigen Gefühl der Vorahnung im Bauch sah sie zu, wie er den Regionalteil aufschlug. Die Schlagzeile ließ sie aufstöhnen: »Romeo und Julia auf dem Dörfle. Selbstmorddrama am Lindenweiher«.

»Diese dämliche Kuh«, murmelte Wellmann.

Linda sah ihm über die Schulter und las mit:

Hochdorf – Am Freitagmorgen wurden am Lindenweiher in Hochdorf, einem der beliebtesten Badeseen der Region, die Leichen von Jana K. und Robert M. gefunden: Beide waren achtzehn Jahre alt. Laut der Kripo in Biberach handelte es sich bei dem doppelten Todesfall mit an Sicherheit grenzender Wahrscheinlichkeit um einen Selbstmord. Als Hintergrund wird ein seit Jahren schwelender Streit zwischen den Eltern der jungen Leute vermutet.

In den folgenden Absätzen wurde auf die Fehde zwischen den Bäckern eingegangen. Dann folgte ein Abschnitt, der die ohnehin schon recht tiefen Furchen auf Wellmanns Stirn zu steilen Schluchten werden ließ:

Besondere Brisanz gewinnt der Tod der beiden Teenager aus der Tatsache, dass Jana K. vor wenigen Wochen als Julia in der umjubelten Aufführung des Shakespeare-Klassikers »Romeo und Julia« am Pestalozzi-Gymnasium in Biberach brilliert hatte. Ein auf die psychologische Analyse von Straftätern spezialisierter Mitarbeiter der Kripo in Biberach vermutet, dass die junge Frau sich so sehr in ihre Rolle hineingesteigert haben könnte, dass sie die Fiktion mit der Realität verwechselt und ihren Freund zu einem gemeinsamen Selbstmord überredet haben könnte. Die Ermittlungen laufen jedoch noch. Sb

Über dem Artikel prangte ein Bild des Weihers. Erfreulicherweise hatte Sabine Braun – denn Linda war sich sicher, dass die Journalistin diesen Mist verfasst hatte – darauf verzichtet, die Fotos von den Toten zu verwenden, die ihr Begleiter so eifrig geschossen hatte.

Der in einem Kasten unterhalb des Artikels platzierte Hinweis auf die Hotline der Notfallseelsorge für Menschen, deren Suizidgedanken sich durch das Lesen möglicherweise verstärken könnten, kam ihr jedoch angesichts des reißerischen Ausschlachtens des Dramas am Lindenweiher wie der pure Hohn vor:

Wenn Ihre Gedanken kreisen und Sie daran denken, sich das Leben zu nehmen, versuchen Sie, mit anderen Menschen darüber zu sprechen. Das können Freunde oder Verwandte sein, müssen es aber nicht. Es kann schwer sein, ausgerechnet über dieses Thema mit Menschen zu sprechen, die Ihnen nahestehen. Es gibt eine Vielzahl von Hilfsangeboten, bei denen Sie – auch anonym – mit anderen Menschen über Ihre Gedanken sprechen können, wie beispielsweise die Telefonseelsorge, die Sie kostenlos und rund um die Uhr unter der Nummer 0800/111 0 111 erreichen können.

»So eine verdammte Scheiße«, knurrte Wellmann und warf die Zeitung auf den Schreibtisch.

»Was hast du dieser Journalistin für einen Mist erzählt?«, wollte Waibel wissen. Seine Stimme zitterte vor Anspannung.

»Ich?«, fragte Wellmann. Er lachte freudlos. »Martin, du solltest mich inzwischen gut genug kennen, um mir so etwas nicht zuzutrauen. Sabine Braun und ich waren zusammen in der Schule, sie kommt auch aus Hochdorf. Und ja, ich habe gestern mit ihr gesprochen. Aber nur kurz und ausschließlich über private Dinge.«

Waibel schaute ihn skeptisch an. Wellmann verdrehte die Augen.

»Denk doch mal einen Augenblick darüber nach, Martin. Warum sollte ich der Presse etwas von einem Suizid erzählen, wenn ich selbst Zweifel am Tatablauf habe? Nein, das war ich nicht. Entweder sie hat ihre Quelle erfunden oder ein anderer Kollege hat geredet.«

»Du bist aber der Einzige mit einer psychologischen Qualifikation«, beharrte Waibel.

»Ich habe das nicht gesagt!«, rief Wellmann. »Wie lange kennen wir uns schon? Zwanzig Jahre? Habe ich dich jemals angelogen?«

Waibel schüttelte den Kopf.

»Nein, das nicht«, erwiderte er langsam. »Aber … wie soll ich es ausdrücken? Ich fürchte, dass dein Urteilsvermögen in diesem Fall beeinträchtigt sein könnte.«

»Mein Urteilsvermögen ist so gut wie eh und je«, knurrte Wellmann. »Dir passt es nur nicht, dass Linda und ich darauf bestanden haben, die Sache genauer zu untersuchen. Wahrscheinlich hattest du ein gemütliches Wochenende geplant, und stattdessen musst du dich nun mit zwei toten Teenagern rumschlagen. Dumm gelaufen!«

Waibels Wangen röteten sich. »Also, jetzt werd mal nicht persönlich!«

»Gerne, wenn du damit aufhörst, mir vorzuwerfen, dass ich lüge …«

Linda schlug mit der flachen Hand auf den Tisch. Der Knall ließ Waibel zusammenzucken. Wellmann sah sie irritiert an.

»Könnt ihr beide endlich damit aufhören, euch wie Kindergartenkinder zu benehmen, die sich darüber streiten, wer wem die Sandburg kaputt gemacht hat?«, rief sie.

Waibels Wangen wurden noch eine Spur röter. Wellmann schnaubte und setzte an, etwas zu sagen, doch Linda hob die Hand. »Der Artikel ist eine Frechheit. Aber ihr werdet ihn nicht aus der Welt schaffen, wenn ihr euch gegenseitig anbrüllt. Ihr könnt euren Streit fortsetzen, aber ich werde mich dann verabschieden und mich um die wirklich wichtigen Dinge kümmern. Wir haben zwei Achtzehnjährige gefunden, deren Todesumstände unklar sind. Das ist unsere Aufgabe, verdammt noch mal. Oder seid ihr da anderer Meinung?«

Waibel sah aus, als ob ihm jemand mit einem Vorschlaghammer auf die Stirn geschlagen hätte. Sein Mund war aufgeklappt, und er atmete schwer. Wellmann kaute unterdessen auf seiner Unterlippe herum. Er schüttelte den Kopf, und nach einer Weile tat Waibel es ihm nach.

»Gut, dann können wir endlich wieder zur Ermittlungsarbeit übergehen? Danke!«, sagte Linda.

Als erneut keine Widerworte kamen, begann sie, Waibel von ihrem Besuch bei Familie Krüger zu berichten. Während sie die Reaktionen von Janas Eltern schilderte, entspannte sich der Dezernatsleiter zusehends.

»Okay«, sagte er, als Linda geendet hatte. »Dann wissen wir allerdings noch immer nichts darüber, wie und wann Jana an den Lindenweiher gekommen ist. Ihr Fahrrad ist verschwunden.«

»Vielleicht sollten wir die Bevölkerung in Ingoldingen dazu aufrufen, sich zu melden. Möglicherweise hat jemand das Mädchen gesehen oder das Fahrrad entdeckt. Und zur Sicherheit sollte die KT vielleicht auch noch den Lindenweiher absuchen. Möglicherweise ist das Fahrrad dort versenkt worden«, schlug Wellmann vor.

»Das wäre eine Idee«, erwiderte Waibel vage.

Doch Wellmann ließ sich nicht abspeisen. Er nagelte seinen Vorgesetzten fest: »Gut, dann kümmere dich bitte darum.«

Waibel nickte.

»Zuerst sollten wir aber die Sache mit dem Flunitrazepam klären«, schlug Linda vor.

»Greiner vom Dezernat 3 hat Dienst«, sagte Waibel. »Er wird euch Rede und Antwort stehen. Und ich gehe jetzt endgültig in mein Wochenende. Den Aufruf an die Bevölkerung soll Korbinian koordinieren. Ich gebe ihm Bescheid.«

Er verabschiedete sich per Handschlag von ihnen und verließ den Raum.

»Tja, so ein Dezernat zu leiten, ist nicht einfach«, bemerkte Wellmann lakonisch, nachdem die Tür sich geschlossen hatte.

»Trotzdem hättest du ihn nicht so anzugehen brauchen. Er steht auf unserer Seite. Das weißt du genau«, erwiderte Linda.

»Dann soll er es auch bitteschön zeigen«, brummte Wellmann.

»Ja, das wäre hilfreich«, sagte Linda. »Genauso hilfreich wäre aber, wenn du dich ein bisschen besser im Zaum halten könntest. Ich habe keinen Bock darauf, die ganze Zeit über die Wogen zu glätten, wenn du mal wieder aus der Haut gefahren bist. Nur weil ich eine Frau bin, heißt das nicht, dass ich hier die Psychotante für alle spielen muss, okay? Dafür ist selbst Korbinian besser qualifiziert als ich.«

Wellmann sah zu Boden. »Sorry«, sagte er.

»Schon okay. Jetzt lass uns zu diesem Greiner gehen.«

Auf halbem Weg zu den Büros des Rauschgiftdezernats kam ihnen Mächle entgegen.

Er grinste den Kollegen herausfordernd an und sagte: »Na, hab gehört, deine kleine private Pressekonferenz gestern kam oben nicht so gut an.«

Wellmann ignorierte ihn und ging weiter. Linda warf Mächle einen bösen Blick zu. Als Wellmann jedoch gegen die Tür des Büros von Peter Greiner klopfte, hallten die Schläge so laut durch den Flur, dass die Fensterscheiben bebten.

»Hey, Sie brauchen die Tür nicht einzuschlagen, ich mache

freiwillig auf«, sagte Greiner mit einem Zwinkern seiner dunkelbraunen Augen, um die sich kleine Lachfältchen gebildet hatten. Linda wusste über ihn nur, dass er erst vor Kurzem seine Ausbildung beendet und sich danach gleich auf die freie Stelle im Dezernat für Kapitalverbrechen beworben, dann aber den Kürzeren gezogen hatte, weil Wellmann zur selben Zeit aus Stuttgart zurückgekehrt war. Er schien diesem gegenüber deswegen aber keinen nachhaltigen Groll zu hegen. Stattdessen war er wohl eher froh, dass ihn jemand während seines Dienstes besuchte. Auf dem Schreibtisch stapelten sich Aktenordner, offenbar war er gerade dabei gewesen, einen umfangreichen Vorgang zu bearbeiten.

»Ich dachte, ich schlage besser die Tür als jemand anderen«, knurrte Wellmann und schüttelte Greiner die Hand. Dieser schaute ihn fragend an.

»Nicht so wichtig«, sagte Linda und schob Wellmann zur Seite, um den Kollegen selbst zu begrüßen. »Hallo, Herr Greiner.«

Greiner kam gleich zur Sache. »Sie wollen also etwas über die illegalen Betäubungsmittel im Landkreis wissen?«, fragte er und rieb sich dabei die Hände. »Gut, dann kommen Sie mal mit.«

Er führte sie in einen Nachbarraum, in dem eine Landkarte des Kreises Biberach hing, die mit zahlreichen Nadeln gespickt war, deren Köpfe unterschiedliche Farben aufwiesen.

»Das haben wir erst in der vergangenen Woche erstellt«, sagte Greiner. Angesichts des Stolzes, der in seiner Stimme mitschwang, vermutete Linda, dass der junge Kollege mit dem fröhlichen Lächeln für die Visualisierung der Ermittlungsergebnisse verantwortlich gewesen war. Sie nickte ihm aufmunternd zu, und er strahlte sie an.

»Auf der Karte sind alle Drogendelikte nach Orten aufgeführt, getrennt nach Art der Drogen. Grün steht für Cannabis, Gelb für Heroin und andere Opiate, Rot für Kokain, Blau für Crystal Meth und Braun für Beruhigungsmittel, die unter das BTM-Gesetz fallen wie etwa Ihr Flunitrazepam.«

Sie nahmen sich Zeit, die Karte eingehend zu studieren. Die meisten Nadeln fanden sich naturgemäß in Biberach. Hier waren am häufigsten grüne Punkte zu finden, jedoch auch erschreckend viele braune, blaue und gelbe. Linda fiel auf, dass sich von der Stadt aus eine Kette blauer Punkte nach Südosten zog, über Ummendorf, Fischbach und Schweinhausen bis nach Ingoldingen und Hochdorf. Die weiter südlich gelegenen Gemeinden wiesen dagegen vor allem Cannabisdelikte auf.

»Wie erklärt ihr euch, dass es in Hochdorf und Ingoldingen insgesamt vierzehn Delikte im Zusammenhang mit Crystal Meth gibt und drei Kilometer weiter in Winterstettenstadt kein einziges?«, fragte sie.

»Die Frage haben wir letzte Woche heiß diskutiert«, entgegnete Greiner. »Leider sind wir zu keinem definitiven Ergebnis gekommen. Möglicherweise hängt es mit den Verteilungsstrukturen der Dealer zusammen. Oder der besseren Verfügbarkeit von Cannabis im südlichen Landkreis. Da vermuten wir einige Plantagen. Letztendlich fischen wir hier leider im Trüben. Aber ihr wolltet doch eigentlich etwas über Roofies erfahren, oder?«

»Roofies?«, fragte Linda.

»So nennt man das Flunitrazepam in der Szene«, erklärte Greiner. »Bis vor ein paar Jahren war das noch ein häufig verschriebenes, legales Medikament. Es war unter dem Handelsnamen Rohypnol erhältlich und wurde als hochwirksames Schlafmittel eingesetzt«, sagte Greiner.

»Warum wurde es dann auf die BTM-Liste gesetzt?«, fragte Linda.

»Nun, es scheint ganz offenbar zu gut zu wirken. Rohypnol ist die am meisten verbreitete K.-o.-Droge. Es betäubt nicht nur, es löscht auch das Kurzzeitgedächtnis aus, macht einen ziemlichen Filmriss. Und es hat ein enorm hohes Missbrauchspotenzial. Viele Polytoxe nehmen morgens Speed zum Hochfahren und brauchen dann abends Roofies zum Runterkommen.«

»Polytoxe?«, fragte Linda. Sie kam sich vor wie eine Grundschülerin im Lateinunterricht.

»Menschen, die mehrere Drogen parallel konsumieren«, erklärte Greiner.

»Woher stammt das Flunitrazepam im Landkreis?«, fragte Wellmann.

»Das meiste wird wohl aus der Schweiz importiert. Die über das BTM-Rezept erhältlichen Substanzen sind alle chemisch so verändert, dass sie bei Kontakt mit Wasser ausfällen. Man sieht also, wenn jemandem etwas ins Glas geschüttet wird. Die Roofies, die wir im Landkreis finden, sind chemisch nicht verändert. In dieser speziellen Form ist das Medikament nur noch in der Schweiz erhältlich.«

»Kann man das Mittel auch spritzen?«

Greiner zuckte mit den Achseln.

»Man kann alles spritzen, wenn man es will. Ihr glaubt gar nicht, wie erfinderisch die Leute sind, wenn es um Drogenmissbrauch geht.«

»Und wie sieht der typische Flunitrazepam-Konsument aus?«, fragte Linda.

»Nun, klar gibt es da die klassischen Kandidaten. Polytoxe eben, das habe ich ja schon gesagt. Aber auch viele ganz normale Leute, die starke Schlafstörungen haben und sich einfach nur noch wegbeamen wollen. Benzodiazepine sind kein Problem von Außenseitern. Die sind in der Mitte der Gesellschaft angekommen. Wahrscheinlich kennt ihr – ohne es zu ahnen – mindestens drei oder vier Leute, die regelmäßig Beruhigungsmittel nehmen. Roofies sind überall erhältlich, auch in Biberach.«

Sie bedankten sich bei ihrem Kollegen und verabschiedeten sich von ihm.

»Und jetzt?«, fragte Linda.

»Jetzt sollten wir bei Roberts Eltern vorbeischauen. Aber vorher brauche ich dringend eine Pause. Meinst du, du könntest mich nach Hause fahren?«

14

Sie hatten Janas Laptop beim Erkennungsdienst abgeliefert, dann hatte Wellmann seine Tourenski in Lindas Twingo untergebracht, und sie hatte ihn nach Hause gefahren. Während der Fahrt hatte er bei Roberts Eltern angerufen, um für fünfzehn Uhr ihren Besuch anzukündigen. Er hatte mit Herrn Miller gesprochen, den er seit seiner Jugend kannte.

»Der steht immer noch unter Schock«, sagte der Kommissar, nachdem er aufgelegt hatte. »So habe ich Eberhard noch nie erlebt. Er redet wie ein Wasserfall.«

Er korrigierte den Satz, allerdings nur in seinem Geist. Natürlich hatte er Miller schon einmal in einem ähnlichen Zustand erlebt. Damals, vor vierundzwanzig Jahren. Seitdem hatten sie im Grunde auch keinen Kontakt mehr gehabt, und Wellmann war durchaus ein wenig nervös vor der Begegnung.

»Soll ich dich nachher abholen?«, fragte Linda, als sie vor dem Wellmann'schen Hof hielten.

»Nein, danke, ich lass mich von meinem Vater fahren. Der freut sich, wenn er ein bisschen rauskommt.«

Er winkte ihr zu und sah ihr nach, als sie in Richtung Schweinhausen davonfuhr. Dann trat er in den Flur des Bauernhauses. Er spürte sofort, dass etwas nicht stimmte. Es dauerte einige Augenblicke, bis er bemerkte, was es war. Als sich eine unangenehme Gänsehaut über seine Arme und seinen Rücken legten, wurde ihm bewusst, dass es eiskalt war.

»Vater?«, rief er.

Keine Antwort.

Er behielt seine Jacke an, lehnte die Ski an die Dielenwand und ging in die Stube. Sein Vater saß am Ecktisch, die Ellenbogen aufgestützt, den Kopf in den Händen vergraben. Vor ihm lag ein offiziell aussehendes Blatt Papier.

Er sprach ihn noch einmal an, doch sein Vater reagierte nicht. Da nahm Wellmann neben ihm Platz und faltete den Briefbogen auf. Das Schreiben kam von der Raiffeisenbank Riss-Rottum und war adressiert an Arnold Wellmann. Der Kommissar las:

Sehr geehrter Herr Wellmann,
es tut uns leid, Ihnen nach Durchsicht Ihrer Unterlagen mitteilen zu müssen, dass wir Ihrem Kreditwunsch nicht nachkommen können.

Wellmann übersprang die beiden nachfolgenden Absätze, in denen die guten Konditionen für Festgeld und die günstigen Tarife für Girokonten angepriesen wurden, und las die Unterschrift:

Mit freundlichen Grüßen
i. A. Schröder

Er legte das Schreiben auf den Tisch.

»Wofür wolltest du denn einen Kredit aufnehmen?«

Sein Vater hob den Kopf und schaute ihn mit müden Augen an.

»Für die Scheißumlage«, erwiderte er mit matter Stimme.

»Was für eine Umlage?«

Sein Vater seufzte. Offenbar fiel es ihm schwer zu sprechen. Wellmann fühlte sich in die Zeit vor zwanzig Jahren zurückversetzt, kurz nach dem Tod seiner Mutter. Er hatte damals das Gefühl gehabt, dass sein Vater sich komplett von der Außenwelt abgeschottet hatte. Ein paar Monate lang hatte er nicht mehr von ihm gehört als »Ja« oder »Nein«. Ganze Sätze hatte er gar nicht mehr gesprochen. Er war ein gebrochener Mann gewesen. Und genau so wirkte er jetzt.

»Welche Umlage?«, wiederholte der Kommissar seine Frage, in einem ungeduldigen Ton, der ihm zunächst leidtat, an seinem Vater jedoch scheinbar wirkungslos abprallte.

»Für die Insektelampe«, murmelte er schließlich, und selten war ihm sein Alter so deutlich anzusehen gewesen wie in diesem Augenblick.

»Welche Insektenlampen?«, bohrte Wellmann nach.

Sein Vater verzog unwillig den Mund, als er jedoch den durchdringenden Blick seines Sohnes wahrnahm und erkannte, dass der nicht lockerlassen würde, bis er wusste, was los war, sagte er: »D Gmoind will die Straßenlampe erneuere und alles auf die Anlieger umwälze.«

Wellmann überlegte kurz, dann sagte er: »Du hast ein Eckgrundstück, wie viele Lampen betrifft das? Zwei oder drei?«

»Drei. Es geht um sechstausend Euro«, sagte sein Vater tonlos.

»Sechstausend Euro?«

Der Kommissar zog die Augenbrauen nach oben. Das erschien ihm ganz schön viel für drei Lampen. Aber er wusste, wie teuer Infrastrukturvorhaben waren.

»Und wie viel Geld wolltest du dafür aufnehmen?«, fragte er.

»Fünftausend. Tausend hab i no auf am Sparbüchle.«

Wellmann nahm noch einmal den Brief der Bank in die Hand und zog eine Augenbraue hoch.

»Das kann doch nicht sein, dass die einem jahrzehntelangen Kunden wie dir einen derart kleinen Kredit verweigern. Du hast doch das Haus als Sicherheit.«

Da kam ihm ein furchtbarer Gedanke.

»Oder etwa nicht?«

Sein Vater schüttelte den Kopf und sagte:

»Natürlich hab ich des Haus. Es macht zwar nix mehr her, aber es ischt abbezahlt. Koi einzige Hypothek ischt mehr drauf.«

Wellmann las den Brief zum dritten Mal durch. »Hast du dich mit einem der Leute da angelegt? Mit Uli Braun zum Beispiel?«

Arnold Wellmann seufzte.

»Der ischt doch inzwischen a großes Tier. Mit kleine Fischle wie mir hat der nix mehr zu tun. I hab bloß mit diesem Schröder da verhandelt.«

Der Kommissar überlegte kurz. »Soll ich das in die Hand

nehmen? Ich könnte mal bei Uli vorbeischauen und ihn fragen, was das soll.«

Sein Vater zögerte. Er sah so unglücklich aus, dass Wellmann ihn am liebsten umarmt hätte, aber das ließ er bleiben. Es wäre dem alten Mann unangenehm gewesen.

»I ... i will des net«, sagte er schließlich und schaute auf die Tischplatte.

»Ich kann mir vorstellen, dass das nicht einfach für dich ist ...«

»Net oifach?«

Der alte Wellmann schlug mit der Faust auf den Tisch, dass das Blatt Papier kurz hüpfte. »Es ischt peinlich. Nur no peinlich. Was glaubscht du, was die Leut saget, wenn se erfahret, dass i des net zahle kann?«

»Jetzt mal langsam, Vater. Ich kümmere mich darum. Du bist ja sicher nicht der Einzige hier in Hochdorf, der Probleme hat, das Geld so mir nichts, dir nichts aufzutreiben. Ich rede mit dem Braun und notfalls auch mit dem Bürgermeister. Und wenn alle Stricke reißen, spring ich ein. Den Notgroschen auf deinem Sparbüchle rührst du jedenfalls nicht an.«

Sein Vater ließ die Schultern hängen.

»Des musscht du net.«

»Ich weiß, aber ich will es. Und den Braun nehm ich mir auch zur Brust, so was geht gar nicht.«

Im Kachelofen glomm noch ein Stück Glut, das er mit Reisig und Zeitungspapier rasch zu einem prasselnden Feuer anfachte. Als er sich sicher war, dass die Flammen nicht erlöschen würden, legte er einen Scheit Holz darauf und schloss die Klappe.

»So, und jetzt mach ich uns erst einmal was zu essen, ich hab nämlich Hunger«, sagte Wellmann und trat an den Herd.

Eine halbe Stunde später saßen Vater und Sohn gemeinsam am Küchentisch und aßen Hawaii-Toast, den Wellmann aus dem Kühlschrank improvisiert hatte. Er schlang das Essen regelrecht in sich hinein, ganz im Gegensatz zu seinem alten Herrn, der lustlos darin herumsäbelte und den halben Toast übrig ließ.

Wellmann räumte ab, während sein Vater wieder in seine depressive Schockstarre verfiel. Er seufzte. Dann kam ihm eine Idee.

»Vater, ich hab einen Vorschlag.«

Der alte Mann hob den Kopf.

»Wir holen morgen die Kinder und gehen mit ihnen auf den Faschingsumzug nach Biberach. Dann kannst du deine Enkelin mal als Gardetänzerin bewundern.«

Ein leises Funkeln füllte die Augen seines Vaters. Obwohl er es unter seiner rauen Schale nie zugeben würde, wusste Wellmann, dass sein Vater die Enkelkinder ganz fest ins Herz geschlossen hatte. Vielleicht würden die beiden ihn ein wenig von seinen bitteren Sorgen ablenken.

Nachdem Wellmann das Geschirr abgespült hatte, zückte er das Handy und rief seine Frau an. Evelyn wirkte nicht nur überrascht, sondern beinahe schockiert, als sie die Stimme ihres Mannes hörte.

»Ist was passiert? Geht's deinem Vater gut?«, fragte sie.

»Jaja«, erwiderte er ungeduldig. »Ich habe meinen Urlaub aus dienstlichen Gründen absagen müssen.«

Er hörte Evelyn am anderen Ende der Leitung schnauben und biss sich auf die Zunge. Da war er wieder einmal schön ins Fettnäpfchen getreten, wo sie ihm doch immer vorwarf, dass ihm dienstliche Belange stets wichtiger seien als seine Familie.

»Na ja, auf jeden Fall habe ich morgen Nachmittag Zeit, und wenn die Kinder wollen, dann gehe ich sehr gerne mit ihnen auf den Fasnetsumzug nach Biberach.«

»Ob die Kinder wollen?« Evelyn brach in ein furchtbar traurig klingendes Lachen aus. »Natürlich wollen sie. Sie saugen jede Minute mit dir auf wie ein Schwamm. Ich hoffe, das ist dir klar.«

Er seufzte. »Und das ist auch der Grund, warum ich wieder hierhergezogen bin, wenn ich dich daran erinnern darf.«

Sie schwieg. Wahrscheinlich war sie es genauso leid, darüber zu diskutieren, wie er.

»Gut, wann soll ich sie dann morgen abholen?«, fragte er.

»Ist halb zwei in Ordnung? Lisa muss um vierzehn Uhr beim Treffpunkt der Gardemädchen sein. Das ist am Stadtmuseum.«

»Klar, dann komme ich da vorbei«, sagte Wellmann und verabschiedete sich.

»Vater, morgen halb zwei. Hast du's gehört?«

Der Alte nickte schwach.

»Und jetzt musst du dich anziehen, weil ich gleich deine Fahrdienste benötige. Du musst mich zu den Millers nach Schweinhausen bringen.«

»Was willscht du denn da?«, fragte sein Vater.

»Ich bin Polizist, und wir ermitteln im Todesfall Robert Miller.«

Der alte Wellmann verdrehte die Augen, eine Mimik, die er mit Linda gemeinsam hatte.

»Komm mir net so blöd. Klar weiß ich, dass du bei der Polizei bischt. Senil bin i no lang net. I mein bloß, ob des so eine gute Idee ischt. Dass ausgerechnet du deswege zu de Millers fährscht. Lass des doch den Waibel mache.«

»Der hat frei«, gab Wellmann knapp zurück, nur um von seinem alten Herrn vor den Latz geknallt zu bekommen: »Und du hascht Urlaub.«

»Vater, ich weiß, was du meinst, aber ich muss das machen. Und ich will es auch. Da kannst du dich auf den Kopf stellen und Samba tanzen.«

Zum ersten Mal an diesem Tag grinste Wellmann senior.

»Besser net, sonscht brauch i au no neue Hüftgelenke.«

Eine Viertelstunde später verließen die beiden die inzwischen schon wieder behaglich warme Diele.

»Was ischt denn da los?«, fragte Arnold.

Wellmann musterte das Auto seines Vaters und rief: »Das darf ja wohl nicht wahr sein!«

Der Wagen lag deutlich tiefer im Schnee, als zu erwarten gewesen wäre, wenn seine Reifen Luft enthalten hätten. Doch sie waren platt wie anorektische Flundern. Alle vier.

»Zerstochen«, murmelte Wellmann, als er die breiten Schlitze sah, die mit einem ziemlich scharfen Messer verursacht worden sein mussten.

Sein Vater ließ den Kopf hängen. Er wirkte ehrlich erschüttert. Klar, es war die zweite Hiobsbotschaft nach dem abgelehnten Kredit.

»Die Reifen bezahle ich dir natürlich«, sagte Wellmann aus einem Schuldgefühl heraus. Er war sich sicher, dass es jemand auf ihn abgesehen hatte.

Arnold winkte ab.

»Ich bin doch vollkaskoversichert. Vandalismus ischt da mit dabei. Aber nach Schweinhause wirscht jetzt so schnell net komme.«

15

Linda bog in die Hofeinfahrt der Wellmanns ein. Die Reifen ihres Twingos knirschten, als sie sich in die frische Schneedecke gruben. Tobias und sein Vater standen mit hängenden Schultern vor einem grünen Auto und sahen furchtbar niedergeschlagen aus.

»Was ist denn los?«, fragte sie, als sie ausgestiegen war.

»Da hat jemand die Reifen zerstochen«, sagte Tobias.

»Alle vier?«

Der alte Wellmann nickte.

»Da wollt wohl jemand ganz sichergehe, dass wir nimmer fahret.«

In Lindas Hirn sprang sofort das Ermittlerprogramm an.

»Haben Sie einen Verdacht, wer das gewesen sein könnte?«

Vater und Sohn sahen sich an, dann schüttelten beide die Köpfe.

»Keine Ahnung«, sagte Tobias. »Aber es wäre vielleicht gut, wenn wir die Kollegen rufen würden. Das sollte ordentlich aufgenommen werden.«

Linda zog ihr Handy aus der Tasche und rief in der Dienststelle an.

»Die schicken einen Streifenwagen vorbei«, sagte sie dann.

Sie ließ ihren Blick um das Auto schweifen. Überall waren Fußspuren, aber sie waren teilweise schon halb mit Schnee gefüllt.

Sie schloss die Augen und ging in Gedanken noch einmal die Wetterverhältnisse durch.

»Das muss heute Nacht passiert sein«, sagte sie. »Oder heute Morgen. Es muss danach noch mindestens drei Zentimeter geschneit haben.«

Da fiel ihr Blick auf etwas Glänzendes. Vorsichtig griff sie mit ihrer behandschuhten Hand danach und förderte eine gebogene Metallkappe aus dem Schnee zutage.

»Was ischt des?«, fragte Arnold Wellmann.

Sie drehte und wendete das winzige Teil zwischen Daumen und Zeigefinger.

»Das ist von einem Feuerzeug. Rauchen Sie?«

Wellmann senior schüttelte den Kopf.

Sie lächelte zufrieden.

»Gut, dann muss das der Täter hier verloren haben. Die KT wird sich freuen.«

Sie nickte ihm zu und stieg mit Wellmann in ihren Twingo.

»Komische Sache«, sagte Linda, als sie den Motor startete.

»Ja, Scheißvandalismus«, brummte Wellmann, der neben ihr Platz genommen hatte.

»Könnte es sein, dass es da jemand auf dich abgesehen hat? Mit den Reifen, meine ich.«

Wellmann zuckte mit den Achseln.

»Ich habe keine Ahnung, wer so etwas tun sollte«, sagte er.

»Nun, vielleicht will jemand dich darauf aufmerksam machen, dass du die Finger von den beiden Todesfällen lassen sollst?«

Sie musste sich auf die Straße konzentrieren, spürte aber deutlich seinen skeptischen Blick.

»Kann es sein, dass du ein bisschen zu viel ›Der Pate‹ angeschaut hast?«, fragte Wellmann.

»Na ja, wenn du morgen früh einen abgeschnittenen Pferdekopf in deinem Bett findest, wirst du mir recht geben.«

Er lachte sein heiseres Lachen.

Sie hatten die kurze Strecke zwischen Hochdorf und Schweinhausen zurückgelegt, und Linda hielt neben der Bäckerei der Millers in der Ortsmitte. Hinter den großen Panoramafenstern des Geschäfts war es stockdunkel. An der Tür hing ein Schild, auf dem in Großbuchstaben »BIS AUF WEITERES GESCHLOSSEN« stand.

»Eberhard wohnt mit seiner Familie über dem Laden«, sagte Wellmann.

»Kennst du ihn gut?«, fragte sie. Seit ihrem Besuch in der

Gerichtsmedizin interessierte sie sich für seine Beziehung zu den Millers.

»Ein wenig. Hier kennt doch jeder jeden.«

Linda klingelte. Die Haustür wurde gleich geöffnet. Es war Roberts Vater, der sie ins Haus bat. Seine rot geweinten Augen lagen in tiefen schwarzen Höhlen.

»Mein Beileid, Eberhard«, sagte Wellmann und gab dem Mann die Hand, die dieser wortlos mit schlaffem Griff schüttelte.

Sie stiegen die Treppe hinauf und gelangten in einen düsteren Flur, dessen abgewetzter, gelblicher Linoleumboden schon bessere Zeiten gesehen hatte. Es roch nach Moder und Mottenkugeln.

Eberhard Miller führte sie in ein kleines Wohnzimmer, das mit schweren, alten Möbeln so vollgestellt war, dass man kaum den Boden ausmachen konnte. Auf einem schäbigen Sofa saß eine schwarz gekleidete Frau, die im Sitzen beinahe so groß war wie Eberhard Miller im Stehen. Sie stierte die gegenüberliegende Wand an. Ihre Augen waren glasig. Sie blinzelte nicht und schien auch nicht zu bemerken, dass ihr Mann in Begleitung zweier Polizisten den Raum betreten hatte.

»Sylvia?«

Wellmann ging auf die Frau zu und streckte ihr die Hand entgegen, doch ihre Pupillen bewegten sich nicht einmal.

»Der Arzt hat ihr ein schweres Beruhigungsmittel gegeben«, sagte Miller.

Der schale Geruch nach abgestandenem Alkohol, der Linda in die Nase stieg, ließ sie an der Aussage des Mannes zweifeln. Es sah eher so aus, als ob sich Sylvia Miller besinnungslos gesoffen hätte. Und angesichts der Tatsache, dass sie ihren einzigen Sohn verloren hatte, konnte Linda das sogar nachempfinden.

»Wir waren heute Morgen in der Gerichtsmedizin«, begann Wellmann. »So wie es aussieht, ist Robert an einer Alkoholvergiftung in Verbindung mit einer hohen Dosis eines Beruhigungsmittels gestorben.«

Sylvia Miller starrte weiter unbewegt vor sich hin.

Dafür weiteten sich die Augen ihres Mannes.

»Des ischt net möglich. Der Robert hot koin Alkohol angfasst. Er hot des Zeug ghasst. Er war a toller Junge. Klassenbeschter im Gymnasium war er. Torschützekönig in der A-Jugend. Aktiv bei der Freiwillige Feuerwehr. Jeder hot ihn gmocht. Jeder.«

Seine Stimme versagte, und er schaute aus dem beschlagenen Fenster hinaus auf das verschneite Tal der Riß.

»Wussten Sie von seiner Beziehung zu Jana Krüger?«, fragte Linda.

»Ja, seit a paar Wochen. Er hot's uns am Morgen nach dem schlimme Verkehrsunfall zwische Ingoldinge und Degernau gsagt. Da war er Erschthelfer. Er hot den Ma no lebend antroffe, aber er hot ihn nicht aus dem Auto bekomme. Ganz schee fertig war er.«

»Und an dem Tag hat er euch erzählt, dass er mit der Jana zusammen war? Wie habt ihr reagiert?«, fragte Wellmann.

Miller schaute kurz zu seiner Frau hinüber, die von ihrem Gespräch jedoch weiterhin keine Notiz zu nehmen schien.

»Einen Riesenstreit hot's gebe«, antwortete der Bäcker schließlich mit leiser Stimme.

Offenbar bereitete ihm die Erinnerung an jenen Tag Unbehagen.

»Warum?«, bohrte Wellmann nach.

»Weil des a schwachsinnige Idee war«, mischte sich plötzlich Roberts Mutter ein. Linda zuckte zusammen. Die zuvor noch so leblosen Augen der Frau funkelten auf einmal in einem wilden Feuer. »Jede hätt er hon könne, dr Bua. Und wen schleppt er a? Die Tochter vom Krüger, dem Halsabschneider.«

»Kannten Sie Jana?«, fragte Linda, die angesichts der Tatsache, dass Roberts Mutter das Mädchen als eine Art Teil ihres verhassten Vaters sah, das Bedürfnis verspürte, ihren Namen laut auszusprechen.

Sylvia Miller schnaubte verächtlich, als ob sie schon die Vorstellung absurd fände, dass sie mit der Freundin ihres Sohnes bekannt gewesen sein könnte.

Linda unterdrückte ein resigniertes Seufzen und fragte: »Wann hat Ihr Sohn am Donnerstagabend das Haus verlassen?«

»Schon recht früh, um sechse«, erwiderte Eberhard Miller. »Die Feuerwehr war ja der Ausrichter des Balls. Robert war für de erschte Kassendienscht einteilt. Von halb achte bis halb elfe.«

»Wart ihr beide auch bei dem Ball?«, fragte Wellmann.

»Nein«, sagte Miller. Er lief rot an. »I war in der Bäckerei Gentner in Biberach. Da arbeit ich inzwischen.« Er sah beschämt zu Boden. »Es hot an Rohrbruch gegebe. Da hont die jede helfende Hand braucht.«

»Und du?«, fragte Wellmann Roberts Mutter.

»Ich hon Besuch ghabt. Von der Ludwig-Christa.«

Linda und Wellmann wechselten einen kurzen Blick. Das Alibi von Roberts Mutter mussten sie überprüfen.

»Janas Mutter beschuldigt euch, ihre Tochter ermordet zu haben«, sagte Wellmann an Sylvia Miller gewandt.

Sie lachte laut und schrill.

»Die dumme Kuh und ihr Hornochs von einem Ehemann. Zuerscht treibet se uns in de Ruin, und dann wollet sie uns no en Mord anhänge? Kennet die gar koin Anschtand? Mir hont au unseren Sohn verlore. Des ischt doch mindestens genauso schlimm, oder?«

Die Alkoholfahne, die aus ihrem Mund zu ihnen herüberwehte, ließ eine leichte Übelkeit in Linda aufsteigen. Sie war froh, dass Wellmann das Gespräch am Laufen hielt. Schrak jedoch zusammen, als sie seine nächste Frage hörte.

»Hattest du etwas mit Janas Tod zu tun?«

Einen Moment lang befürchtete Linda, dass Wellmann sich eine gewaltige Ohrfeige einhandeln würde, aber Sylvia Miller schüttelte nur den Kopf.

»Nach dem Streit mit eurem Sohn«, sagte Wellmann langsam. »Habt ihr mit ihm da noch über Jana gesprochen?«

Die Eheleute wechselten einen Blick, dann sagte Eberhard Miller:

»Nein. Wir hont ghofft, dass sich des einfach wieder gibt, wenn dr Bua beim Studiere ischt. Er wollt ins Ausland gehe, nach England oder Amerika. Aber des …«

Ein Schluchzen unterbrach seine Erklärungen. Er schlug die Hände vors Gesicht und weinte leise vor sich hin.

»Welches Beruhigungsmittel hat der Arzt dir denn verschrieben?«, fragte Wellmann Frau Miller.

»Tavor oder wie des heißt«, erwiderte sie.

Wellmann und Linda wechselten einen Blick, dann sagte sie: »Wir würden gerne mal das Zimmer von Robert sehen.«

Eberhard Miller nickte und führte die beiden Ermittler in den modrigen Flur, an dessen Ende sich die Tür zu Roberts Zimmer befand. Sein Vater öffnete sie, und plötzlich spürte Linda einen Luftzug, der sie wie ein eiskalter Hammerschlag mitten ins Gesicht traf.

»Was ischt da los?«, fragte Miller und starrte mit weit aufgerissenen Augen in das vollkommen verwüstete Zimmer, dessen Fenster weit offen stand. Er wollte reingehen, doch Wellmann hielt ihn zurück. Stattdessen trat der Kommissar vorsichtig ein. Linda folgte ihm.

Sie sah auf den ersten Blick, dass das Fenster aufgehebelt worden war. Der Täter musste über das darunterliegende Garagendach geklettert sein, und zwar schon vor einiger Zeit, denn auf dem Schreibtisch des Jungen hatte sich eine recht große Menge Schnee angesammelt. Sämtliche Schubladen des Möbelstücks waren herausgerissen worden. Ihr Inhalt lag genauso wild über den Boden verstreut wie der des Nachtkästchens, der Kommode und des Kleiderschrankes.

»Habt ihr irgendwas gehört?«, fragte Wellmann. »Heute am frühen Morgen?«

»Mei Frau sicher nicht. Die schläft wie a Tote. Und i war in der Backstub.«

»Fällt dir auf, ob etwas fehlt?«

Miller ließ seinen Blick durch das Zimmer schweifen, dann schüttelte er den Kopf.

Wellmann hingegen entdeckte etwas Interessantes auf dem

Schreibtisch. Hier war in ordentlicher Schrift eine Rechnung aufgelistet:

5 Jahre Wohnen in Zweizimmer-Wohnung: 42.000 €
5 Jahre Essen: 36.000 €
Sonderausgaben (Bücher, PC, Reisen): 12.000 €
Startkapital für den Beruf/Hochzeit: 30.000 €
Gesamt: 120.000 €

Der Endbetrag war mehrfach unterstrichen. Darunter stand in großen Buchstaben: »TOD ODER FREIHEIT SOLL AUF UNSERM GRABSTEIN STEHN«.

»Da hat jemand große Pläne gehabt«, murmelte Wellmann.

Linda nickte. Erneut hatten sie ein gewichtiges Argument gegen die Suizidthese gesammelt.

»Hat Robert euch um Geld gebeten?«, fragte der Kommissar.

»Warum sollt er?«, entgegnete der Bäckermeister. »Wir hont doch nix mehr.«

16

»Und nun?«, fragte Linda.

Sie standen vor der ehemaligen Bäckerei der Millers und sahen den Kollegen von der KT dabei zu, wie sie den Kleinbus der Abteilung mit ihrer Ausrüstung beluden. Sie hatten in Roberts Zimmer Spuren gesichert. Viel hatten sie nicht gefunden. Aber die Fußabdrücke auf dem Garagendach, von dem aus der Einbrecher eingestiegen war, hatten sie trotz des Schnees gut darstellen können.

»Nun, vielleicht wäre es ganz sinnvoll, wenn wir uns aufteilen würden«, sagte Wellmann und versuchte, so beiläufig wie möglich zu klingen.

»Aufteilen?«

»Magst du die Kollegen an den Lindenweiher begleiten? Die haben da noch einiges zu tun. Und es wäre gut, wenn wir wichtige Informationen über den ganz kurzen Dienstweg bekommen könnten.«

»Okay«, erwiderte Linda. »Und was hast du vor?«

»Ich mache einen kleinen Spaziergang und schaue mal bei Christa Ludwig vorbei, um das Alibi von Roberts Mutter zu überprüfen.«

»Soll ich dich danach dann wieder abholen?«

Er schüttelte den Kopf.

»Es ist nicht weit bis Hochdorf. Und ein bisschen frische Luft wird mir guttun.«

Er nickte ihr zu und ging davon in Richtung des Neubaugebietes am Ortsrand. Sein Kopf brummte wie ein mittelgroßes Umspannwerk. Etwas, das er in Roberts Zimmer gesehen hatte, ließ ihm keine Ruhe, beschäftigte ihn so sehr, dass er seine Aufmerksamkeit kaum nach außen wenden konnte. Er hatte Linda loswerden müssen. Die Routine einer Alibiüberprüfung würde er noch hinbekommen. Und dann musste er noch etwas erledigen. Etwas Dringendes.

Christa Ludwig wohnte in einem frei stehenden Holzhaus, das so aussah, als ob es eben erst bezogen worden wäre. Durch die leuchtend rote Lackierung fühlte Wellmann sich an die Häuser in den Michel-aus-Lönneberga-Filmen erinnert, die er als Kind so gerne gesehen hatte.

Neben der Tür war eine Glasplatte befestigt, in die die Worte »Familie Ludwig« und vier Köpfe, zwei große und zwei kleine, jeweils mit kurzen und langen Haaren, eingraviert waren.

Eine Frau in Wellmanns Alter öffnete die Tür. Er erkannte sie auf den ersten Blick, trotz der schulterlangen Haare, denen die kecke Kurzhaarfrisur gewichen war, die sie früher getragen hatte.

Sie stutzte einen Augenblick, dann breitete sich ein Lächeln auf ihrem Gesicht aus.

»Na, das ist ja eine Überraschung. Der Tobias! Was bringt dich denn zu mir?«

»Leider nichts Erfreuliches«, entgegnete er. »Wir ermitteln im Fall des Todes von Robert Miller und Jana Krüger.«

Das Lächeln verschwand von ihrem Gesicht.

»Das ist wirklich nichts Erfreuliches. Komm rein. Magst du einen Kaffee?«

Ein paar Minuten später saßen sie am Küchentisch. Auch hier machte alles den Eindruck, als ob es neu wäre. Der Herd blitzte und blinkte, und selbst die Tassen sahen so aus, als ob Christa sie eben erst aus dem Karton geholt hätte.

»Wann seid ihr eingezogen?«, fragte er.

»Im vergangenen Herbst. Wir haben davor zur Miete in Ummendorf gewohnt. Es ist schon schön, so unabhängig zu sein, auch wenn wir der Bank jetzt mehr bezahlen, als wir zuvor an Miete zahlen mussten.«

»Kenne ich deinen Mann?«

Sie lachte.

»Das glaube ich kaum. Bernd stammt aus Frankfurt. Er hat einen Job bei KaVo. Wir haben uns vor zehn Jahren kennengelernt.«

Ihre Augen strahlten.

»Ihr habt zwei Kinder?«

Sie stutzte kurz.

»Na ja, zumindest entnehme ich das dem Klingelschild«, erklärte Wellmann.

Sie lachte.

»Und ich dachte schon, du hättest irgendwelche übersinnlichen Fähigkeiten. Ja, Lars ist sieben und Mia fünf. Bernd ist mit ihnen beim Schlittenfahren. Aber du wolltest mich sicher nicht über meine Familie ausfragen, oder?«

Er schüttelte den Kopf.

»Es geht um Sylvia Miller. Sie hat angegeben, dass du am Donnerstagabend bei ihr warst.«

»Und du willst wissen, ob sie die Wahrheit gesagt hat?«

Er nickte.

»Ja, ich war bei ihr.«

»Von wann bis wann?«

Sie überlegte kurz.

»Von sieben bis etwa halb elf.«

Halb elf. Wellmann überschlug die Fahrzeiten. Sie könnte es an den Lindenweiher geschafft haben. Aber wann und wie hatte sie dann unterwegs Jana in ihre Hände bekommen?

»Du glaubst doch nicht etwa, dass sie etwas mit dem Tod von Robert und diesem Krüger-Mädchen zu tun gehabt hat?«, fragte Christa.

»Nun, sie hatte ja ganz offenbar einen gewaltigen Hass auf die Krügers.«

»Und das nicht zu Unrecht!«, rief Christa. Ihre Wangen hatten sich gerötet, und ihre Augen funkelten. »Die haben den Millers das Geschäft ruiniert und sie in den Bankrott getrieben.«

»Das wäre ein mögliches Motiv«, erwiderte Wellmann ungerührt.

Christa schnaubte.

»Glaub mir«, erwiderte sie. »So eine ist Sylvia nicht. Klar hat sie das ganze Drama um den Konkurs der Bäckerei fertiggemacht. Aber sie würde niemanden umbringen, eher würde sie …«

»Sich zu Tode trinken?«

Christa mied seinen Blick.

»Wie lange hat sie das Alkoholproblem schon?«, bohrte er.

»Es hat schleichend begonnen, würde ich sagen. Ich hab das ja erst noch gar nicht mitbekommen. Eberhard übrigens auch nicht. Aber seitdem sie die letzte Filiale schließen mussten, ist es extrem. Sie säuft wie ein Loch.«

»War sie am Donnerstagabend auch betrunken?«

Christa nickte.

»Eberhard musste weg, und er hat mich angerufen, ob ich nicht auf sie aufpassen könnte. Er war verzweifelt. Hat sich wahnsinnige Sorgen um sie gemacht. Es war unschön. Sie hat sich mehrfach übergeben. Ich bin gegangen, als ich sicher war, dass sie geschlafen hat.«

»Hätte sie noch Auto fahren können?«

Christa entfuhr ein bitteres Lachen.

»Sie konnte sich kaum auf den Beinen halten. Die hätte nicht einmal mehr das Loch für den Zündschlüssel gefunden.«

Wellmann trank seinen Kaffee aus und erhob sich.

»Danke. Du hast uns sehr weitergeholfen.«

Sie brachte ihn an die Tür.

»Schon seltsam, wie das Leben manchmal so spielt«, sagte sie zum Abschied. »Als Sylvia vor zwanzig Jahren mit Eberhard zusammenkam, waren wir alle neidisch auf sie. Wir dachten, sie hätte für den Rest ihres Lebens ausgesorgt, weil sie sich einen Großbäcker geschnappt hatte. Und jetzt säuft sie sich langsam zu Tode, während ich in einem nagelneuen Haus wohne, zwei großartige Kinder und einen lieben Mann habe. Ist das fair?«

Wellmann zuckte mit den Achseln.

»Warum sollte das Leben fair sein?«

Zehn Minuten später klingelte Wellmann noch einmal bei Eberhard Miller.

Miller öffnete und sah Wellmann irritiert an.

»Hoscht du was vergesse?«, fragte er.

»Ich muss mit dir alleine reden«, sagte der Kommissar.

»Warum?«

»Das erkläre ich dir gleich. Können wir vielleicht einen kurzen Spaziergang machen? Deine Frau braucht nichts davon mitzubekommen.«

Miller schnaubte.

»Die liegt im Bett und schläft de Schlaf der Gerechte. Vor morge Nachmittag bekommt die eh nix mit.«

Trotzdem stapften sie fünf Minuten später einen Feldweg entlang in Richtung Waldrand. Es hatte zu schneien begonnen, und Miller rieb sich die klammen Finger.

»Also, was ischt los, Tobias?«, fragte er.

Wellmann sah sich nach allen Seiten um. Als er sich sicher war, dass sie außer Hörweite der Siedlung waren, sagte er: »Dein Sohn hat mich auf dem Ball angesprochen.«

Millers Augen weiteten sich.

»Warum das denn?«, fragte er. »Er hot dich doch gar net kannt.«

»Doch, offenbar schon. Er hat mir gesagt, dass Monikas Tod kein Unfall war. Dass jemand sie ermordet hat. Und dass er wüsste, wer.«

Miller schlug sich eine Hand vor den Mund.

»Des … des kann net sein«, stammelte er.

»Doch, genau das hat er gesagt.«

Miller schluckte. Diese Neuigkeit war nur schwer zu verdauen.

»Und wen hot er bschuldigt?«, fragte er schließlich.

Wellmann seufzte.

»Ich weiß es nicht«, murmelte er.

»Wie, du weischt es net?«

»Ich kann mich nicht mehr erinnern. Es ist wie ausgelöscht.«

In Millers Miene veränderte sich etwas. Das fassungslose Erstaunen wich einer zornigen Anspannung.

»Sag mal, willscht du mich etwa verarsche?«, rief er unvermittelt mit einer derart lauten Stimme, dass der Kommissar zusammenzuckte.

»Mein Sohn ischt vor zwei Tagen gschtorbe. Er hot sich

aus einer romantischen Spinnerei heraus des Lebe genomme. Und du erzählscht mir hier irgendeinen Mischt über ihn und Monika?«

»Das ist kein Mist. Vorhin, als wir sein Zimmer durchsucht haben, ist mir etwas aufgefallen. Der Spruch auf seiner Schreibtischunterlage lautete: ›Tod oder Freiheit soll auf unserm Grabstein stehn‹.«

Miller sah ihn verständnislos an.

»Das ist eine Zeile aus ›Bonnie und Clyde‹ von den Toten Hosen. Das war unser Lied. Monika und ich haben es geliebt, weil es genau beschrieben hat, wie wir uns zusammen gefühlt haben.«

Eberhard verdrehte die Augen.

»Robert hot vor a paar Woche in Monikas alte Sache herumgschtöbert und dabei die CD gfunde. Seitdem hot er sie oft gehört. Wahrscheinlich hot ihm das Lied gfalle. Na und? Des beweist doch no gar nix. Du spinnscht dir da was zusamme!«

»Eberhard, hör mir zu, ich …«

»Nein, ich hör dir net zu. Nicht mehr. Mich hot Monikas Tod damals genauso troffe wie dich, au wenn du des nie glaube wolltescht. I vermisse sie immer no. Aber sie ischt tot. Und nix bringt sie wieder. Robert war ihr Neffe. Er hot sie nie kannt. Dass du ihn jetzt in die Sache mit reinziehscht, find i eifach nur widerlich. Lass sie los. Sie ischt tot, Tobias. Tot. Kapier das endlich.«

Er funkelte Wellmann wütend an, dann wandte er sich um und ging den Weg entlang zurück nach Schweinhausen. Der Kommissar sah ihm lange hinterher, unsicher, was er davon halten sollte. Ein kritischer Teil seines Selbst fragte ihn, ob Miller nicht recht hatte. Ob seine Monika-Obsession ihm diese Erinnerung suggeriert hatte. Ob er die Begegnung mit Robert vielleicht nur geträumt hatte, ob sie ein bildlicher Auswuchs seines sehnlichsten Wunsches gewesen war, genau wie die Schlussfolgerung, die er aus dem Satz auf der Schreibtischunterlage zog. Aber nein, das konnte nicht sein. Dafür war die Erinnerung zu plastisch gewesen, zu tief in seinem Gedächtnis verankert und mit vollkommen neutralen Auslösern verbunden. Er war nicht verrückt, ganz sicher nicht.

Der schwache, durch die dicke Jacke gedämpfte Klingelton seines Handys riss ihn aus seinen Überlegungen. Er fischte das Gerät aus der Tasche und sah auf dem Display, dass Dr. Neuner ihn anrief.

»Ja, was gibt's, Doc?«

Die Stimme des Arztes klang ungewohnt kühl, als er mit knappen Worten sagte: »Kannst du bitte so schnell wie möglich in die Praxis kommen? Wir haben ein Problem.«

17

Linda hatte die Arme über der Brust verschränkt und ihre klammen Finger unter die Achseln geklemmt. Doch das half nur wenig gegen die eisige Kälte, die unerbittlich an ihren Beinen hochkroch und sogar ihren Weg unter die daunengefütterte Jacke fand.

Neben ihr ging Korbinian auf und ab. Er stieß Dampfwolken aus und rieb sich die knallroten Hände. Wenigstens ging es ihm nicht besser als ihr. Sie beneidete die Kollegen von der KT, die in ihren weißen Anzügen umherwuselten, und ganz besonders beneidete sie die beiden, die mit der Wärmelampe den um den Fundort der Leichen gefallenen Schnee schmolzen.

Plötzlich hörte sie einen gedämpften Aufschrei. Sie wandte sich um und sah eine weiß gekleidete Gestalt, die mit dem Finger auf einen Punkt am Boden deutete. Der Mann stand neben einem Gebüsch, das sich an einen der hohen Lindenbäume am Rand der Liegewiese schmiegte.

Er nahm seine weiße Kapuze ab, und sie erkannte Herbert Winter, den Chef des Erkennungsdienstes an der Dienststelle Biberach.

»Haben Sie was gefunden?«, fragte sie.

Er nickte.

»Einen Fußabdruck. Relativ deutlich zu erkennen. Größe 44 oder 45, würde ich sagen.«

Linda folgte seinem ausgestreckten Zeigefinger. Mit Mühe erkannte sie eine Vertiefung im Boden.

»Wie Sie das immer machen«, sagte sie. »Ich hätte das übersehen.«

Er zwinkerte ihr zu.

»Nun, es ist mein Job, Spuren zu entdecken und zu sichern. So wie es Ihrer ist, Schlüsse daraus zu ziehen.«

Er winkte einen Kollegen herbei.

»Wir werden jetzt einen Gipsabdruck nehmen, und dann

kann ich Genaueres zur Größe und zur Art des Schuhwerks sagen. Die Kollegen sind übrigens gerade dabei, die Spuren zu sichern, die vom Parkplatz zur Bank führen. Sie hatten recht, da wurde ein Körper entlanggeschleift.«

Linda hörte ein Brummen. Es war Korbinian, der neben sie getreten war und das Gespräch offenbar verfolgt hatte.

»Na, war wohl doch ganz gut, dass wir den Fall nicht gleich zu den Akten gelegt haben, oder?«, sagte sie und bemühte sich erst gar nicht, den Hohn in ihrer Stimme abzumildern.

»Ach, leck mich doch!«, knurrte er und zog ab.

»Da haben Sie dem Kollegen Mächle eben aber ganz schön die Stimmung verdorben«, sagte Winter und zwinkerte ihr noch einmal zu.

Linda konnte sich ein Grinsen nicht verkneifen. »Haben Sie sonst noch was gefunden?«

Winter deutete auf den Busch.

»Dem Kollegen Wellmann waren ja gestern schon die abgeknickten Zweige aufgefallen. Wir haben drei gesichert und werden sie im Labor genauer analysieren. Vielleicht lässt sich der Zeitpunkt eingrenzen, wann sie abgebrochen wurden. Von hier aus hat man einen guten Blick auf die Bank, wo die Leichen gefunden wurden. Natürlich müssen Sie Ihre Schlüsse ziehen, aber es könnte sein, dass hier jemand das Sterben der beiden jungen Leute beobachtet oder vielleicht sogar dabei eingegriffen hat.«

Linda spürte, wie sich ein warmes Gefühl in ihrem Bauch ausbreitete. Sie hatte recht gehabt, ihr Gespür hatte sie nicht getrogen. Das musste sie unbedingt Wellmann mitteilen. Sie verabschiedete sich von Winter und eilte zu ihrem Twingo.

18

Nach einer knappen Viertelstunde Dauerlauf klingelte Wellmann an der Praxis von Fridolin Neuner. Er war nass geschwitzt und außer Atem. Das Summen ertönte sofort, und der Kommissar hastete die Stufen hinauf, seinen noch immer unter Volllast laufenden Puls nutzend. Dr. Neuner stand in der Eingangstür und musterte ihn mit finsterem Blick.

»Na, konditionell bist du auch nicht mehr ganz auf der Höhe«, kommentierte er Wellmanns japsende Schnappatmung.

Der Kommissar hielt auf dem Treppenabsatz an und stützte die Hände auf die Oberschenkel.

»Wenn du dich erbrechen musst, komm lieber rein. Die Putzfrau hat das Treppenhaus schon sauber gemacht.«

Wellmann richtete sich langsam wieder auf und folgte dem Arzt in sein Sprechzimmer. Er ließ sich in den bequemen Sessel fallen, der für die Patienten vorgesehen war, und schaute Fridolin erwartungsvoll an. Dieser zeigte auf ein vor ihm liegendes Blatt. Es handelte sich um einen Ausdruck einer labortechnischen Urinanalyse. Aufgeführt waren mehrere Substanzen von Cannabis über Heroin und Kokain bis hin zu Amphetaminen. Hinter allen diesen Drogen stand jeweils das Wort »negativ«, mit Ausnahme einer Zeile.

»Benzodiazepine«, murmelte Wellmann.

Dr. Neuner nickte eifrig.

»Ja, Benzodiazepine. Wir haben ein Problem, Tobias, das ist dir hoffentlich klar.«

Der Kommissar hob abwehrend die Hände.

»Ich habe keine Benzos genommen.«

Der Arzt seufzte.

»Dein D-Urin beweist das Gegenteil.«

War Wellmann zuvor aufgrund einer akuten Atemnot nicht in der Lage gewesen zu sprechen, so hatte ihm nun der Schock die Sprache verschlagen. Er schüttelte fassungslos den Kopf.

»Tobias«, sagte Fridolin in beschwörendem Ton. »Es ist sinnlos, gegen die Realität anzukämpfen. Es handelt sich hier weder um einen Unfall noch um einen Messfehler noch um eine willkürliche Manipulation. Das sind zumindest die häufigsten Gegenargumente, die überführte Konsumenten bringen. Du bist da vielleicht ein bisschen kreativer, aber die Mühe kannst du dir trotzdem sparen. Mich wirst du nicht davon überzeugen, dass du nichts genommen hast.«

Wellmann schüttelte noch immer den Kopf. Sein ganzes Denken war betäubt, als ob er tatsächlich vor Kurzem eine ziemlich hohe Dosis eines Benzodiazepins geschluckt hätte. »Ich habe immer einen Bogen um Benzos gemacht«, brachte er schließlich hervor. Seine Stimme war leise und stockend. »Cannabis ja, Amphetamine ja, Kokain ja. Aber Benzos?«

Er fasste sich an die Stirn.

»Es ist nicht ungewöhnlich, dass man im Laufe einer Drogenkarriere auch zu Substanzen gelangt, die man lange Zeit verabscheut hat«, sagte Fridolin in einem beruhigenden Ton, dessen oberlehrerhafte Art Wellmann jedoch mit einem Schlag auf die Palme brachte. Er knallte seine Handfläche auf den Schreibtisch und rief: »Ich bin kein verdammter Junkie!«

Der Arzt zuckte zurück, dann verschränkte er seine Arme über der Brust und schaute Wellmann fest in die Augen.

»Das vielleicht nicht«, erwiderte er. »Aber du hast ein Drogenproblem. Sonst hättest du nicht deinen Führerschein verloren. Und sonst könnten wir auch auf diese regelmäßigen, unangekündigten Urinkontrollen für die MPU verzichten. Oder etwa nicht?«

Der Kommissar biss seine Zähne so fest zusammen, dass es knirschte.

»Ich habe nie bestritten, dass ich Drogen genommen habe«, sagte er mit gepresster Stimme. »Ich habe alles offengelegt, habe den Kollegen auch von meinem Amphetamin-Konsum erzählt, obwohl nur Kokain in meinem Blut war, als ich den Unfall gebaut habe. Aber Benzos?« Er schüttelte entschieden den Kopf.

»Nein, Benzos habe ich nie genommen.«

Dr. Neuner seufzte.

»Dann verrate mir doch bitte, warum dein Drogenurin auf diese Stoffklasse anschlägt, wenn du doch die Finger davon gelassen haben willst. Hat dir das etwa jemand heimlich eingeflößt? Vielleicht im Schlaf?«

Wellmann wollte schon auffahren und seinem alten Freund sagen, er solle gefälligst die Ironie beiseitelassen, als ihm ein Gedanke kam.

»Kann der Test auch feststellen, um welche Art von Benzodiazepin es sich gehandelt hat?«, fragte er.

Fridolin schüttelte den Kopf.

»Es ist nur ein Screening-Verfahren, das bei einer ganzen Reihe von verschiedenen Stoffen anspringt. Warum?«

Wellmann ignorierte seine Frage und sagte:

»Du hast mir doch Blut abgenommen gestern. Könnte man damit analysieren, was für ein Benzodiazepin ich intus hatte?«

Der Arzt wiegte den Kopf hin und her, dann erwiderte er: »Ja, das könnte man, aber ich verstehe nicht …«

»Fridolin«, sagte der Kommissar in einem beschwörenden Ton. »Ich weiß, dass dir das jetzt möglicherweise vorkommen wird wie eine Ausrede. Eine Ausrede, die du schon zigmal gehört hast. In diesem Fall besteht jedoch ein begründeter Verdacht, dass es sich um die Wahrheit handelt. Jemand muss mir ein Benzodiazepin verabreicht haben. Und zwar Flunitrazepam.«

Der Arzt zog eine Augenbraue nach oben, und Wellmann sah in seiner Miene ganz deutlich, dass er sich nicht entscheiden konnte, ob er Mitleid oder Härte zeigen sollte.

»Flunitrazepam?«, sagte er schließlich. »Das fällt unter das BTM-Gesetz.«

»Ich weiß«, erwiderte Wellmann. »Robert Miller ist an einer Kombination aus Flunitrazepam und Alkohol gestorben.«

Fridolins Gesichtsausdruck hatte nun eine Spur von Aufmerksamkeit angenommen, für die ihm Wellmann sehr dankbar war.

»Als ich gestern zu dir gekommen bin, ging es mir richtig mies«, fuhr der Kommissar fort.

Neuner nickte.

»Ich hatte einen Filmriss. Dabei bin ich mir sicher, dass ich nicht übermäßig viel getrunken habe. Aber in meinem Gedächtnis klafft ein pechschwarzes Loch. Da stimmt etwas nicht.«

»Flunitrazepam könnte das auslösen«, sagte Fridolin leise. »Es ist eine der Substanzen, die als K.-o.-Tropfen eingesetzt werden. Aber warum sollte dich jemand außer Gefecht setzen wollen. Und vor allem wer?«

Wellmann seufzte. Er musste eine Entscheidung treffen, eine riskante Entscheidung. Sollte er den Arzt in seinen Verdacht einweihen?

»Robert hat am Fasnetsball mit mir gesprochen«, sagte er. »Er hat mir gesagt, dass Monikas Tod damals kein Unfall gewesen sei und dass er wisse, wer sie getötet habe.«

Fridolins Blick weitete sich.

»Du willst doch nicht etwa andeuten, dass …«

»Ich weiß es nicht. Aber wenn sich in meinem Blut dasselbe Mittel wie in Roberts finden sollte, dann wäre das ein Hinweis dafür, dass es sich bei seinem Tod vielleicht doch nicht um einen Suizid gehandelt haben könnte.«

Fridolin schaute ihn lange an. Wellmann hielt dem Blick seines Freundes mühelos stand. Schließlich griff der Arzt nach dem Ausdruck, nahm den Hörer seines Telefons ab und wählte die Nummer des Labors.

19

Linda parkte ihren Twingo hinter dem noch immer tiefergelegten Subaru von Arnold Wellmann. Sie stieg über einen Schneehaufen und folgte dem schmalen geräumten Pfad zur Eingangstür des Bauernhauses. Auf ihr Klingeln öffnete Tobias.

Er führte sie in die Stube. Eine angenehme Wärme, so heimelig, wie sie nur ein Holzofen hervorbrachte, schlug ihr entgegen.

»Mei, sehet Sie verfrore aus. Setzet Sie sich doch auf die Bank nebe dem Ofe«, sagte Arnold, der am Ecktisch saß und eine belegte Seele vesperte.

Linda ließ sich nicht zweimal bitten. Sie legte die Jacke ab und nahm Platz. Sofort vertrieb die Hitze des Schwedenofens die hartnäckige Kälte aus ihren Knochen. Eine angenehme Müdigkeit begann sich in ihr auszubreiten. Hoffentlich schaffte sie es noch, nach Hause zu fahren.

»Und, was habt ihr gefunden?«, hörte sie Tobias fragen.

Sie presste kurz die Augen zu, um sich wach zu machen, dann berichtete sie ihm von den Funden der KT.

»Gut. Wie hat Korbinian reagiert?«, fragte Tobias.

Sie grinste.

»Er ist abgezogen wie eine beleidigte Leberwurst.«

Wellmann nickte, erwiderte ihr Lächeln aber nicht.

»Dann haben wir es also nun tatsächlich mit einer Mordermittlung zu tun«, murmelte er.

»Und du? Was hast du herausgefunden?«, fragte Linda.

Wellmann sah sie kurz irritiert an. Und wieder beschlich sie das Gefühl, dass hier etwas nicht stimmte, dass er irgendetwas vor ihr verbergen würde.

»Ach, bei Christa Ludwig«, sagte er schließlich, und der beiläufige Ton, den er anschlug, verstärkte ihren Verdacht nur noch.

»Sie hat Sylvia Miller von neunzehn bis halb elf Uhr besucht. Oder vielleicht sollte man besser von Babysitting sprechen.«

Linda sah ihn verständnislos an.

»Sylvia Miller hat ein ziemliches Alkoholproblem. Sie war an diesem Abend sturzbetrunken, und ihr Mann hatte Christa gebeten, auf sie achtzugeben.«

Linda seufzte.

»Dann fällt Roberts Mutter als Tatverdächtige flach.«

Er nickte.

»Wer könnte es dann gewesen sein?«, fragte sie.

»Nun, vielleicht gibt das Gekritzel auf seiner Schreibtischunterlage einen Hinweis darauf«, sagte Wellmann.

»Inwiefern?«

»Ganz offenbar hatte Robert große Pläne, die auch noch ziemlich teuer waren. Was, wenn er beim Versuch der Beschaffung des Geldes an die falschen Leute geraten wäre?«

»Du meinst, er könnte jemanden erpresst haben?«

Wellmann zuckte mit den Achseln. »Das ist jetzt nur eine Hypothese. Sie hat allerdings den großen Nachteil, dass sie nicht erklärt, warum Jana umgebracht wurde.«

»Um Robert in den Suizid zu treiben, oder?«

»Das ist aber eine sehr unsichere Methode, um jemanden aus dem Weg zu räumen. Hättest du dir das Leben genommen, wenn man deinen Exfreund getötet hätte?«

Sie verzog das Gesicht.

»Am Ende unserer Beziehung wäre ich jedem dankbar gewesen, der ihn um die Ecke gebracht hätte«, knurrte sie.

Wellmann schmunzelte. »Es ist wahrscheinlicher, dass es jemand aus dem näheren Umfeld der beiden war. Das müssen wir uns genauer anschauen. Aber jetzt gehst du erst mal ins Bett.«

Während Wellmanns Worten hatte Linda herzhaft gegähnt. Sie nickte.

»Okay, ich pack's dann mal. Danke für den warmen Ofen, Herr Wellmann«, sagte sie.

Arnold lächelte ihr zu.

»Es geht nix über selbst gschlagenes Hartholz«, sagte er.

Wellmann sah Linda nach, wie sie über den Hof ging und in ihr Auto stieg. Sie gähnte noch einmal, als sie den Motor anließ, dann fuhr sie davon.

Er wandte sich um und ging in die Stube zurück. Sein Vater sah ihn eindringlich an.

»Was ist?«, fragte Wellmann.

»Es geht mi ja nix an«, erwiderte Arnold. »Aber du verschweigscht deiner Kollegin doch was.«

Wellmann spürte, wie ihn ein heißer Schauer durchlief.

»So?«, sagte er abwartend.

»Wie gsagt, es geht mi nix an. Aber du solltescht ehrlich mit ihr sei. Des hat se verdient. Sie ischt eine Nette. Und sie scheint wirklich Herzblut in den Fall gschteckt zu habe.«

Wellmann nickte.

»Ja, das hat sie.« Einer spontanen Idee folgend sagte er: »Komm, Vater, wir gehen auf ein Bier ins Vereinsheim. Ich lade dich ein.«

20

Zwanzig Minuten später waren Vater und Sohn auf dem Weg
zum Vereinsheim. In dicke Winterjacken gehüllt, die Hände in
den Taschen vergraben, stießen sie abwechselnd weiße Dampfwolken aus wie zwei schwäbische Eisenbahnen auf dem Weg
von Meckenbeuren nach Durlesbach. Es hatte zu schneien aufgehört. Die Wolken hatten sich verzogen und den Blick auf
einen glasklaren Sternenhimmel freigegeben. Wellmann hätte
am liebsten die ganze Zeit nach oben geschaut, doch musste er
achtgeben, dass er auf dem gefrorenen Asphalt des Gehsteiges
nicht ausrutschte.

Am Bahnübergang mussten sie kurz warten, bis der Intercity
von Ulm nach Zürich an ihnen vorbeigebraust war. Dann legten
sie die letzten Meter zum Fußballerheim zurück, dessen hell
erleuchtete Fenster bereits eine heimelige Wärme versprachen.
Wellmann öffnete die Tür und ließ seinen Vater eintreten. Es
war viel los, die meisten Tische waren schon besetzt, und die
Luft war feucht und stickig. Es roch nach Zigarettenqualm und
Bier. Der Kommissar schaute sich um. Viele der Gesichter im
Raum kannte er nicht, andere hatte er schon einmal gesehen,
konnte sich aber an die dazugehörenden Namen nicht mehr
erinnern. Sein Vater zupfte ihn am Ärmel.

»Hon i's dir net gsagt?«, raunte er ihm ins Ohr und deutete
mit einem Nicken auf einen Ecktisch im hinteren Bereich des
Gastraumes. Dort saß neben Isidor Kleinert ein stattlicher,
ziemlich dicker Mann Anfang vierzig.

»Ist das etwa Uli Braun?«, fragte Wellmann.

»Ja, der Ober-Hirabicker. Den Isidor kennscht ja, der war
au mit dir en dr Schul. Die andere beide sind dr Werner-Ger-
hard und dr Müller-Baschti. Der gesamte Vorstand unseres
Fasnetsvereins.«

»Den Uli hätte ich nicht wiedererkannt«, murmelte Wellmann ehrlich erschüttert. »Mensch, ist der fett geworden.«

Sein Vater deutete auf einen anderen Tisch.

»Da sind meine Spezis, magsch dich zu uns hersetze?«

Wellmann überlegte einen Moment, dann schüttelte er den Kopf.

»Später vielleicht«, sagte er und nahm Kurs auf den Tisch der Hirabicker.

Der Postbote hatte ihn zuerst wahrgenommen. Offenbar hatte er seinen Vereinskollegen gegenüber eine entsprechende Bemerkung gemacht, denn ihre Köpfe wandten sich dem Kommissar zu. Sie musterten ihn neugierig.

»Guten Abend, die Herren«, sagte Wellmann.

»Der Herr Kommissar«, entgegnete der Bankvorstand und erhob sich. Er streckte ihm eine gut gepolsterte Hand entgegen, und Wellmann schlug ein.

»Lange nicht gesehen«, sagte Braun. »Magst du dich ein wenig zu uns setzen?«

Die anderen Hirabicker wechselten irritierte Blicke, doch ehe sie zu Wort kamen, hatte Wellmann schon Platz genommen.

»Haltet ihr hier eine Vorstandssitzung ab?«, fragte er.

Braun winkte ab.

»Informelles Treffen. Letzte Vorbereitungen für den Kehraus-Ball am Dienstag. Den veranstalten wir, wie du vielleicht weißt. Du kommst doch auch, oder?«

»Mal schauen«, erwiderte der Kommissar ausweichend.

»Aber nimmer so tief ins Glas. Schaue, mein ich«, sagte Isidor und gab angesichts seines misslungenen Scherzes ein nervöses Lachen von sich.

Wellmann ignorierte ihn und fragte: »Euren Verein gibt es noch nicht so lange, oder?«

Braun nickte.

»Wir haben uns vor fünf Jahren gegründet. Davor waren ein paar von uns bei den Schweinhauser Nasebohrern oder bei den Ingoldinger Igelschlotzern. Das war irgendwie unbefriedigend. So wenig patriotisch. Du weißt, wie ich das meine.«

»Ich kann es mir vorstellen.«

»Na ja, und irgendwann kam dann die Idee, selbst etwas auf

die Beine zu stellen. Fasnet ist und bleibt ein heißes Thema in der Gegend. Aber was erzähl ich dir das? Du kommst ja auch von hier.«

Wellmann nickte.

»Wie viele Mitglieder habt ihr denn inzwischen?«, fragte er.

»Siebenunddreißig«, antwortete Sebastian Müller. Wellmann kannte ihn flüchtig von seiner Zeit bei der Freiwilligen Feuerwehr, damals, vor mehr als zwanzig Jahren.

»Bei zweitausend Einwohnern ist das nach fünf Jahren schon ganz beachtlich«, sagte Braun mit unverhohlenem Stolz.

»Und was macht ihr so, wenn nicht gerade Fasnet ist?«, fragte Wellmann.

»Fasnet ist immer, Tobias«, sagte Gerhard Werner und grinste breit. Wellmann und Werner waren zusammen zur Schule gegangen, hatten denselben Freundeskreis gehabt und im selben Fußballverein gespielt. Doch wie zu Uli und Isidor war auch der Kontakt zu Gerhard schon vor langer Zeit abgerissen. Wie sein Leben wohl in der Zwischenzeit verlaufen war?

Rasch ergriff Braun wieder das Wort.

»Was Geri sagen will, ist, dass wir uns auch das Jahr über in der Gemeinde engagieren. Wir sorgen für die Bewirtung beim Flohmarkt und sind am 1. Mai und an Erntedank aktiv. Zudem spenden wir die Martinsbrezeln für den Umzug der Kinder am 11.11. Das ist also für uns gleich in zweierlei Hinsicht ein wichtiges Datum.«

Er setzte erneut das stolze Lächeln auf, dieses Mal sah es jedoch weniger echt aus als zuvor.

»Und was machst du so?«, fragte er.

»Ich bin wieder bei der Kripo in Biberach. Mordkommission.«

Er hatte die populäre, aber im Grunde unzutreffende Bezeichnung für das Dezernat für Kapitalverbrechen ganz bewusst gewählt, um die Reaktionen der Männer zu testen. Ob sich im Dorf schon herumgesprochen hatte, dass Jana Krüger nicht durch einen Suizid ums Leben gekommen, sondern ermordet worden war? Uli zeigte nicht einmal ein Wimpernzucken, während Isidors Augen sich weiteten und Gerhard Werners Nasenflügel einen nervösen Tanz aufzuführen begannen. Sebastian Müller musterte seine Fingernägel.

»Habt ihr da viel zu tun?«, fragte Braun. »Ich dachte immer, der Landkreis Biberach wäre eine Art Garten von Eden in Württemberg.«

»Wir sind gut ausgelastet. Zurzeit ermitteln wir wegen der Sache am Lindenweiher.«

»Ja, schlimm«, sagte Braun, doch Isidors Reaktion interessierte den Kommissar weitaus mehr. War der Postbote gerade tatsächlich eine Spur bleicher geworden, oder hatte er es sich bei der schlechten Beleuchtung im Raum nur eingebildet?

»Für sachdienliche Hinweise sind wir natürlich dankbar«, sagte Wellmann.

»Ischt des hier jetzt etwa eine Zeugenvernehmung?«, platzte es aus Isidor heraus.

Der Kommissar hob abwehrend die Hände.

»Aber nein. Ich bin nicht im Dienst. Und wenn ich euch hätte befragen wollen, hätte ich euch erst über eure Rechte und die Art der Befragung aufklären müssen. Aber warum hätte ich das auch tun sollen?«

»Eben«, sagte Braun.

Isidor entspannte sich ein wenig.

»Kann ich dich mal kurz unter vier Augen sprechen?«, fragte Wellmann den Bankvorstand.

Braun zuckte mit den Achseln und erhob sich. Sie traten ein wenig zur Seite.

»Deine Bank hat meinem Vater einen Kleinkredit abgelehnt«, sagte der Kommissar.

Braun hob die Hände.

»Du, sorry, aber mit dem Alltagsgeschäft hab ich gar nichts mehr zu tun.«

Doch Wellmann ließ sich nicht abwürgen.

»Es ist doch seltsam, dass ein jahrzehntelanger Stammkunde wie mein Vater keinen Kredit über fünftausend Euro bekommt. Was ist denn das für ein Service?«

Braun zuckte mit den Achseln.

»Das Äußerste, was ich tun kann, ist nachzufragen, was da gelaufen ist. Und das auch nur um der alten Zeiten willen. Du weißt ja, wie das ist, heute hat man ganz schnell den Vorwurf der Vetternwirtschaft an der Backe. Deswegen ist selbst jemand in meiner Position mit seinem Einfluss ziemlich beschränkt.«

Wellmann nickte.

»Danke«, sagte er. Er wollte das Gespräch schon beenden, doch einem Impuls folgend sagte er: »Schon seltsam, dass es nach zwanzig Jahren erneut zu einer Tragödie am Lindenweiher gekommen ist.«

Er meinte, in Ulis Augen ein kurzes Funkeln gesehen zu haben, doch er konnte sich auch getäuscht haben.

»Ja, schlimm«, erwiderte der Bankvorstand, klang jedoch dabei wenig emotional ergriffen.

»Die Sache mit Monika damals hat mich ziemlich aus der Bahn geworfen«, sagte Wellmann.

»Das kann ich mir vorstellen.«

»Und Robert war Monikas Neffe. Findest du das nicht auch seltsam?«

Auf Brauns Stirn bildete sich eine tiefe Falte.

»Monikas Tod war ein Unfall«, sagte er. »Und der Junge hat sich umgebracht. Das ist tragisch, aber ich sehe nichts Ungewöhnliches darin. Ich finde sowieso, dass man die alten Sachen ruhen lassen sollte. Und jetzt entschuldige mich bitte, wir müssen unsere Sitzung zu Ende bringen.«

»Klar, ich will euch nicht weiter stören.«

Er gab Braun die Hand, trat zu den anderen, klopfte auf den Tisch, nickte den Männern zu und ging zu seinem Vater. Dieser hatte inzwischen Anschluss an eine Binokel-Runde gefunden, saß aber noch auf dem Trockenen. Wellmann orderte an der Theke eine Halbe und ein Glas Apfelschorle. Dann gesellte er sich zu der fröhlichen Kartenspieltruppe, die ein großes Vergnügen daran fand, sich gegenseitig auf eine recht derbe, aber auch sehr kreative Art und Weise zu beschimpfen.

Gegen zehn brachen sie auf. Wellmann senior, der drei Halbe intus hatte, wankte ein wenig. Tobias half ihm in seine Jacke und hielt ihm die Tür auf.

»Vorsicht, Vater, es ist rutschig draußen.«

»I pass scho auf«, sagte Arnold.

Sie überquerten die Bahngleise und gingen den Gehweg entlang in Richtung Ortsmitte.

»Und hoscht mit dem Braun-Uli wegen dem Kredit gesprochen?«, fragte sein Vater schließlich.

»Ja, er fragt mal nach.«

»Du bischt ein feiner Kerl«, sagte sein Vater und klopfte ihm auf die Schulter.

Wellmann spürte, wie eine ungeahnte Rührung ihn überkam. Sein Vater war kein emotionaler Mensch, und das, was er da eben getan hatte, kam einem enormen Gefühlsausbruch gleich.

»Passt schon«, sagte er nur.

Sie gingen weiter, und der intime Moment verflog so rasch, wie er gekommen war.

Als sie in die Straße einbogen, in der der Hof der Wellmanns lag, sah der Kommissar eine schwarz gekleidete Gestalt, die vor der Hofeinfahrt stand. Er wollte sie gerade ansprechen, als sie unvermittelt losrannte. Wellmann zögerte nicht lange und setzte nach. Der Mann legte ein hohes Tempo vor, hinkte aber. Einen Lahmen würde er doch wohl einholen können! Die Gestalt bog um die Ecke und jagte eine dunkle Gasse entlang. Wellmanns Herz schlug rasch, pumpte das Blut in seine Muskeln. Er fühlte sich kraftvoll und so gut wie lange nicht mehr. Der Abstand zu dem Mann verkürzte sich. Er konnte schon dessen keuchende Atemzüge hören. Der Kommissar frohlockte innerlich, als er bemerkte, dass der Flüchtige langsamer wurde. Schon war er beinahe in Griffweite an ihn herangekommen, als der Mann plötzlich einen Haken schlug. Wellmann versuchte, die Bewegung nachzuahmen, kam dabei jedoch ins Rutschen und drohte hinzufallen. Mit aller Macht kämpfte er gegen die Schwerkraft an, doch es war vergebens. Seine Füße schlitterten zur Seite, und er krachte mit voller Wucht auf den vereisten Gehweg. Der Schmerz raubte ihm einen Augenblick lang den Atem. Doch dann rappelte er sich rasch wieder auf und schaute in die Richtung, in die der Mann gerannt war. Er war verschwunden.

21

Fasnetssonndig

Als Korbinian um kurz nach acht das Büro betrat, war es draußen noch stockdunkel. Er fuhr seinen PC hoch und brühte eine Kanne Kaffee auf. Mit einem dampfenden Becher in der Hand ließ er sich auf seinen Schreibtischstuhl sinken.

Er hatte eine Scheißwut im Bauch. Natürlich hatte es ihn wieder getroffen mit dem Wochenenddienst. Ausgerechnet. Dabei hatte er ganz andere Sorgen. Ein ruhiger, ereignisloser Sonntag wäre ihm gerade recht gewesen, um mal wieder ein bisschen zur Ruhe zu kommen: ein paar Akten sortieren, mit den Kollegen von der Schutzpolizei quatschen, sich eine Pizza kommen lassen und YouTube-Videos schauen. Und vielleicht hätte er sich sogar ein oder zwei Stündchen davonschleichen können, um sich um die privaten Angelegenheiten zu kümmern, die ihm unter den Nägeln brannten.

Aber dann hatten Wellmann und Linda dieses Liebesdrama am Lindenweiher zu einem Mordfall aufgebauscht und seinen Traum von einem beschaulichen Wochenenddienst zerplatzen lassen wie eine Seifenblase. Er wusste nicht, wen er mehr dafür hassen sollte: Linda wegen ihrer Sturheit oder Wellmann wegen seines Drangs, sich immer und überall in den Mittelpunkt zu stellen. Und ganz egal, was er für Bockmist baute, ob er nun besoffen zum Dienst kam oder seinen Führerschein verlor, Wellmann fand immer einen Vorgesetzten, der ein Auge zudrückte. Diese verdammte Doppelmoral.

Aber damit war jetzt ein für alle Mal Schluss. Wellmann würde sich noch wundern. Korbinian öffnete sein E-Mail-Programm und las noch einmal die Nachricht durch, die er gestern Abend an den Dienststellenleiter und in Kopie auch an Martin Waibel geschickt hatte. Zufrieden grinsend nahm er einen Schluck Kaffee und fluchte, als er sich dabei die Oberlippe verbrühte. Er stellte die Tasse auf den Schreibtisch und rief die Dokumentation der Ermittlungen im Fall der toten Teenager auf. Wenn er schon so früh da war, dann konnte er auch arbeiten.

Er blieb an einem Eintrag hängen, den Winter von der Kriminaltechnik gestern Abend um neun geschrieben hatte. Offenbar hatte er den Laptop dieser Jana Krüger gehackt und interessante Mails gefunden. Der Name der Absenderin ließ Korbinian stutzen. Den hatte er schon einmal irgendwo gelesen. Er scrollte zurück und stieß auf einen Eintrag vom Freitagabend. Richtig, da war er.

Das Grinsen schlich sich zurück auf sein Gesicht. Vielleicht würde er bald nicht nur Wellmann in die Pfanne hauen, sondern die vorlaute Kollegin gleich mit dazu.

Linda trat auf die Bremse. Das Auto schlitterte über die matschige Straße. Es kam gerade noch rechtzeitig zum Stehen, um nicht von dem SUV gerammt zu werden, der mit Vollgas aus dem Parkplatz der Dienststelle schoss. Das war doch Korbinians Wagen. Warum hatte der Kollege es denn so eilig? Und wo wollte er hin?

Sie hatte auf dem Weg zur Dienststelle Butterbrezeln besorgt. Als sie in den Besprechungsraum trat, sah sie Wellmann an, dass er dringend eine nötig hatte. Er war wieder auf Skiern gekommen, und seine Wangen waren so rosig wie die Bäckchen eines fiebernden Babys. Sie deutete auf die Bäckertüte, und er nickte, einen beinahe gierigen Ausdruck in den Augen. Sie setzte sich neben ihn und reichte ihm die Tüte. Er angelte sich eine Brezel heraus und biss ein großes Stück ab.

»Ach, tut das gut«, sagte er und lehnte sich zurück, zuckte jedoch zusammen bei der Berührung mit der Rückenlehne. Sein Gesicht verzerrte sich vor Schmerz.

»Was ist los?«, fragte sie.

»Bin hingefallen«, sagte er kauend.

»Oje, hoffentlich hast du dich nicht schlimmer verletzt«, erwiderte sie und musterte ihn besorgt.

Er winkte ab.

»Alles halb so wild. Ein paar Blutergüsse, mehr nicht.«

Martin Waibel kam hinzu. Linda hielt ihm zur Begrüßung die Tüte mit den Brezeln hin. Er nahm sich eine, biss aber noch nicht hinein. Er setzte sich und sagte: »Gut, dann wollen wir mal.«

»Wo ist Korbinian?«, fragte Wellmann.

»Der geht einem Hinweis nach«, sagte Waibel. »Die KT hat auf dem Rechner dieser Jana Krüger mehrere Mails gefunden, in denen sie beschimpft wird. Die Absenderin war sehr einfach zu identifizieren, es handelt sich um eine Klassenkameradin des Mädchens. Korbinian ist zu ihr gefahren, um ihr einmal auf den Zahn zu fühlen.«

Ein jäher Gedanke jagte einen eiskalten Schauer über Lindas Rücken.

»Bei dieser Klassenkameradin handelt es sich aber nicht zufällig um Tina Schöller?«, fragte sie.

Waibel wühlte in dem Papierstapel herum, der vor ihm auf dem Tisch lag. »Doch, genau so heißt sie.«

»Verdammt«, zischte Linda.

»Was ist los?«, fragte Wellmann.

»Ich war doch am Freitag noch bei ihr und habe sie befragt. Sie hatte den Rettungsdienst angerufen, nachdem sie den Facebook-Post gelesen hatte.«

Waibels Augenbrauen schossen in die Höhe. »Ja. Jetzt erinnere ich mich«, sagte er. »Ist dir denn irgendetwas an dem Mädchen seltsam vorgekommen?«

Linda schüttelte den Kopf.

»Sie hat sich als Janas beste Freundin bezeichnet und war vollkommen niedergeschlagen. Von irgendwelchen Beschimpfungsmails wusste ich da noch nichts.«

Linda schaute auf die Tischplatte und spürte dabei, wie eine heiße Röte ihr Gesicht erfüllte. Warum hatte sie auch so ungeduldig sein müssen? Es hätte ausgereicht, das Mädchen heute zu vernehmen, dann hätte sie das mit den Mails gewusst, und die Befragung wäre ganz anders gelaufen. Nun würde

Korbinian die Lorbeeren ernten. Ausgerechnet Korbinian! Wahrscheinlich würde er ihr monatelang unter die Nase reiben, wie er mit seiner psychologischen Einfühlsamkeit das Mädchen zum Reden gebracht, während sie auf ganzer Linie versagt hatte.

»Heißt das, dass Korbinian endlich kapiert hat, dass hier was faul ist?«, fragte Wellmann, und Linda war ihm dankbar, dass er von ihrem Missgeschick ablenkte.

Waibel verzog das Gesicht. »Nein, im Gegenteil. Ich fürchte, ich habe euch und vor allem dir, Tobias, eine unangenehme Mitteilung zu machen. Korbinian hat sich bei Schönlechner über dich beschwert.«

»Wie bitte?«, rief Linda zu gleichen Teilen fassungslos und empört.

»Und worüber?«, fragte Wellmann mit einer Ruhe, die seine Kollegin nur schwer nachvollziehen konnte.

»Er beschuldigt dich, betrunken am Tatort aufgetaucht zu sein. Außerdem behauptet er, du würdest die Ermittlungen stören und aus selbstsüchtigen Motiven verkomplizieren. Aber das wird dir unser Dienststellenleiter morgen alles selbst erklären. Du hast um elf Uhr einen Termin bei ihm. Zieh dich warm an, er ist fuchsteufelswild.«

»Und wie stehst du dazu, Martin?«, fragte Wellmann.

Waibel schaute auf seine Brezel. »Ich bin nicht glücklich darüber, dass er sich gleich beim Chef beschwert hat. Aber ich finde dein plötzliches Interesse an dem Fall ebenfalls … ungewöhnlich.«

»Tobias hat mehr Interesse an dem Fall als du!«, herrschte Linda Waibel an. »Du sitzt doch nur rum und drehst Däumchen.«

Waibels Kopf lief knallrot an. Linda spürte, wie die Wut aus ihr herausfloss und einem Gefühl des Schreckens Platz machte. Hatte sie da gerade eben wirklich ihren Chef angeschrien?

»Vorwürfe bringen uns hier nicht weiter«, schaltete Wellmann sich ein. »Wir benötigen dringend weitere Anhaltspunkte, wer ein Interesse an Janas Tod gehabt und dabei auch Roberts Suizid mit in Kauf genommen haben könnte.«

Waibel atmete tief durch. Linda sah ihm an, wie sehr er sich beherrschte, nicht auf das einzugehen, was sie ihm gerade an den Kopf geworfen hatte.

»Dann solltet ihr euch damit aber beeilen«, sagte er. »Spätestens bis zu dem Termin morgen musst du etwas vorweisen können, Tobias. Sonst wird Schönlechner dich doch noch in den Urlaub schicken. Aber unbefristet.«

»Gut, dann machen wir uns an die Arbeit«, sagte Wellmann und wollte sich erheben, doch Waibel hielt ihn zurück.

»Ihr könnt gleich hier in der Dienststelle damit anfangen. Eine Lehrerin von Jana Krüger hat sich gemeldet, nachdem sie den Zeitungsartikel gelesen hatte. Sie sitzt schon im Befragungsraum 1.«

»Okay, dann nehmen wir uns die mal zur Brust«, sagte Wellmann und schob das letzte Stück seiner Brezel in den Mund.

»Antje Weikmann«, sagte die Frau. »Von Beruf bin ich Lehrerin für Deutsch und Sport am Pestalozzi-Gymnasium in Biberach.«

»War Jana Krüger Ihre Schülerin?«, fragte Wellmann.

Tränen traten in die Augen der attraktiven Mittvierzigerin.

»Ja, ich habe sie drei Jahre lang in Deutsch unterrichtet. Außerdem habe ich das Theaterprojekt betreut. Das, in dem sie die Julia gespielt hat.«

»Warum haben Sie sich bei uns gemeldet, Frau Weikmann?«, fragte Linda.

»Wegen dieses unsäglichen Artikels«, sagte sie und legte den gestrigen Regionalteil der Zeitung auf den Tisch.

»Was daran finden Sie unsäglich?«, fragte Wellmann.

»Nun, das kann ich Ihnen sagen«, erwiderte die Lehrerin und holte tief Luft. »Diese Pressefrau stellt Jana als ein hysterisches Mädchen dar, das den Bezug zur Realität verloren hat. Das ist vollkommen irrsinnig.«

»Inwiefern?«, fragte Wellmann weiter.

»Jana war eine hochintelligente junge Frau. Sie hatte einen analytischen Verstand, der sehr rasch unter die Oberfläche der Phänomene gelangte. Ich hätte mir keine bessere Julia für unsere Aufführung vorstellen können. Sie arbeitete sich so intensiv in das Stück ein, dass sie es am Schluss besser kannte als ich.«

»Aber spricht das nicht dafür, dass sie sich … dass sie sich in ihrer Rolle verirrt hat?«, fragte Linda.

Frau Weikmann schüttelte entschieden den Kopf.

»Nichts weniger als das. Sie war keine Schwärmerin. Sie war ein Kopfmensch. Und so hat sie die Julia auch gegeben. Als eine Handelnde. Nicht als ein Opfer der Umstände. Doch wenn sie ihr Kostüm abgelegt hatte, war sie stets wieder sie selbst. Freundlich, umgänglich und hilfsbereit.«

Die Lehrerin schluckte schwer.

»Frau Braun, die Verfasserin des Artikels, hat meines Wissens auch die Kritik zu Ihrer Aufführung geschrieben«, sagte Wellmann. »Wie hat sie Janas Leistung beurteilt?«

»Sehr wohlwollend«, erwiderte Frau Weikmann. »Deswegen verstehe ich auch nicht, warum sie Jana jetzt als eine Art Spinnerin abstempelt.«

»Hat denn Robert, Janas Freund, auch bei dem Stück mitgespielt?«, fragte Linda.

Die Lehrerin lächelte nachsichtig.

»Robert? Nein, der hatte viele Talente, aber die Schauspielerei gehörte sicher nicht dazu. Ich habe eine Zeit lang die Schwimmermannschaft der Schule betreut, da hat er uns geholfen, einige Siege einzufahren. Er war bei dem Theaterprojekt eher für praktische Dinge zuständig. Beispielsweise hat er Flyer verteilt, auf denen für die Aufführung geworben wurde.«

»Um noch einmal auf Jana zurückzukommen«, sagte Wellmann. »Haben Sie irgendwelche Anzeichen dafür erkennen können, dass sie unglücklich oder verzweifelt gewesen sein könnte?«

»Ich habe sie zuletzt am Mittwoch gesehen. Da hat sie gestrahlt, als ich ihr gesagt habe, dass wir ›Romeo und Julia‹ im

Sommer bei den württembergischen Schultheatertagen in Wendlingen aufführen werden.«

»Gab es Neiderinnen?«, fragte Wellmann. »Denen sie die Rolle weggeschnappt haben könnte?«

Frau Weikmann überlegte kurz. »Ich will hier niemanden anschwärzen, dass das klar ist. Aber es gab da schon eine Mitschülerin, die Janas Erfolge stets mit einer derart sauertöpfischen Miene zur Kenntnis genommen hat, dass es sogar anderen aufgefallen ist. Die beiden waren früher wohl Freundinnen gewesen, aber irgendwann müssen sie sich entzweit haben.«

»Wie heißt das Mädchen?«, wollte Wellmann wissen. Lindas Puls beschleunigte sich. Sie ahnte die Antwort bereits.

»Tina Schöller«, entgegnete die Lehrerin. »Aber es wäre mir äußerst unangenehm, wenn sie deswegen jetzt Probleme bekäme. Wie gesagt, ich will sie nicht denunzieren oder so etwas.«

Linda fühlte sich, als ob man ihr einen Eimer eiskalten Wassers über den Kopf geschüttet hätte. Besaß sie so wenig Menschenkenntnis, dass sie die Täuschung des Mädchens nicht durchschaut hatte?

Wellmann schüttelte den Kopf. »Machen Sie sich keine Sorgen, wir gehen nur begründeten Hinweisen nach.«

Sie winkte ab. »Ich glaube nicht, dass Tina etwas mit der Sache zu tun hat. Klar, sie mochte Jana nicht, das war deutlich. Aber ich kann mir nicht vorstellen, dass sie sie irgendwie in den Suizid getrieben haben könnte, wenn sie das annehmen sollten.«

»Wie gesagt, wir nehmen noch gar nichts an«, sagte Linda gepresst und wechselte einen Blick mit ihrem Kollegen.

»Gut, dann sind wir …«

In diesem Augenblick läutete Lindas Handy. Sie schaute auf das Display. Es zeigte Korbinians Nummer an. Sie nahm ab.

»Ja, was gibt es?«, fragte sie barsch.

»Ihr solltet schnell kommen.«

Seine Stimme klang anders als sonst. Nicht mehr selbstgefällig, sondern beinahe panisch.

»Was ist los?«, fragte sie.

»Das Mädchen, das ich befragt habe, diese Tina Schöller. Sie ist aus der Wohnung gerannt. Sie will sich vom Dach stürzen. Und ich … ich weiß nicht, was ich tun soll.«

22

Linda gab Vollgas. Wellmann hielt sich am Griff über der Beifahrertür fest. Zu anderen Zeiten hätte ihr das ein befriedigendes Grinsen entlockt. Doch nicht heute. Dafür war die Anspannung zu groß, die sie nach Korbinians Anruf gepackt hatte. Sie hatten die Befragung der Lehrerin beendet und waren dann hinaus auf den Hof geeilt.

»Amriswilstraße 284. Ist das nicht eines dieser Hochhäuser im Hühnerfeld?«, fragte Wellmann.

»Ja«, erwiderte Linda, und der Schreck fuhr ihr in die Glieder. Sie stellte sich vor, wie das Mädchen auf dem Dach des Hochhauses stand. Sie selbst würde dort nun auch hinaufklettern müssen. Linda hatte ihre Höhenangst zwar weitestgehend im Griff, aber die Vorstellung, einen Menschen von einem der riesigen Wohnblöcke stürzen zu sehen, packte sie kalt in der Magengrube.

Sie stellte ihren Twingo am Straßenrand ab. Auf dem Gehsteig hatte sich eine kleine Traube aus nach oben schauenden Menschen gebildet. Linda folgte deren Blick und erstarrte. Oben auf der Dachkante saß eine junge Frau. Ihre Beine baumelten über den Rand. Von Korbinian war weit und breit keine Spur.

»Wir müssen da hoch!«, rief Wellmann ihr zu und rannte zur Eingangstür des Hauses. Wie in einem Alptraum folgte sie ihm. Die Tür war verschlossen, doch er drückte kurzerhand alle verfügbaren Klingeln, und als sich jemand meldete, sagte er: »Kriminalpolizei Biberach. Öffnen Sie!«

Es wirkte. Das Summen des Öffnungsmechanismus setzte ein, und Wellmann schob die Tür nach innen. Er stürzte auf den Aufzug zu. Glücklicherweise befand sich die Kabine schon im Erdgeschoss, sodass sie nicht lange warten mussten. Die Fahrt nach oben zog sich jedoch bedenklich in die Länge.

Als der Fahrstuhl sie im obersten Stockwerk ausspie, sah Linda eine offen stehende Tür vor sich, die auf das Flachdach des Gebäudes führte. Korbinian stand neben dem Ausgang. Er war kalkweiß und zitterte.

»Was ist los?«, herrschte Wellmann ihn an.

»Das Mädchen … Sie ist da draußen … Sie will springen«, stammelte er. »Ich … Das habe ich nicht kommen sehen.«

»Und warum stehst du hier drinnen?«

»Kann nicht … Höhenangst.«

Er drohte jeden Moment umzukippen.

»Bleib hier«, zischte Wellmann und trat hinaus auf das Flachdach. Linda konnte Korbinian durchaus verstehen. Auch sie wollte um keinen Preis der Welt da hinaus. Aber es musste sein. Also gab sie sich einen Ruck und trat auf die groben Wackersteine, die die Dachfläche bedeckten.

Wellmann näherte sich bereits dem Mädchen.

»Hallo, Tina«, sagte er, als er noch etwa drei Meter von ihr entfernt war.

Der Körper der jungen Frau versteifte sich, und einen Augenblick lang dachte Linda, sie würde springen.

»Bleiben Sie weg!«, rief Tina.

Wellmann hob die Hände und blieb stehen. »Ich will nur mit dir sprechen. Mein Name ist Tobias Wellmann. Ich bin von der Polizei.«

»So wie Ihr Kollege? Der mir diese dämlichen Fragen gestellt hat?«, fragte Tina.

»Ich werde dir keine Fragen stellen, wenn du das nicht magst«, sagte Wellmann. »Aber ich würde mich gerne mit dir unterhalten. Am liebsten allerdings im Treppenhaus und nicht hier oben.«

»Verschwinden Sie!«, rief das Mädchen.

»Kommst du herunter, wenn ich verschwinde?«, fragte er.

»Lassen Sie mich in Ruhe. Sie haben keine Ahnung, wie es mir geht.«

»Dann sag es mir. Ich möchte verstehen, wie es dir geht.«

Sie musterte ihn misstrauisch. »Warum?«, fragte sie.

»Na ja, du sitzt auf einem Dach, es ist eiskalt und du könntest jeden Moment hinunterstürzen.«

»Sie wollen echt wissen, warum ich hier sitze?« Sie lachte freudlos.

»Ja, das will ich«, sagte Wellmann.

»Das können Sie nicht verstehen«, sagte sie wieder.

»Aber ich möchte es gerne versuchen, wenn du mir die Chance dazu gibst.«

Linda beobachtete die Szene mit offen stehendem Mund. Wellmann war gut. Er war ganz nah bei dem Mädchen, ging auf ihre Äußerungen ein, überließ ihr die Kontrolle.

»Es hat keinen Sinn mehr«, sagte sie schließlich.

»Was?«, fragte Wellmann.

»Mein Leben.«

»Warum hat es denn den Sinn für dich verloren?«

»Kommen Sie, jetzt tun Sie nicht so. Sie wissen es doch.«

Er schüttelte den Kopf.

»Nein, ich weiß es nicht. Alles, was ich weiß, ist, dass du mit Jana Krüger in einer Klasse warst. Bist du traurig, weil sie tot ist?«

Das Mädchen lachte, und das Geräusch fuhr Linda durch Mark und Bein.

»Traurig? Diese blöde Schlampe? Dass sie tot ist, ist der einzige Lichtblick an der ganzen Scheiße.«

Linda zuckte zusammen. Sie erkannte Tina nicht wieder. Am Freitag war sie so still gewesen, so devot. Doch heute schien sie beinahe eine andere Persönlichkeit geworden zu sein, eine verzweifelte, eine wütende Persönlichkeit.

»Das verstehe ich nicht«, sagte Wellmann.

»Wenn sie alleine gegangen wäre, dann wäre alles gut. Aber sie hat Robert mitgenommen. Und jetzt ist alles Scheiße.«

Also daher wehte der Wind. Eine Dreiecksgeschichte.

»Das klingt so, als ob du Robert gern gehabt hättest?«, fragte Wellmann.

»Gern gehabt? Ich habe ihn geliebt. Mit allem, was ich bin. Aber das können Sie nicht nachempfinden.«

Linda erwartete, dass er sie wieder auffordern würde, ihm zu erklären, was ihre Liebe zu Robert ihr bedeutet hatte, doch stattdessen sagte er: »Doch, das kann ich nachempfinden. Viel besser, als du es mir zutraust.«

Das Mädchen starrte ihn misstrauisch an.

»Du hast den Menschen verloren, der dir alles bedeutet hat. Da ist es verständlich, dass für dich jede Farbe aus der Welt verschwunden ist.«

Im Blick des Mädchens veränderte sich etwas. Es war nur eine Schattierung, aber die war bedeutend.

»Ja, das trifft es gut«, sagte sie leise.

Wellmann nickte. »Ich weiß. Ich kenne das Gefühl, das dich gerade quält. Ich habe es selbst erlebt.«

Die Augen des Mädchens weiteten sich, und auch Linda hielt vor Schreck den Atem an. Worauf würde das denn nun hinauslaufen?

»Als ich so alt war wie du, hatte ich eine Freundin«, begann der Kommissar. »Sie hieß Monika. Und sie war Roberts Tante.«

Ein eiskalter Schauer jagte eine Gänsehaut über Lindas Rücken. »Wir waren ein Jahr zusammen. Es war die glücklichste Zeit in meinem Leben. Wir waren unzertrennlich. Seelenverwandt.«

Wellmann stockte. Ein leichtes Zittern ließ seine Worte brüchig klingen.

»Und dann?«, fragte das Mädchen.

»Dann ist sie gestorben«, sagte er tonlos.

»Wie?«

»Wir waren am Lindenweiher in Hochdorf, Monika, ich und unsere Clique. Die ›Lindenweihergang‹ haben wir uns genannt. Das war nach dem Abi. Wir wollten noch einmal zusammen feiern, ehe der Ernst des Lebens uns alle in Beschlag nähme. Ich war nur kurz dabei, da ich zu einem Einsatz musste. Ich war nämlich bei der Freiwilligen Feuerwehr, und in Hochdorf brannte eine Scheune. Monika blieb bei den anderen. Sie gab mir noch einen Abschiedskuss. Das war das letzte Mal, dass ich sie lebend gesehen habe.«

Lindas Herz raste wie verrückt. Sie hatte immer vermutet,

dass hinter Wellmanns Fassade eine todtraurige Geschichte verborgen läge. Aber er hatte ihr nie davon erzählt.

»Was ist passiert?«, fragte das Mädchen sichtlich interessiert.

»Der Einsatz dauerte die ganze Nacht hindurch. Am Morgen bin ich zum Lindenweiher geradelt. Ich wollte Monika überraschen und hatte extra frische Brezeln geholt. Schon von Weitem sah ich, dass etwas nicht stimmte. Überall waren Polizeiautos. Und auf dem Parkplatz vor der Liegewiese stand ein Krankenwagen. Ich kam gerade dazu, als der Notarzt die Wiederbelebungsversuche einstellte. Monika lag auf dem Boden. Ihre Augen waren geschlossen. Und ihre Lippen waren ganz blau.« Die Stimme drohte ihm zu versagen, doch er zwang sich fortzufahren. »Sie war tot. Der Notarzt konnte nichts mehr für sie tun.«

»Hat sie sich selbst …?«, fragte Tina.

Wellmann schüttelte vehement den Kopf. »Die Polizei ging davon aus, dass es ein Unfall war. Dass sie betrunken in den Weiher gefallen und dann ertrunken ist. Aber das stimmt nicht. Sie wurde getötet, da bin ich mir sicher. So wie Robert und Jana auch getötet wurden.«

Linda hielt den Atem an. Die Augen des Mädchens weiteten sich.

»Ja«, fuhr Wellmann fort. »Ich bin mir sicher, dass Jana umgebracht wurde, um Robert in den Suizid zu treiben. Jana hat dir Robert nicht genommen. Ich werde alles daransetzen, den Schuldigen zu finden.«

Tina begann zu weinen. »Aber das bringt mir Robert nicht zurück«, sagte sie leise.

»Ich weiß. Monika wird auch nicht wieder auferstehen, selbst wenn ich ihren Mörder überführe. Sie lebt weiter in meinem Herzen. So wie Robert in deinem. Es gibt Wunden, die nie vollständig heilen, die immer schmerzen werden. Aber es wird besser. Mit der Zeit.«

Er streckte seine Hand aus. Tina schaute sie lange an. Dann erhob sie sich und trat auf ihn zu. Er führte sie vom Dach und hinein in das Treppenhaus, vorbei an dem noch immer auf dem

Boden kauernden Korbinian und hinunter in die Wohnung ihrer geschockten Eltern, die gerade von der Kirche zurückkamen und ihre zitternde Tochter auf Anweisung des Kommissars direkt ins Krankenhaus fuhren. Linda war erleichtert, dass das Mädchen in Sicherheit war. Befragen konnten sie Tina noch zu einem späteren Zeitpunkt.

Als Wellmann und Linda aus dem Wohnblock traten, sahen sie sich einer in der Zwischenzeit deutlich gewachsenen Menschenmenge gegenüber. Eine braun gelockte Frau schob sich zwischen den Leuten hindurch. Es war die Reporterin. Linda unterdrückte einen Fluch.

»Hallo, Tobias«, sagte Sabine Braun zum Kommissar. Seine Kollegin ignorierte sie dagegen. »Es gehen Gerüchte um, dass sich die Selbstmordepidemie unter den Oberstufenschülern des Pestalozzi-Gymnasiums fortsetzt. Möchtest du einen Kommentar dazu abgeben?«

Linda spürte, wie ihr Puls sich beschleunigte. Am liebsten hätte sie der Frau ihre Verachtung ins Gesicht geschleudert. »Hallo, Sabine«, erwiderte Wellmann ebenso ruhig wie vorhin, als er erfahren hatte, dass Korbinian sich über ihn beschwert hatte. »Ich gebe keinen Kommentar mehr ab.«

Ein süffisantes Lächeln erschien auf den dick geschminkten Lippen der Reporterin.

»Jetzt sei nicht so bescheiden. Wir alle hier haben gesehen, wie du das Mädchen vom Dach geholt hast. Biberach wird morgen seine Zeitung aufschlagen und von der Geburt eines Helden lesen.«

»Schreib, was du willst«, sagte Wellmann und ging an Sabine Braun vorbei. Linda warf der Frau einen finsteren Blick zu, doch diese hatte nur Augen für den Kommissar.

»Das wusste ich nicht«, sagte Linda leise, als sie wieder im Auto saßen und zur Dienststelle zurückfuhren.

»Woher auch?«, erwiderte Wellmann. »Die Sache mit Monika war nichts, womit ich hausieren gehen wollte.«

Seine Worte versetzten ihr einen Stich. Sie hatte sich ihm verbunden gefühlt. Zuerst als seine Lieblingsschülerin, dann als Kollegin und vielleicht auch als Freundin. Doch offenbar war sie ihm nie so nahe gewesen, dass er sie eingeweiht hätte in dieses furchtbare Geheimnis, das er seit Jahrzehnten in sich verschlossen hielt. Sie fragte sich, ob Waibel Bescheid wusste. Wahrscheinlich schon. Er hatte gestern eine rätselhafte Bemerkung fallen lassen, die nun Sinn ergab. Sie kam sich mit einem Mal ausgeschlossen vor. Ausgeschlossen und alleine.

»Und nun?«, fragte sie, als sie vor der Dienststelle anhielten.

»Jetzt schauen wir noch bei der KT vorbei, und dann gehe ich mit meinen Kindern auf den Fasnetsumzug. *The show must go on.*«

23

Die kriminaltechnische Abteilung der Polizeidienststelle Biberach befand sich in einem Seitenflügel des Gebäudes. Wo ansonsten in den mit Untersuchungsmaterialien vollgestellten Räumen ein Dutzend geschäftiger Mitarbeiter umherwuselte, saß an diesem Sonntagmorgen nur ein einziger Beamter an einem Schreibtisch in der Ecke.

»Herr Winter«, sagte Wellmann. Er schüttelte dem Mann die Hand. »Hat es heute den Chef selbst getroffen mit dem Wochenenddienst?«

»Guten Morgen, Herr Wellmann. Frau Keller?« Er nickte Linda zu. »Ja, ich darf die Stellung halten. Aber langweilig wird mir nicht. Sie haben uns gut beschäftigt mit Ihren diversen Tatorten.«

»Dann schießen Sie mal los«, sagte Wellmann und rieb sich die Hände, gespannt darauf, was Winter ihnen zu berichten hätte.

»Gut, fangen wir mal mit dem Fundort am Lindenweiher an.« Winter deutete auf einen lang gestreckten Tisch, auf dem mehrere Gipsabdrücke lagen. In einem konnte Wellmann ganz deutlich eine Schuhsohle erkennen, die anderen waren länglich und verrieten nicht gleich, was sie abbilden sollten.

»Wir haben hinter dem Gebüsch, auf das Sie uns hingewiesen haben, diesen Abdruck eines Schuhs Größe 45 gefunden. Es muss sich um relativ neue Winterstiefel handeln, das Profil war ziemlich tief und eindeutig rutschfest.«

»Können Sie etwas zu der Marke sagen?«, fragte Linda.

»Da müssen Sie sich leider noch etwas gedulden, das können wir erst morgen machen, wenn wir wieder in voller Stärke besetzt sind. Mit Sicherheit können wir jedoch ausschließen, dass der Abdruck von Robert Millers Schuhen stammt. Die hatten Größe 46 und deutlich weniger Profil.«

»Was ist das hier?«, fragte Wellmann und deutete auf die anderen Abgüsse.

»Das sind Modelle der Schleifspuren, die wir entdeckt haben. Sie hatten recht. Jemand muss den Körper des Mädchens vom Parkplatz zu der Bank gezogen haben. Wir haben den Neuschnee abgetaut und ganz klare Spuren gefunden, die die Fersen ihrer Schuhe im tiefgefrorenen Boden hinterlassen haben.«

Das passte zu ihrer Theorie, dass Jana keinen Suizid begangen hatte, sondern von jemand anderem betäubt worden war.

»Haben Sie Reifenspuren auf dem Parkplatz gefunden?«

»Leider nein. Der Untergrund war zu steinig. Aber kommen Sie mal mit.«

Er ging zu einem weiteren Tisch, auf dem der in eine Plastiktüte verpackte Laptop des Mädchens und ein Handy lagen. Daneben fand sich noch ein Behältnis, in dem Wellmann erst auf den zweiten Blick einen etwa fünf Zentimeter langen Zweig erkannte.

»Wir können mit ziemlicher Sicherheit sagen, dass dieser Ast hier am Donnerstagabend abgeknickt worden sein muss. Und zwar von dem Busch, hinter dem wir den Fußabdruck gefunden haben.«

»Und das Handy?«, fragte Wellmann. »Ist das Janas oder Roberts?«

»Es ist das Mobiltelefon des Mädchens. Wir haben alle Apps analysiert. Der fragliche Facebook-Post wurde von diesem Gerät aus abgesetzt. Spannend ist allerdings, dass wir auf dem Smartphone keinerlei Fingerabdrücke finden konnten.«

»Vielleicht hat Jana Handschuhe getragen?«, gab Linda zu bedenken.

Winter schüttelte den Kopf.

»Sie trug Wollhandschuhe. Der Touchscreen des Gerätes lässt sich damit aber nicht bedienen. Dafür braucht man spezielle Fingerlinge mit gummierten Spitzen oder nackte Haut.«

»Dann muss jemand das Handy abgewischt haben.«

»Exakt«, erwiderte Winter.

»Und der Laptop?«, fragte Wellmann.

»Unauffällig. Von den Drohungen bei Facebook haben Sie

ja schon gehört, nehme ich an. Kollege Mächle hatte es recht wichtig damit.«

Er zwinkerte Wellmann verschwörerisch zu.

»Haben Sie die Fußspuren auf dem Dach der Millers und im Hof meines Vaters auch untersuchen können?«

Winter nickte. »Es handelt sich in beiden Fällen um abgenutzte Stiefel, Größe 44. Das Profil ist identisch, der Täter muss also derselbe gewesen sein.«

Wellmann nickte. Er wollte sich verabschieden, doch Winter hielt ihn zurück.

»Der Gerichtsmediziner hat gerade die Ergebnisse der Blutanalyse gefaxt.«

Er reichte Wellmann einen Zettel. Der Kommissar überflog die Zeilen und Spalten, dann hielt er inne.

»Was ist los?«, fragte Linda.

»In Roberts Blut finden sich Spuren von Flunitrazepam«, sagte er.

»Das war ja anzunehmen«, sagte Linda. »Und das Mädchen?«

»Jana ist ganz offenbar an einer Überdosis Crystal Meth gestorben«, erwiderte Wellmann und hob den Kopf.

»Crystal Meth?«, fragte Linda. »Wie kommt sie denn an das Zeug?«

Wellmann schien kurz nachzudenken. »Wir sollten vielleicht noch einmal bei dem Kollegen im Drogendezernat vorbeischauen.«

Peter Greiner sah sie erstaunt an, als sie die wochenendbedingt leeren Räumlichkeiten seiner Abteilung betraten.

»Haben Sie noch nicht genug von den Drogen?«, fragte er mit einem schelmischen Lächeln auf dem Gesicht.

»Nun, offenbar sind wir damit bei Ihnen an der richtigen Adresse«, sagte Wellmann.

»Womit kann ich Ihnen heute helfen?«, fragte Greiner.

»Erzählen Sie uns etwas über Crystal Meth«, sagte Linda und deutete auf die Karte mit den farbigen Punkten.

Greiner wirkte überrascht.

»Crystal Meth? Ich dachte, Sie interessieren sich für Benzos. Na ja, aber ich bin ja flexibel. Was wollen Sie wissen?«

»Wie wirkt das Zeug?«, fragte Linda.

»Methylamphetamin euphorisiert. Es schaltet alles aus, was stört: Hunger, Müdigkeit, sogar Schmerzen. Man fühlt sich fantastisch. Die Nazis haben ihren Soldaten Pervitin verabreicht, um sie aufzuputschen. Das ist im Grunde nichts anderes als Meth.«

»So wie Sie das beschreiben, muss das ja ein ganz großartiges Mittel sein«, erwiderte Wellmann.

»Im Gegenteil. Der fehlende Schlaf lässt viele Konsumenten eine Psychose schieben. Und natürlich macht das Zeug abhängig. Stärker als Alkohol oder Cannabis. Und dann wirkt es total zerstörerisch.«

»Und woher kommt das Crystal Meth auf dem hiesigen Markt?«, fragte Linda.

»Das ist eine spannende Frage«, sagte Greiner. »Das in Deutschland zirkulierende Meth wird zum allergrößten Teil in Tschechien hergestellt und über die grüne Grenze nach Bayern geschmuggelt. Der Stoff, den wir zuletzt abgefischt haben, besitzt jedoch chemische Auffälligkeiten, die ihn deutlich von den tschechischen Konkurrenzprodukten abheben. Wir vermuten, dass es hier vor Ort produziert wird.«

»Das würde bedeuten, dass jemand eine komplette Infrastruktur aufgebaut haben muss«, sagte Wellmann. »Produktion und Vertrieb in einer Hand.«

Greiner nickte. »Allerdings ist derjenige noch nicht lange im Geschäft. Das neue Meth ist vor etwa einem Jahr zum ersten Mal aufgetaucht. Wahrscheinlich ist das Verbreitungsgebiet deswegen auch nicht so groß. Die bisherigen Funde konzentrieren sich auf das Gebiet zwischen Biberach im Norden und Ingoldingen im Süden. Einzelne Treffer ergaben sich auch bei Kontrollen in Ochsenhausen und in Laupheim. Der Stoff, der in Riedlingen konsumiert wird, ist jedoch chemisch unterschiedlich.«

»Habt ihr schon mal gecheckt, wer vor eineinhalb Jahren ein Abo bei einem Streaming-Dienst abgeschlossen hat, der ›Breaking Bad‹ im Angebot hat?«, fragte Linda trocken.

»Breaking Bad‹?«, wollte Wellmann wissen.

»Du solltest deinen Fernseher auch mal benutzen, Tobias«, erwiderte Linda. »Das ist eine Serie, bei der es um einen krebskranken Chemielehrer geht, der Crystal Meth herstellt, um seine Behandlung zu bezahlen.«

»Der letzte Film, bei dem ich mir Sorgen um mögliche Nachahmungstäter gemacht habe, war ›Das Schweigen der Lämmer‹«, entgegnete Wellmann ungerührt.

Greiner lachte, als er jedoch bemerkte, dass die beiden Kollegen ernst blieben, fragte er: »Ist das Ihr Ernst? Das mit ›Breaking Bad‹?«

Linda zuckte mit den Achseln.

»Nur so eine Idee. Kann sein, kann nicht sein. Aber es klingt schon so, als ob jemand auf eine lukrative Geschäftsidee gekommen wäre, die er nun mit viel krimineller Energie, aber auch mit naturwissenschaftlichem und betriebswirtschaftlichem Know-how umsetzt. Vielleicht hat er sich vom Fernsehen inspirieren lassen. Es wäre nicht das erste Mal. Wer sind die Konsumenten?«

»Jung, ungebildet und arbeitslos«, fasste Greiner zusammen.

»Da trifft nur das Erste auf unsere Tote zu«, murmelte Wellmann.

»Gibt es auch Abiturienten unter den Konsumenten?«, fragte Linda.

»Wir haben in den letzten beiden Jahren exakt zwei Konsumenten mit Abitur hochgenommen, beide waren Studenten an der FH in Biberach, und beide gaben an, das Zeug zur Leistungssteigerung genommen zu haben. Sie befinden sich aktuell auf Entzug und scheinen eine ganz gute Prognose zu haben.«

»Ist Crystal Meth eher eine Einstiegs- oder eine Aufbaudroge?«, fragte Linda weiter.

»Die meisten Konsumenten steigen auf Meth um, wenn sie sich teureren Stoff nicht mehr leisten können. Manche kommen vom Kokain, viele vom Heroin. Die Tatsache, dass man das Zeug nicht spritzen muss, trägt zu seiner Beliebtheit bei. Es wird geraucht oder geschnupft.«

Die beiden Ermittler wechselten einen Blick.

»Kann man es auch spritzen?«, fragte Wellmann.

»Ich denke schon. Aber wenn ihr es genau wissen wollt, müsstet ihr einen Arzt fragen, der sich mit so was auskennt. In Ulm an der Uni oder vielleicht im ZfP Bad Schussenried in der Suchtabteilung. Ich bin mit so was überfragt.«

»Mir platzt gleich der Schädel!«, rief Linda, als sie wieder zurück in ihrem Büro waren. »Crystal Meth? Ich verstehe es nicht.«

»Ich auch nicht«, gab Wellmann zu.

»Aber immerhin haben wir nun Beweise dafür, dass jemand an Janas Tod beteiligt war, und zwar ein Mann mit Schuhgröße 45. Robert hatte 46, der scheidet aus. Und wir wissen nun, dass ein und dieselbe Person mit Schuhgröße 44 für den Einbruch in Roberts Zimmer und für das Zerstechen der Reifen deines Vaters verantwortlich ist. Da arbeitet jemand gegen uns.«

Wellmann nickte. »Dann sollten wir schleunigst herausfinden, wer das ist.«

24

Wellmann hatte seine Skier in der Dienststelle zurückgelassen und war zu Fuß zum Neubaugebiet an der Rißegger Steige gegangen, das nur etwa zehn Minuten von seinem Arbeitsplatz entfernt lag. Diese räumliche Nähe war ein Grund dafür gewesen, das Haus dort zu kaufen. Damals hatte noch niemand ahnen können, wie die Dinge sich entwickeln würden.

Arnold Wellmann wartete bereits einige Meter von der Haustür seiner Noch-Schwiegertochter entfernt. Er war nicht gut auf Evelyn zu sprechen, seitdem er erfahren hatte, dass sie wieder verpartnert war. Wellmann winkte seinem Vater zur Begrüßung und ging dann auf den Eingang zu. Noch ehe er geklingelt hatte, öffnete sich die Tür, und Dominik fiel ihm um den Hals. Er trug erneut sein Indianerkostüm.

»Heute sammle ich viel mehr Bonbons, Papa!«, juchzte er, und dieser Laut hallte frei und fröhlich in Wellmanns Bewusstsein wider.

»Na, dann müssen wir dafür sorgen, dass wir einen guten Platz finden«, erwiderte er.

Er schaute in den Flur, wo Evelyn letzte Hand an die Schleifen legte, mit denen Lisas Funkenmariechenkostüm verschnürt war.

»Ja, schick«, sagte er, und seine Tochter lächelte nervös.

»Viel Erfolg«, sagte Evelyn und küsste Lisa auf die Wange.

»Mama!«, rief diese empört. »Du verschmierst mir das ganze Rouge.«

Wellmann grinste.

»Wann bringst du sie wieder?«, fragte seine Frau.

»Nach dem Umzug sammle ich Lisa ein, und wenn die Kinder wollen, dann können wir gerne noch einen Punsch in der Stadt trinken. Ich schätze, dass ich so um vier wieder da bin.«

»Okay«, sagte sie.

Lisa und Dominik waren bereits auf dem Weg zum Opa, und auch Wellmann hatte sich schon abgewandt.

»Danke. Sie freuen sich sehr darüber, dass du dir Zeit für sie nimmst.«

Er drehte sich überrascht um, doch die Haustür hatte sich bereits geschlossen.

Sie schlenderten zur Bushaltestelle. Dominik redete die ganze Zeit aufgeregt vor sich hin, doch Lisa war auffallend still.

»Na, aufgeregt?«, flüsterte Wellmann ihr zu.

Sie sagte nichts, dafür spürte er, wie sich ihre kleinen, kalten Finger um seine Hand schlossen.

In der Stadt war die Hölle ausgebrochen. Viele der in bunten Verkleidungen herumstreunenden Passanten sahen dies wahrscheinlich anders, aber für Wellmann war es genau das: eine Hölle. Er hasste Menschenaufläufe. Heute war die Sache noch schwieriger als am Freitagabend beim Nachtumzug in Ochsenhausen. Da hatte er wenigstens die Möglichkeit zur Flucht gehabt. Heute musste er bleiben bis zum bitteren Ende, weil Lisa Teil des Umzugs war.

Er hatte sie beim »Biberkeller« abgeliefert, wo bereits ein gutes Dutzend ähnlich gekleidete Mädchen vor Kälte oder Aufregung oder beidem gezittert hatten. Dann war er mit Dominik und seinem Vater in Richtung Innenstadt gegangen, um sich einen guten Platz zu sichern, was sich als hoffnungsloses Unterfangen herausgestellt hatte. Die Menschenmassen säumten die Umzugsroute zu beiden Seiten in mehreren Reihen. Dominiks Gesicht wurde lang und länger, als er erkannte, dass er sich wohl mit einer Position in den hinteren Rängen würde begnügen müssen, wo die Chance auf das Sammeln vieler Bonbons recht gering sein würde.

Schließlich fand Wellmann aber doch noch eine vielversprechende Stelle vor einem Musikgeschäft. Ein älteres Ehepaar war so freundlich, Dominik vortreten zu lassen, wo er freudestrahlend darauf wartete, dass die ersten Wagen auftauchten.

Wellmann trat mit seinem Vater in den Eingang des Geschäftes zurück und ließ seinen Blick über die Menschenmenge schweifen. Er kannte niemanden. Das mochte zum einen daran liegen, dass viele maskiert gekommen waren, zum anderen aber auch, dass sich zahlreiche Auswärtige das Spektakel anschauten. Ein Raunen ging durch die Menge, als die erste Gruppe auftauchte. Es war ein Fanfarenzug, der schmissige Melodien zum Besten gab. Wellmann war froh, dass es keine Schalmeien waren.

Dann folgte die erste Gruppe von Hästrägern, die Buchauer Federseeweible. Dreißig als Hexen verkleidete Männer ritten auf Reisigbesen kreuz und quer über die Straße und gaben ein wildes Geheul von sich, während sie mit Bonbons um sich warfen. Wellmann bemerkte zufrieden, dass sein Sohn eine ganze Handvoll aufsammelte und in seine Tüte steckte.

Musikkapellen, Wagen und Narrenzünfte wechselten sich ab, und Wellmann geriet mehr und mehr in eine Art Trancezustand. Die Umgebung verschwamm, und seine Gedanken begannen zu kreisen. Bilder stiegen aus seinem Gedächtnis auf, Bilder, die er lieber nicht sehen wollte. Monikas totenbleiches Gesicht auf der Liegewiese des Lindenweihers. Janas Leiche. Die um sie herum drapierten Teelichter. Und dann wieder Robert. Immer wieder Robert und seine Worte, die ihm nicht mehr aus dem Kopf gehen wollten.

Ein unsanfter Stoß in die Seite riss ihn aus seinen Gedanken.

»Da kommt dei Tochter.«

Wellmann schaute zur Straße, wo eine Reihe identisch gekleideter Mädchen einen Cancan aufführten. Er hätte nie gedacht, dass Lisa so gelenkig wäre, aber der Auftritt schien ihr Spaß zu machen, denn sie strahlte über das ganze Gesicht. Als sie ihre Familie entdeckte, deutete sie ein Winken an, eine kleine Geste, über die Wellmann sich riesig freute.

»Oje, die Hirabicker!«

Sein Vater zeigte mit dem Finger auf eine Gruppe, die den Funkenmariechen dicht auf den Fersen war. Die gut zwei Dutzend Mitglieder der Hochdorfer Fasnetszunft trugen wilde Masken und Overalls, die über und über mit roten und weißen Filzzungen besetzt waren. Sie hielten lange Holzstäbe in den Händen, mit denen sie wild herumtollten und Anlauf nahmen, um sie wie das Werkzeug eines Stabhochspringers zu benutzen.

Vor dem Musikgeschäft hielten sie an. Ein Kerl in einer besonders abscheulichen Maske, aus deren Mund eine überlange, rote Zunge baumelte, baute sich vor den anderen auf und schrie: »Hira!«

Die Übrigen antworteten: »Bicker!«

Das Ganze wiederholte sich dreimal, zur großen Freude des Publikums, das begeistert in den Schlachtruf mit einfiel.

Einer der Narren lief geradewegs auf Dominik zu. Wellmann fürchtete, er könnte seinen Sohn packen und mitschleifen, so wie es die oft betrunkenen und leider auch sehr groben Kerle manchmal taten. Er wollte sich schon zu Dominik durchkämpfen, um ihn festzuhalten. Doch der Maskenmann griff nur in seine Tasche und holte einen Haufen bunt verpackter Bonbons heraus, die er dem Jungen in die Hand drückte. Dominik drehte sich um und präsentierte Wellmann stolz seine Beute. Dann schob er sie in den Beutel.

Wellmann atmete erleichtert durch und trat wieder in den Eingang des Musikgeschäftes zurück, als plötzlich direkt vor ihm ein Tumult entstand. Eine schwarz gekleidete Gestalt rempelte sich durch die Menge und krachte mit voller Wucht gegen Dominik. Der Junge wurde umgerissen, und beide fielen zu Boden. Die Gestalt rappelte sich auf und stürmte humpelnd davon.

»Meine Bonbons!«, rief Dominik.

Er saß auf dem Pflaster, und heiße Tränen liefen über seine Wangen.

»Er hat meine Bonbons geklaut!«

Wellmann war hin- und hergerissen. Was sollte er tun? Einerseits drängte es ihn dazu, seinen Sohn in die Arme zu nehmen, andererseits wollte er nichts mehr, als die Verfolgung des Flüchtigen aufzunehmen, dessen hinkender Gang ihm merkwürdig bekannt vorkam. Schließlich rief er seinem Vater zu, dass er sich um Dominik kümmern solle, und jagte der Gestalt hinterher.

Er kam sich vor, als ob er gegen einen reißenden Strom anschwimmen musste, in dem sich eine große Menge Treibgut befand. Wo er den Leuten, die ihm entgegenkamen, nicht ausweichen konnte, benutzte er rücksichtslos seine Ellenbogen, außer es handelte sich um Kinder. Der Flüchtige war hierbei jedoch deutlich weniger zimperlich. Er rannte alles um, was ihm in den Weg kam. Fluchend registrierte Wellmann, wie der Abstand immer größer wurde. Da kam ihm eine Idee.

»Haltet den Dieb!«, rief er mit lauter Stimme.

Die Gestalt wandte sich kurz um, und Wellmann konnte für einen Augenblick das Gesicht des Mannes erkennen. Es war der Junkie, den er am Freitagmorgen in Dr. Neuners Praxis gesehen hatte. Eine alte Frau hob geistesgegenwärtig ihren Schirm, um auf den Kerl einzuschlagen, doch der wich erstaunlich geschickt aus, schlug einen Haken und bog um eine Ecke.

Wellmann folgte ihm, so schnell er konnte, doch als er um die Ecke bog, sah er sich einer Menge schwarz gekleideter Gestalten gegenüber, die den Schlachtruf »Totengräber« anstimmten und dabei ihre Pappsensen schwangen. Der Junkie war spurlos verschwunden. Wellmann schlug mit der Faust gegen eine Hauswand. Der wilde Schmerz, der durch seine Hand bis hinauf in den Oberarm zuckte, verdrängte die Frustration einen Moment lang aus seinem Bewusstsein.

Er ließ seinen Blick über die Gruppe schweifen. Am anderen Ende der Gasse nahm er eine Bewegung wahr. Kein Zweifel. Das war der Mann. Aber es war aussichtslos, ihm weiter zu folgen. Dafür war sein Vorsprung zu groß. Mit einem Mal kam Wellmann ein Gedanke. Ein zufriedenes Lächeln umspielte die Lippen des Kommissars. Er brauchte den Kerl gar nicht zu verfolgen. Seine Identität ließ sich leicht herausfinden. Er konnte ihm einen Besuch abstatten, um die Bonbons seines Sohnes zurückzuholen. Und bei der Gelegenheit konnte er ihm gleich noch ein paar unangenehme Fragen zu seinen nächtlichen Aktivitäten in der Nähe des Wellmann'schen Hofes stellen.

Als er zu seinem Vater und Dominik zurückkehrte, waren die Tränen seines Sohnes bereits wieder getrocknet.

»Des Mädele da drübe hat ihm die Hälfte von ihre Guatsle

abgegebe«, sagte Wellmann senior. »Und inzwische hout mir no mal so viel gesammelt.«

Er strich seinem Enkel durch die Haare.

»Hast du ihn erwischt?«, fragte Dominik.

»Nein, aber ich weiß, wer der Kerl ist. Ich werde deine Bonbons zurückholen, das verspreche ich dir.«

»Danke, Papa«, sagte Dominik und schmiegte sich eng an ihn, nur um im nächsten Augenblick wieder loszuspurten und sich mit mehreren anderen Kindern auf eine Stelle zu stürzen, an der ein wahrer Bonbonregen niedergegangen war.

25

Es war Wellmann nicht allzu schwergefallen, Valentin Weißgerbers Namen herauszufinden. Nachdem sie die Kinder bei
Evelyn abgeliefert hatten, war sein Vater mit dem Bus nach
Hause gefahren. Tobias war zur Dienststelle gegangen, um
einige Ermittlungen anzustellen. Ein Blick in die Akten bei den
Kollegen vom Dezernat für Drogendelikte hatte ausgereicht,
um ihn als den Junkie aus Dr. Neuners Praxis zu identifizieren,
der Dominik die Bonbontüte gestohlen hatte.

»Angerweg 15 in Hochdorf«, sagte Wellmann zu dem Taxifahrer. Sie fuhren schweigend durch den kalten Abend.

»Hm, wenn das so weiterschneit, brauche ich noch Schnee-
ketten«, brummte der Taxifahrer, als sich sein Mercedes durch
die ungeräumten Straßen in Hochdorf quälte.

Das Haus Angerweg 15 lag im spitzen Winkel einer Weg-
gabelung. Es war ein windschiefes kleines Gebäude, von dessen
zweistöckiger Fassade bereits der Putz abbröckelte. Aus dem
Kamin stieg eine fahle Rauchfahne auf.

»Soll ich warten?«, fragte der Fahrer.

»Nein, danke«, erwiderte der Kommissar und bezahlte den
Fahrpreis. Der Motor des Mercedes heulte auf, als das Taxi im
Rückwärtsgang die Straße hinunterfuhr.

Draußen trat Wellmann in eine Schneewehe, die der eisige
Wind vor dem Gartentürchen aufgehäuft hatte. Auf dem nur
zwei Meter langen Weg zu den Eingangsstufen des Hauses
konnte er frische Fußspuren erkennen.

Neben der Haustür war ein rostiger Briefkasten. Wellmann
drückte auf das mit »V. Weißgerber« beschriftete Feld und
hörte ein gedämpftes Klingelgeräusch im Innern des Gebäudes.
Er zählte bis zwölf. Dann läutete er noch einmal. Der Wind
pfiff um das Häuschen herum, doch durch die Tür war kein
Laut zu vernehmen. Er überlegte einen Augenblick, dann versuchte er, die Tür aufzuschieben. Zu seinem eigenen Erstaunen

öffnete sie sich und gab den Blick frei auf einen dunklen Gang. Ein modriger Geruch schlug Wellmann entgegen. Seine Sinne waren aufs Äußerste geschärft. Irgendetwas stimmte hier nicht. Er machte das Licht an.

»Hallo? Ist da jemand?«, rief Wellmann. »Herr Weißgerber?«

Er wartete ein paar Atemzüge lang ab, doch es blieb totenstill. Draußen schien der Sturm mit jeder Minute an Intensität zu gewinnen. Eine Gänsehaut breitete sich über den Rücken des Kommissars aus. Wäre es klüger, Verstärkung zu rufen? Aber was sollte er den Kollegen sagen? Dass er eben dabei war, Hausfriedensbruch zu begehen, um einen Bonbonräuber zu überführen? Am besten wäre es sicher, wenn er kehrtmachte. Die Sache auf sich beruhen ließe. Doch es zog ihn ins Innere des dunklen, feuchten Gebäudes wie ein Magnet.

Rechts lag eine kleine Küche. In der Spüle stapelte sich verdrecktes Geschirr. Ein unangenehm brenzliger Geruch hing in der Luft. In der Toilette daneben sah es nicht wesentlich besser aus, dafür roch es noch strenger. Im Wohnzimmer türmten sich leere Pizzakartons vor einem riesigen Plasmafernseher, der in dem altbacken eingerichteten Raum seltsam deplatziert wirkte. Da sich außer einer vollkommen verstaubten und mit Spinnweben behangenen Besenkammer kein weiteres Zimmer mehr im Erdgeschoss befand, setzte Wellmann seine Suche im ersten Stock fort.

Das Knarren der Treppenstufen hallte mit einer erschreckenden Lautstärke durch die Stille des Hauses. Einem Impuls nachgebend, rief er noch einmal nach Valentin Weißgerber. Der Klang seiner Stimme beruhigte die Angst ein wenig, die sich in seinen Eingeweiden festgesetzt hatte. Sein Ruf blieb jedoch ohne Erwiderung. Dafür roch es noch stärker verbrannt.

Die Treppe führte hinauf zu einer Galerie, von der drei Türen abgingen. Hinter der ersten verbarg sich ein erbärmlich stinkendes Bad, das Wellmann noch rascher verließ als das Klo im Erdgeschoss. Das zweite Zimmer beherbergte ein altmodisches, aus massivem, beinahe schwarzem Holz bestehendes

Doppelbett und einen wuchtigen Spiegelschrank. Über dem Bett lag eine Tagesdecke, auf der sich eine dicke Staubschicht angesammelt hatte. Der Raum wirkte wie aus einem Museum entsprungen.

Wellmann ging zur letzten Tür am Ende der Galerie. Dichter Qualm schlug ihm entgegen und reizte sofort seinen Rachen, sodass er husten musste. Mit brennenden Augen versuchte er, etwas zu erkennen. Der Rauch stammte von einem Schwedenofen, in dessen geöffneter Feuerluke ein verkohltes Blatt Papier vor sich hin glomm. Vor dem Ofen lagen ein angesengtes Notizbuch und ein abgenutztes Feuerzeug, dem die Schutzkappe fehlte. Wellmanns Aufmerksamkeit wurde jedoch rasch von der reglosen Gestalt angezogen, die auf dem Bett in der anderen Ecke des Raumes lag: Valentin Weißgerber. Vor seinem halb offen stehenden Mund stand der Schaum. Fluchend kniete sich Wellmann neben den Junkie und legte zwei Finger an dessen Hals. Die Haut des Mannes war warm, doch er spürte keinen Herzschlag. Er packte ihn an den Schultern, wuchtete ihn auf den Boden und zog ihn aus dem völlig verrauchten Zimmer. Draußen auf der Galerie begann er mit der Wiederbelebung. Dreißigmal Herzmassage, zweimal beatmen. Da er nicht wusste, woraus dieser Schaum vor dem Mund des Mannes bestand, wischte er ihn mit seinem Ärmel ab, ehe er seine Lippen auf Weißgerbers legte.

Er wiederholte den Wiederbelebungszyklus dreimal, dann fühlte er wieder den Puls. Nichts. Ohne zu zögern machte er weiter. Endlich entrang sich der Lunge des Mannes ein heiseres Husten. Keinen Moment zu früh drehte er Weißgerber in die stabile Seitenlage. Dieser erbrach sich geräuschvoll auf den Teppich. Wellmann legte seine Finger an den Hals des Mannes und war erleichtert, als er einen schwachen, aber regelmäßigen Herzschlag wahrnahm.

Er zog sein Handy aus der Jackentasche und wählte rasch die Nummer des Notrufs. Nachdem er einen Notarztwagen nach Hochdorf beordert hatte, kontrollierte er noch einmal, ob mit Weißgerber alles in Ordnung war. Angesichts des deutlich hörbaren Schnarchens, das der Kerl von sich gab, war Wellmann jedoch beruhigt.

Er kehrte in das Zimmer des Junkies zurück, hielt sich den Ärmel seiner Jacke vor den Mund und ging rasch zu dem kleinen Dachfenster, um frische Luft in den Raum zu lassen. Als der Qualm sich etwas verzogen hatte, musterte er zunächst die Tüte, die vor dem Bett lag. Vorhin hatte er sie in der Eile übersehen. Es war dieselbe, die Dominik zum Süßigkeitensammeln benutzt hatte. Daneben lagen Bonbonpapiere am Boden. Offenbar hatte Weißgerber von seiner Beute genascht.

Ein eiskalter Schauer fuhr dem Kommissar in die Eingeweide. Der Gedanke, der ihm eben gekommen war, war so naheliegend wie schrecklich. Hatte sich Weißgerber womöglich mit einem der Bonbons vergiftet? Der weiße Schaum vor seinem Mund war jedenfalls kein typisches Symptom einer Rauchvergiftung. Ein jäher Schwindel erfasste Wellmann, und er musste sich an der Wand abstützen. Die Bonbons. Der Hirabicker hatte sie Dominik zugesteckt. Und wenn Weißgerber sie nicht gestohlen hätte, hätte sein Sohn davon genascht. Mit unvorhersehbaren Folgen.

Das war kein Spaß, das war eine Kriegserklärung. Wellmann ballte die Fäuste und atmete tief ein und aus. In seinem Innern tobte ein wilder Sturm, doch er durfte sich nicht von seinen Gefühlen beherrschen lassen, musste einen kühlen Kopf bewahren. Er schlug mit der Faust gegen die Tür und legte seinen Wunsch nach Rache in diesen Schlag. Ein stechender Schmerz zuckte durch seine Knöchel und brachte ihn wieder zur Besinnung.

Wellmann schüttelte die schmerzende Hand, zog mit der anderen sein Handy noch einmal aus der Tasche und wählte die Nummer der Dienststelle. Nachdem er dem Beamten an der Pforte kurz die Situation erklärt und ihn gebeten hatte, die Kollegen zu schicken, nahm er das Notizbuch auf. Es hatte ein DIN-A5-Format. Das untere Drittel war verkohlt, doch der obere Teil war erhalten geblieben.

Vorsichtig schlug er die erste Seite auf. Der untere Rand

bröselte ab und verwandelte sich in Asche. Er überlegte, ob er die Analyse nicht lieber den Spezialisten der KT überlassen sollte. Doch dann fiel sein Blick auf die Überschrift am Kopf des Blattes, und seine Augen weiteten sich.

26

Das Telefon hatte geklingelt, als Linda sich gerade eine Badewanne hatte einlaufen lassen. Schon beim Blick auf das Display
hatte sie gewusst, dass das mit dem heißen Wellnessbad nichts
werden würde. Stattdessen saß sie zwanzig Minuten später im
Konferenzraum der Polizeidienststelle und kämpfte gegen den
Kloß an, der sich beim Anblick von Schönlechner in ihrem Hals
gebildet hatte. Der Biberacher Polizeichef thronte auf seinem
angestammten Platz am Kopfende des Besprechungstisches.
Sein Gesicht war puterrot. Nicht einmal der erste seiner be-
rüchtigten Wutanfälle, der bereits auf Linda eingeprasselt war
wie ein Hagelsturm im April, hatte seine schlechte Laune auch
nur um ein Quäntchen verbessert.

»Wellmann kann sich auf etwas gefasst machen, das sage
ich Ihnen!«, hatte er gebrüllt. »Wenn er keine sehr gute Erklärung dafür hat, warum er ohne richterliche Genehmigung
in ein Privathaus eingedrungen ist, dann sorge ich dafür, dass
er suspendiert wird. Aber dieses Mal für immer!«

Linda hatte nichts erwidert. Was hätte sie auch sagen sollen?
Sie konnte sich Wellmanns Verhalten genauso wenig erklären
wie Schönlechner. Was hatte ihn nur geritten, auf eigene Faust
bei diesem Junkie vorbeizuschauen? Sie konnte nur hoffen, dass
er einer heißen Spur nachgegangen war und dann tatsächlich etwas gefunden hatte, was ihren Fall weiter bringen würde. Denn
ansonsten würde das triumphierende Grinsen, das Korbinian
Mächles Lippen umspielte, nur noch breiter werden.

Korbinian saß zur Linken des Dienststellenleiters. Er war
vor Linda im Konferenzraum gewesen und hatte bereits eifrig
mit Schönlechner getuschelt, als sie eingetreten war. Sie schaute
nervös auf ihre Armbanduhr. Es war kurz vor halb acht. Wo
blieb Tobias nur? Martin Waibel war mit der KT nach Hochdorf gefahren. Die Kollegen waren noch mit dem Sichern von
Spuren beschäftigt. Aber die beiden Kommissare hätten schon

längst wieder hier sein müssen. Hoffentlich war Tobias nicht auf die Idee gekommen, sich die Skier anzuschnallen. Wenn er deswegen eine halbe Stunde später käme, würde Schönlechner einen weiteren Wutanfall bekommen. Und dann hatten sie ganz schlechte Karten.

Endlich öffnete sich die Tür. Waibel und Wellmann traten ein. Ihre dick gepolsterten Winterjacken waren mit körnigen Schneeflocken gepudert. Draußen heulte ein Sturm um die Ecken des verwinkelten Dienststellengebäudes. Die Kommissare grüßten, entledigten sich ihrer Jacken und setzten sich an den Besprechungstisch.

»Kommen wir gleich zur Sache«, begann Schönlechner. »Ich habe genauso wenig Lust wie Sie, mir wegen einer solchen Scheiße den Sonntagabend verderben zu lassen. Also, was um Himmels willen hatten Sie in dem Haus dieses Drogenabhängigen zu suchen, Wellmann?«

Der Kommissar schaute ihn einige Momente lang ruhig an. Linda fragte sich einmal mehr, ob diese äußerlich zur Schau getragene Gelassenheit echt war.

»Ich war in einer privaten Angelegenheit bei Herrn Weißgerber«, erwiderte er knapp.

»Soso, und um was für eine private Angelegenheit hat es sich dabei gehandelt?«, fragte Schönlechner.

»Er hat eine Tüte mit Bonbons entwendet, die meinem Sohn gehört. Ich wollte ihn dazu bringen, sie zurückzugeben.«

Schönlechner starrte Wellmann an, als ob dieser eben behauptet hätte, von Aliens entführt worden zu sein. Das hämische Grinsen auf Korbinians Gesicht wurde eine Spur breiter.

»Wie bitte?«

»Er hat meinem Sohn beim Biberacher Fasnetsumzug eine Tüte mit Süßigkeiten entrissen. Wie sich inzwischen gezeigt hat, hat er ihm damit wahrscheinlich das Leben gerettet, denn in mindestens sieben der bei ihm aufgefundenen Bonbons hat die KT Crystal Meth nachweisen können.«

Korbinians Grinsen fiel in sich zusammen wie eine Dampfnudel in einem Kochtopf, dessen Deckel vorzeitig geöffnet wurde. In jeder anderen Situation hätte Linda angesichts des entgeisterten Ausdrucks in seinem Gesicht laut losgelacht. Doch nun hatte der Schock über Wellmanns Worte ihr die Lust an der Häme vollkommen ausgetrieben. Da hatte jemand vergiftete Bonbons an Kinder verteilt? Das war derart niederträchtig, dass es ihr die Sprache verschlug.

»Crystal Meth?«, fragte Schönlechner. Er wirkte vollkommen aus dem Konzept gebracht.

Waibel nickte.

»Ich kann das bestätigen«, sagte er. Er war totenbleich. »Wir gehen davon aus, dass Weißgerber mehrere der Bonbons zu sich genommen hat. Er wurde mit einer Crystal-Meth-Überdosis ins Biberacher Krankenhaus eingeliefert. Sein Zustand ist kritisch. Er liegt im Koma.«

»Aber dann müssen wir sofort die Bevölkerung warnen!«, rief Schönlechner. »Das ist eine Katastrophe. Wer kommt denn auf die Idee, mit Drogen versetzte Bonbons in Umlauf zu bringen?«

Wellmann hob die Hände. Seine Augen sprühten wilde Funken. Linda sah, dass die Knöchel seiner rechten Hand aufgeschürft und mit getrocknetem Blut verkrustet waren. Wie er sich wohl diese Verletzung zugezogen hatte?

»Wir sollten keine Pferde scheu machen«, sagte er.

Ein kaum merkliches Zittern lag in seiner Stimme.

»Nach allem, was wir bislang wissen, wurden die Bonbons gezielt meinem Sohn untergejubelt.«

Korbinian war der Erste, der wieder Worte fand. »Ich weiß nicht, was das soll, aber das klingt doch wie an den Haaren herbeigezogen« Er wollte wohl betont verächtlich klingen, konnte aber nicht verstecken, dass er zutiefst verunsichert war. »Warum sollte jemand deinen Sohn vergiften wollen?«

»Weil wir mit unseren Ermittlungen in ein Wespennest gestochen haben?«, blaffte Wellmann ihn an.

Er legte einen Plastikbeutel auf den Tisch, in dem sich ein verkohltes Notizbuch befand.

»Was ist das?«, fragte Schönlechner.

»Das Tagebuch von Robert Miller. Ich habe es vor dem Schwedenofen von Valentin Weißgerber gefunden. Er wollte es offenbar verbrennen, aber der Ofen war zu voll, und dann ist es herausgefallen.«

»Wie ist der Junkie an das Tagebuch des Jungen gekommen?«, fragte der Dienststellenleiter.

Wellmann wollte die Frage beantworten, doch Linda war schneller.

»Er war der Einbrecher.«

Wellmann nickte.

»Wir müssen davon ausgehen, dass er in das Haus der Millers eingedrungen ist und das Tagebuch gestohlen hat. Außerdem habe ich den Verdacht, dass er die Reifen am Auto meines Vaters zerstochen hat. Wir haben Winterstiefel in seiner Wohnung gefunden, deren Profil zu den Fußspuren auf dem Garagendach der Millers und im Hof meines Vaters passt. Zudem gehört die silberne Kappe, die Frau Keller im Hof meines Vaters entdeckt hat, mit hoher Wahrscheinlichkeit zu dem Feuerzeug, das vor Weißgerbers Kamin lag.«

»Aber warum?«, fragte Linda.

»Die Antwort findet sich hier«, erwiderte er und zeigte auf das verkohlte Buch in der Plastiktüte.

»Jetzt spannen Sie uns nicht auf die Folter«, sagte Schönlechner. Jede Spur von Überdruss und Wut war aus seinen Zügen verschwunden. Er war aufmerksam und ernst bei der Sache.

Wellmann zog sich ein Paar Latexhandschuhe über, holte das Notizbuch aus der Beweismittelsicherungstüte und schlug es auf.

»Auf den ersten Seiten beschreibt Robert Miller, wie die Beziehung zu Jana Krüger zustande kam. Das war auch offenbar der Grund, warum er damit begonnen hat, Tagebuch zu führen. Er wollte das Hochgefühl festhalten, das ihn ergriffen hatte. Relevant werden seine Einträge jedoch erst ab dem 21. Januar.«

Er blätterte vorsichtig weiter, konnte jedoch nicht verhindern, dass sich kleine Aschepartikel von dem Papier lösten.

»An besagtem Tag war Robert Ersthelfer bei einem schweren

Autounfall. Anton Kuster, wohnhaft in Ingoldingen am Lindenweiher und Chemiker bei unserem in Biberach ansässigen Pharmaziegiganten, war zwischen Ingoldingen und Degernau bei Blitzeis von der Straße abgekommen und mit voller Wucht gegen einen Baum geprallt. Robert hatte versucht, ihn aus dem Wagen zu zerren. Doch die Karosserie war verbogen, und da die Tür sich nicht mehr öffnen ließ, hatte er nichts anderes tun können, als die Feuerwehr zu rufen. Zu diesem Zeitpunkt war Kuster bei Bewusstsein. Er erkannte Robert. Der Junge vermutete, dass Kuster seinen Tod ahnte und deshalb offen mit ihm redete. Ich zitiere aus dem Tagebuch.« Wellmann räusperte sich.

»*Er sagte: ›Ich habe viel Scheiße gebaut in meinem Leben. Aber den größten Mist habe ich im letzten Jahr verbrochen. Wir haben Drogen hergestellt und verkauft. Im ganz großen Stil.‹*«

Er blätterte um. »Der Absatz darunter ist leider verkohlt und nicht mehr lesbar.« Dann fuhr er fort:

»*›Wir haben uns perfekt organisiert, richtig viel Kohle gemacht. Das kannst du dir gar nicht vorstellen.‹ Dann hat er kurz das Bewusstsein verloren. Ich habe ihn geschüttelt, und er ist wieder aufgewacht. ›Ich weiß übrigens, wer deine Tante auf dem Gewissen hat‹, hat er gemurmelt. ›Meine Tante?‹, habe ich gefragt. ›Ja, die Leute glauben, sie sei an einem Unfall gestorben. Aber das war ...‹*«

Wellmann stockte. »Ab hier ist der Text leider nicht mehr lesbar.«
Linda schlug sich die Hand vor den Mund, als sie erkannte, was das bedeutete, was Wellmann eben vorgelesen hatte.
»Seine Tante?«, fragte Schönlechner irritiert.
»Monika Miller wurde vor vierundzwanzig Jahren tot im Lindenweiher treibend aufgefunden. Sie war ... meine Freundin«, sagte Wellmann.

Schönlechners Augen weiteten sich.

»Dann … dann …«, setzte er an.

»Wir müssen davon ausgehen, dass die Leute, die hinter der Crystal-Meth-Geschichte stehen, mit Robert einen Mitwisser ausschalten wollten. Und da sie ganz sichergehen mussten, haben sie gleich auch noch Jana Krüger getötet. Mit dem Mord an Roberts Tante hat das erst einmal nichts zu tun. Aber wenn wir den Mörder der Teenager ermitteln, finden wir vielleicht Hinweise, wer Monika damals umgebracht und meinem Sohn mit Crystal Meth versetzte Bonbons gegeben hat.«

»Also, das ist doch …«, begann Korbinian mit fassungsloser Miene.

»Das ist ein komplexer Fall, und wir müssen jetzt festlegen, wie wir weiter ermitteln«, fuhr ihm Linda über den Mund.

Schönlechner nickte. »Was schlagen Sie vor?«

»Wir müssen mit Ulrich Braun reden, dem Vorstand der Hirabicker. Jemand, der ein Häs seines Vereins trug, hat meinem Sohn die Bonbons unterjubeln wollen. Vielleicht lässt sich anhand der Maske feststellen, wer es war. Das sind ja meistens Einzelstücke«, meinte Wellmann.

Schönlechner nickte.

»Und wir müssen das Haus von diesem Kuster durchsuchen. Ich habe seine Frau, äh, seine Witwe befragt, sie hat die Leichen am Lindenweiher gefunden«, warf Linda ein.

»Gehen Sie noch mal hin und nehmen Sie die Frau diesmal richtig in die Zange«, sagte Schönlechner.

Linda spürte, wie ihre Ohren heiß wurden. Das war nach der Sache mit Tina Schöller schon das zweite Mal, dass sie etwas übersehen hatte.

»Und wir müssen das Dezernat für Rauschgiftdelikte mit ins Boot holen. Leider fehlen in dem Tagebuch die Stellen, aus denen wir schließen könnten, wer neben Kuster noch mit der Crystal-Meth-Sache zu tun hatte. Aber immerhin haben wir mit ihm schon einen Anknüpfungspunkt«, sagte Wellmann.

Schönlechner erhob sich. »Gut, ich werde Kontakt mit dem Staatsanwalt aufnehmen. Er soll einen Durchsuchungsbefehl für das Haus von diesem Kuster erwirken. Und ich werde das Dezernat 3 informieren. Der Fall hat oberste Priorität. Morgen früh um acht werden Sie sich da mit voller Manpower dahinterklemmen. Sie bilden die SOKO ›Lindenweiher‹.«

Er war schon fast aus der Tür, als er sich noch einmal umwandte. »Ach ja, Herr Wellmann. Wegen diesem Termin morgen um elf: Vergessen Sie das. Sie haben sehr gute Arbeit geleistet.«

Korbinian warf Wellmann einen hasserfüllten Blick zu, dann verschwand auch er.

»Wow«, sagte Linda. »Das war überzeugend. Alle Vorwürfe gegen dich sind vom Tisch, und wir haben jetzt sogar eine eigene SOKO für den Fall.«

»Ja, auch wenn offenbar ein Mordanschlag auf einen Achtjährigen notwendig war, damit Schönlechner mir glaubt«, knurrte Wellmann.

»Wie geht es dir?«, fragte Linda. »Das mit deinem Sohn ist so krass.«

»Ich bin froh, dass der Hirabicker, der Dominik die Bonbons zugesteckt hat, nicht hier ist. Ich könnte für nichts garantieren«, sagte er. »Nimmst du mich mit zu Uli Braun?«

27

»Ist das wirklich so eine gute Idee, dass du ihn befragen willst?«
Es schneite noch immer. Linda musste sich auf die schwierigen Straßenverhältnisse konzentrieren.

»Warum nicht? Weil jemand aus seinem Verein meinen Sohn vergiften wollte?«

»Na ja, vielleicht war es Braun selbst«, gab Linda zu bedenken. »Der Fisch stinkt doch immer vom Kopf her, oder?«

»Soll das eine Anspielung auf die Dienststelle sein?«

Sie sah kurz zu Wellmann hinüber. Sein Blick war stur geradeaus gerichtet. Doch seine Kiefer mahlten.

»Du brauchst hier nicht den coolen Typen zu spielen, Tobias. Die wollten deinem Sohn ans Leben.«

»Und deshalb müssen wir die Leute, die dahinterstecken, so schnell wie möglich identifizieren und ihnen das Handwerk legen.«

»Und was, wenn sich herausstellen sollte, dass es tatsächlich dieser Braun war, der deinem Sohn die Bonbons gegeben hat? Ich habe keinen Bock darauf, dass du ihn grün und blau schlägst, nur weil du dich wieder mal nicht im Griff hast.«

Wellmann ließ sich Zeit mit der Antwort. »Wenn er es war, werden die Kollegen von der Schutzpolizei ihn in die Dienststelle fahren, und Martin und du werdet ihn befragen. Aber ich glaube nicht, dass es dazu kommen wird. Er steckt nicht dahinter. Ich traue ihm viel zu, aber keinen Kindermord.«

»Ich habe Tina Schöller auch nicht zugetraut, dass sie Jana Hassmails geschrieben hat«, entgegnete Linda. »Und dass die Witwe dieses Crystal-Meth-Fabrikanten die beiden Leichen gefunden hat, habe ich auch nicht durchschaut.«

»Hey, ganz ruhig«, sagte Wellmann. »Wir sind Polizisten, keine Hellseher. Deshalb ermitteln wir, sammeln Spuren und revidieren manchmal auch unsere Eindrücke anhand der Faktenlage. Es ist wie das Zusammensetzen eines großen Puzzles.

Manchmal erkennen wir nicht, wo ein bestimmtes Teil sich einfügt. Aber wenn wir andere Puzzlestücke eingesetzt haben, bekommen wir einen neuen Blick für die Details. Du hast dir nichts, aber auch gar nichts vorzuwerfen, okay?«

Linda nickte. Sie spürte, wie seine Worte in ihr etwas lösten. Die Selbstvorwürfe waren nicht mehr ganz so laut. Es fühlte sich besser an.

Sie hielt vor einem stattlichen Gebäude im Neubauviertel von Hochdorf.

»Sauber«, sagte Wellmann, als sie die marmornen Stufen hinaufstiegen.

Linda drückte auf einen blank polierten Klingelknopf aus Messing. Eine Glocke ertönte.

»Nun, der Herr Bankvorstand dürfte sicher keine Probleme gehabt haben, an einen Kredit zu kommen«, sagte sie trocken.

Ulrich Braun öffnete ihnen die Tür. Er trug eine Jogginghose und einen verwaschenen Pulli.

»Ja, bitte?« Er schaute Linda irritiert an. Dann wandte er seinen Blick Wellmann zu.

»Tobias, ja so eine Überraschung, was …«

»Wir sind von der Kriminalpolizei«, unterbrach ihn Linda und hielt ihm ihren Dienstausweis unter die Nase. »Herrn Wellmann kennen Sie bereits, mein Name ist Keller. Dürfen wir kurz hereinkommen? Wir haben ein paar Fragen an Sie.«

»Also, das ist mir jetzt gar nicht so recht«, sagte Braun und warf Wellmann einen Blick zu, in dem Linda eine klare Aufforderung zu erkennen meinte, einzugreifen und diese übereifrige Kollegin in ihre Schranken zu weisen.

»Darauf können wir keine Rücksicht nehmen«, sagte sie. »Wir ermitteln wegen versuchten Mordes.«

Braun starrte sie an.

»Komm, Uli, lass uns rein, das ist kein Spaß hier«, sagte Wellmann.

Braun führte die beiden Polizisten durch ein düsteres Treppenhaus in einen dunklen Flur und weiter in ein mit schwarzen

Ledermöbeln vollgestelltes Wohnzimmer. Indirekte Fluter tauchten den Raum in ein warmes, gemütliches Licht. In einem großen Kamin prasselte ein Feuer.

»Also, worum geht es, und wie kann ich dabei helfen?«, fragte Braun, nachdem er sich auf einen Ledersessel gesetzt und Linda und Wellmann das Sofa angeboten hatte.

»Dem Sohn von Herrn Wellmann wurden heute beim Fasnetsumzug in Biberach mit Crystal Meth versetzte Bonbons gegeben. Und zwar von einem Mitglied Ihrer Gruppe.«

Brauns Kinn klappte nach unten.

»Das … das ist nicht möglich«, stammelte er.

»Doch«, sagte Wellmann. »Ich war dabei. Und ich habe die Maske gesehen, die der Hirabicker trug. Es müsste doch ein Leichtes sein, festzustellen, wem dieses betreffende Häs gehört, oder?«

»Das kann nicht sein«, murmelte Braun.

»Haben Sie Fotos von den Masken Ihrer Mitglieder?«, fragte Linda.

Mühsam erhob Braun sich, ging in ein angrenzendes Zimmer und kehrte mit einem großen Fotoalbum zurück.

»Wir haben beim Rathaussturm am 11.11. alle Mitglieder einzeln fotografiert«, sagte er und reichte Wellmann das Album.

Die Masken sahen grotesk aus, verzerrte, warzenübersäte Gesichter mit riesigen, krummen Nasen, langen Zungen und breiten, zahnlosen Mündern.

Wellmann schloss kurz die Augen, dann nickte er.

»Der da war es«, sagte er und reichte Braun das Album. Dieser warf einen kurzen Blick auf das Foto. Dann schüttelte er den Kopf.

»Unmöglich«, sagte er.

»Doch«, sagte Wellmann, »ich bin mir zu hundert Prozent sicher. Wer ist der Hästräger?«

»Anton Kuster«, erwiderte Braun langsam. »Und der ist seit drei Wochen tot.«

28

»Da hat also jemand ganz gezielt die Maske eines Toten benutzt, um deinem Sohn vergiftete Bonbons unterzujubeln«, sagte Linda, als sie wieder im Auto saßen und in Richtung Lindenmühle fuhren. »Ganz schön abgebrüht.«

»Und clever«, sagte Wellmann. »Den anderen Hirabickern wird nicht aufgefallen sein, dass da jemand im Häs eines Toten unterwegs war. Die sehen ja kaum durch ihre engen Augenschlitze.«

»Also kann das jeder gewesen sein. Auch jemand, der mit dem Verein gar nichts am Hut hatte.«

»So sieht es aus«, entgegnete Wellmann.

Er war müde. Es war ein langer, anstrengender Tag gewesen, und noch war er nicht vorbei. Seine Hand schmerzte. Und in seinem Kopf tobten noch immer die Gedanken, wobei das Rätsel um Monikas Tod hinter der Sorge um seinen Sohn in den Hintergrund getreten war.

Der Twingo raste über die schneebedeckte Straße. Doch Wellmann hatte keine Angst. Er wusste, dass Linda eine sehr gute Autofahrerin war, dass sie ihr Gefährt im Griff hatte. Er konnte ihr vertrauen, da war er sich sicher. Aber warum vertraute er ihr dann nicht auch sonst?

Der KT-Bus und der Dienstwagen des Dezernats parkten bereits vor dem Haus der Kusters. Die Tür stand offen. Linda stellte ihren Twingo mitten auf der Straße ab, da das Bankett einen guten Meter hoch mit einer dichten Schneewand vollgestellt war. Hier war ganz offenbar erst vor Kurzem ein Schneepflug durchgefahren.

Sie gingen durch den Vorgarten in das Haus. Als sie den hell erleuchteten Flur betraten, hörten sie gedämpftes, aber dadurch nicht weniger wütend klingendes Hundegebell.

»Keine Sorge. Das ist nur so eine Teppichratte«, sagte Linda.

Sie fanden Waibel und Korbinian im Wohnzimmer. Es war gemütlich eingerichtet. In einem Schwedenofen war ein Feuer gerade dabei zu erlöschen. Auf dem Boden lag ein riesiger Flokatiteppich. Die Kollegen saßen auf einem dick gepolsterten Sofa. Frau Kuster stand vor einem Fenster. Sie hatte ihre Arme um zwei Kinder geschlungen, die sich an sie drängten wie die kleinen Sünderlein an die Jungfrau Maria.

Waibel war gerade dabei, eine Frage zu stellen, unterbrach sich jedoch und stellte stattdessen die beiden Kollegen vor.

»Müssen die Kinder bei der Befragung anwesend sein?«, fragte Wellmann.

Waibels ohnehin schon ziemlich roter Kopf wurde eine Spur dunkler.

»Die KT durchsucht gerade das ganze Haus. Wir können die beiden ja schlecht in den Garten schicken bei dem Wetter, oder?«, erwiderte er.

»Meine Kinder können ruhig hören, dass ich nichts, aber auch gar nichts von dem glaube, was Sie meinem verstorbenen Mann vorwerfen!«, schaltete Frau Kuster sich ein.

»Sie leugnen also, von der Verstrickung Ihres verstorbenen Mannes in die Herstellung und den Vertrieb illegaler Substanzen gewusst zu haben?«, fragte Korbinian mit einer unnatürlich hohen Stimme.

»Mein Mann hat keine Drogen hergestellt. Er war bei seinen Kollegen hoch angesehen und beliebt. Wir hatten eine harmonische Ehe, zwei tolle Kinder. Das hätte er nie und nimmer aufs Spiel gesetzt.«

»Wie erklären Sie sich dann seine Aussage gegenüber dem Ersthelfer am Unfallort?«, fuhr Korbinian fort.

Wellmann verdrehte die Augen. Eine Befragung mit der Holzhammermethode durchzuführen, war nie zielführend. Er befürchtete, dass die Frau nun noch mehr Widerstand zeigen würde. Und genau das trat ein.

»Haben Sie Beweise dafür, dass mein Mann das wirklich gesagt hat? Vielleicht hat dieser Ersthelfer sich das auch nur eingebildet.«

»Wissen Sie, wer als Erster am Unfallort war? Wer in den letzten Momenten bei ihm war?«, fragte Wellmann.

»Nein, das weiß ich nicht. Aber wer auch immer es war, scheint eine blühende Phantasie zu haben.«

»Es war Robert Miller. Der junge Mann, dessen Leichnam Sie vorgestern am Lindenweiher entdeckt haben.«

Frau Kuster starrte Wellmann mit großen Augen an. Ihr Gesicht wurde wächsern. Sie legte sich eine Hand an den Hals und sah ihn erschrocken an.

»Das wusste ich nicht … wirklich nicht, das müssen Sie mir glauben, ich …«

Wellmann hob die Hand.

»Können Sie uns sagen, was nach dem Tod Ihres Mannes mit seinem Häs geschehen ist?«

Sie sah ihn verständnislos an. »Sein Häs?«

»Seine Maske und sein Kostüm.«

»Die müssen im Keller sein.«

»Okay, dann würden wir uns den Keller gerne einmal genauer ansehen.«

Frau Kuster löste sich von ihren Kindern und schaltete den Fernseher an. Sie zog die beiden zu dem Sofa und bedeutete ihnen, sich hinzusetzen. Im Kinderkanal lief eine Comicserie, die die Jungs sofort in ihren Bann schlug.

Sie führte die Ermittler in den Flur und eine Treppe hinab in einen Kellerraum. Er war etwa fünf mal fünf Meter groß und entgegen Wellmanns Befürchtungen ordentlichst aufgeräumt. Metallregale mit Kartons säumten die Wände. Frau Kuster ging zielstrebig auf eine mit »Fasnet« beschriftete Box zu und zog sie aus dem Regal. Ihr Gesicht nahm einen erstaunten Ausdruck an.

»Sie … ist so leicht«, murmelte sie. Dann hob sie den Deckel. Der Karton war leer.

»Das ist nicht möglich«, sagte sie.

»Wann haben Sie das Häs zum letzten Mal gesehen?«, fragte Wellmann.

Sie überlegte.

»Vor etwa vier Wochen. Da war ein Umzug in Bad Waldsee. Das war Antons letzter.«

Tränen traten ihr in die Augen.

»Tobias, schau mal«, hörte er plötzlich Linda sagen. Sie stand vor einem Karton, auf dem in großen Buchstaben »Chemiebaukasten« stand.

»Das hat mein Mann für die Jungs besorgt«, sagte Frau Kuster. »Damit sie auch mitbekommen, was ihr Papa so macht. Aber sie sind noch etwas zu jung dafür.«

Linda nahm den Karton aus dem Regal und öffnete ihn. Wellmann trat neben sie. Er enthielt tatsächlich einen Chemiebaukasten für Kinder. Wellmann hob den Deckel ab und sah mehrere kleine Kolben, einen Bunsenbrenner und Säckchen mit bunten Kristallen und Pulvern. Er wollte den Deckel gerade wieder schließen, als er etwas entdeckte, das ihn stutzig machte. Etwas Blaues blitzte unter den Säckchen hervor. Er schob sie beiseite und förderte eine Kladde zutage, auf der »Mein Kochbuch« stand.

Er wechselte einen Blick mit Linda.

»Ich glaube, wir brauchen ganz dringend jemanden von der KT hier unten.«

29

Wellmann kniff die Augen zu. Ein Stechen in seinen Schläfen versuchte ihn davon zu überzeugen, dass es sinnlos war, weiterzumachen. Er hatte das Tagebuch des Jungen – oder besser gesagt das, was von dem Tagebuch übrig geblieben war – wieder und wieder von vorne bis hinten durchgelesen. Ehe er mit Linda zu Uli Braun gefahren war, hatte er rasch die Seiten abfotografiert und das Beweisstück dann bei der KT abgeliefert. Nun betrachtete er seit Stunden die ordentliche, aber sehr kleine Schrift Robert Millers.

Nach der Durchsuchung von Kusters Haus war seine Müdigkeit mit einem Mal verflogen. Winter, der Chef der KT, hatte einige der Formeln in Kusters »Kochbuch« identifiziert. Es war eine Anleitung zur Synthetisierung von Amphetaminen. Roberts Aufzeichnungen über die letzten Worte des Chemikers schienen der Wahrheit zu entsprechen. Und nun hoffte Wellmann, dass ihm das Tagebuch auch das Geheimnis um Monikas Tod enthüllen würde.

Die Beschäftigung mit den handschriftlichen Aufzeichnungen des Jungen war eine willkommene Ablenkung von dem Abgrund aus Was-wäre-wenn-Fragen, die in seinem Kopf Purzelbäume schlugen, seitdem er die mit dem Rauschgift versetzten Bonbons gefunden hatte. Er versuchte, seine ganze Aufmerksamkeit auf das Tagebuch zu fokussieren, doch er kam einfach nicht weiter, und das frustrierte ihn. Leider waren in den Aufzeichnungen des Jungen keine neuen Puzzlestücke aufgetaucht. Er hatte nirgendwo erwähnt, wer Kusters Komplizen waren.

Die Gewissheit, dass sein Gehirn ihm mit der Erinnerung an jenen Abend doch keinen Streich gespielt, dass Robert ihn offenbar tatsächlich angesprochen hatte, war immerhin schon einmal ein Anfang. Er kannte nun einen Teil der Wahrheit. Doch er würde nicht ruhen, ehe er das ganze Bild zusammengesetzt hatte.

Seufzend legte der Kommissar sein Handy weg. Er schaute auf die Uhr. Es war dreiundzwanzig Uhr. Sein Vater lag wohl schon im Bett. Und im Prinzip wäre das auch der Ort gewesen, an den Wellmann sich nun hätte begeben sollen. Doch er wusste, dass er keine Ruhe finden würde. Seine Gedanken kreisten jetzt schon wie ein Wirbelsturm. Wenn er das Licht ausschaltete, würden sie vollends zum reißenden Fluss werden. Er fürchtete sich vor der Einsamkeit der Nacht, den langen, schlaflosen Stunden, die vor ihm lagen, den Dämonen seines Gedächtnisses, denen er einmal mehr schutzlos ausgeliefert sein würde.

Er beschloss, noch etwas frische Luft zu schnappen. Das Unwetter hatte ein wenig nachgelassen, und zwischen den in rasender Geschwindigkeit dahinziehenden Wolkenfetzen lugten einige Sterne hervor. Er schlüpfte in seine Jacke, zog sich Handschuhe und Mütze an und verließ das Haus. Seine Stiefel gruben sich knirschend in den tiefen Schnee des Hofs. Er musste dringend wenigstens einen Pfad von der Straße zum Wohngebäude freiräumen. Wenn er nach dem Spaziergang noch nicht müde war, würde er sich damit abmühen. Vielleicht würde ein wenig körperliche Betätigung ihm dabei helfen, rasch einzuschlafen.

Er ging in die Ortsmitte, vorbei an der Gemeindehalle, in der der Fasnetsball stattgefunden hatte, vorbei am Neubau der Bank, dessen moderne Architektur in dem alten Bauerndorf seltsam deplatziert wirkte. Seine Schritte trugen ihn den Angerweg hinauf. Vor Weißgerbers Haus zeugten noch die Spuren zahlreicher Autos von dem dramatischen Ereignis, das sich hier heute am frühen Abend zugetragen hatte.

Er ging bis zum Waldrand und blickte sich um. Hochdorf lag zu seinen Füßen. Ein kleiner Ort, zweitausend Einwohner. Bauernhäuser im Süden, ein Neubaugebiet im Norden. Ein Kirchturm. Im Hintergrund die B 30, die das Rißtal durchzog wie ein schwarzes Band. Und all das bedeckt von einer weißen Schneeschicht. Es war ein idyllischer Anblick, doch Wellmann empfand kein Gefühl des Friedens. Hier stimmte etwas nicht, ganz gewaltig stimmte hier etwas nicht. Der Gedanke machte ihn traurig und wütend. Jemand von hier hatte versucht, seinen Sohn zu töten. Was auch immer derjenige damit bezweckt hatte, er konnte sich sicher sein, in Wellmann nun einen unversöhnlichen Gegner zu haben. Einst hatte er Hochdorf verlassen, um anderswo sein Glück zu finden. Und nun war er zurückgekehrt, ein einsamer Wolf in der Nacht.

Er ging zurück in das Dorf. Als er an der Grundschule vorbeiging, fiel sein Blick auf ein großes, aber ziemlich heruntergekommenes Bauernhaus. Er betrachtete die Fassade des Gebäudes, die von einem gut zehn Meter langen, mit verblichenen Schnitzereien verzierten Holzbalkon im ersten Stock dominiert wurde. Die Fenster dahinter waren dunkel, doch im Erdgeschoss brannte noch Licht.

Wellmann stapfte über den verschneiten Hof auf die Eingangstür zu. Daneben befanden sich vier Klingelschilder. Er musterte eine Weile lang das unterste Schild, dann drückte er fest darauf.

Sabine Braun wirkte nicht überrascht, ihn vor ihrer Tür zu sehen.

»So, der Herr Kommissar«, sagte sie. »Darf ich mir jetzt wieder eine Belehrung über verantwortungsvolle Pressearbeit anhören?«

Wellmann schüttelte den Kopf.

»Magst du einen Tee? Oder ein Glas Wein?«, fragte sie.

Er zuckte mit den Schultern.

Sie ließ ihn eintreten. »Das ist eine Einliegerwohnung«, sagte sie. Sie reichte ihm einen Kleiderbügel, und er hängte seine Jacke an die Garderobe. »Meine Eltern hatten sie an einen dieser Pendler vermietet, die bei Boehringer arbeiten. Er war nur unter der Woche hier. Praktischerweise wurde er gerade zu der Zeit nach Ingelheim versetzt, als ich mich von Uli getrennt habe.«

Wellmann ließ seinen Blick durch das Wohnzimmer schweifen, in das Sabine ihn geführt hatte. Es war geschmackvoll eingerichtet. Alles war auf die Farbe Grün abgestimmt. Das Sofa, die Vorhänge, ja, sogar das Bücherregal, das die gesamte Länge einer Wand einnahm, waren in demselben Farbton gehalten.

»Also, Wein oder Tee?«, fragte Sabine.

»Tee«, sagte Wellmann.

Sie verschwand kurz in der Küche und kam wenig später mit einer dampfenden Tasse zurück. Der Kommissar nippte an dem heißen Getränk, das nach Kardamom und Zimt roch.

»Chai«, sagte sie. »Ich liebe das Zeug.«

»Schön hast du's hier«, sagte Wellmann.

»Danke.«

Sabines Mund verbarg sich hinter der Tasse, und der daraus emporsteigende Dampf verschleierte ihre Augen.

»Sag mal, was weißt du eigentlich über Anton Kuster?«, fragte Wellmann.

Sie stellte die Tasse ab und musterte ihn. Dann lachte sie schallend.

»Ich habe mir doch gedacht, dass du nicht einfach so vorbeikommst. Immer im Dienst, oder?«

Er lächelte.

»Na ja, du hast mir selbst angeboten, mich mit Infos über die Hochdorfer Prominenz zu versorgen.«

»Was willst du denn wissen?«

»Kanntest du Anton Kuster? Mir sagt der Name nämlich nichts.«

Sie nickte. »Er war das, was man im Bayerischen einen ›Zugroasten‹ nennt. Ganz so wie der Vormieter dieser Wohnung hier. Kuster war Chemiker. Irgendwie in leitender Position, aber ich kenne mich da nicht so aus.«

»War er gut integriert hier im Ort?«

Sie nickte. »Meines Wissens war er beim Fußballverein und im Musikverein. Jedenfalls habe ich ihn beim letzten Maifest Klarinette in der Musikkapelle spielen sehen.«

»Und bei den Hirabickern? War er da auch?«

»Ja, stimmt. Da war er sogar im Vorstand, glaube ich. Ich hatte mit dem Verein nach der Trennung von Uli nicht mehr viel zu tun. Aber warum willst du das wissen? Er ist doch tot.«

»Das kann ich dir aus ermittlungstaktischen Gründen nicht sagen.«

Sie warf ihm einen finsteren Blick zu.

»Ich habe jedenfalls keine Lust, alles morgen brühwarm in der Zeitung zu lesen, was ich dir erzähle«, fügte er hinzu.

Sie schaute auf die Uhr. »Der Redaktionsschluss für die morgige Ausgabe ist schon vorbei. Wenn, dann würdest du es übermorgen lesen.«

Sie schwiegen. Wellmann hatte kein Problem damit, nichts zu sagen. Aber Sabine war es allem Anschein nach unangenehm. Sie wippte unruhig auf ihrem Sessel hin und her. Schließlich sagte sie: »Okay, ich bin mit dem Artikel am Samstag vielleicht ein bisschen über das Ziel hinausgeschossen. Aber das war auch zu verlockend. Du glaubst nicht, wie öde Lokaljournalismus sein kann, gerade in Oberschwaben.«

»Was passiert ist, ist passiert. Ich bin dir nicht böse deswegen. Aber ich habe meine Schlüsse daraus gezogen, was ich wem anvertrauen kann.«

Sie schaute ihn irritiert an, dann lächelte sie.

»Na ja, zu meiner Verteidigung kann ich anführen, dass ich vollkommen überrascht war, ausgerechnet dich am Lindenweiher anzutreffen. Nach der Sache mit Monika damals war es sicher nicht einfach, dahin zurückzukehren.«

Er runzelte die Stirn. Was wollte sie mit dieser Anspielung bezwecken? »Man kann seine Vergangenheit nun einmal nicht leugnen«, erwiderte er.

»Wir haben seit ihrem Tod nicht mehr miteinander gesprochen, weißt du das?«, sagte sie. »Ich musste kurz danach ins Krankenhaus. Mein Überbein am Knie wurde wegoperiert. Und als ich nach der Beerdigung wieder entlassen wurde, warst du wie vom Erdboden verschwunden.«

»Ja, damals hat nicht viel gefehlt, und ich wäre Monika nachgefolgt«, sagte er.

»Das kann ich verstehen«, sagte sie. »Es war eine schlimme Zeit für uns alle.«

Er kniff die Augen zusammen.

»Wirklich für alle?«

»Wie meinst du das?«, fragte sie.

Verdammt, das hätte er besser für sich behalten. Er winkte ab. »Vergiss es, wenn ich mich an damals erinnere, kommen ab und zu mal wieder paranoide Gedanken hoch.«

»Dann solltest du mehr im Hier und Jetzt leben«, sagte sie und nahm einen Schluck aus ihrer Tasse.

»Im Hier und Jetzt? Das klingt recht esoterisch.«

Sie lächelte. »Ich habe neulich den Chefarzt einer psychosomatischen Klinik in der Gegend interviewt. Das Hier und Jetzt ist der neueste Schrei in diesen Kreisen.«

»Bedeutet?«, fragte er.

»Dass man weder an gestern noch an morgen denkt, sondern einfach den Augenblick genießt.«

Sie stand auf und stellte ihre Tasse auf den Glastisch, der zwischen ihnen stand. Dann setzte sie sich neben ihn auf das Sofa. Er spürte ihre Wärme, als sie ganz eng an ihn heranrückte. Sein Mund wurde mit einem Mal staubtrocken.

»Und wie genießt man den Augenblick?«, fragte er leise.

»Hm, da hätte ich eine Idee«, sagte sie und zog ihn zu sich heran.

30

Rosemondig

Als Linda am Montagmorgen um kurz vor acht den großen Besprechungsraum der Dienststelle betrat, war Wellmann bereits da. Sie hatte ihn nach dem Aufstehen angesimst und ihn gefragt, ob sie ihn abholen solle, doch er hatte ihr geschrieben, dass er eine Mitfahrgelegenheit aufgetrieben habe. Wahrscheinlich hätte es ihm gutgetan, wenn er wieder mit den Skiern gekommen wäre, denn an den beiden Tagen zuvor hatte er wesentlich frischer ausgesehen als an diesem Morgen.

»Alles okay?«, fragte sie.

Er nickte, doch sie ließ nicht locker. »Du siehst heute irgendwie zerknautscht aus.«

Auf den Wangen sprossen ihm wieder grauschwarze Bartstoppeln. Und seine Augen waren so blutunterlaufen und so klein, dass sie ihm am liebsten eine Tasse Kaffee geholt hätte.

»Es war eine lange Nacht. Ich hab nicht so viel geschlafen, okay?«

Sie verzichtete darauf, weiter nachzubohren, da sie sich denken konnte, was ihm den Schlaf geraubt hatte. Die gestrigen Enthüllungen über Monika und Robert Miller und der Anschlag auf Dominik waren für sie schon schwer zu schlucken gewesen, wie sollte Wellmann sie dann verdauen?

Ihre Aufmerksamkeit wurde von Peter Greiner in Beschlag genommen, der in Begleitung von Rainer Dintler, dem Leiter des Dezernats für Rauschgiftdelikte, das Besprechungszimmer betrat. Er lächelte ihr zu und setzte sich an die gegenüberliegende Seite des Tisches. Als Letzte erschienen Martin und Korbinian. Korbinian hatte den Gesichtsausdruck eines Kleinkinds aufgesetzt, dem man die Spielsachen weggenommen hatte.

»So, dann wollen wir mal«, sagte Waibel und rieb sich die Hände. »Als Erstes darf ich die Kollegen vom Drogendezernat begrüßen. Gemeinsam mit ihnen werden wir bis zur Lösung des Falles die SOKO ›Lindenweiher‹ bilden.«

Er nickte den beiden Beamten zu und fuhr fort: »Vielleicht sollten wir euch erst einmal auf Stand bringen. Machst du das bitte, Tobias?«

Wellmann begann, die bisherigen Ermittlungsergebnisse zu referieren. Er ging kurz auf das Auffinden der toten Teenager am Lindenweiher ein, berichtete von den Ergebnissen der Obduktion und leitete auf Valentin Weißgerber über, dem er eine zentrale Rolle in dem Drama beimaß.

»Den kenne ich«, sagte Greiner. »Ein Junkie, wie er im Buche steht. Der hat sicher schon alles genommen, was auch nur im Entferntesten auf das Gehirn wirkt. Erst vor drei Wochen haben ihn die Kollegen von der Streife bei einer Routinekontrolle mit einem Tütchen Crystal erwischt.«

»Hat er gedealt?«, fragte Linda.

Greiner schüttelte den Kopf. »Wahrscheinlich eher nicht. Jedenfalls wurde nie mehr bei ihm gefunden, als man für den Eigenbedarf braucht.«

Wellmann fasste die Inhalte des Tagebuchs zusammen, berichtete über die Befragung von Ulrich Braun, die Hausdurchsuchung bei Frau Kuster und schloss mit dem Satz: »Wir haben Grund zu der Annahme, dass die Leute, die hinter dem Crystal-Meth-Ring stehen, etwas mit dem Tod von Jana Krüger und Robert Miller zu tun haben.«

»Und deshalb haben wir euch hergebeten«, ergänzte Martin Waibel an die beiden Drogendezernatler gewandt.

Dintler und Greiner wechselten einen Blick, dann erwiderte der Dezernatsleiter: »Irgendetwas kommt mir seltsam vor an der Sache. Ihr habt euch ja schon über den Drogenring informiert, der südlich von Biberach sein Unwesen treibt. Die Leute gehen hochprofessionell vor. Wir haben bislang keine handfesten Anhaltspunkte dafür finden können, wer dahintersteckt. Aber das hier ist so …«

Er suchte offenbar nach dem richtigen Wort.

»Dramatisch?«, schlug Wellmann vor.

Dintler nickte. »Diese Geschichte am Lindenweiher. Und dann verabreichen die ihr noch Crystal Meth. Als ob sie uns einen Wink mit dem Zaunpfahl geben wollten. Da stimmt doch was nicht.«

»Vielleicht wollten sie nicht uns einen Wink mit dem Zaunpfahl geben, sondern ein Zeichen setzen, wie sie mit Maulwürfen von außen oder aus den eigenen Reihen umgehen werden«, gab Waibel zu bedenken. »So im Sinne von: ›Wenn ihr euch mit uns anlegt, wird es euch mies ergehen.‹«

»Das könnte sein«, gab Dintler zu. »Aber irgendwie sieht mir das eher nach einem schlechten Mafiafilm aus. Das passt wie gesagt nicht zu ihrem bisherigen Vorgehen.«

»Wenn der Ring aus Leuten wie diesem Anton Kuster besteht, dann wäre durchaus vorstellbar, dass sie Bedrohungen behandeln wie in Filmen. Woher sollten sie wissen, wie Profis das machen, wenn sie Amateurverbrecher sind? Und wenn Kuster der Mastermind hinter der Sache war, sind die nach seinem Tod übrig gebliebenen Mitverschwörer möglicherweise überfordert und können nicht mehr rational handeln«, warf Wellmann ein.

Er zog den auf dem Tisch bereitstehenden Laptop zu sich heran und tippte ein wenig darauf herum, bis an die gegenüberliegende Wand ein Foto projiziert wurde.

»Kuster kam am 21. Januar bei einem Autounfall ums Leben. Er war Chemiker bei Boehringer und brachte die Expertise mit, um komplexe chemische Prozesse in Gang setzen zu können.«

Greiner schüttelte den Kopf. »Den hatten wir garantiert nicht auf dem Schirm. Und wahrscheinlich wäre er auch nie in einem unserer Raster hängen geblieben.«

»Was ist mit seiner Frau?«, fragte Dintler. »Hängt sie mit drin?«

»Ich weiß es nicht«, sagte Wellmann. »Ihre Empörung über die Vorwürfe gegen ihren Mann wirkte echt. Zudem hat sie ein Alibi für den Abend, an dem Jana Krüger ermordet wurde, und auch für gestern Nachmittag. Auf dem ›Kochbuch‹, das wir gefunden haben, fanden sich nur Fingerabdrücke ihres verstorbenen Mannes. Wir haben bislang keine Beweise dafür, dass sie an der Drogensache beteiligt war. Aber das muss noch nicht bedeuten, dass sie unschuldig ist.«

Linda nickte. »Wir sollten uns eher auf ihren verstorbenen Mann konzentrieren. Er ist bislang das einzige Mitglied des Drogenrings, von dem wir sicher wissen. Vielleicht gibt er eine gute Blaupause für die Profile seiner Komplizen ab«, sagte Linda.

»Ich habe mir dazu schon ein paar Gedanken gemacht.« Wellmann tippte auf das Touchpad unter der Tastatur des Laptops. Eine aus mehreren Punkten bestehende Liste erschien. »Kuster war gut in Hochdorf integriert. In zahlreichen Vereinen aktiv. Eigenes Haus, sehr guter Job. Seine Mitstreiter stammen vermutlich aus dem gleichen Milieu.«

»Heißt das, du willst die Honoratioren der Hochdorfer Gesellschaft hochnehmen?«, fragte Korbinian. Seine Miene sah noch immer aus wie nach sieben Regenwettertagen, in seiner Stimme lag jedoch wieder ein Hauch von Spott, und das gefiel Linda gar nicht.

»Wellmann hat recht«, schaltete Greiner sich ein. »Wir sind mit unseren Ermittlungen zu dem Drogenring auf der Stelle getreten, weil wir nach dem klassischen Tätertyp gesucht haben. Was spricht dagegen, dass sich ein paar alteingesessene Hochdorfer oder Schweinhauser oder Ingoldinger mit einem begabten Chemiker zusammengetan haben, um steinreich zu werden?«

Linda schenkte Greiner ein dankbares Lächeln, das diesem eine leichte Röte ins Gesicht trieb. Korbinian musterte ihn mit einem überheblichen Blick, blieb ihm jedoch eine Antwort schuldig.

»Das mag stimmen«, sagte stattdessen Waibel, und Linda schwoll der Kamm. Sicher wollte er wieder einmal niemandem auf den Schlips treten. Und dabei hätte Korbinian genau das bitter nötig gehabt.

»Aber wie finden wir heraus, wer zu Kusters Komplizen zu zählen ist? Wir brauchen einen Anknüpfungspunkt.«

Wellmann nickte. »Herr Greiner, können Sie bitte die Karte mit den Fundorten des Crystal Meth kurz holen?«

Greiner beugte sich vor. Wenige Sekunden später erschien an der Wand ein Foto der mit viel Liebe zum Detail ausgefertigten Landkarte, die sie am Samstag in den Räumen des Dezernats für Rauschgiftdelikte gesehen hatten.

»Das hier ist das Kerngebiet des Drogenrings. Es liegt südöstlich von Biberach und erstreckt sich von Ummendorf bis Ingoldingen«, sagte Wellmann.

»Und was soll uns das sagen?«, platzte es aus Korbinian heraus.

Linda hätte ihm am liebsten den selbstgefälligen Hals umgedreht, doch Wellmann ignorierte ihn.

»Dieses Muster. Das kommt mir irgendwie bekannt vor«, sagte Wellmann.

Er kam Linda ein wenig vor wie Wickie, dem ein schlauer Plan eingefallen war.

»Wie schnell können Sie einen auf Crystal Meth spezialisierten Drogenspürhund auftreiben?«, fragte Wellmann.

»Die Hundestaffel der BePo hat einen. Ein Anruf genügt. In einer halben Stunde steht er zur Verfügung«, sagte Dinther.

»Gut, dann rufen Sie bitte an. Ich glaube nämlich, dass ich weiß, wer mit Kuster unter einer Decke steckt. Es ist zwar nur ein vager Verdacht, aber möglicherweise wird sich der rasch überprüfen lassen.«

31

»Puh, ist das kalt«, sagte Greiner und rieb sich die Hände. »Eine Standheizung wäre nicht schlecht. Gibt es so etwas nicht für den Twingo?«

Linda verzog das Gesicht.

»Wenn Waibel mir eine Top-Beurteilung schreibt, werde ich vielleicht bald hochgestuft und kann mir eine leisten«, stieß sie zwischen zusammengekniffenen Lippen hervor. Sie hielt ihre Kiefer fest aufeinandergepresst, weil sie nicht wollte, dass das Klappern ihrer Zähne verriet, wie erbärmlich sie fror.

Um sich ein wenig aufzuwärmen, holte sie den Eiskratzer aus der Seitenablage und begann damit, die dünne Eisschicht abzuschaben, die ihr Atem an der Innenseite der Frontscheibe hatte entstehen lassen. Das Eis fiel in kleinen Flöckchen auf das graue Plastik über dem Mitteltacho, wo es liegen blieb wie frisch gefallener Schnee.

»Wann kommt der denn endlich?«, brummte Greiner.

»Na, in der guten alten Zeit wäre er schon lange da gewesen«, erwiderte Linda.

»In der guten alten Zeit hätte er sicher kein Crystal Meth dabeigehabt.«

Sie schwiegen und beobachteten weiter die Straße.

»Macht ihr das öfter?«, fragte Linda nach einer Weile.

»Was? Uns in Kleinwagen nicht benötigte Körperteile abfrieren?«

Trotz der alles durchdringenden Kälte musste sie lachen, wenn auch nur kurz.

»Wenn Sie es so ausdrücken wollen. Ich meinte, ob ihr häufiger Verdächtige observiert.«

»Für meinen Geschmack viel zu oft«, brummte Greiner. »Aber wenigstens muss ich nicht dauernd in die Gerichtsmedizin fahren und mir irgendwelche Leichen anschauen.«

Sie wandte ihm den Blick zu.

»Ja, das muss echt nicht sein«, sagte sie leise. »Das mag ich am wenigsten an meinem Job.«

»Kann ich mir vorstellen«, erwiderte Greiner.

Linda spähte durch das freigekratzte Sichtloch hinaus auf die Straße. Sie parkten in einem Wohngebiet in Ummendorf. Ihre Zielperson konnte jeden Augenblick auftauchen.

»Und Günther ist sich sicher, dass der morgens um halb zehn immer bei ihm vorbeikommt?«, fragte sie und schaute auf die Uhr, die eben auf 9.43 Uhr gesprungen war. Günther, der Beamte an der Pforte, lebte in eben jener Siedlung und hatte ihnen mit dieser Auskunft sehr weitergeholfen – wenn sie denn stimmte.

»Vielleicht hat er heute mehr zu tun?«, schlug Greiner vor. »Oder er hat Urlaub.«

»Oh nein!«, rief Linda, als ihr klar wurde, dass dies durchaus im Bereich des Möglichen lag. »Was machen wir dann?«

»Er hat keinen Urlaub«, sagte Greiner und deutete auf den gelben Kastenwagen, der eben in das Wohngebiet einbog.

»Okay, alle in Position.« Waibels Stimme tönte blechern aus dem Funkgerät, das Greiner in den knallroten, aber ordentlich manikürten Fingern hielt.

Im Seitenspiegel sah Linda, wie sich der Hundeführer in Bewegung setzte. Das Tier war gut abgerichtet und lief perfekt bei Fuß. Linda musste an den Irish Setter denken, den ihre Eltern besessen hatten, als sie klein gewesen war. Es war ein echter Charakterhund gewesen, was bedeutet hatte, dass er Befehle zwar erkannt, aber stets nur befolgt hatte, wenn er Lust darauf gehabt hatte. Sie schaute sich nach ihren beiden Kollegen um, konnte aber weder Waibel noch Wellmann entdecken.

Das gelbe Auto hielt vor einer Garageneinfahrt. Der Motor lief weiter, als der Insasse ausstieg und mit einem Päckchen in der Hand zum Eingang des nächsten Gebäudes eilte. Der Hundeführer hatte inzwischen den Twingo passiert und war nun nur noch etwa zwanzig Meter von dem Fahrzeug der Zielperson entfernt. Gleich würden sie wissen, ob sich Wellmanns Theorie bestätigen würde.

Der Verdächtige stand vor dem Haus und betätigte die Türklingel. Sein schmächtiger Körper war in dicke Kleider gepackt. Der blau-gelbe Parka war ihm mindestens eine Nummer zu groß. Das ließ seinen kahlen und erstaunlich winzigen Kopf wie den eines Lego-Männchens wirken, den man irrtümlicherweise einer Playmobil-Figur aufgesetzt hatte. Ein prächtiger Schnurrbart prangte zwischen der etwas zu langen Nase und den etwas zu schmalen Lippen.

Der Beamte mit dem Spürhund war nur noch wenige Schritte von dem gelben Auto entfernt. Bildete Linda sich das ein, oder wurde das Tier tatsächlich unruhig? Da, kein Zweifel! Der Hund wedelte mit dem Schwanz und ruckte an der Leine. Er zog den Kollegen mit sich, direkt auf das Auto zu.

»Ui«, sagte Greiner, als der Schäferhund wild bellend in die offene Tür des Wagens drängte.

»Raus, Zugriff!«, rief Waibels Funkgerätstimme.

Ohne zu zögern riss Linda die Tür auf und sprang auf die Straße hinaus. Da der festgetretene Schnee jedoch unerwartet rutschig war, musste sie mit den Armen rudern, um das Gleichgewicht nicht zu verlieren. Doch es war vergebens. Sie setzte sich mit voller Wucht auf ihren Hosenboden. Greiner, der schon in Richtung des Kastenwagens losgelaufen war, drehte sofort um und half ihr auf.

»Danke!«, rief sie.

»Gern geschehen«, erwiderte er, und sein Lächeln ließ das Gefühl der Peinlichkeit angesichts ihres wenig würdevollen Auftritts sofort verfliegen.

»Gut, dann schnappen wir uns den Kerl mal«, sagte sie und lief los.

Der Briefträger hatte inzwischen sein Paket abgegeben und kam mit großen Schritten auf den Hundeführer zu.

»He, was soll des?«, sagte er. »Nehmet Sie sofort den Hund da weg!«

»Hallo, Isidor«, hörte sie Wellmann sagen.

Gemeinsam mit Waibel war er hinter dem Postauto hervorgetreten und hatte sich dem Mann in den Weg gestellt.

»Was ischt los? Was machscht denn du hier?«, rief dieser. Dann erkannte er offenbar, dass etwas hier ganz gewaltig nicht stimmte.

»Isidor, du hast jetzt zwei Möglichkeiten«, sagte Wellmann. »Entweder du händigst uns die Drogen sofort aus, oder wir lassen den Hund von der Leine. In dem Fall hoffe ich allerdings sehr, dass du das Zeug nicht bei den Briefen versteckt hast. Wir wollen doch nicht, dass der gute Hasso die ganzen Postsendungen vollsabbert. Das könnte dich deinem Arbeitgeber gegenüber in ziemliche Erklärungsnöte bringen.«

32

»Zur Feier des Tages gebe ich eine Runde Butterbrezeln aus.«
Waibel legte eine prall gefüllte Papiertüte auf den Tisch.

Wellmann griff gierig hinein und zog eine Brezel heraus. Er
hatte seit dem Vorabend nichts mehr gegessen. Zu sehr war sein
Kopf mit den beiden vierundzwanzig Jahre auseinanderliegenden Mordfällen und dem Anschlag auf seinen Sohn beschäftigt
gewesen, als dass er seine Aufmerksamkeit etwas derart Prosai-
schem wie seinen Grundbedürfnissen hätte zuwenden können.
Selbst die Nacht, die er mit Sabine Braun verbracht hatte, hatte
ihn nur kurz auf andere Gedanken gebracht. Er wusste selbst
nicht, was ihn geritten hatte, mit ihr zu schlafen. War es der
Wunsch nach Nähe gewesen? Oder Nostalgie? Sie waren in
derselben Freundesclique gewesen, damals, bevor jemand Monika getötet hatte. Aber richtig nahegestanden hatten sie sich
nie. Wenn er genauer nachdachte, musste er sich eingestehen,
dass er mit Ausnahme von Monika niemandem in der Lindenweihergang wirklich nahegestanden hatte. Am wenigsten hatte
er mit Isidor zu schaffen gehabt. Der war immer ein Außen-
seiter gewesen. Klein und schmächtig, hatte er es nie geschafft,
zu den Sportskanonen vom Schlage eines Uli Braun oder eines
Tobias Wellmann aufzuschließen. Aber er war trotzdem dabei
gewesen. Das hatte sie damals ausgezeichnet. Zumindest kam
Wellmann das in der Rückschau so vor. Und nun saß Isidor im
Vernehmungsraum und wartete darauf, unangenehme Fragen
gestellt zu bekommen.

Wie er wohl in diese Crystal-Meth-Geschichte hineinge-
schlittert war? Wellmann konnte sich den Briefträger nicht
als treibende Kraft hinter einer derartigen Aktion vorstellen.
Dafür fehlte ihm nicht nur die Intelligenz, sondern auch das
Selbstbewusstsein. Isidor war eher der Typ Handlanger. In
dieser Rolle war er ohne Zweifel loyal und zuverlässig. Hatte
er Dominik die mit Crystal Meth versetzten Bonbons gegeben?

Der Gedanke ließ sofort eine heiße Wut in Wellmann aufsteigen. Er atmete tief durch, um sich wieder zu beruhigen. Der Kommissar bezweifelte, dass die erste Befragung gleich zu verwertbaren Ergebnissen führen würde.

»Respekt«, sagte Greiner, der sich ebenfalls eine Brezel aus der Tüte nahm. »Wie sind Sie darauf gekommen, dass der Postbote das Crystal Meth ausliefert?«

»Ich habe Isidor Kleinert am Freitag beim Arzt getroffen, und da hat er mir sein Zustellungsgebiet beschrieben. Als ich dann Ihre Karte mit den Drogenfunden heute Morgen noch einmal gesehen habe, ist mir die Übereinstimmung aufgefallen.«

Greiner lächelte ihm anerkennend zu und setzte sich an seinen Platz.

»Wie teilen wir uns auf?«, fragte Waibel in die Brezeln kauende Runde.

»Der Staatsanwalt hat einen Durchsuchungsbefehl für Kleinerts Wohnung organisiert.« Dintler wedelte mit einem Schriftstück. »Ich würde vorschlagen, dass Frau Keller, Herr Mächle und Herr Greiner die KT dorthin begleiten und uns rückmelden, wenn sie auf etwas Interessantes stoßen. Währenddessen werden Herr Wellmann und ich den Tatverdächtigen in die Mangel nehmen.«

Linda machte ein langes Gesicht. Sie war enttäuscht, das konnte man ihr deutlich ansehen. Wahrscheinlich hatte sie darauf gehofft, hinter der Einwegscheibe bei der Befragung anwesend zu sein oder gar selbst aktiv zu werden. Stattdessen musste sie nun mit Korbinian eine Junggesellenwohnung durchsuchen. Wellmann hoffte, dass ihr nicht die unangenehme Aufgabe zufallen würde, Isidors Schlafzimmer zu filzen. Dort fanden sich meist die Details aus dem Leben der Verdächtigen, von denen kein Mensch wissen wollte und die zudem für die Ermittlung oft irrelevant waren.

Nachdem sich die drei Kollegen verabschiedet hatten, folgte Wellmann Dintler in den Verhörraum. Waibel verschwand im Nebenzimmer, von wo aus er die Vernehmung verfolgen und gleichzeitig mit dem Team im Außeneinsatz kommunizieren konnte.

Isidor saß an dem Tisch, auf dem sich das Aufnahmegerät befand. Die beiden Polizisten nahmen ihm gegenüber Platz.

»Mein Name ist Rainer Dintler, ich bin leitender Kriminalhauptkommissar«, stellte der Leiter des Drogendezernats sich vor. »Meinen Kollegen, Kriminalhauptkommissar Wellmann, kennen Sie ja schon.«

Isidor warf Tobias einen finsteren Blick zu und verschränkte seine Arme vor der Brust.

»In Ihrem Postfahrzeug wurden sieben Tüten sichergestellt, die insgesamt achtunddreißig Gramm Crystal Meth enthielten«, fuhr der Beamte fort. »Aufgrund dieses Drogenfundes wurden Sie festgenommen. Wir werden Sie nun ordentlich befragen, ehe Sie dem Haftrichter vorgeführt werden. Sie haben das Recht zu schweigen, alles, was sie sagen, wird protokolliert, Ihnen zur Unterschrift vorgelegt und später in der Verhandlung verwendet, sollte es dazu kommen. Sie haben natürlich auch die Möglichkeit, einen Anwalt hinzuzuziehen.«

»Seh i so aus, als ob i mir en Anwalt leischte könnt?«, zischte Isidor.

»Es gibt das Mittel der Rechtsbeihilfe«, sagte Wellmann leise. »Wenn du dir keinen Rechtsanwalt leisten kannst, wird dir ein Pflichtverteidiger gestellt.«

Der Briefträger funkelte ihn wütend an.

»Nehmen wir erst einmal die Personalien auf«, sagte Dintler. Er hatte Isidors Personalausweis vor sich liegen und fragte: »Ist das Ihr Ausweis?«

»Ja.«

»Dann sind Sie Isidor Kleinert, geboren am 18. Januar 1978, wohnhaft in der Hauptstraße 24 in Hochdorf?«

»Da könnet Se ihn frage«, erwiderte der Briefträger in einem gereizten Tonfall und schob sein Kinn in Richtung Wellmann vor. »Der kennt mi scho, seitdem i a kleiner Bua war.«

»Und genau aus diesem Grund rate ich dir dringend, mit uns zu kooperieren«, erwiderte Wellmann.

»Warum? Um der alte Zeite wille?«

Isidor gab ein heiseres Lachen von sich und schüttelte den Kopf.

»Ich sag nix. Warum sollt ich au? Okay, ihr hont die Droge bei mir gfunde. Aber ihr müsst mir erscht einmal beweise, dass des meine send. Was, wenn mir oiner von meine Kollege bei der Briefsortierung des Zeug untergeschobe hot? Da send nämlich zwoi dabei, die mi net möget. Und die hont ganz schlechte Zähne. So wie der Weißgerber.«

»In welcher Beziehung stehst du zu Valentin Weißgerber?«, hakte Wellmann rasch ein.

Isidor zuckte zusammen, und Wellmann erkannte, dass er einen Treffer erzielt hatte.

»I kenn ihn halt ausm Dorf«, murmelte der Briefträger.

»Wenn wir in seinem Haus nach Fingerabdrücken oder DNA suchen würden, würden wir da Spuren von dir finden?«

Isidors Augen weiteten sich.

»Ganz bestimmt net. Ich hon mit dem Haschkrippel nix zu schaffe.«

»Würden wir denn in deiner Wohnung auf Spuren dieses ›Haschkrüppels‹, wie du ihn eben genannt hast, stoßen?«, fragte Wellmann ungerührt weiter.

Isidor schluckte schwer, schüttelte dann aber entschieden den Kopf. »Was sollt i denn von dem wolle?«

»Na ja, für eines der Tütchen, die wir in deinem Postauto gefunden haben, wäre Valentin Weißgerber sicher bereit gewesen, ein paar Dienste zu erledigen.«

»Zum Beispiel?«

»Sag du's mir.«

Isidor lehnte sich zurück und verschränkte die Arme demonstrativ vor der Brust. »Ich hon mit dem Weißgerber nix zu schaffe ghabt. Punkt.«

»Warum ist er dann so erschrocken, als er dich am Freitagmorgen beim Arzt gesehen hat?«

Isidor leckte sich über die Lippen.

»Der ischt vor dir erschrocke. Junkies meidet doch die

Polizei wie der Teufel des Weihwasser«, sagte er schließlich und setzte ein wenig überzeugendes Grinsen auf.

»Kommen wir noch einmal auf die Tütchen in Ihrem Postfahrzeug zurück«, schaltete Dintler sich ein. »Wollen Sie tatsächlich behaupten, man habe Ihnen die untergeschoben?«

Isidor nickte.

»Und wenn wir Ihre Wohnung durchsuchen, werden wir ganz sicher keine weiteren Tüten finden?«

Der Verdächtige schluckte erneut, dann hellte sich seine Miene auf. »Sie könnet mei Wohnung gar net durchsuche. Sie hont koin Durchsuchungsbefehl.«

Kommentarlos legte Dintler den Beschluss des Richters auf den Tisch.

»Des könnet ihr net mache«, stammelte der Briefträger.

»Und wie wir das können, Isidor«, sagte Wellmann. »Und soll ich dir was verraten? Die Kollegen sind schon unterwegs nach Hochdorf. Und Hasso haben sie auch dabei. Wenn du jemals auch nur eine Spur Crystal Meth in deiner Wohnung hattest, dann wird er es erschnüffeln, das garantiere ich dir. In wenigen Minuten werden wir einen Anruf bekommen. Und wenn die Kriminaltechniker irgendetwas gefunden haben, was deine Schuld beweist, dann ist es aus. Dann kommst du vor Gericht und danach ins Gefängnis.«

Isidors Gesichtsfarbe wurde um mehrere Schattierungen bleicher. Zufrieden mit der Wirkung seiner Worte legte Wellmann nach: »Jetzt ist noch Zeit, Isidor. Wenn du mit uns kooperierst, dann werden deine Aussagen im Prozess zu deinen Gunsten gewertet. Du wirst nicht um eine Gefängnisstrafe herumkommen, aber zwei Jahre mit der Aussicht, bei guter Führung nach der Hälfte auf Bewährung gesetzt zu werden, sind doch wesentlich besser, als drei oder vier Jahre in der JVA zu versauern.«

Der Briefträger starrte ihn mit offenem Mund an.

»Sag uns, wer noch beteiligt ist an der Crystal-Meth-Geschichte. Wer steckt dahinter? Wer organisiert das alles? Und wer produziert das Zeug, nachdem Kuster nicht mehr lebt?«

Bei der Nennung von Kusters Namen zuckte Isidor zusammen. Wellmann hoffte, dass er inzwischen genügend Wirkungstreffer erzielt hatte, damit der Verdächtige zu Boden ginge, doch der erwies sich als ein zäherer Gegner, als der Kommissar es erwartet hatte.

»Nein, ich sag gar nix mehr. Die Droge sind mir untergschobe worde. Genauso wie ihr beide versucht, mir a falsches Geständnis unterzujubele. I werd den Teufel tun und irgendjemand belaschte. Jetzt ischt Schluss. I will en Anwalt, sonscht sag i gar nix mehr.«

Wellmann und Dintler wechselten einen Blick.

»Gut«, sagte Dintler. »Dann besorgen wir Ihnen einen Pflichtverteidiger. In der Zwischenzeit warten wir die Ergebnisse der Hausdurchsuchung ab. Wir setzen die Befragung später fort. Bis dahin können Sie sich mit Ihrem Anwalt beraten, ob Sie auf Ihrer Verweigerungshaltung beharren oder ob Sie kooperieren. Aber seien Sie gewarnt: Unsere Geduld hat Grenzen.«

Er drückte einen Knopf. Ein Beamter der Schutzpolizei trat ein und führte den Verdächtigen hinaus.

»Das haben Sie gut gemacht, Kollege«, sagte Dintler. »Wenn wir den weiter so weichkochen, klappt er uns bald zusammen.«

»Schau mer mal«, erwiderte Wellmann. »Vielleicht finden die Kollegen in seiner Wohnung ja irgendetwas, was uns das Kochen erleichtert.«

33

Linda wollte sich das Wohnzimmer vornehmen. Zum einen bewahrten Menschen dort stets Unmengen persönlicher Dinge auf. In Schränken, Fernsehwänden oder auch Schreibtischen fanden sich häufig verwertbare Dokumente. Zum anderen spiegelte die Einrichtung eines Wohnzimmers oft auch die Persönlichkeit seines Besitzers wider. Isidor Kleinert war offenbar ein eher zwanghafter Charakter. Alles war pingelig aufgeräumt. Auf dem Couchtisch, der in der exakten Mitte zwischen dem Sofa und dem vollkommen staubfreien Fernseher stand, waren Zeitschriften zu einem lotrechten Turm aufgestapelt. Hinter der Vitrine des Wandschranks warteten scheinbar mit dem Lineal aufgereihte Weingläser auf ihren Einsatz.

Sie ging kurz die Journale durch und stellte fest, dass oben eine Fernsehzeitung lag, darunter aber ein gutes Dutzend Motorradmagazine streng nach Erscheinungsdatum geordnet worden waren. Wenn Isidor Kleinert auf teure Maschinen stand, war das möglicherweise eine Motivation dafür, mit Drogen zu dealen. Linda wandte sich dem Wandschrank zu und schob der Reihe nach die drei Schubladen unter der Glasvitrine auf. In der obersten befanden sich Kleinerts persönliche Dokumente. Sein Reisepass lag auf der Geburtsurkunde, daneben ein ledergebundener Ordner, auf dem »Versicherungen« stand. Sie blätterte die Policen durch. Der Briefträger hatte ein umfangreiches Portfolio, offenbar wollte er auf Nummer sicher gehen. Warum um alles in der Welt hatte er sich dann auf so etwas Irrsinniges wie einen Drogenring eingelassen?

In der zweiten Schublade fand Linda Fotos. Auch diese waren fein säuberlich mittels Fotoecken in Alben eingeklebt worden. Neben verblassten Kinderbildern aus den siebziger Jahren lag ein kleineres Album, auf dem ein in einer gestochen scharfen Handschrift mit »Lindenweihergang« beschriftetes Etikett klebte. Sie schlug es auf und hielt den Atem an. Ein jugendlicher Tobias Wellmann grinste sie fröhlich an. Es war ein Gruppenfoto, auf dem sieben Teenager zu sehen waren. Sie trugen die unvorstellbar uncoolen Freizeitklamotten der frühen Neunziger. Tobias hatte seinen linken Arm um eine hübsche junge Frau gelegt, die ebenso fröhlich lächelte wie er. Linda hatte ihn noch nie so gesehen, so frei, so gelöst, so friedlich. Sie legte die Hand über die restlichen vier Personen auf dem Foto, sodass nur das Pärchen übrig blieb. Die beiden bildeten eine Blase des Glücks, sie strahlten für sich. Als sie die Hand wieder wegnahm, kamen ihr die danebenstehenden Jugendlichen auf einmal wie eine überflüssige Staffage vor. Sie musterte die weiteren Personen genauer und erkannte eine noch schmächtigere Version von Isidor Kleinert, der auf seiner langen Nase eine unförmige Hornbrille balancierte. Der prächtige Schnurrbart fehlte. Neben ihm war ein grobschlächtiger junger Mann zu sehen, den Linda nicht kannte. Ein zweites Pärchen stand in gleicher Pose da. Der Junge war sportlich und durchtrainiert. In dem hübschen Mädchen erkannte sie die Journalistin. Ihre braunen Haare waren hochtoupiert, wie Linda es aus alten Nena-Videos kannte. Der junge Mann war ganz offenbar Ulrich Braun. Sie erkannte ihn an seinem selbstgefälligen Grinsen. Die athletische Figur musste ihm im Lauf der Zeit abhandengekommen sein.

Linda ließ ihren Blick zwischen den beiden Paaren hin- und hergleiten. Der Unterschied war frappierend. Tobias und Monika strahlten eine innige Verbundenheit aus, während Sabine und ihr Freund jeglichen Charme vermissen ließen.

Sie blätterte das Album durch. Die Bilder zeigten die Teenager einzeln oder in Gruppen bei diversen Freizeitaktivitäten. Auffallend war, dass Tobias nie alleine abgebildet war. Immer hatte er seine Monika im Arm. Sie wirkten unzertrennlich, und ihre Zweisamkeit atmete eine beneidenswerte Natürlichkeit.

Linda legte die Fotos beiseite und widmete sich der letzten Schublade. Hier fanden sich Bankunterlagen. Neben zwei Ordnern mit Kontoauszügen lag ein Schnellhefter, in dem sich ein Kreditvertrag befand. Offenbar hatte Isidor bei der Raiffeisenbank zwanzigtausend Euro aufgenommen, um ein Motorrad zu kaufen. Als sie den Namen des beratenden Bankangestellten las, weiteten sich ihre Augen. Es handelte sich um Ulrich Braun. Warum befasste sich ein Vorstand mit einer Lappalie wie dieser?

Das Bellen eines Schäferhundes riss sie aus ihren Gedanken. Der Beamte zog Hasso an der Leine aus dem Bad und gab ihm ein Leckerli. Kurz darauf folgte Peter Greiner. Er hielt eine pralle Tüte mit weißen Kristallen in der Hand, die aussahen wie Kandiszucker. Er grinste breit.

»Bingo! Das dürften gut und gerne zweihundert Gramm sein. Dafür wird Kleinert keine Bewährung mehr bekommen.«

Im selben Augenblick trat Korbinian aus der Tür des Schlafzimmers.

»Ich habe auch etwas gefunden.« Sein überlegenes Lächeln deutete an, dass er seine Entdeckung natürlich noch für viel bedeutender hielt als die des Kollegen vom Rauschgiftdezernat.

Sie folgten ihm in das ebenfalls sehr ordentlich wirkende Schlafzimmer. Korbinian deutete auf das Nachtkästchen. In der unteren der beiden Schubladen lag ein etwa fünf Zentimeter großer Glaskolben, der spitz in ein Mundstück zulief.

»Was ist das?«, fragte Linda.

»Es spricht für dich, dass du das nicht weißt«, sagte Korbinian.

Greiner erklärte es ihr. »Das ist eine Pfeife zum Inhalieren von Crystal-Meth-Dämpfen.« Er kratzte sich am Kopf. »Komisch, er wirkte gar nicht wie ein Konsument.«

»Na, wenn man jedem Junkie den Drogenkonsum auf fünfzig Meter Entfernung ansehen würde, wäre euer Dezernat ja auch überflüssig«, sagte Korbinian.

Greiner rollte mit den Augen.

»Aber ich habe noch etwas viel Besseres gefunden«, fuhr Korbinian fort und deutete auf einen Zettel, auf dem zwei Handynummern notiert waren. Daneben standen die Namen »Weißgerber, Valentin« und »Kuster, Anton«.

»Sieht so aus, als ob wir den Drogensumpf mit einem Schlag trockengelegt hätten«, sagte Korbinian.

»Das ist doch Schwachsinn!«, rief Linda und schlug mit der Faust auf den Tisch, dass es knallte. Wellmann legte ihr die Hand auf den Unterarm. Das brachte ihre Wut jedoch nur noch mehr zum Kochen. Wellmann sollte besser vor seiner eigenen Tür kehren und sich in den Griff bekommen, anstatt mit ihr umzugehen wie mit einem nervösen Pferd. Sie schob seine Hand weg und atmete tief durch.

Eben hatte Korbinian vor versammelter Runde seine Theorie wiederholt, der gemäß Kleinert, Weißgerber und Kuster den Drogenring gebildet hatten. Letzterer wäre demnach der Produzent gewesen, der Postbote der Logistiker und der Junkie der Handlanger. Alle drei hatten sich an der selbst produzierten Droge berauscht. Möglicherweise waren auch Kusters Unfall und seine Beredsamkeit in den letzten Augenblicken seines Lebens eine Folge der psychoaktiven Substanzen gewesen, die sein Bewusstsein vernebelt hatten. Das bei Kleinert gefundene Crystal Meth wäre dann die letzte noch von Kuster produzierte Charge gewesen, und der Briefträger hätte extremes Pech gehabt, dass er in die Falle gegangen war, ehe er alles zu Geld gemacht hatte.

Waibel schien angetan von Korbinians Ausführungen, und auch Dintler nickte anerkennend.

»So, und warum soll das Schwachsinn sein? Erklär mir das mal«, fragte Korbinian. Er warf Linda einen herausfordernden Blick zu.

»Weil das auf dem Zettel nicht Kleinerts Schrift ist«, sagte sie. »Ich habe Notizen von ihm im Wohnzimmer gesehen. Er malt ordentliche, kleine Buchstaben. Das hier ist ein Gekrakel.«

»Die Telefonnummern kann ihm auch jemand anders aufgeschrieben haben«, gab Waibel zu bedenken.

»Dann sollten wir vielleicht dringend einmal nach Schriftproben von Valentin Weißgerber und Anton Kuster suchen«, schlug Wellmann vor.

»Und wir sollten ein Drogenscreening bei Kleinert durchführen«, ergänzte Linda. »Wenn er tatsächlich seinen eigenen

Stoff konsumiert hat, müssen wir Spuren davon in seinem Körper nachweisen können.«

Dintler nickte.

»Das ist sinnvoll. Die Indizien sind zwar recht eindeutig, aber wie ein Konsument kam mir der Mann nicht vor.«

Korbinians Miene verdüsterte sich. Es war klar, dass es ihm nicht schmeckte, wenn seine schön zusammengesponnene Theorie auseinandergenommen wurde.

»Gut, dann nehmen wir Kleinert gleich noch einmal in die Mangel«, schlug Wellmann vor. »Wenn er regelmäßig Crystal Meth nimmt, muss er bald in den Entzug kommen. Das könnte uns die Sache erleichtern.«

Er erhob sich, und die anderen taten es ihm nach. Linda wechselte einen Blick mit Greiner und war froh, in seinem Gesicht dieselbe Skepsis zu sehen, die auch sie erfüllte. Sie folgte Wellmann auf den Gang, während die anderen schon in Richtung des Verhörraumes weitergingen.

»Du glaubst doch nicht auch, dass Korbinian mit seiner Theorie recht hat? Oder?«, fragte sie.

Wellmann sah sie ernst an. »Habe ich das etwa behauptet?«

Linda kniff die Augen zusammen. »Aber …«

»Nein, ich glaube nicht, dass wir den Drogensumpf schon trockengelegt haben. Weder Kleinert noch Weißgerber haben genügend Grips, um ein derart perfekt organisiertes Unternehmen am Laufen zu halten. Da muss noch irgendwo eine treibende Kraft im Hintergrund lauern.«

»Und was, wenn Kuster dieser Hintermann war?«

Wellmann schüttelte den Kopf. »Vergiss nicht das Tagebuch von Robert Miller. Aus dem geht klar hervor, dass der Chemiker vor seinem Tod eine ganze Reihe von Leuten belastet hat. Finanziell gut gestellte Leute, denn wie hätte der Junge sonst auf die Idee kommen können, einhundertzwanzigtausend Euro zu fordern? Und dann haben wir noch den mehr als fraglichen Suizid der beiden Teenager. Glaubst du im Ernst, jemand wie Isidor könnte das inszenieren? Nein, da steckt eine kriminelle Energie dahinter, die dem abgeht. Aber derjenige, der dahintersteckt, freut sich sicher darüber, wenn ihm jemand wie Korbinian auf den Leim geht.«

»Du meinst, jemand will uns glauben lassen, dass wir den Drogenring vollständig ausgehoben haben?«

Wellmann nickte. »Und es würde mich nicht wundern, wenn derjenige Uli Braun wäre. Dass er Isidors Kreditanfrage selbst bearbeitet hat, macht ihn verdächtig. Ich hatte es ihm nicht zugetraut, aber nun habe ich doch das Gefühl, dass er irgendwie mit in der Sache drinsteckt.«

Linda atmete tief durch. Sie war erleichtert. Wenn sich Wellmann auch noch auf Korbinians Seite geschlagen hätte, hätte sie nicht gewusst, was sie hätte tun sollen.

»Und jetzt?«, fragte sie.

»Jetzt nehmen wir den Herrn Postboten mal nach allen Regeln der Kunst auseinander«, erwiderte Wellmann grimmig.

34

Greiner führte Isidor und dessen Anwalt in den Vernehmungsraum. Der Gegensatz zwischen dem kleinen, kahlen Mandanten, der noch immer seine Briefträgerkleidung trug, und dem
Juristen in seinem geschniegelten Anzug und den polierten
Schuhen hätte nicht größer sein können. Wellmann bemerkte
zufrieden, dass Isidor eine Spur bleicher war als bei der ersten
Befragung. Offenbar setzte ihm die Situation doch zu. Wellmann zögerte keine Sekunde. Er legte die Tüte mit den Meth-
Kristallen auf den Tisch.

»Wer hat dir die untergeschoben, Isidor?«, fragte er. »Etwa
auch deine Mobbing-Kollegen?«

Wellmann spürte Dintlers missbilligenden Blick. Es war
ihm egal. Es war die beste Möglichkeit, die unmittelbare Reaktion auf den Fund zu testen. Isidors ganzer Körper war
so angespannt, dass die schreckgeweiteten Augen aus ihren
Höhlen hervortraten. Dann veränderte sich etwas in seiner
Haltung. Die Muskulatur lockerte sich, und er sank in sich
zusammen.

»Mein Mandant wird sich hierzu nicht äußern«, sagte der
Anwalt. »Wir werden stattdessen …«

Isidor unterbrach ihn: »Des ischt meins«, sagte er nur.

Wellmann zog überrascht die Augenbrauen nach oben. Er
hatte erwartet, dass der Briefträger ihm auf Anraten des Rechts-
beistandes wesentlich mehr Kontra geben würde. Offenbar war
der Anwalt auch dieser Meinung gewesen, denn er sah seinen
Mandanten entgeistert an.

»Hast du das nur verkauft oder auch selbst genommen?«,
fragte Wellmann.

»Verkauft und selbscht genomme«, erwiderte Isidor. Er sah
sehnsüchtig den auf dem Tisch liegenden Crystal-Meth-Beutel
an.

»Wie oft haben Sie konsumiert?«, schaltete Dintler sich ein.

»Wie oft? Jeden Tag. Oi- bis zwoimal. Morgens zum Hochfahre.«

»Haben Sie heute Morgen auch schon etwas genommen?«, fragte der Dezernatsleiter.

Isidor schüttelte den Kopf.

»Ich kenne mich mit Crystal Meth jetzt nicht so gut aus«, sagte Wellmann. »Aber wenn du gestern die letzte Dosis genommen hast, müsstest du dann nicht einen Fetzen-Entzug haben?«

Jetzt endlich hob der Briefträger den Blick. Seine Augen waren klar, keine Rötung war zu sehen, kein Schweißtröpfchen stand auf seiner Stirn.

»Ich hon's halt gut im Griff«, murmelte er.

»Dann hast du auch sicher nichts dagegen, wenn der Amtsarzt dir nachher Blut abnimmt? Nur, um sicherzustellen, dass du nicht auch noch andere Drogen konsumiert hast.«

Isidors Schnurrbartspitzen bebten. Er schüttelte den Kopf.

»Gut, kommen wir doch einmal zum Punkt Dealen«, sagte Dintler. »Wie lange betreiben Sie das schon?«

»Also, ich muss mich hier mal einschalten«, sagte der Anwalt. Er wandte sich an Isidor. »Sie bringen sich in Teufels Küche, das ist Ihnen schon klar?«

Isidor schluckte schwer. Seine Stimme war kaum zu verstehen, als er fortfuhr: »A Jahr.«

Der Anwalt schnaubte.

»Können Sie bitte etwas lauter sprechen?«, fragte Dintler.

»Ein Jahr«, wiederholte Isidor, lauter, aber auch eine Spur gereizter.

»War das Ihre Idee?«

Der Briefträger schüttelte erneut den Kopf, blieb aber eine Antwort schuldig.

»Wessen Idee war es dann?«

»Dr Kuster-Anton hat mi angesproche«, sagte er. »Im Vereinsheim. Hat mi auf ein Bier eingelade und mi gfragt, ob i was dazuverdiene will.«

»Und was haben Sie geantwortet?«

»Was i ihm geantwortet hab? Dass i immer Geld brauche

kann. I han a teures Hobby. Motorradfahre.« Seine zunächst stockende Rede kam mehr und mehr in Schwung. »Er hat mir gsagt, dass des a todsicheres Ding sei. Dass gar kei Risiko bestehe würd.«

»Hat er dir gleich gesagt, worum es sich handelt?«, fragte Wellmann.

Isidor schüttelte den Kopf.

»Er hat nicht glei gsagt, um was es sich handelt. Wir habet uns verabredet, bei ihm daheim. Da hat er mir des Crystal Meth gezeigt.«

»Hast du damals schon davon probiert?«, fragte Wellmann.

Isidor nickte und schaute ihn herausfordernd an. Der Kommissar war sich sicher, dass der Briefträger log. Er hatte schon zahlreiche Befragungen vorgenommen und dabei ein gutes Gespür dafür entwickelt, wann ein Verdächtiger die Wahrheit sagte und wann nicht. Und dieses Bauchgefühl hatte sich jetzt wieder gemeldet. Außerdem hatte Isidor die Fragen der Kommissare stets wörtlich wiederholt. Dies war ein recht zuverlässiges Anzeichen für eine Falschaussage. Nein, das hier war viel zu reibungslos abgelaufen. Isidors Widerstand war nicht abgebröckelt, er war von Anfang an in sich zusammengestürzt. Und das war mehr als seltsam.

»Hat dich gar nicht abgeschreckt, dass es um Drogen ging?«, fragte Wellmann.

»I hab des Geld braucht. Und es war ein einfacher Weg, des zum verdiene.«

»Wie lief das ab mit der Abwicklung der Deals?«, wollte Dintler wissen.

»Der Kuster hat mir die Droge gegebe, und i hab sie an die Besteller verteilt.«

»Wie habt ihr Kundschaft aufgetrieben?«, fragte Wellmann.

Isidor zögerte kurz. »Des weiß i net. Darum hat der Kuster sich gekümmert.«

»Welche Rolle hat Valentin Weißgerber bei dem Ganzen gespielt?«

»Der Valentin? Er war so a Art Laufbursch. Ursprünglich

Kunde, dann hat er's aber nimmer zahle könne und anbote, dass er Geschäfte für uns erledigt.«

»Zum Beispiel das Zerstechen von Reifen?«

Isidor sah ihn verständnislos an, was Wellmann irritiert zur Kenntnis nahm. Er wollte etwas sagen, doch dann hielt er inne. Er wandte sich an Dintler. »Ich möchte, dass Frau Keller die Befragung an meiner statt fortsetzt.«

Der leitende Kriminalhauptkommissar wirkte überrascht, hatte aber nichts dagegen einzuwenden.

Wellmann verließ den Verhörraum und ging ins Nebenzimmer. Hinter ihm begann der Anwalt leise, aber eindringlich auf Isidor einzureden. Offenbar wollte er einen letzten Versuch unternehmen, seinen Mandanten zur Vernunft zu bringen.

»Was ist los?«, wollte Linda wissen.

»Na ja, ich wollte ihn gerade fragen, ob er meinem Sohn die Meth-Bonbons in die Hand gedrückt hat. Aber das wäre wenig professionell. Wir wollen ja nicht, dass ich ihm im Affekt eine scheuere oder ihm Schlimmeres antue. Übernimmst du das, Linda?«

Sie schickte sich an, aus dem Raum zu gehen, doch er hielt sie zurück und raunte ihr ins Ohr: »Der lügt wie gedruckt.«

Wellmann musterte Waibel und Mächle, die ihre Konversation neugierig verfolgt hatten. Ob sie ihn gehört hatten? Durch die Einwegscheibe beobachtete er, wie Linda sich neben Dintler setzte.

»Haben Sie dem Sohn von Herrn Wellmann beim gestrigen Fasnetsumzug mit Crystal Meth versetzte Bonbons in die Hand gedrückt?«, fragte sie ohne Umschweife.

Isidor sah sie mit weit aufgerissenen Augen an. »Nein, um Himmels wille, so was würd i nie tun!«

»Wer war es dann?«

»I weiß es net. Wirklich.«

Sein Gesicht war totenbleich geworden, und auf seiner Stirn glänzte ein dicker Schweißfilm. Flehend sah er zwischen Linda, Dintler und dem Anwalt hin und her.

»Sie müsset mir glaube!«, rief er. »I war des net.«

Wellmann war sich sicher, dass Isidor ihnen viel Mist erzählt hatte, aber in diesem Fall hatte er die Wahrheit gesagt. Zum ersten Mal während dieser Befragung wirkte seine Reaktion authentisch. Er hatte Dominik die Bonbons nicht gegeben. Aber wer war es dann gewesen?

»Warum hat Weißgerber Wellmanns Sohn die Tüte entrissen? Warum wusste er davon, dass die Bonbons Crystal Meth enthielten?«, fragte Linda.

Isidor zuckte mit den Achseln.

»Der war voll auf Droge«, sagte er. »Vielleicht hat er geroche, dass da Meth drin war. Keine Ahnung. Des müsset Sie ihn selbst frage.«

Wellmann erkannte, dass sie hier nicht weiterkommen würden. Offenbar hatte das auch Linda eingesehen, denn sie wechselte rasch das Thema.

»Anton Kusters Tod muss ein schwerer Schlag für Sie gewesen sein.«

Isidor nickte. Und wieder wirkte es, als ob er eine schlecht sitzende Maske aufgezogen hätte. Er log. Das war offensichtlich.

»Mir hont beschlosse, ohne ihn weiterzumache. Seine Reserve zu verkaufe und es dann gut sein zu lasse.«

»Und mit ›wir‹ meinen Sie Weißgerber und sich?«, fragte Linda in einem zuckersüßen Ton.

»Ja, natürlich, wen sonscht?«, herrschte Isidor sie an.

»Haben Sie gemeinsam mit Weißgerber auch beschlossen, Robert Miller und seine Freundin aus dem Weg zu räumen?«

In Isidors Gesicht ging zum zweiten Mal eine erstaunliche Wandlung vor sich. Aus dem überheblichen Wahrheitsdrang wurde schieres Entsetzen. Zwei tiefe, schwarze Löcher in seinen Augen öffneten sich. Und wieder erschien der Schweißfilm auf der bleichen Stirn.

»Des … des waret mir net«, stammelte er.

»Wollen Sie bestreiten, dass Robert Miller Sie um einhundertzwanzigtausend Euro erpresst hat, nachdem er von Herrn Kuster von der Existenz des Drogenrings erfahren hatte?«

Der Postbote schüttelte vehement den Kopf und stieß in einem flehenden Tonfall aus: »Es waret bloß hunderttausend. Und mir hättet es ihm zahlt. Echt.«

»Und wer ist in diesem Fall ›wir‹? Wieder Weißgerber und Sie? Woher wollten Sie das Geld nehmen? Vielleicht von Ulrich Braun?«

Bei der Erwähnung des Bankvorstandes zuckte Isidor zusammen. »Der Braun hot nix mit der Sach zu tun, gar nix, höret Se. Wie kommet Se überhaupt darauf, des ischt absurd.«

»Na ja, er hat Ihnen doch schon einmal aus der Patsche geholfen. Bei Ihrem Motorrad. Schon seltsam, dass ein Bankvorstand einen Kreditvertrag persönlich abwickelt.«

Isidor verschränkte die Arme über der Brust und murmelte: »I sag jetzt gar nix mehr.«

»Gut, dann hoffen wir, dass Weißgerber bald aus dem Koma erwacht. Es wird spannend sein, seine Sicht der Dinge zu hören«, sagte Linda.

Das Telefon im Nebenzimmer läutete. Waibel nahm ab. An seiner Miene erkannte Wellmann sofort, dass etwas Schlimmes passiert sein musste.

»Okay«, sagte Waibel und legte auf. Dann murmelte er mit tonloser Stimme: »Valentin Weißgerber ist tot.«

Linda gab Gas. Sie hatte das Blaulicht auf dem Dach des Dienstfahrzeuges befestigt und lenkte den Mercedes nun mit sicherer Hand über die rote Ampel am Arbeitsamt. Dass der dort fest installierte Blitzer umgehend ein Sofortbild von ihr schoss, interessierte sie nicht. Sie mussten schnellstmöglich zum Krankenhaus.

Irgendetwas stimmte hier nicht. Als sie die Befragung überraschend abgebrochen hatten, hatte in Isidors Blick beinahe etwas Triumphierendes gelegen, so als ob er gewusst hätte, was geschehen war. Und geschehen war nichts weniger als eine Katastrophe. Beide Komplizen des Briefträgers waren nun tot. Und da er ausgesagt hatte, dass sie zu dritt gewesen seien, würde er mögliche Hintermänner decken – wenn sie nicht Beweise gegen Mittäter fänden. Dass es diese gäbe, war Linda sich sicher. Es fragte sich nur, um wen es sich dabei handelte.

Sie stellte den Dienstwagen auf einem der Behindertenparkplätze vor dem Krankenhaus ab, ließ aber sicherheitshalber das Blaulicht angeschaltet, damit niemand meckerte oder die Kollegen von der Schutzpolizei rief. Dann rannten sie durch die Eingangshalle des Gebäudes und nahmen den Aufzug in den zweiten Stock. Der Oberarzt der Intensivstation erwartete sie bereits. Er war ein kleiner, drahtiger Mann, dessen buschige Augenbrauen wild auf und ab hüpften, wenn er redete. Er führte sie in sein Büro. »Danke, dass Sie so schnell gekommen sind«, sagte der Arzt.

»Was ist geschehen?«, fragte Wellmann.

»Der Patient lag seit seiner Einlieferung im Koma. Wir sind davon ausgegangen, dass es durch chemische Noxen hervorgerufen wurde. Die Gehirnaktivität deutete darauf hin, dass wohl bereits zerebrale Schädigungen eingetreten waren. Um halb eins, also vor etwa vierzig Minuten, meldeten unsere Überwachungssysteme ein Aussetzen von Atmung und Herzschlag. Wir versuchten, den Patienten zu reanimieren, scheiterten jedoch.«

»War jemand bei ihm, als der Alarm ausgelöst wurde?«, fragte Linda.

»Das Pflegepersonal und die ärztlichen Kollegen saßen bei der Übergabe im Stationszimmer. Die Überwachungskamera zeigte einen Pfleger in OP-Montur, der sich an einem der Schläuche zu schaffen machte, der die Infusionslösung mit dem IV-Zugang des Patienten verband.«

»Konnten Sie ihn identifizieren?«, fragte Greiner.

Der Oberarzt schüttelte den Kopf, wobei seine Augenbrauen wild auf und nieder gingen.

Wellmann sagte: »Gut, dann lassen Sie bitte die Leiche in die Gerichtsmedizin nach Ulm überführen. Und wir hätten gerne das Überwachungsvideo. Vielleicht war das hier vorsätzliche Tötung.«

35

»So eine verdammte Scheiße!«, rief Wellmann und knallte die Faust auf den Tisch im Besprechungszimmer. Sie sahen sich die Aufnahmen an, die die Kamera von dem Mann gemacht hatte, der an den Schläuchen an Weißgerbers Krankenbett herumgefuhrwerkt hatte. Falls es ein Mann war, denn das war auf den grobkörnigen Schwarz-Weiß-Bildern, die den Täter nur von hinten zeigten, schwer zu erkennen.

»Der ist eiskalt und hochprofessionell«, bemerkte Greiner, als die Person rückwärts den Raum verließ, wahrscheinlich um der Kamera nicht ihre Vorderseite und damit ihr Gesicht zuwenden zu müssen.

»Und nun?«, fragte Waibel.

Der Chef des Morddezernats hatte auf Linda selten so ratlos gewirkt wie in diesem Augenblick. Er warf Wellmann einen hilfesuchenden Blick zu, doch der Kommissar schien dagegen anzukämpfen, nicht noch einmal die Beherrschung zu verlieren. Er mahlte mit den Zähnen und knetete die wunden Knöchel seiner rechten Hand wie ein Boxer kurz vor dem entscheidenden K.-o.-Schlag.

»Ich muss noch mal los«, stieß er schließlich hervor und stürmte hinaus.

Linda seufzte. Sie war es so leid, Wellmann an irgendwelchen Kurzschlussreaktionen zu hindern. Er würde schon wieder zur Vernunft kommen.

»Da waren's nur noch fünf«, brummte Waibel. »Also, was steht an?«

»Zeugen befragen im Krankenhaus«, sagte Mächle. Waibel nickte.

»Okay, das können wir zwei übernehmen, Korbinian.«

»Dann werden wir einmal ein wenig zu diesem Anton Kuster recherchieren«, schlug Greiner vor und sah Linda auffordernd an.

Ihre miese Laune verflog mit einem Wimpernschlag, was sie selbst erstaunte.

»Okay«, sagte sie gedehnt.

»Gute Idee«, fand auch Dintler. »Ich kümmere mich solange um die Formalien bezüglich des Herrn Kleinert. Er soll doch heute Abend noch eine schöne, warme Zelle in der JVA in Ulm bekommen, der Gute.«

»Gehen wir in Ihr Büro oder in meins?«, fragte Greiner.

»Wir können gerne Du zueinander sagen«, erwiderte Linda und spürte, wie ihr dabei das Blut heiß ins Gesicht schoss.

»Okay, in dein Büro oder in meins?«, wiederholte Greiner, und Linda musste lachen.

»In deins«, entgegnete sie. »Ich teile mir meins mit Korbinian, und ich habe keine Lust darauf, dass er sich dort breitmacht, wenn er aus dem Krankenhaus zurückkommt.«

Sie folgte ihm den Gang entlang in Richtung der Büros des Dezernats für Rauschgiftdelikte. Er öffnete ihr die Tür, und sie trat in einen winzigen, aber gemütlich warmen Raum ein, der von einem ziemlich großen Schreibtisch zur Hälfte ausgefüllt wurde. Greiner rückte einen an der Wand lehnenden Plastikstuhl neben seinen eigenen und startete den PC.

»Kaffee?«, fragte er.

Sie nickte, und er legte eine Kapsel in einen auf dem Fensterbrett stehenden Vollautomaten ein.

»Jaja, ich weiß, dass ich ein Umweltsünder bin, wenn ich diese Kapseln benutze, aber es ist so schön praktisch«, sagte er, ihren interessierten Blick als Missbilligung fehldeutend.

»Kein Problem«, erwiderte sie lachend. »Ich habe selbst so ein Teil daheim. Es ist irrsinnig teuer und umweltschädlich, aber ich bin inzwischen viel zu faul dazu, Filtertüten einzulegen oder gar Kaffee zu mahlen.«

Aus den Düsen der Maschine floss ein dampfender Strahl der hellbraunen Flüssigkeit, und bald erfüllte ein herrlicher Duft den Raum.

»Also, womit fangen wir an?«, fragte Linda und nippte an

ihrer Tasse. Das Getränk war noch viel zu heiß, weshalb sie nur einen kleinen Schluck nahm.

»Vielleicht sollten wir zunächst eine Biografie von diesem Anton Kuster erstellen.«

»Na, dann legen wir mal los«, sagte Linda.

Eine Stunde später hatten sie auf einer DIN-A4-Seite einen Lebenslauf erstellt, dessen Details sie einem Nachruf in der Werkszeitung von Boehringer-Ingelheim, den Daten des Einwohnermeldeamtes sowie einem noch immer aktiven Facebook-Profil entnommen hatten:

Anton Kuster, geb. 21.03.1972 in Landau/Pfalz. 1991 Abitur, danach Grundwehrdienst und von 1993 bis 1998 Studium der Chemie an der Universität in Mainz. Im Anschluss Promotionsstelle bei Boehringer und Übernahme nach Abschluss der Dissertation. 2004 Versetzung nach Biberach, dort Abteilungsleiter im Bereich der antidementiven Medikamente. Wohnhaft in Hochdorf, Alpenblickweg 24. Mitglied beim FSV Mainz 05, beim FC Hochdorf, beim Fischereiverein Biberach sowie bei den Hochdorfer Hirabickern. Verheiratet seit 2001, zwei Kinder, 12 und 10 Jahre alt.

134 Facebook-Freunde, darunter auch Isidor Kleinert, Ulrich Braun, zwei weitere Mitglieder des Vorstands der Hirabicker sowie insgesamt 24 Mitglieder des FC Hochdorf, 56 Arbeitskollegen und 14 ehemalige Mitschüler und Studienkollegen.

»Okay«, sagte Linda, nachdem sie die Liste noch einmal laut vorgelesen hatte. »Und was machen wir jetzt damit?«

Greiner zwinkerte ihr vergnügt zu.

»Wir stellen Fragen. Die richtigen Fragen. Zum Beispiel, wo der gute Mann denn das Crystal Meth gekocht hat.«

»Willst du mal beim Kfz-Register anfragen, ob ein Wohnwagen auf seinen Namen zugelassen ist?«, fragte Linda.

Greiner verdrehte die Augen. »Wir müssen hier bitte nicht

jedes Fernsehserien-Klischee bedienen. Aber grundsätzlich hast du recht. Wir müssen den Raum finden, den er zur Produktion benutzt hat.«

»Braucht man dafür viel Platz?«

»Das kommt darauf an, wie viel man herstellen möchte. Insofern ist ›Breaking Bad‹ durchaus realistisch. Zuerst reicht ein Camper aus. Aber wenn man im großen Stil in das Geschäft einsteigen will, sollte die Produktionsfläche schon etwas großzügiger bemessen sein.«

»Wie viel haben die hergestellt, was meinst du?«

»So viel, wie wir letztes Jahr gefunden haben, würde ich sagen: zehn Pfund?«

»Und was bezahlt man für ein Gramm?«

»Vierzig bis fünfzig Euro.«

Linda rechnete im Kopf und pfiff durch die Zähne.

»Dann haben die bis zu einer Viertelmillion umgesetzt?«

»Abzüglich der Rohstoffe. Aber es würde mich nicht wundern, wenn der Herr Chemiker die bei seinem Arbeitgeber abgezweigt hätte.«

Lindas Gehirn ratterte weiter.

»Wenn die zehn Pfund im Jahr hergestellt haben, wie groß war dann das Labor?«

»Ein Kellerraum oder eine Hütte würden ausreichen. Das Problem sind die Abgase. In einem Wohngebiet wäre das aufgefallen.«

»Gut, lass uns mal das Grundbuchregister nach Einträgen unter dem Namen Anton Kuster durchsuchen.«

Eine Viertelstunde später tippte Peter Greiner die Koordinaten in das Suchfeld bei Google Maps ein, und gleich darauf erschien ein stark vergrößerter Kartenausschnitt des Ummendorfer Rieds.

»Das ist etwa fünfzig Meter vom Südende des Ummendorfer Weihers entfernt«, sagte er.

»Der Badesee?«, fragte Linda.

Er nickte. »Da kommt aber normalerweise kein Mensch hin, vor allem im Winter.«

»Das heißt, dass Anton Kuster eine kleine Jagdhütte in einem schwer zugänglichen, aber trotzdem günstig gelegenen Waldgebiet besessen hat?«, fragte Linda. »Na, dann wollen wir doch mal den Kollegen die gute Nachricht verkünden. Vielleicht kann dein Chef gleich noch den Staatsanwalt informieren, damit der einen Durchsuchungsbefehl erwirken kann?«

»Kein Problem«, entgegnete Greiner und rief bei Dintler an.

»Gut, er wird umgehend den Staatsanwalt kontaktieren«, sagte er dann und sah auf die Uhr. »Bis wir Bescheid bekommen, wird es wohl einige Zeit dauern. Und ich habe einen Mordshunger. Hast du Lust, eine Kleinigkeit essen zu gehen?«

36

Wellmann war wütend. Ach was, wütend. Stinksauer war er. Es war schon schlimm genug, einen Junkie für ein paar Gramm Meth zu zwingen, in das Zimmer eines toten Jungen zu steigen. Aber den Sohn des ermittelnden Kommissars vergiften zu wollen und besagten Junkie dann auch noch auf eine dermaßen unverfrorene Art und Weise aus dem Weg zu räumen wie heute Nachmittag, das ging zu weit. Er musste seine Wut loswerden, und dafür gab es nur einen passenden Adressaten.

Seine Füße trugen ihn wie von selbst in Richtung Innenstadt, vorbei am KBZO und der psychiatrischen Tagesklinik und unter dem Fußgängersteg des Landratsamtes hindurch. Vor der Zentrale der Raiffeisenbank hielt er noch einmal inne. Ein letzter Zweifel sprang ihn an. Er wusste, wie unvernünftig das war, was er vorhatte. Aber es war ihm gleichgültig. Und wenn er seinen Job verlor – die sollten nicht damit durchkommen!

Er ging zielstrebig auf einen der Schalter im Foyer zu, an dem ein Kundenbetreuer stand und ihn erwartungsvoll anlächelte. Wellmann zückte seinen Dienstausweis und sagte: »Ich muss mit Ulrich Braun reden. Es ist dringend.«

Der Bankangestellte musterte neugierig den Ausweis, dann fragte er: »Haben Sie einen Termin? Herr Braun ist nämlich normalerweise nur nach vorheriger Anmeldung zu sprechen.«

»Das hier fällt nicht unter die Kategorie ›normalerweise‹«, brummte Wellmann.

Der Mann trat einen Schritt zurück und griff nach dem Telefon. Zum Sprechen wandte er sich ab, sodass Wellmann nicht mitbekam, was geredet wurde. Dann legte er den Hörer wieder auf und sagte in einem sehr spröden Ton: »Herr Braun erwartet Sie in seinem Büro.«

Er deutete auf einen Gang, der in die Tiefe des Gebäudes führte.

»Zweite Tür links.«

Wellmann bedankte sich und fand den Bankvorstand kurz darauf im Türrahmen stehen. Seine braunen Augen waren wachsam auf ihn gerichtet.

»Servus, Tobias«, sagte er in einem jovialen Tonfall. »Was kann ich für dich tun?«

»Mir ein paar Fragen beantworten«, erwiderte Wellmann kurz angebunden.

Braun legte den Kopf schief. »Okay, komm rein, nimm Platz. Magst du einen Kaffee?«

Der Kommissar verneinte und setzte sich auf einen der beiden Ledersessel, die vor dem breiten Schreibtisch des Bankvorstands potenziellen Geschäftskunden einen bequemen Aufenthalt ermöglichen sollten.

»Also, dann schieß mal los«, sagte Braun und lehnte sich zurück.

»Wo warst du zwischen halb eins und eins heute Nachmittag?«, fragte Wellmann ohne Umschweife.

Braun runzelte die Stirn. Nach kurzem Zögern sagte er: »In meinem Büro, aber warum …«

Wellmann ließ ihn nicht aussprechen. »In welcher Beziehung stehst du zu Valentin Weißgerber?«

»Valentin wer?«, fragte Braun, doch ein kurzes Blitzen in seinen Augen hatte Wellmann verraten, dass er den Namen des Junkies keineswegs zum ersten Mal hörte.

»Hör auf, mir etwas vorzuspielen, Uli«, sagte der Kommissar. »Ich weiß genau, dass du hinter der ganzen Sache steckst.«

»Hinter welcher Sache?«, fragte Braun. Er nahm seine Brille ab und begann, mit einem Taschentuch die Gläser zu putzen.

»Hinter dem Drogenring, der seit letztem Jahr in Hochdorf sein Unwesen treibt.«

Der Bankvorstand ließ die Hände, die die Brille hielten, auf den Schreibtisch sinken und starrte Wellmann mit großen Augen an. Dann begann er aus dem Nichts heraus, schallend zu lachen.

Der Kommissar wartete mit vollkommen regungsloser

Miene, bis Braun seiner Erheiterung Luft gemacht hatte, dann sagte er: »Das Lachen wird dir noch vergehen. Wir haben eindeutige Beweise gegen Isidor Kleinert und Anton Kuster, zwei deiner Vorstandskollegen von den Hirabickern. Wir wissen, dass die beiden in dem Drogenring aktiv waren, Kuster als Koch und Isidor als Lieferant. Und wir sind uns sicher, dass die das nicht alleine aufziehen hätten können. Dafür fehlten ihnen der Grips, die finanziellen Reserven und die kriminelle Energie. Und wenn ich mir die Hochdorfer Bürgerschaft so anschaue, dann gibt es nur einen, auf den diese drei Kriterien zutreffen. Und das bist du.«

Braun setzte seine Brille wieder auf. Ein spöttisches Lächeln umspielte seinen Mund.

»Ich weiß jetzt nicht, ob ich mich geschmeichelt fühlen soll, dass du mir diese zweifelhafte Ehre zuteilwerden lässt, oder ob ich dich noch einmal geradeaus auslachen soll, Tobias. Ich soll hinter einem Drogenring stecken? Und Isidor und Anton ebenfalls? Ich bin Walter White? Ich habe selten etwas Abenteuerlicheres gehört als das.« Er schüttelte den Kopf. »Nein, das kann nicht sein. Ich hoffe, das ist irgendein Fasnetscherz. Und wenn es das sein sollte, dann muss ich aber schon sagen, dass der ziemlich geschmacklos ist.«

»Bis vorgestern hätte ich mir das auch nicht vorstellen können«, sagte Wellmann. »Aber dann sind ein paar Dinge passiert, die mich ins Grübeln gebracht haben.«

Braun kniff die Augen zusammen. »Und die wären?«

»Zunächst einmal wurde meinem Vater ein Kleinkredit verweigert. Von deiner Bank, bei der er Kunde ist, seitdem er volljährig ist.«

Der Vorstand hob die Hände.

»Jetzt fängst du damit wieder an. Wie ich dir bereits gesagt habe, habe ich mit der Ablehnung ganz bestimmt nichts zu tun. Privatkredite fallen schon lange nicht mehr in mein Aufgabengebiet.«

»Wie erklärst du dir dann das hier?«

Wellmann schob Braun ein geheftetes Bündel von Blättern

zu. Dieser überflog die erste Seite. Sein Blick flackerte kurz, doch er fing sich rasch.

»Was soll das sein?«

»Das weißt du viel besser als ich«, sagte Wellmann. »Aber von mir aus: Es ist ein Kreditvertrag zwischen der Raiba und Isidor Kleinert, ausgestellt vor exakt zehn Monaten. Und zwar von dir.«

»Na ja, alten Freunden tut man eben manchmal einen Gefallen. Ich weiß nicht, was daran verwerflich sein soll.«

»Nun, am Samstagabend im Vereinsheim hast du mir noch vorgejammert, wie klein dein Einfluss auf die Kreditvergabe doch ist und wie sehr du aufpassen musst, dass dich niemand der Vetternwirtschaft beschuldigt. Sorry, Uli, aber genau das ist das hier. Vetternwirtschaft in Reinform.«

»Das kannst du mir nicht beweisen«, sagte Braun trotzig, und Wellmann atmete tief durch.

Eben hatte sein Gegenüber den ersten Fehler gemacht. Anstelle einfach »Nein« zu sagen, hatte der Bankvorstand sich auf eine Verteidigungsposition zurückgezogen. Wellmann beschloss, ihn frontal anzugreifen, in der Hoffnung, dass sein Widerstand bröckeln würde.

»Einer deiner Hirabicker hat meinem Sohn mit Crystal Meth versetzte Bonbons gegeben.«

»Tobias. Haben wir das nicht gestern schon geklärt? Ich habe keine Ahnung, wer das war. Ich weiß nicht, wer Anton Kusters Häs angezogen und deinem Sohn dieses Gift gegeben hat. Ich war es nicht. Und ich habe es auch nicht angeordnet, wenn du mir das vorwerfen willst. Was sagt eigentlich Isidor zu diesen ganzen Anschuldigungen?«

»Er hat erst alles abgestritten, doch dann hat er gestanden.«

Braun kniff die Augen zusammen. »Was genau?«

Wellmann schnaubte. »Dass er, Kuster und Weißgerber hinter dem Drogenring stecken.«

»Du hast die Aussage von Isidor, dass er diese Drogensache aufgezogen hat, und trotzdem verdächtigst du mich?«, rief der Banker.

Wellmann nickte.

»Heute Mittag ist nämlich noch etwas äußerst Seltsames geschehen. Der einzige Zeuge, der Isidors Aussage hätte widerlegen können, wurde auf der Intensivstation des Krankenhauses ermordet.«

Braun lehnte sich zurück und verschränkte die Arme über der Brust.

»Das kann ich nicht gewesen sein. Ich war hier. Und dafür gibt es Zeugen.«

»Ich habe auch nicht gesagt, dass du ihn eigenhändig umgebracht hast. Du bist keiner, der sich die Hände schmutzig macht. Dafür hast du deine Laufburschen. Hast du die auch losgeschickt, um Robert Miller und seine Freundin aus dem Weg zu räumen?«

»Also jetzt reicht es mir!«, rief Braun. »Ich habe dir geduldig zugehört. Und das obwohl du mir gleich am Anfang Dinge an den Kopf geworfen hast, die einfach nur absurd sind. Wir waren einmal befreundet. Aber das ist lange her, und offenbar hat sich bei dir inzwischen einiges verändert. Und zwar nicht zum Guten.« Er schob ihm den Kreditvertrag über den Tisch. »Ich möchte, dass du auf der Stelle mein Büro verlässt. Und wenn du mir noch einmal mit so einem Mist kommst, hetze ich dir meine Anwälte auf den Hals. Und dann Gnade dir Gott. Ich werde dir so die Hölle heiß machen, dass du dir wünschen wirst, du wärst nie aus Stuttgart zurückgekommen. Ich werde dich fertigmachen. Noch sitzt du auf deinem hohen Polizistenross. Aber davon werde ich dich zuerst herunterzerren. Das wird nicht allzu schwer werden, du hast dir ja dein eigenes Grab schon geschaufelt, wie man hört. Und dann nehme ich dir alles, was dir lieb und teuer ist. Du wirst es noch bitter bereuen, dass du dich mit mir angelegt hast.«

Zwischen Wellmanns Augenbrauen bildete sich eine tiefe Furche. War die Anspielung mit dem Polizistenross, von dem Braun ihn herunterzerren wollte, eine Anspielung auf seine Bewährung? Aber das war intern und streng geheim. Bis auf Schönlechner, Waibel und Linda wusste niemand davon.

»Okay, okay, ich lass es gut sein. Und ich werde gehen. Aber nur, wenn du mir noch eine Frage beantwortest.«

Braun musterte ihn misstrauisch.

»Wo warst du am vergangenen Donnerstagabend zwischen halb elf und halb zwölf?«

Der Banker grinste breit. »Beim Weiberfasnetsball in Hochdorf. So wie du übrigens auch. Wir hatten da als Hirabicker einen Auftritt. Um elf nach elf. Den müsstest du doch auch mitbekommen haben. Oder warst du da schon zu besoffen?«

Wellmann spürte, wie wieder die Wut hochkochte. Er war sauer auf Braun, aber auch auf sich selbst. Warum konnte er sich nicht mehr an diesen verdammten Abend erinnern? Wortlos stand er auf und verließ das Büro.

Draußen auf der Straße nahm er sein Handy aus der Tasche und rief bei Linda an. »Irgendwelche Neuigkeiten?«, fragte er.

»Halt dich fest, der Kuster besaß eine Hütte im Ummendorfer Ried. Der Staatsanwalt ist gerade beim Richter. Wenn es schnell geht, können wir die noch heute Abend durchsuchen.«

»Na, das ist ja mal eine gute Nachricht.«

»Und bei dir?«, fragte Linda.

Sie klang beunruhigt, und das hasste er. Er mochte es nicht, dass man sich Sorgen um ihn machte.

»Passt schon«, sagte er. »Gibst du mir Bescheid, wenn du Näheres weißt wegen der Hütte?«

Er legte auf und wollte sein Handy wieder in die Tasche stecken, als es vibrierte. Er erkannte die Nummer von Dr Fridolin Neuer.

»Ja, Doc, was gibt's?«

»Ich muss mich wohl bei dir entschuldigen«, sagte der Arzt.

»Also doch«, entfuhr es Wellmann. Er ballte die Faust zu einer Geste des Triumphs.

»Ja, es war Flunitrazepam«, bestätigte Neuner. »Da hat dich ganz offenbar jemand chemisch k. o. schlagen wollen.«

»Was ist mit dem Restalkoholspiegel?«

»Nullkommanull. Du warst nüchtern, als du bei mir warst.

Auch wenn du nicht so gewirkt hast. Das waren die Spätfolgen des Flunitrazepam.«

»Danke, dass du mir vertraut hast.«

Dr. Neuner seufzte. »Ich hoffe, du kannst etwas damit anfangen.«

»Ich denke schon.«

Wellmann nahm das Handy vom Ohr und legte auf. Dabei sah er, dass eine SMS eingegangen war. Er tippte auf den Touchscreen und las: »Lust auf einen Happen zu essen? Ich gehe jetzt ins ›Tweety‹. Komm doch einfach mit. xxx Bine«.

37

»Puh, ganz schön voll heute«, sagte Peter Greiner. Er schob einen Stuhl von dem einzigen Zweiertisch weg, den sie im hinteren Bereich des Lokals hatten ergattern können, damit Linda sich setzen konnte.

Sie ließ ihren Blick über die bunt maskierten Leute gleiten, die an den übrigen Tischen saßen.

»Na ja, so wie die aussehen, sind das wahrscheinlich alles Fasnetsverrückte auf dem Weg zum Rosenmontagsball«, erwiderte sie.

»Du gehst heute auf keinen Ball?«, fragte Peter.

Linda lachte geradeheraus. Die Frage war zu absurd.

»Mit Fasnet kannst du mich jagen. Ich habe während der Ausbildung genügend Besoffene in die Ausnüchterungszelle gebracht, dass mir der Appetit auf derartige Spektakel vergangen ist. Und du?«

Er grinste.

»Na ja, vielleicht hast du mich ja bei der Gelegenheit mal aufgegriffen. Ich komme aus Baltringen, da gibt es eine alte Fasnetstradition. Ich habe das sozusagen mit der Muttermilch aufgesogen.«

»Ach nee, das Schwere-Kindheit-Argument zieht in dem Fall aber nicht«, sagte Linda.

Die Bedienung kam, und Linda bestellte eine Apfelschorle. Peter entschied sich für ein Spezi.

»Ein Spezi? Echt? Weißt du nicht, wie viele Kalorien das hat?«, fragte Linda.

Sie fühlte sich aufgekratzt, und in diesem Zustand neigte sie dazu, ironische Sticheleien am Fließband von sich zu geben. Sie hoffte inständig, dass Peter ihr das nicht übel nehmen würde.

»Als ob deine Apfelschorle da besser wegkäme«, knurrte er. »Die hat noch viel mehr Kohlenhydrate, und Fruchtzucker ist noch schädlicher für den Körper. Wir hätten uns vielleicht doch ein Bier bestellen sollen.«

»Na ja, dann vielleicht eher ein saures Radler. Immerhin haben wir heute wahrscheinlich noch einen Einsatz.«

Sie fühlte ein leises Bedauern angesichts der Tatsache, dass ihr gemeinsames Abendessen jederzeit durch einen Anruf der Dienststelle beendet werden konnte.

»Schau mer mal, wie schnell der Staatsanwalt ist« sagte Peter. »Hängt wahrscheinlich auch vom Richter ab, der gerade Dienst hat. Wenn wir Glück haben, macht der alles klar, ansonsten kann es auch bis morgen früh dauern.«

»Die Hütte wird uns schon nicht weglaufen, oder?«

Peter zuckte mit den Schultern.

»Bei diesen Drogensachen ist es immer wichtig, dass keiner der Verdächtigen Wind von der Sache bekommt. Du glaubst gar nicht, wie schnell die manchmal sind. Vor ein paar Monaten haben wir einmal zugesteckt bekommen, dass sich im Wald bei Maselheim eine Cannabisplantage befände. Wir sind sofort losgefahren. Als wir angekommen sind, war alles schon abgeerntet. Und zwar ganz frisch, das konnte die KT anhand der Feuchtigkeit der Schnittflächen feststellen.«

»Krass«, sagte Linda. »Dann müssen die ja gewarnt worden sein, oder?«

»Maulwürfe gibt es leider überall.«

Peter nahm einen Schluck aus dem Spezi und sah sie lange an. Sie bemerkte es zunächst nicht, weil sie sich die Speisekarte anschaute. Doch dann spürte sie seinen Blick auf sich und hob den Kopf.

»Wie sieht es denn bei deinem Dezernat aus?«, fragte er.

»Womit?«, fragte sie, noch ganz in den inneren Konflikt zwischen Kässpätzle und geschmälzten Maultaschen vertieft.

»Mit der Vertrauenswürdigkeit der Kollegen.«

Sie rümpfte die Nase. »Wie meinst du das?«

»Na ja, wenn man die Ereignisse der letzten Stunden Revue passieren lässt, könnte man zu dem Schluss kommen, dass die Gegenseite über unsere Ermittlungen Bescheid wusste. Erst gesteht unser Verdächtiger beinahe im Wortlaut die Theorie, die wir in der Besprechung entwickelt haben, dann wird parallel der einzige Zeuge ermordet, der ihn widerlegen könnte. Vielleicht bin ich zu sehr in dieser Drogenmilieu-Geschichte drin, aber das riecht trotzdem faul.«

Die Bedienung kam, und Linda bestellte kurz entschlossen die Kässpätzle. Peter entschied sich für die Linsen mit Saitenwürstle und Spätzle.

»An wen hast du da gedacht?«, fragte sie, als die Kellnerin wieder gegangen war. »Ich meine, bei dem Thema Maulwurf.«

»Was ist denn mit diesem Wellmann?«, fragte er.

»Nie und nimmer!«, fuhr Linda ihn an und erschrak beinahe selbst über die Heftigkeit ihrer Reaktion. Wie konnte Peter auch nur auf den Gedanken kommen, dass Wellmann vertrauliche Informationen weitergäbe? Klar, er mochte seine Schattenseiten haben. Unbeherrscht war er, eigensinnig, stur, bisweilen wortkarg. Aber er war eben auch loyal, und er lebte den hohen moralischen Anspruch, den er seiner Arbeit zugrunde legte. Und deshalb erschien Linda Peters Verdacht als eine Majestätsbeleidigung ersten Ranges.

»Sorry«, sagte sie, »aber die Vorstellung, dass Tobias Details über Ermittlungsfortschritte an Außenstehende weitergibt, ist grotesk.«

»Warum?«, fragte Peter, der sich nicht abschrecken ließ, weiter unbequeme Fragen zu stellen.

Sie seufzte.

»Weil Tobias der integerste und gewissenhafteste Polizist ist, den ich kenne«, sagte sie. »Er war mein Ausbilder. Von ihm habe ich alles gelernt, was es über Polizeiarbeit zu wissen gibt.«

»Und trotzdem hat er seine Stelle beim LKA wegen einer Drogengeschichte verloren. So munkelt man zumindest in der Dienststelle.«

»So, munkelt man das?«, fragte sie schnippisch. Sie ärgerte sich darüber, dass er diese fiesen Gerüchte aufgeschnappt hatte. Gleichzeitig war sie aber auch wütend auf Wellmann. Sie war es so leid, ihn vor anderen zu verteidigen. Warum hatte er sich in diese missliche Lage gebracht? Und warum hatte sie immer das Gefühl, dass er ihr nie die ganze Wahrheit sagte?

Peter seufzte. »Ich will keineswegs schlecht über Wellmann reden«, sagte er. »Aber er ist halt ein bisschen seltsam. Er ist so …«

»Eigenbrötlerisch?«, schlug Linda vor.

Er nickte.

»Ja, das ist er«, sagte sie. »Er versucht immer, sein Ding durchzuziehen. Das macht es manchmal nicht leicht, ein Teamplayer ist er jedenfalls nicht. Aber dafür ist er loyal bis zur Selbstaufgabe, und das ist viel wert.«

Sie schwiegen eine Weile.

»Seid ihr … auch privat … befreundet?« Peter griff sofort nach seinem Spezi, als ob es ihm peinlich wäre, diese Frage ausgesprochen zu haben.

Lindas Mund verzog sich zu einem traurigen Lächeln.

»Wir haben nichts miteinander, wenn du das meinst«, sagte sie. »Und es ist auch noch nie was gelaufen. Privat haben wir kaum Kontakt. Ich weiß wenig über ihn. Das mit seiner ermordeten Freundin war mir genauso neu wie allen anderen.«

Peter wirkte irgendwie erleichtert, was Linda noch aufgekratzter werden ließ.

Die Bedienung stellte einen großen Teller Kässpätzle auf den Tisch, und Linda fiel mit Heißhunger darüber her. Auch Peter ließ sich seine Linsen schmecken. Als sie fertig gegessen hatten, wechselte das Gespräch ins Private.

»Du bist Bayern-Fan?«, fragte Linda in gespielter Fassungslosigkeit.

»Da gibt es wenigstens jedes Jahr etwas zu feiern und nicht nur jedes Vierteljahrhundert wie bei deinem VfB«, gab er zurück.

Die Kellnerin kam, um abzukassieren.

»Ach, das sollten wir mal wiederholen«, sagte Linda, nachdem sie ihren Geldbeutel wieder in die Tasche zurückgesteckt hatte. Sie lächelte Peter zu, und er erwiderte das Lächeln.

»Unbedingt!«

Sie prosteten sich zu, doch Linda hielt mitten in der Bewegung inne. Ihr Blick war zufällig zur Galerie gewandert. An einem der Tische saß Sabine Braun, die Journalistin. Eben hatte sie sich erhoben, offenbar um einen Mann zu begrüßen, der ihr entgegenging. Linda konnte ihn nur von hinten erkennen, doch etwas an seiner Gestalt kam ihr unheimlich vertraut vor. Sie umarmten sich, und der Mann nahm Platz.

»Ich bin gleich wieder da«, sagte Linda und eilte zur Toilette. Auf dem Rückweg riskierte sie einen Blick auf den Mann. Sie hatte sich nicht getäuscht. Wellmann saß bei der Journalistin.

38

»Schön, dich zu sehen«, sagte Sabine, umarmte ihn und küsste ihn auf die Wange.

Wellmann erwiderte nichts. Er nahm Platz und begann, die Karte eingehend zu studieren.

»Alles okay?«, fragte sie.

»Passt schon«, sagte er und bestellte bei der Kellnerin ein Glas Wasser ohne Kohlensäure.

»Für mich bitte eine Weißweinschorle sauer«, sagte Sabine. Die junge Frau machte sich mit einem Tablett leerer Biergläser vom Nachbartisch von dannen.

»Schön, dass du gekommen bist«, sagte Sabine. Sie lächelte ihm zu.

»Ich war in der Gegend, und Hunger habe ich auch«, sagte er trocken.

»Das ist jetzt nicht gerade charmant.«

Sie lächelte immer noch, aber an der kleinen Falte, die sich quer über ihre Stirn gebildet hatte, sah Wellmann, dass er es übertrieben hatte.

»Sorry«, sagte er. »Es war etwas stressig heute. Danke für deine SMS.«

»Was war denn so stressig?«

»Können wir vielleicht über etwas anderes als die Arbeit reden?«

Ihre Mundwinkel merkelten nach unten. Wellmann wurde die Vermutung nicht los, dass sie ihn nur hierhergelotst hatte, um ihn über die Ermittlungsfortschritte auszufragen. Machten alle Journalisten das?

»Klar«, sagte sie schließlich. »Über was willst du reden?«

»Zum Beispiel würde mich interessieren, ob du öfters hier im ›Tweety‹ isst«, sagte er.

Sie zuckte mit den Schultern.

»Erst seit der Trennung von Uli. Davor war ich ja mehr oder

weniger die brave Hausfrau, die natürlich unter der Woche auch gekocht hat. Und wenn wir mal essen waren, dann eher in den feineren Lokalitäten in Biberach.«

»Warum habt ihr euch eigentlich getrennt?«, fragte er.

Sie lachte freudlos. »Willst du die lange oder die kurze Version?«

»Die, die du erzählen magst. Wenn du überhaupt etwas erzählen magst.«

»Wir können das ja halten wie bei Hannibal Lecter und Clarice Starling in ›Das Schweigen der Lämmer‹«, erwiderte sie. »Quid pro quo. Ich erzähle dir meine Geschichte, und du verrätst mir, was deine Ehe hat scheitern lassen.«

Er zögerte kurz. »Bin ich dann der kannibalische Serienkiller oder die naive, junge FBI-Schülerin?«

Sie lachte, und dieses Mal sprang ein Funke der Fröhlichkeit auf ihn über. »Das kannst du dir aussuchen. Ich glaube aber kaum, dass Hannibal Lecter im ›Tweety‹ essen würde. Aber Schluss jetzt mit dem Geplänkel, du hast dir eine Lebensbeichte verdient. Also, Uli und ich sind ja etwa zu der Zeit zusammengekommen wie du und Monika. Er war schon immer eine gute Partie, aber das muss ich dir ja nicht sagen. Seine Eltern gehörten zu den Topverdienern in Hochdorf, und er selbst war damals schon eine beeindruckende Persönlichkeit. Sportlich, durchtrainiert und hell in der Birne.«

Wellmann nickte. Er konnte sich noch gut an den jungen Uli Braun erinnern, den mehrfachen Torschützenkönig, der immer in den aktuellsten Fußballschuhen gekickt hatte und sogar ihn beim Hundertmeterlauf stehen hatte lassen.

»Ich habe nach Monikas Tod nicht mehr viel von euch mitbekommen«, sagte er.

»Da hast du dich ziemlich abgeschottet. Jedenfalls, nach dem Abi ist Uli erst einmal zum Bund gegangen, und ich habe ein FSJ in Schussenried gemacht. In der Ergotherapie. Krasse Dinge habe ich da erlebt, aber das muss ich dir als Polizisten ja nicht im Detail erzählen.«

Er schüttelte den Kopf. Die Psychiatrie in Bad Schussenried

kannte er gut. Während seiner Ausbildung hatte er oft Lebensmüde oder entlaufene Entgiftungspatienten dort abgeliefert.

»Nach dem Bund hat Uli eine Banklehre begonnen. Ich habe lang überlegt, ob ich auch einen Ausbildungsberuf ergreifen sollte, habe mich dann aber doch für ein Studium entschlossen. Germanistik in Tübingen. Deutsch war immer mein Lieblingsfach. Ich bin gependelt. Unter der Woche habe ich den Duft der großen, weiten Geisteswelt geschnuppert, und an den Wochenenden bin ich im kleinen, miefigen Biberach mit Uli und seinen Bankerfreunden um die paar Häuser gezogen, die es hier gibt.«

»Warum bist du nicht ganz nach Tübingen gegangen, wenn du Biberach so unerträglich fandest?«

Anstelle einer Antwort rieb sie sich die Stirn.

Zwischen Wellmanns Augenbrauen bildete sich eine nachdenkliche Falte.

»Hat Uli dein Studium finanziert?«

Sie nickte. »Er hat schnell viel Geld verdient, vor allem mit Anlagegeschäften. Und da er aus irgendeinem Grund ziemlich vernarrt in mich war, hat er mir angeboten, mir die Miete und zweihundert Mark im Monat zum Leben zu geben.«

»Hast du …«

»Ob ich gezögert habe, es anzunehmen? Mich von ihm abhängig zu machen? Ja, das habe ich. Aber ich habe kein BAföG bekommen, weil meine Eltern zu viel besaßen. Allerdings hatten sie leider kein Kleingeld, sondern nur einen Bauernhof mit ziemlich viel Grund. Ich wollte nicht, dass sie nach und nach Äcker verkaufen mussten, um mir mein Germanistikstudium zu finanzieren. Also habe ich gearbeitet. Zuerst als Kellnerin, dann als Putzfrau. Es waren Knochenjobs. Aber leider haben meine Studienleistungen gelitten. Daher bin ich dann doch irgendwann auf Ulis Angebot zurückgekommen.«

Ihre Unterlippe bebte. Wellmann legte den Kopf schief und schaute sie lange an.

»Was war nach dem Studium?«, fragte er. »Wolltest du eure Vereinbarung da beenden?«

Sie schaute ihn ernst an. Ihre dunkelblauen Augen waren von einem schmalen braunen Rand umgeben, wie der Mond bei einer Sonnenfinsternis von der Korona umstrahlt wird.

»Er hat mir einen neuen Deal angeboten«, sagte sie und stieß ein kurzes, bitteres Lachen aus. »Am Abgabetag meiner Magisterarbeit hat mich der Chefredakteur der ›Schwäbischen‹ angerufen und mir ein Volontariat auf dem Silberteller serviert. Ich bin aus allen Wolken gefallen und war natürlich total begeistert. Zumindest so lange, bis ich herausgefunden habe, dass er einer der Geschäftsfreunde von Uli war. Ich habe Uli zur Rede gestellt. Er hat es freimütig zugegeben und mir einen Heiratsantrag gemacht. Und ich stand mit einem Mal vor der Wahl eines sicheren Lebens ohne finanzielle Sorgen inklusive der Chance auf einen Job oder einer unsicheren Freiheit. Was hättest du an meiner Stelle gewählt?«, fragte sie.

»Die Freiheit«, erwiderte Wellmann, ohne zu zögern.

Sie nickte. »Aus heutiger Sicht wäre das die bessere Entscheidung gewesen. Versteh mich bitte nicht falsch, Uli hat mich nie schlecht behandelt. Er hat mir alle Wünsche von den Augen abgelesen, und ich hatte viel Freiraum, ganz besonders, was meinen Beruf anging. Aber es war doch immer klar, dass er bestimmte, wo es langging. Wie überall. Egal, ob daheim, in der Bank oder bei den Hirabickern. Uli war der Chef. Und Widerspruch duldete er nicht.«

»Wer zahlt, schafft an«, murmelte Wellmann.

»Wenn du es so ausdrücken willst?«

In ihre Augenwinkel war ein feuchter Glanz getreten, der den Kommissar auf eine merkwürdige Art anrührte.

Die Bedienung kam und brachte ihnen die Getränke. Wellmann bestellte einen Schweizer Wurstsalat und Sabine einen Flammkuchen.

»Was hat euer Arrangement zum Scheitern gebracht? Wurde dein Freiheitsdrang irgendwann doch zu groß?«

Sie schüttelte den Kopf.

»Es war die leidige Kinderfrage. Fast ein bisschen wie bei Heinrich VIII., nur dass ich meinen Kopf behalten durfte.«

»Ihr habt keine Kinder bekommen können?«

»Ich habe keine Kinder bekommen können, um es genau zu sagen.«

Sie holte ein Taschentuch aus ihrem Jackett und schnäuzte sich.

»Wir haben alles versucht. Auf natürlichem und auf künstlichem Weg. Aber es sollte nicht sein. Nach der dritten In-vitro-Fertilisation hatte ich keine Lust mehr auf die ständige Ungewissheit, das andauernde Hoffen und Bangen und die ganzen Scheißgefühle, wenn es wieder nicht funktioniert hatte.«

»Das tut mir leid«, sagte er und meinte es auch so.

Plötzlich war nur noch Traurigkeit in ihrem Blick. »Ja, mir auch. Und Uli hat es auch leidgetan. Es hat ihn aber nicht davon abgehalten, seine Sekretärin zu vögeln und ihr einen Sohn zu machen.«

Wellmann zog die Augenbrauen hoch.

Sie stieß ein bitteres Lachen aus. »Ja, so ist der Lauf der Welt. ›Oh gib mir deine Hand, du, so wie ich ins Buch des grausen Unglücks eingeschrieben.‹«

Er legte den Kopf schief. »›Faust‹?«

»So etwas in der Art. Egal.«

Er zögerte. »Ich wollte eigentlich nicht mit dir über meine Arbeit reden, und du musst mir jetzt auch nicht antworten. Aber kann es sein, dass Uli seine Finger in illegalen Geschäften hat?«

»Was meinst du?«, fragte sie. »Waffen? Drogen? Frauenhandel?« Sie zuckte mit den Achseln. »Er war immer für das schnelle Geld zu haben, das haben seine Kunden oft genug ausgenutzt.« Sie hob die Hände. »Ich will ihn jetzt nicht der Korruption beschuldigen, oder so.«

Er nickte, begierig darauf, sie weitersprechen zu hören.

»Ich habe keine Ahnung, ob er sich jemals die Finger schmutzig gemacht hat. Aber vorstellbar wäre es. Er ist ein Spieler. Und Leute wie er brauchen immer höhere Einsätze, wenn das Spiel nicht seinen Reiz verlieren soll. Oder liege ich falsch?«

Er schüttelte den Kopf. Die Bedienung brachte das Essen, und ihr Gespräch ebbte ab. Wellmann aß mit gutem Appetit eine riesige Portion Schweizer Wurstsalat. Sabine dagegen ließ einen halben Flammkuchen wieder zurückgehen.

»Das ist mir zu viel, das schaffe ich nicht«, sagte sie der jungen Frau, die beim Abtragen der Teller fragte, ob es nicht recht gewesen sei.

Sabine nahm einen Schluck von ihrer Weinschorle und schaute Wellmann auffordernd an.

»So, Tobias. Quid pro quo. Jetzt bist du dran.«

39

»Warte, ich schenke dir noch ein Glas ein.«

Korbinian schraubte die Wasserflasche auf und befüllte die Schnabeltasse. Dann reichte er sie der alten Frau in dem Krankenbett. Die rechte Hälfte ihres Gesichts war gelähmt. Der Mundwinkel hing nutzlos herab, sodass das Lächeln, das sie ihm schenkte, seltsam asymmetrisch aussah.

»Du bischt a guater Bua«, sagte sie mit verwaschener Stimme. Sie nahm die Tasse in ihre linke Hand, führte sie vorsichtig zum Mund und trank mit einem schlürfenden Geräusch das halbe Gefäß leer. Korbinian fing mit einer Papierserviette das dünne Rinnsal auf, das an ihrem rechten Mundwinkel hinablief.

»Ah, des tut guat«, sagte die Frau.

»Weißt du schon, wann deine Reha beginnt?«, fragte er.

Sie schüttelte den Kopf. »Vielleicht erfahr ich morgen früh in der Visite mehr. Kannscht da kommen?«

Korbinian seufzte. »Ich weiß es nicht. Wir haben eine aufwendige Ermittlung laufen. Aber ich besuche dich morgen auf jeden Fall, versprochen.«

Die alte Frau lächelte. »Des brauchscht net. I woiß doch, dass du viel zum tun hoscht. A Polizischt ischt immer im Dienscht.«

»Und trotzdem werde ich versuchen, morgen wieder vorbeizukommen. Das ist selbstverständlich, Mama. Vielleicht kann ich ja dann auch mal mit dem diensthabenden Arzt reden. Der Schlaganfall ist jetzt schon eine Woche her. So langsam sollten die dich doch in eine Weiterbehandlung entlassen können.«

Seine Mutter sah ihn bekümmert an. »I bin ganz froh, dass i no hier sein kann. Dohoim käm i no et zurecht. So ganz aloi.«

Er legte seine Hand auf ihre, die reglos neben ihrem Körper lag, als ob sie gar nicht zu ihr gehörte. Die Haut fühlte sich kühl an.

»Wir finden schon eine Lösung«, sagte er. »Wenn alle Stricke reißen, ziehe ich bei dir ein, bis du wieder so fit bist, dass du deinen Alltag alleine hinbekommst.«

Sie wollte etwas erwidern, doch er hob die Hand.

»Das besprechen wir, wenn es aktuell wird, okay?«

Ihre Lippen verzogen sich zu einem schiefen Strahlen. Korbinian küsste sie auf die Stirn und ging hinaus.

Als sich die Tür hinter ihm geschlossen hatte, atmete er tief durch. Seine Mutter in diesem Zustand erleben zu müssen, war jedes Mal aufs Neue heftig. Er war froh, dass sie noch am Leben war. Glücklicherweise hatte er an dem grauenhaften Abend vor einer Woche erkannt, dass sie einen Schlaganfall gehabt hatte, und sofort den Notarzt gerufen. Die Ärzte im Biberacher Krankenhaus hatten das Schlimmste verhindern können, doch noch war völlig unklar, welche Langzeitfolgen der Hirninfarkt haben würde. Sein Vater war vor vier Jahren verstorben, seine einzige Schwester lebte in den USA. Es würde seine Aufgabe sein, sich um seine Mutter zu kümmern. Das war selbstverständlich, so anstrengend es auch werden würde.

Und doch hatte er gerade ganz andere Sorgen. Die Ermittlungen liefen auf Hochtouren. Und so wie es aussah, würden Wellmann und Linda am Schluss doch die Lorbeeren einfahren. Seine Beschwerde an den Dienststellenleiter war nach den Entwicklungen gestern im Sand verlaufen. Warum hatte dieser verdammte Wellmann immer so ein Schweineglück? Er schien unverwundbar zu sein, während Korbinian das Gefühl hatte, dass sein Leben aus einer einzigen großen Abwärtsspirale bestand. Sein Handy pingte.

Er rief die SMS auf, die Waibel ihm eben geschickt hatte. »Der Durchsuchungsbefehl ist da. Komm bitte sofort in die Dienststelle. Gruß M.« Mehr stand da nicht. Und doch hatte Korbinian ein flaues Gefühl im Magen.

40

»Mensch, Tobias, geh ran!«, knurrte Linda in die Sprechmuschel ihres Bürotelefons. Doch zum dritten Mal an diesem Abend meldete sich nur die Mailbox. Wellmann hatte sich nicht einmal die Mühe gemacht, einen Begrüßungstext, geschweige denn seinen Namen daraufzusprechen. Stattdessen gab die mechanisch klingende Frauenstimme immer nur seine Nummer wieder. Frustriert knallte sie den Hörer auf die Basis. Dann musste sie eben versuchen, ihn von unterwegs aus zu erreichen.

Kaum war sie mit Peter in die Dienststelle zurückgekehrt, war Waibel in ihr Büro geschneit und hatte ihr den Durchsuchungsbefehl für Kusters Jagdhütte auf den Schreibtisch gelegt.

»Die KTler packen gerade ihre Siebensachen in den Bus. Wir sollen schon mal vorfahren«, hatte er gesagt und gefragt: »Wo ist Tobias?«

Linda hatte mit sich gerungen und schließlich entschieden, ihrem Chef nichts von dem seltsamen Stelldichein zwischen Wellmann und der Regionaljournalistin zu verraten.

»Keine Ahnung«, hatte sie gesagt. »Ich rufe ihn mal an.«

Das war vor einer Viertelstunde gewesen, und nun klopfte es zum zweiten Mal an ihre Tür. Korbinian Mächles Kopf schaute herein. »Wir wären so weit.«

»Ich komme«, sagte sie und zog sich ihre Jacke an.

Er hob abwehrend die Hände. »Das geht mich nichts an, wann du kommst«, sagte er und zwinkerte zweideutig mit den Augen. »Aber vielleicht den Greiner?«

»Pass bloß auf, Korbinian«, zischte sie. »Ich habe kein Problem damit, dich wegen sexueller Belästigung anzuzeigen.«

Er strafte sie mit einem vernichtenden Blick und knallte die Tür zu. Linda wollte ihre Handschuhe anziehen, beschloss aber, es noch einmal bei Wellmann zu versuchen. Vergebens.

»Mist!« Sie stürmte wutentbrannt aus dem Büro.

»Soll ich dir auch einen einschenken?«, fragte Sabine.

Sie hatte eine Flasche Weißwein aus dem Kühlschrank geholt und sich bereits einen kräftigen Schluck in ihren zartrosa Kelch gegossen.

Der Kommissar schüttelte den Kopf. »Ich muss später möglicherweise noch zu einem Einsatz.«

»Prima, da kannst du mich gleich mitnehmen. So können wir unsere Kooperation zwischen Presse und Polizei im Feld vertiefen. Und nicht nur im Bett.«

Er schaute sie skeptisch an.

Doch sie lachte nur und sagte: »War nur ein Spaß. Mich bringen heute keine zehn Pferde mehr aus dem Haus.«

Er stand vor ihrem Regal und begutachtete die schon leicht vergilbten Fachbücher, die sie in Studienzeiten angeschafft hatte. »›Einführung in die vergleichende Sprachwissenschaft‹«, las er vor. »Was ist das?«

»Oh, Komparatistik. Spannendes Feld«, erwiderte Sabine und schwenkte ihren Kelch, sodass die Flüssigkeit darin golden glänzte. »Vergleicht literarische Phänomene verschiedener Sprachgebiete miteinander, zum Beispiel die Gemeinsamkeiten und Unterschiede der deutschen und der amerikanischen Nachkriegsliteratur.«

»Ich dachte, du hättest Germanistik studiert«, sagte Wellmann.

»Ich habe Anglistik als Nebenfach gewählt. Und weil die Komparatistik in beiden Fächern vorkam, habe ich sie als eine Art Bindeglied genommen, um mir Zeit und Aufwand zu sparen. Ich glaube, in der Wirtschaft nennt man so etwas einen Synergieeffekt.«

»Und wie unterscheiden sich die deutsche und die englischsprachige Literatur?«

»Soll ich dir die Frage kurz oder ausführlich beantworten?«

»Kurz und prägnant bitte. Und auf Laienniveau.«

»*I'll do my very best*. Also, ein Beispiel. Zur Zeit von Schillers Tod war die bedeutendste englischsprachige Schriftstellerin Jane Austen. Es ist reizvoll, die Werke dieser beiden so gegensätzlichen Autoren einander gegenüberzustellen und Gemeinsamkeiten und Unterschiede herauszuarbeiten.«

»Okay, ich glaube, ich weiß, worauf du hinauswillst«, sagte Wellmann und schob das Buch ins Regal zurück.

»Prima, dann können wir endlich zum Thema kommen, du erinnerst dich? Quid pro quo?«

Wellmann seufzte.

»Okay, okay, willst du die kurze oder die lange Version?«

»Vielleicht ist er jetzt doch noch in den Skiurlaub gefahren«, feixte Mächle.

Linda nahm das Telefon vom Ohr. Am liebsten hätte sie zuerst ihm und dann Wellmann eine gepfeffert, aber dann würde er ihr ein Disziplinarverfahren anhängen, das war so sicher wie das Amen in der Kirche.

»Da vorne links«, sagte Peter. Er saß auf dem Beifahrersitz und hielt eine hochauflösende, elektronische GPS-Karte in der Hand. Waibel verlangsamte den Wagen, und im Scheinwerferlicht sahen sie, dass sich zwischen den dichten Bäumen eine schmale Lücke auftat, in der im Sommer wohl ein kleiner Waldweg begann. Nun war er jedoch unter einem halben Meter Schnee verborgen und die Zufahrt noch zusätzlich von einer Schneewehe versperrt.

»Okay, das können wir vergessen«, sagte Waibel. »Warten wir auf die KT. Dann können wir uns gemeinsam das letzte Stück zur Hütte durchschlagen.«

»Im Nachhinein betrachtet war ich schuld an der Trennung«, sagte Wellmann.

Sie schaute ihn schief an.

»Das ist doch Schwachsinn«, sagte sie. »Daran sind immer zwei beteiligt. Manche mehr, manche weniger, aber nie einer alleine.«

»Dann war ich eben der aktivere Part, wenn du es so ausdrücken willst.«

»Warum, hast du deine Frau mit dieser ziemlich jungen und

ziemlich blonden Kollegin betrogen, die immer um dich herumscharwenzelt und dir bewundernde Blicke zuwirft?«

Wellmann schüttelte den Kopf.

»Ich hatte nie etwas mit anderen Frauen, schon gar nicht mit Linda. Das wäre absurd. Sie ist mir wichtig, ja. Sehr sogar. Aber eher wie eine Tochter.«

»Was ist dann schiefgelaufen?«

»So richtig schwierig wurde es, nachdem ich nach Stuttgart gegangen war. Ich habe mich dort mehr und mehr in meine eigene Welt vergraben. Die Ermittlungen beim LKA waren sehr intensiv. Terrorprävention ist eine zeitraubende Beschäftigung. Wir haben Fälle aufgeklärt, über die nicht einmal gut informierte Journalisten je berichten werden. Aber bei all der Arbeit bin ich auf der Strecke geblieben.«

Er stockte. Wollte er das tatsächlich einer Journalistin erzählen, die ihn vor zweiundsiebzig Stunden schon einmal knallhart hatte auflaufen lassen mit ihrer Zusicherung, nichts von dem zu drucken, was sie auf dem Rückweg vom Lindenweiher gesprochen hatten? Es war hochriskant, mit Sabine zu reden, dessen war er sich bewusst. Und die Vorsicht hätte sicher die Oberhand gewonnen, wäre da nicht noch ein anderes Gefühl gewesen. Eine Verbundenheit zwischen ihnen, die tiefer ging als seine Angst. Sie lag in seiner Vergangenheit. Und sie berührte den Kern seiner Schwierigkeiten.

»Ich bin nie über Monikas Tod weggekommen«, sagte er leise.

»Aber das ist vierundzwanzig Jahre her«, sagte sie.

Sie stellte ihr Weinglas weg.

Er nickte.

»Und trotzdem schmerzt mich der Gedanke an ihren Tod, als ob es gestern geschehen wäre. Wir waren ein Jahr lang zusammen. Es war keine Schwärmerei, keine Verliebtheit. Es war Liebe. Eine tiefe, gegenseitige Liebe. Nie mehr danach oder davor habe ich jemals ein Gefühl gespürt, das so stark war. Sie fehlt mir. Jeden Tag. Und ich schaffe es nicht, sie loszulassen. All die Jahre hat mich das begleitet. Meine Ehe war von vornherein zum Scheitern verurteilt. Evelyn ist eine tolle Frau. Aber sie hatte nie eine Chance, die Lücke zu füllen, die Monika in meinem Herzen hinterlassen hat. Und ich war zu feige, ihr das zu gestehen. Die Versetzung nach Stuttgart war nichts anderes als eine Flucht aus dem Gefängnis meiner trostlosen Ehe. Doch es hat alles nur noch schlimmer gemacht. Der Stress beim LKA und die langen, schlaflosen Nächte haben meine Trauer zu einem riesigen, alles verschlingenden schwarzen Loch anwachsen lassen. Ich habe mich in Drogen und Alkohol geflüchtet. Wenn ich high war, konnte ich kaum einen klaren Gedanken fassen. Und das war ein Segen.«

Sabine legte vorsichtig ihre Hand auf seinen Unterarm. Die Berührung tat ihm gut. Sie war wie eine Wundsalbe, die man auf eine schmerzende Stelle auftrug. Doch sie linderte nur das Symptom, ohne die Ursache zu beseitigen.

»Ich hole dir auch ein Glas Wein«, sagte sie und ging in die Küche.

Er wehrte sich nicht, setzte sich stattdessen auf das Sofa. Zum ersten Mal hatte er jemandem von seiner tiefen, nie überwundenen Trauer um Monika erzählt. Und die Erleichterung, die er in diesem Moment spürte, zog ihm eine Zentnerlast von den Schultern.

Er holte sein Handy heraus und schaute auf das Display. Fünfzehn Anrufe in Abwesenheit.

»Scheiße!«

Lindas Telefon läutete in dem Augenblick, als der Kleinbus der KT vorfuhr.

»Ja?«, meldete sie sich.

»Verdammt, Linda. Das Handy hat sich in meiner Hosentasche auf lautlos gestellt«, keuchte Wellmann.

Sie war erleichtert, ihn zu hören, kochte gleichzeitig aber auch vor Wut.

»Wir sind im Ummendorfer Ried und werden jeden Moment Kusters Hütte stürmen.«

»Okay, ich komme«, erwiderte Wellmann. »Schick mir die Koordinaten. In zehn Minuten bin ich da.«

Sie nahm Peter Greiner den Ausdruck aus der Hand und simste die Daten an Wellmann. Dann sagte sie zu Waibel: »Tobias kommt nach.«

»Gut, wir fangen schon mal an«, sagte Dintler. Der Chef des Dezernats für Rauschgiftdelikte sprang aus dem Bus der KT und zeigte auf den zugeschneiten Waldweg.

»Da lang!«

Wellmann rannte durch den Ort, so rasch er konnte. Von Sabine hatte er sich in aller Kürze verabschiedet. Sie hatte ihm deutlich zu viel Wein intus gehabt, als dass er versucht gewesen wäre, sie zu fragen, ob sie ihn fahren würde. Zudem wollte er vermeiden, dass sie zusammen gesehen wurden. Zwar war er sich keiner Schuld bewusst, aber Mächle wäre sicher geschickt darin, ein Dienstvergehen daraus zu konstruieren, dass der Herr Kommissar auf Bewährung seine Freizeit mit einer Lokaljournalistin verbrachte.

Zu Hause angekommen schloss er die Haustür auf und rief in den Flur: »Vater, schnell, du musst mich fahren!«

Ein paar Sekunden später erschien Arnold Wellmanns Gesicht im Durchgang zur Küche. Er schaute seinen Sohn mit großen Augen an. »Und mit was soll ich di fahre? I hab no keine neue Reife kauft.«

»Scheiße!«, schrie Wellmann zum zweiten Mal an diesem Abend.

»Da vorne!«, rief Dintler und zeigte auf die Umrisse eines niedrigen kleinen Gebäudes, auf das der Pfad, den sie selbst durch den Schnee trampelten, geradewegs zulief. Peter hielt sich im Windschatten seines Dezernatsleiters, Linda war direkt hinter ihm. Mit einigem Abstand folgten Waibel und Mächle, danach die Leute von der KT, die ihre sperrigen Spurensicherungskoffer durch die Botanik wuchten mussten.

»Wir gehen rein«, sagte Dintler. Er hatte die Tür der Hütte erreicht. Sie wurde von zwei winzigen Fenstern eingerahmt. Auf dem Dach lag eine enorme Menge Schnee.

»Ich drehe mal eine Runde um die Hütte und schaue, ob es noch einen Anbau oder einen Schuppen oder so etwas gibt«, sagte Linda.

Sie wandte sich der linken Seite des Gebäudes zu.

»Gute Idee«, hörte sie Mächle sagen, der daraufhin in die andere Richtung davoneilte.

Sie bog um die Ecke der Hütte. Ein Klirren ertönte. Das musste das Vorhängeschloss der Tür gewesen sein, das zu Boden gekracht war. Dintlers Stemmeisen hatte es sicher keinen nennenswerten Widerstand entgegengesetzt. Im Schein ihrer Taschenlampe sah sie, dass die Kate kein Nebengebäude hatte. Sie war vielleicht fünf mal fünf Meter groß. Das würde eine kurze Durchsuchung werden. Sie gelangte zur Rückseite und erstarrte. Hier waren Fußspuren. Frische Fußspuren, die von einer kleinen Tür in der Rückwand wegführten. Eben bog Mächle um die andere Ecke des Gebäudes.

»Schau mal«, sagte sie. Im selben Augenblick hörte sie das Geräusch von splitterndem Holz, dann das Trampeln von Schritten aus dem Innern des Gebäudes. Eine Druckwelle erfasste sie und riss sie zu Boden.

Wellmann hastete durch den Schnee, so schnell seine Skier ihn trugen. Wie hatte er nur vergessen können, dass sein Vater ihn gar nicht fahren konnte? Nie und nimmer wäre er in zehn Minuten in Ummendorf, ganz abgesehen davon, dass die Zeitspanne, die er Linda genannt hatte, eh schon abgelaufen war. Er hatte eben das Ortsschild von Hochdorf passiert und versuchte, den weit entfernten Punkt anzuvisieren, an dem sich Kusters Hütte befinden musste. Plötzlich zuckte ein Blitz durch die sternklare Nacht. Sekunden später hallte der Knall einer gewaltigen Explosion von den Hängen der umliegenden Hügel wider. Und über dem Ummendorfer Ried breitete sich ein rot glühender Feuerball in den Himmel aus.

41

Wellmann hatte Gas gegeben. Doch es hatte nichts genutzt. Als er eine halbe Stunde nach der Explosion endlich am Ort des Geschehens eintraf, sah er gerade noch die Rücklichter des davonfahrenden KT-Kleinbusses. Rasch schnallte er sich die Bretter ab, kletterte über das Absperrband und eilte den inzwischen auf einer erstaunlichen Breite freigetrampelten Weg zur Hütte entlang. Vor den schwarz verkohlten Trümmern des Gebäudes betrachtete er fassungslos den enormen Blutfleck auf dem Boden. Was war hier schiefgelaufen?

»Was machet Sie hier? Hier ischt gschperrt.«

Wellmann wandte sich um und sah einen Schutzpolizisten herbeikommen. Er identifizierte sich, und der Mann nahm Haltung an.

»Was ist hier passiert?«, fragte Wellmann.

»Die Hütte ischt explodiert, als die Kollege sie betrete hont. 's hot zwei Schwerverletzte gegebe.«

Wellmann spürte, wie sein Mund austrocknete. »Wer wurde verletzt?«

»I woiß es net. I soll hier bloß warte, bis die Kriminaltechniker vom Präsidium aus Ulm kommet, um hier alles zu untersuche. Unsere Leut dürfet des ja net, weil sie selbscht betroffe sind.«

Wellmann zückte sein Handy und versuchte, Linda zu erreichen. Sie nahm nicht ab. War das eine Retourkutsche dafür, dass er vorhin nicht erreichbar gewesen war? Ein anderer, kaum auszuhaltender Gedanke schlich sich in sein Bewusstsein wie ein wildes Tier, das sich zuerst anpirscht und dann aus dem Nichts zupackt. Was, wenn das ihr Blut war, das dort in den Schnee eingesickert war und große, dunkelrote Klumpen gebildet hatte?

Er rief Martin Waibel an, aber auch der nahm nicht ab. Kurz entschlossen hastete er den Weg zurück, schnallte sich die

Skier an und setzte seine Tour bis Biberach fort. Er schaffte es bis zum Abdera. Von diesem Punkt an waren die Straßen zu gut gestreut, und er musste abschnallen, um den Belag nicht gänzlich zu ruinieren. Die Leute auf dem Marktplatz, die teilweise selbst abenteuerlich kostümiert waren, sahen ihn an wie ein Wesen aus einer anderen Galaxis, als er in voller Wintermontur mit geschulterten Skiern in Richtung Krankenhaus rannte.

Linda zuckte zusammen, als die Tür der Notaufnahme aufsprang. Ein Arzt eilte über den Gang. Sie warf ihm einen hoffnungsvollen Blick zu, doch er ignorierte sie. Sie ging auf und ab, unfähig, der Unruhe Herr zu werden, die von jeder Faser ihres Körpers Besitz ergriffen hatte. Immer noch hatte sie das grauenhafte Bild vor Augen: die beiden leblosen Männer. Der Schnee, der sich rot färbte. Die vollkommen zerstörte Hütte, deren Schindeln Hunderte von Metern weit fortgeschleudert worden waren. Sogar auf dem Dach des KT-Kleinbusses hatten sie später eines der Geschosse gefunden.

Es waren chaotische Zustände gewesen, die noch dadurch verschlimmert worden waren, dass keiner von ihnen in den ersten Minuten nach der Explosion den anderen verstanden hatte. Lindas Ohren hatten abwechselnd geklingelt oder gepfiffen, und das hatte wiederum jede Kommunikation unmöglich gemacht. Schließlich hatte sie ihr Handy gezückt und die Notrufzentrale angerufen. Als auf dem Display das grüne Hörersymbol aufgeleuchtet war, hatte sie in das Mikrofon hineingebrüllt und sich nicht darum geschert, ob ihr Gesprächspartner am anderen Ende der Leitung sie verstanden hatte oder nicht.

Letztendlich war sie erfolgreich gewesen. Eine Viertelstunde später waren die Sanis aufgetaucht und hatten sich um die beiden Verletzten gekümmert, die sie selbst und Winter von der KT bereits mit ihren dürftigen Kenntnissen aus dem Lebensrettende-Sofortmaßnahmen-Kurs mehr schlecht als recht verarztet hatten.

Dintler hatte es schlimm erwischt. Die Sanitäter hatten ihn noch vor Ort reanimiert. Er hatte viel Blut verloren, und nur die heftige Kälte hatte verhindert, dass er verblutet war. Peter Greiner hatte dagelegen, als ob er schliefe. Sein Gesicht war so bleich gewesen wie der Schnee rings um ihn herum. Und dieses Gesicht war es, das ihr nicht mehr aus dem Kopf gehen wollte. Sie setzte sich wieder hin und überlegte, ob sie sich eine Zeitung nehmen sollte, aber sie wusste, dass sie sich nicht darauf konzentrieren könnte. Stattdessen kramte sie ihr Handy heraus und schaute auf das Display. Vier Anrufe in Abwesenheit. Von Wellmann. Wellmann. Eine Scheißwut kochte in ihr empor. Wo war er gewesen? Was hatte er getrieben, während sie ihr Leben aufs Spiel gesetzt hatte für ihren gemeinsamen Fall? Womöglich hatte er sich mit dieser Journalistin vergnügt! Sie musste sich daran hindern, das Smartphone einfach auf den Boden zu knallen. Mit zitternden Fingern schob sie es zurück in ihre Hosentasche. Als sie den Blick wieder hob, sah sie ihn plötzlich vor sich.

»So, tauchst du auch mal auf?«, knurrte sie. Ihre Stimme klang brüchig, was ihren Worten nicht die Eiseskälte verlieh, die sie beabsichtigt hatte.

»Ich war … verhindert«, sagte er.

»Ah ja, ›verhindert‹ nennt man das?«, keifte sie.

Er kniff die Augen zusammen und legte den Kopf schief.

»Linda …«, setzte er an, doch sie ließ ihn nicht zu Wort kommen.

»Ich hab dich gesehen. Im ›Tweety‹. Dich und diese Journalistin. Ich kann mir denken, warum du verhindert warst. Während du was auch immer getrieben hast, haben wir alle unser Leben riskiert. Sogar Korbinian war da.«

»Mein Handy war aus Versehen auf lautlos geschaltet, ansonsten …«

»Hätte, wäre, wenn. Es ist so, wie es ist, Tobias. Ich habe dir immer die Stange gehalten. Aber jetzt bin ich an einem Punkt angekommen, an dem ich nicht mehr weiß, ob ich dir noch vertrauen kann.«

Sie fühlte, wie ihre Wut etwas nachließ und Platz machte für eine tiefe Traurigkeit. Wellmann schien das sofort zu bemerken, denn er versuchte, das Thema zu wechseln, von sich selbst abzulenken.

»Wer ist verletzt worden?«, fragte er.

Linda spürte, wie ihr die Tränen in die Augen stiegen, und sagte: »Peter Greiner und Rainer Dintler.«

»Von wem ist das ganze Blut am Boden vor der Hütte?«

Sie sah ihn überrascht an.

»Ich war dort«, erklärte er. »Aber leider zu spät.«

»Es ist Dintlers Blut. Er wäre beinahe gestorben.«

Nun brachen sich die Tränen ihre Bahn. Wellmann trat auf sie zu, doch sie hob die Hände.

»Es ist besser, wenn du gehst. Ich … ich will hier warten, bis ich Näheres weiß. Alleine.«

Er schaute sie fragend an. Sein Blick war schwer zu lesen. »Gibst du mir bitte Bescheid, wenn feststeht, wie es den beiden geht?«, fragte er.

Sie nickte, dann wandte sie sich ab, um sich zu schnäuzen. Seine Schritte entfernten sich und verhallten im Gang.

Es war kurz vor elf, als Wellmann wieder in Hochdorf eintraf. Er hatte den Weg über Reute genommen, sodass er den überwiegenden Teil der Strecke auf Skiern hatte zurücklegen können. Die körperliche Aktivität hatte ihm gutgetan. Sie hatte ihn abgelenkt von all den düsteren Gedanken, die sich nach der Begegnung mit Linda in seinem Hirn festgesetzt hatten.

Doch als er unter der heißen Dusche stand, kehrten diese Dämonen mit unverminderter Härte zurück. Am schlimmsten war das schlechte Gewissen seinen Kollegen gegenüber. Sie hatten den Kopf hingehalten, waren schwer verletzt worden, während er vor Sabine einen Seelenstriptease hingelegt hatte. Einmal mehr hatte er die Prioritäten falsch gesetzt. Ein unbändiger Ärger auf sich selbst ergriff ihn. Warum musste er die Menschen, die ihm wichtig waren, immer vor den Kopf stoßen? Warum die enttäuschen, die ihm vertrauten? Das war schon mit Evelyn so gewesen. Sie hatte eine Eselsgeduld bewiesen, als sie noch zusammengelebt hatten. Sie hatte ihm jeden seiner Egotrips verziehen, ihm den Rücken frei gehalten, wenn er mal wieder hatte alleine sein müssen, hatte sogar seine Versetzung nach Stuttgart mitgetragen. Bis die Sache mit diesem verdammten Unfall passiert war. Da war selbst ihr der Geduldsfaden schließlich gerissen. Mit Linda war es das Gleiche. Auch sie hatte bedingungslos zu ihm gestanden. Auch sie hatte er verjagt durch seine Heimlichtuerei. Es war zum Kotzen. Er war zum Kotzen.

Wellmann trocknete sich ab und eilte über den eiskalten Gang in sein nicht viel wärmeres Zimmer. Am liebsten hätte er sich in sein Bett gelegt, um zu schlafen. Um all seine widerwärtigen Gefühle für ein paar Stunden zum Schweigen zu bringen. Aber das würde ihm nicht gelingen. Er kannte sich zu gut. Wenn sich in seinem Kopf einmal die Gedankenkarusselle zu drehen begonnen hatten, gab es kein Entrinnen. Sein Blick schweifte durch das Zimmer, mied den Spiegel in der Ecke und blieb auf der Kommode hängen. Da kam ihm eine Idee. Langsam ging er darauf zu, zog die untere Schublade auf und kramte in seinen Socken herum. Schließlich nahm er ein Tütchen heraus, in dem sich sechs winzige blaue Pillen befanden.

Er hatte Fridolin nicht angelogen, als er ihm gesagt hatte, dass er noch nie Benzodiazepine genommen habe. Zumindest nicht freiwillig. Aber dass er über einen kleinen Vorrat von Lorazepam verfügte, hatte er seinem Arzt dann wohlweislich doch verschwiegen. Er hatte das Tütchen von seinem Kokain-Dealer bekommen, als »Probiererle«, wie man in Schwaben sagte. Das Zeug hatte er nie angefasst. Er wusste, wie rasch es abhängig machte. Gleichzeitig wusste er aber auch, dass diese Pillen ein herrliches »Scheißegal-Gefühl« erzeugen konnten.

Er wiegte das Päckchen in seiner Hand. Eine oder zwei der Tabletten würden keinen großen Schaden anrichten. Sie verhießen ihm eine Nacht voll Schlaf, und es gab in diesem Moment nichts, wonach er sich mehr sehnte. Was aber wäre, wenn man ihn beim Konsum einer für ihn verbotenen Substanz erwischen würde? Was, wenn Fridolin morgen schon eine neue Urinkontrolle ansetzte? Dann wäre er seinen Führerschein und damit wohl auch seinen Job endgültig los.

Aber immerhin hätte er gut geschlafen. Er ließ eine der Tabletten in die Hand fallen und schaute sie neugierig an. So klein und so mächtig war sie. Sie konnte ihm das verschaffen, wonach er lechzte. Da klopfte es an der Tür.

42

»I hon dacht, i schau mal nachm Rechten«, sagte Arnold Wellmann und linste in das Zimmer seines Sohnes.

»Es ist alles okay, Vater«, sagte der Kommissar und schloss seine Faust um die Tüte mit den kleinen blauen Pillen. Er hoffte, dass der dezent ungeduldige Unterton in seiner Äußerung seinen alten Herrn möglichst rasch vertreiben würde. Aber der ließ nicht locker.

»Wirklich? Zuerscht kommscht du hier außer Atem an und sagscht, i soll di wohin fahre. Dann ziehscht mit deine Skier ab und kommscht drei Stunde später zurück, sagscht kei Wort, verschwindescht in dr Dusche und dann in deim Zimmer. Und da soll alles in Ordnung sei?«

Wellmann seufzte. »Du bist doch sonst nicht so interessiert an meinem Leben«, sagte er.

»Man wird sich im Rentenalter ja wohl no a bissle weiterentwickle dürfe«, erwiderte sein Vater. »Was ischt jetzt? Kommsch mit runter und erzählscht mir, was los ischt? I geb dir au a Bier aus.«

Fünf Minuten später nahm der Kommissar einen tiefen Schluck aus dem Halbekrug, auf dem der Werbespruch einer lokalen Brauerei stand, der ihn schon als Kind zum Schmunzeln gebracht hatte: »Immer wieder, Schussenrieder«.

»Also, was ischt passiert?«, fragte sein Vater.

Wellmann begann zu erzählen. Zunächst zögerlich und stockend, doch mit der Zeit rascher und flüssiger, berichtete er von den Ereignissen der letzten Tage. Er ließ nur die Geschichte mit Sabine Braun aus. Davon brauchte sein Vater nichts zu wissen. Irgendwie war ihm die Sache peinlich.

Als er fertig war, zog der alte Wellmann kräftig an seinem Bier und lehnte sich zurück. »Des heißt also, dass du dir ziemlich sicher bischt, dass dr Braun hinter der Drogengeschichte steckt und wahrscheinlich no a paar andere von seim saubere

Fasnetsverein. Und dass die den junge Miller umbracht hont, weil er sie erpresst hot? Und dem Dominik hont die vergiftete Guatsle zugsteckt? Ja, gehts no, oder was?«

Arnold schnaubte wütend, seine Kiefer mahlten. Wahrscheinlich überlegte er gerade, was er mit Uli Braun anstellen würde, wenn der ihm in die Hände fallen sollte. Sein Sohn trank ebenfalls einen Schluck. Nach dem langen und für den Kommissar ungewöhnlich wortreichen Monolog fühlte sich seine Kehle wie ausgetrocknet an.

»Aber ich kann ihnen nichts beweisen. Wenn in der Hütte Spuren waren, sind die jetzt wahrscheinlich nicht mehr verwertbar. Und zwei meiner Kollegen liegen verletzt im Krankenhaus. Einer davon schwer.«

Arnold lehnte sich nach vorne und sah seinem Sohn in die Augen.

»Aber des ischt net dei Schuld. Du hättescht die Explosion au net verhindern können, selbscht, wenn du dagewese wärscht.«

»Ich weiß, Vater. Aber ein schlechtes Gewissen habe ich trotzdem.«

Arnold Wellmann musterte ihn eine Zeit lang. Dann packte er mit einer Hand den rechten Unterarm seines Sohnes. »Jetzt will ich dir mal was über des schlechte Gewissen erzähle, Bua. I hon jahrelang a schlechtes Gewissen ghabt deiner Mutter gegenüber. Sie hot immer so viel geschafft, und i hon ihr so wenig dafür zurückgebe könne. Meinscht, des hot mir kei Bauchweh gmacht, zu sehe, wie die ganze Großkopferte in Hochdorf immer in Urlaub gfahre sind oder ihre Fraue schöne Kleider oder Halskette gekauft hont? Den einzige Schmuck, den i deiner Mutter geschenkt hon, war dr Ehering. Sie hot sich nie beschwert. Aber all die Jahre hon i dacht, dass sie unglücklich wäre, und hon mir damit des Lebe schwer gemacht. Und weischt, was dann bassiert ischt?«

Er hielt kurz inne, und in seinen Augen glänzte es.

»Aufm Sterbebett hot sie sich bedankt, dass i ihr so ein guter Mann gwese bin. I …«

Seine Stimme versagte. Wellmann spürte dieselbe Rührung in sich aufsteigen, die seinen Vater eben übermannt hatte. Er griff nach der Hand des alten Mannes und drückte sie.

»Was i damit sage will, Bua«, fuhr Arnold Wellmann fort. »Des schlechte Gewisse kannscht dahin verbanne, wo dr Pfeffer wächst. Du musscht dich darauf konzentriere, was wirklich wichtig ischt.«

»Die Ermittlungen«, murmelte der Kommissar.

»Genau. Du brauchscht Beweise gegen den Braun.«

Wellmann seufzte. »Aber woher soll ich die nehmen? Ich habe das Gefühl, dass die uns immer einen Schritt voraus sind.«

Sein Vater legte den Kopf schräg.

»Dann musscht du rausfinden, warum das so ischt.«

»Na ja, ich habe da schon einen Verdacht. Vielleicht haben die einen Informanten auf der Dienststelle«, sagte Wellmann. Der Gedanke war ihm gekommen, als Uli Braun während des Gesprächs in seinem Büro angedeutet hatte, dass er von der internen Bewährung des Kommissars wusste.

»An Informante?«, fragte sein Vater. »Und wer könnt des sei?«

»Der Einzige, der mir einfällt, ist Korbinian Mächle. Aber ich kann ihm nichts beweisen.«

»Na, dann ischt doch klar, was du tun musscht. Weischt es no, wie wir damals den Maulwurf auf der Weide fange wolltet?«

Obwohl ihm nicht danach war, musste Wellmann bei der Erinnerung an die Jagd nach dem Schädling lachen, der ihnen ein fußballplatzgroßes Stück Wiese umgegraben hatte.

»Wir haben alle Ausgänge bis auf einen zugegraben und dann ein Stück Leber als Köder ausgelegt. Aber den Maulwurf haben wir damit nicht gefangen.«

»Ja, weil dann die Katz vom Nachbar komme ischt, den Köder gfresse hot und in der Falle hänge gebliebe ischt. Und der Maulwurf hot sich eins ins Fäuschtle glacht.«

Wellmann lächelte bei der Erinnerung an dieses saukomische Ereignis, das sie damals jedoch gar nicht so lustig gefunden hatten. Er führte seinen Halbekrug zum Mund, dann hielt er inne. Die Worte seines Vaters hallten in seinem Kopf nach. Und wie das Kabel, mit dem vor den Zeiten des Wähltelefons die Telefonistinnen die Verbindung zwischen zwei Anschlüssen hergestellt hatten, verknüpften sich bislang getrennt arbeitende Teile seines Gehirns. Wie hatte er das nur übersehen können? Mit einem Mal war ihm vollkommen klar, was zu tun war.

43

Kehraus

Eine Stunde später kam Wellmann am Haupteingang der Polizeidienststelle an. Es war zwei Uhr morgens. Der Diensthabende sah ihn an wie einen frisch gelandeten Außerirdischen, als er seine Skier abschnallte und sie sich mitsamt den Stöcken über die Schulter warf.

»Bewegung ist gesund«, sagte er zu dem perplexen Beamten und ging dann in Richtung seines Büros. Nachdem er sich kurz frisch gemacht und die Wechselklamotten angezogen hatte, die er in einem Rucksack bei sich führte, setzte er sich an seinen PC und loggte sich in das Intranet ein. Systematisch begann er, noch einmal alle Informationen durchzuarbeiten, die sie zu dem Fall der beiden toten Teenager am Lindenweiher gesammelt hatten.

Er blieb bei einem Lebenslauf von Anton Kuster hängen, den Greiner und Linda erstellt hatten: »Mitglied beim FSV Mainz 05, beim FC Hochdorf, beim Fischereiverein Biberach sowie bei den Hochdorfer Hirabickern«, las er.

Wieder rastete eine Querverbindung ein. Er rief den Browser auf und begann eine Suche, die ihn nach etwa einer Viertelstunde zum gewünschten Ergebnis führte. Wellmann ballte die Faust. Er war auf der richtigen Spur. Aber noch immer hatte er keinen Beweis.

Er wandte sich wieder den Ermittlungsakten zu. Dann stutzte er. Offenbar war in den Überresten der Hütte ein Prepaid-Handy gefunden worden. Er ließ alles stehen und liegen und eilte in die kriminaltechnische Abteilung, wo die Ulmer Kollegen ihre Funde zwischengelagert hatten. Dort fand er rasch, wonach er gesucht hatte: einen Karton, auf dem »Fischerhütte Ummendorf« stand. Er streifte sich ein Paar Latex-Handschuhe über, nahm das Handy heraus, drückte auf das grüne

Hörersymbol, und der Bildschirm wurde hell. Das Gerät war nicht PIN-geschützt. Wellmann rief das Adressbuch auf, das nur drei Nummern enthielt.

Er notierte sich die Nummern und legte das Telefon dann fein säuberlich in den Karton zurück. Schließlich ging er in sein Büro und durchsuchte die Ermittlungsakten. Zwei der Kontaktdaten waren ihnen bereits bekannt. Es handelte sich um die Handynummern von Isidor Kleinert und Valentin Weiß-gerber. Die dritte Nummer fand Wellmann nicht in den Er-mittlungsakten. Wie er erwartet hatte, entdeckte er sie aber im internen Telefonverzeichnis der Dienststelle, das auch private Kontaktdaten aller Mitarbeiter enthielt. Er lehnte sich zurück. So weit, so gut, die Beweisführung war bislang ziemlich einfach gewesen. Doch jetzt kam der knifflige Teil.

Er wandte sich den Ermittlungsergebnissen bezüglich Anton Kuster zu. Als er schließlich fand, wonach er gesucht hatte, beschleunigte sich sein Herzschlag. Im Zuge der Hausdurch-suchung hatte der Staatsanwalt auch eine Offenlegung der Verbindungsdaten von Kusters Mobiltelefon für die letzten beiden Jahre erwirkt. Wellmann durchsuchte die Nummern und nickte schließlich zufrieden. Er druckte das Dokument aus und markierte die Zeilen, die ihm verdächtig vorkamen. Dann lehnte er sich zurück. Nun war der Punkt gekommen, an dem er sich entscheiden musste, wie er vorging. Er hatte Indizien, aber noch keinen Beweis, wer der Maulwurf war. Und streng genommen war auch seine Indizienkette noch nicht vollständig. Aber es gab eine einfache Möglichkeit, die Kette zu schließen. Er sah auf das Telefon auf seinem Schreibtisch. Sollte er oder sollte er nicht? Es war riskant. Aber er wusste, dass er letztendlich keine andere Wahl hatte. Er hob den Hörer ab und wählte die Nummer.

Um kurz vor acht betrat Wellmann das Biberacher Kranken-haus. Er ging zur Pforte, zückte seinen Dienstausweis und fragte nach Greiner und Dintler. Der Mitarbeiter schaute diensteifrig in seinem PC nach und erklärte, dass Dintler nach einer OP noch auf der Intensivstation zur Überwachung liege und keinen Besuch empfangen dürfe. Greiner dagegen habe ein Krankenzimmer bekommen. Er nannte ihm die Nummer und beschrieb ihm den Weg.

Ein paar Minuten später klopfte der Kommissar an eine Tür im ersten Stock des Gebäudes. Er war nicht überrascht, als eine Frauenstimme »Herein!« rief.

Peter Greiner saß mit dem Rücken an das Kopfteil des Bettes gelehnt und verspeiste mit sichtlichem Appetit sein Frühstück. Linda saß daneben. Sie hatte einen Stuhl herangezogen und sah dem Kollegen bei der Mahlzeit zu. Als sie erkannte, wer der Besucher war, erhob sie sich.

»Tobias?«, fragte sie.

»Hallo, Linda«, grüßte er sie, dann wandte er sich an Greiner. »Guten Morgen, wie geht es Ihnen?«

»Leichte Gehirnerschütterung«, erwiderte er und zuckte mit den Achseln. »Ich hab wohl großes Glück gehabt. Dintler stand direkt vor mir. Er und ein Teil des Türrahmens haben die Wucht der Explosion abgefangen.«

Wellmann wandte sich wieder Linda zu. Sie hatte die Arme über der Brust gekreuzt, presste ihre Lippen aufeinander und musterte ihn.

»Du hattest recht mit allem, was du mir gestern Abend an den Kopf geworfen hast«, gestand er ein. »Ich war ein Idiot«, sagte er. »Ich habe uns das Leben schwerer gemacht als nötig, weil ich mal wieder meinen Egotrip gefahren bin. Wenn ich die Karten von Anfang an offen auf den Tisch gelegt hätte, wären wir womöglich schon wesentlich weiter mit den Ermittlungen.«

Linda erwiderte nichts. Sie nickte nur.

»Wie meinen Sie das?«, fragte Greiner.

Wellmann erzählte seinen beiden Kollegen von seiner Erinnerung an den Fasnetsball und von dem Zusammenhang, den er schon vor dem Fund des Tagebuchs zwischen den beiden vierundzwanzig Jahre auseinanderliegenden Todesfällen am Lindenweiher gesehen hatte.

»Deswegen bin ich auch nicht zu meiner Skitour aufgebrochen. Ich wollte den Fall lösen. Nicht den aktuellen Fall,
sondern Monikas Tod.«

»Nun, das erklärt einiges«, sagte Linda. »Aber warum in aller
Welt hast du uns das alles nicht gleich von Anfang an gesagt?«

Wellmann stieß ein bitteres Lachen aus. »Es wäre sicher gut
gekommen, wenn ich nach meinem erbärmlichen Auftritt am
Lindenweiher noch etwas von einer Stimme erzählt hätte, die
mir im Kopf herumgegeistert ist. Ihr hättet mich nach Schussenried einweisen lassen.«

»Klar, das wäre Wasser auf Korbinians Mühlen gewesen.
Aber du hättest es mir sagen müssen, verdammt noch mal. Du
kannst mir vertrauen, Tobias.«

Ihre Stimme zitterte ein wenig.

»Ich weiß«, sagte Wellmann. »Es fällt mir schwer, über meinen Schatten zu springen.«

Er fuhr fort und berichtete ihnen von der positiven Urin-
probe und dem Ergebnis der Blutuntersuchung.

»Das heißt, dass jemand dich ganz bewusst ausgeschaltet
hat?«, fragte Linda.

Wellmann nickte. »Ich vermute, dass derjenige mitbekommen hat, wie ich mit Robert gesprochen habe. Dem Beobachter
war das Risiko offenbar zu groß, dass mir der Junge etwas
Gefährliches anvertraut haben könnte, und so wurde relativ
spontan entschieden, dass ich ausgeknockt werden sollte. Flunitrazepam hat einen starken Effekt auf das Kurzzeitgedächtnis. Und es hat auch gut funktioniert. Mit Ausnahme der einen
Erinnerung ist praktisch alles ausgelöscht, was an jenem Abend
geschehen ist.«

»Könnte man das nicht vielleicht wieder hervorholen?«,
fragte Greiner. »Mit Hypnose zum Beispiel.«

Wellmann schaute ihn skeptisch an. »Ich weiß nicht«, sagte
er schließlich. »Notfalls können wir das auch noch probieren.
Aber ich habe eine andere Idee.«

»Die du wahrscheinlich für dich behältst, so wie ich dich
kenne«, brummte Linda.

»Nein, ich kann diesen Plan nicht alleine ausführen. Ich brauche euch dazu. Und ich will das auch gar nicht alleine angehen. Es ist *unser* Fall.«

»Okay, dann schießen Sie mal los«, sagte Greiner. Er richtete sich noch etwas mehr auf, verzog dabei jedoch das Gesicht. Sofort warf ihm Linda einen besorgten Blick zu.

»Ist alles in Ordnung?«, fragte sie.

»Mein Schädel brummt ein bisschen«, sagte er und rieb sich mit den Daumen die Schläfen.

»Sollen wir die Unterhaltung lieber auf der Dienststelle fortsetzen und Sie in Ruhe lassen?«, fragte Wellmann.

»Nie im Leben!«, rief Greiner. »Die haben mich fast über den Jordan gebombt. Ich will mit von der Partie sein, wenn Sie die zur Strecke bringen.«

Wellmann grinste. »Gut, dann schlage ich zuerst einmal vor, dass wir uns duzen. Ich bin der Tobias.«

Sie schüttelten sich die Hand.

»Okay«, begann Wellmann, und die beiden Kollegen hingen aufmerksam an seinen Lippen. »Wir wissen bislang, dass es seit etwa einem Jahr einen Drogenring mit Sitz in Hochdorf gibt, der Crystal Meth im südlichen Landkreis herstellt und verkauft. Anton Kuster, Isidor Kleinert und Valentin Weißgerber stehen als Mitglieder dieser Organisation fest. Robert Miller wusste von dem Drogenring, er versuchte, die nach Kusters Unfalltod verbliebenen Mitglieder zu erpressen, und musste deswegen sterben, genauso wie seine Freundin. Wir konnten in der Folge Isidor Kleinert festnehmen, Valentin Weißgerber wurde jedoch ermordet, bevor wir eine Aussage von ihm aufnehmen konnten. Da unsere Ermittlungen aber nach wie vor behindert werden, muss es weitere Mitglieder geben, die dafür sorgten, dass der Junkie im Krankenhaus umgebracht wurde und dass in Kusters Hütte eine Sprengfalle platziert wurde. Diese Aktionen setzen Insiderwissen voraus. Daraus schließe ich, dass der Drogenring über einen Informanten verfügen muss, der die verbliebenen Mitglieder über den Stand unserer Ermittlungen auf dem Laufenden hält.«

»Was ist mit dem Informanten?«, fragte Linda.

»Wir werden den Leuten vom Drogenring weiter hinterherhecheln, wenn wir ihn nicht ausschalten.«

»Und wie willst du das anstellen?«, fragte Greiner.

»Nun, ich habe ein wenig ermittelt.«

Er berichtete den beiden von den Ergebnissen seiner nächtlichen Recherche und schloss mit den Worten: »Ich bin mir aufgrund der Indizienlage sehr sicher, dass Korbinian Mächle der Informant ist. Er hatte von Anfang an Einblick in die Ermittlungen, er hat Informationen an die Presse durchgestochen, er hat mit ziemlicher Sicherheit die Meth-Pfeife in Isidors Schlafzimmer versteckt, und er hat Isidor vor der zweiten Befragung aus der Zelle geholt und ihm da wahrscheinlich mitgeteilt, dass er die Schuld an dem Meth-Ring auf sich nehmen und nur Kuster und Weißgerber belasten sollte.«

Greiner nickte. »Das klingt plausibel.«

Linda stöhnte. »Krass, ich hätte ihm viel zugetraut, aber das? Warum hat er das getan?«

»Das fragen wir ihn am besten selbst. Um neun trifft sich die SOKO ›Lindenweiher‹, da werden wir ihn überführen.«

»Prima«, sagte Greiner und machte Anstalten aufzustehen.

»Aber du bleibst hier«, sagte Linda.

Greiner schüttelte den Kopf. »Nein, ich will dabei sein. Schließlich hat das, was der Typ verbrochen hat, meinen Chef fast das Leben gekostet.«

Wellmann fing einen hilfesuchenden Blick seiner Kollegin auf, doch er nickte bekräftigend. »Ja, Peter, und ich finde auch, dass du der SOKO unsere Ergebnisse präsentieren solltest. Schließlich hat der Maulwurf dich in Lebensgefahr gebracht.«

44

Linda trat um Punkt neun Uhr als Letzte in den Besprechungsraum. Am Kopfende des Konferenztischs saß Schönlechner.
Er atmete schwer, und sein Kopf war knallrot. Offenbar war
er wütend. Nun, diese Wut würde sich bald auf Korbinian
richten. Der Gedanke bereitete ihr nicht so viel Vergnügen, wie
sie gedacht hätte. Sie hatte sich oft vorgestellt, wie Korbinian
von seinem hohen Ross stürzen würde. Doch nun hielt ihre
Schadenfreude sich in Grenzen. Zu viel Schreckliches war geschehen. Sie sah noch immer die große Blutlache, die sich unter
Dintler ausgebreitet hatte.

Sie schaute so unauffällig wie möglich zu Korbinian hinüber. Er war bleich, und seine Hände zitterten ein wenig. Ob
er wusste, was ihm blühte? Neben ihm saß Martin Waibel.
Auch er wirkte angeschlagen. Schweiß stand auf seiner Stirn.
Wellmann dagegen, ihm gegenüber, war ruhig wie ein Ölgötze,
während Greiner aufgeregt auf seinem Stuhl hin- und her-
rutschte.

Linda nahm Platz.

»Guten Morgen«, begann Schönlechner. »Ich habe eben
Nachricht von Dintlers Frau bekommen. Er befindet sich offenbar nicht mehr in Lebensgefahr.«

Alle atmeten tief durch. Schönlechner hieb mit der Faust
auf den Tisch. »Wie konnte das alles geschehen?«

Greiner räusperte sich. Nun kam seine große Stunde. »Das
Drogennetzwerk hat einen Informanten in der Dienststelle«,
sagte er.

Schönlechners Kopf wurde noch eine Spur röter. »Wie
bitte?«, knurrte er.

»Die wussten, dass wir die Hütte durchsuchen würden, deswegen haben sie einen Sprengsatz platziert. Das war eine Falle.«

»Und wer ist dieser Informant?«

»Die Ulmer Kollegen haben in den Trümmern der Hütte

ein Prepaid-Handy gefunden. Wahrscheinlich war es neben dem Sprengsatz platziert worden, um durch die Explosion vernichtet zu werden. Im Speicher des Handys fanden sich drei Nummern.« Er machte eine kurze Pause. Die Spannung im Raum war mit Händen greifbar. »Zwei davon konnten wir Isidor Kleinert und Valentin Weißgerber zuordnen. Die dritte Nummer gehört zum Handy von …« Er wandte seinen Blick Korbinian zu. »Korbinian Mächle.«

Schönlechner und Waibel starrten Korbinian fassungslos an. Dieser wurde noch eine Spur bleicher.

»Mächle arbeitete seit dem Leichenfund am Lindenweiher mit dem Drogenring zusammen. Er drängte auf die Einstellung der Ermittlungen zu den Todesfällen, er informierte die Presse darüber, dass es sich um Suizide gehandelt habe, er platzierte Beweismittel in Isidor Kleinerts Wohnung, um den Verdacht auf ihn zu lenken, und er nahm im Auftrag des Drogenrings Kontakt mit Kleinert auf, damit dieser die ganze Schuld auf sich nehmen sollte. Er hatte die Gelegenheit dazu, als er den Verdächtigen von seiner Zelle zum Vernehmungsraum brachte. Möglicherweise wurde Kleinert dafür eine große Geldsumme in Aussicht gestellt, aber dazu kann uns Herr Mächle sicher mehr sagen.«

Er warf Korbinian einen triumphierenden Blick zu. Dieser sagte noch immer nichts. Er schaute zu Wellmann herüber, als ob er auf etwas wartete. Glaubte er im Ernst, Tobias würde ihn verteidigen? Die Indizienkette war erdrückend.

»Erklären Sie sich!«, donnerte Schönlechner.

»Ich … ich …«

»Stammeln Sie nicht so herum! Sie sind hiermit festgenommen aufgrund des Verdachtes der Behinderung von Ermittlungen. Herr Greiner, bringen Sie dieses Subjekt in einen Vernehmungsraum.«

Greiner erhob sich und ging auf Korbinian zu. Wieder warf dieser Wellmann einen flehenden Blick zu. Und dieses Mal reagierte er.

»Einen Moment noch bitte.«

»Was denn?«, herrschte Schönlechner ihn an.

»Nun, so einfach, wie Herr Greiner die Situation darstellt, ist sie nicht.«

Linda spürte, wie ihr Puls sich beschleunigte. Was sollte das denn jetzt?

Schönlechners Augenbrauen zogen sich zu einem buschigen V zusammen.

»Inwiefern?«

»Auf dem Handy, das in der Hütte gefunden wurde, befindet sich zwar Mächles Nummer, er wurde aber nie von diesem Gerät aus angerufen.«

Linda stockte der Atem.

»Woher wissen Sie das?«, fragte Schönlechner.

Wellmann nickte Korbinian zu. Dieser zog mit fahrigen Bewegungen mehrere Blätter aus seiner Jackentasche.

»Das hier sind die Einzelverbindungsnachweise zu meinem Mobilfunkvertrag für die letzten sechs Monate«, sagte er. »Ich wurde nie von diesem Prepaid-Handy aus angerufen. Und von allem, was Greiner mir eben vorgeworfen hat, stimmt nur eins: Ich habe am Freitagabend mit Frau Braun telefoniert und ihr meine Theorie über die Suizide am Lindenweiher mitgeteilt. Ich wollte, dass die Ermittlungen geschlossen würden. Aber nicht, weil ich von dem Drogenring bezahlt worden wäre. Ich wollte, dass Wellmann sich aus der Sache raushält.«

Schönlechner schnaubte. »Dafür werden Sie sich verantworten. Trotzdem sind die Vorwürfe noch nicht vom Tisch. So wie es sich für mich darstellt, hatten sie gestern als Einziger der Kollegen die Gelegenheit, Kleinert alleine zu sprechen. Und danach änderte dieser sein Aussageverhalten.«

Linda nickte. Das war zwar ein schwächeres Indiz als die Handynummer, aber es war nicht vom Tisch zu wischen.

Wellmann schaltete sich ein. »Es war nicht Mächle, der Isidor Kleinert zur Befragung brachte. Es war Herr Greiner.«

Linda hatte das Gefühl, dass ihr Herzschlag für mehrere Sekunden aussetzte. Was war hier nur los? Auch Schönlechner sah aus wie vom Donner gerührt.

»Ich habe ihm diese falsche Fährte heute Morgen selbst in den Mund gelegt«, fuhr Wellmann fort. »Und er ist bereitwillig auf den Köder eingegangen, obwohl er wusste, dass *er* den Kontakt mit Kleinert hatte und nicht Mächle.«

»Das ist eine Lüge!«, rief Greiner.

»Ja, aber du hast die Lüge erzählt«, sagte Wellmann. »Und du hast uns noch ganz andere Dinge verschwiegen. Zum Beispiel, dass du Anton Kuster schon längere Zeit kanntest. Vom Fischerverein her.«

Er holte ein Blatt aus seiner Jackentasche und legte es auf den Tisch. Linda warf einen Blick darauf. Ein Zeitungsausschnitt mit einem Foto. Drei Mitglieder des Fischervereins, die große Fische im Arm hielten. Einer der Männer war Anton Kuster. Den anderen kannte sie nicht. Aber der Dritte war Greiner. Lindas Mund wurde staubtrocken.

»Du hast mehrfach Metaphern vom Fischen benutzt, als du uns von der Drogenszene im Landkreis berichtet hast«, fuhr Wellmann fort. »Und als ich dann gesehen habe, dass Kuster Mitglied im Fischerverein war, habe ich einfach mal ein bisschen recherchiert.«

»Na und?«, rief Greiner. »Ich angle gerne, und ich kannte ihn, das ist kein Beweis, dass ich Kontakte zu diesem Drogenring hatte.«

»Du arbeitest wie lange beim Drogendezernat? Seit einem Jahr? Und seit einem Jahr war das Meth im Umlauf.«

»Das ist Zufall.«

»Dass in den Einzelverbindungsnachweisen zu Kusters Mobilfunkvertrag seit einem Jahr immer wieder eine ganz bestimmte Handynummer auftaucht, ist aber kein Zufall, oder?«

Greiner wurde bleich. Und Linda, die noch immer gehofft und gebangt hatte, sah nun ein, dass sie sich schon wieder in einem Menschen getäuscht hatte.

»Ich habe mein Handy bei mir. Das ist nicht die Nummer in den Einzelverbindungsnachweisen.«

»Natürlich nicht«, sagte Wellmann. »So dämlich warst du nicht, dass du dein normales Handy benutzt hättest. Es wird auch ein Prepaid-Gerät gewesen sein. Und da du sicher manchmal schnell reagieren musst, wenn deinen Auftraggebern Unheil droht, würde ich vermuten, dass wir es in deinem Spind finden, oder?«

Nachdem sie tatsächlich ein Handy mit der entsprechenden Nummer in seinem Spind gefunden hatten, stellte sich Greiner als keine allzu harte Nuss heraus. Er gab zu, dass er vor etwas mehr als einem Jahr auf Kusters Angebot eingegangen war, diesen mit Informationen über die Ermittlungen des Drogendezernats zu versorgen. Im Gegenzug habe er zweitausend Euro pro Monat erhalten. Nach Kusters Tod sei Gerhard Werner sein neuer Kontaktmann gewesen. Dieser habe ihn angewiesen, Isidor Kleinert mitzuteilen, dass der sich für den Drogenring opfern solle, dafür aber nach Verbüßung seiner Haftstrafe fürstlich entlohnt werde.

Dieser Plan war offenbar schon seit Längerem vorbereitet gewesen, weshalb Werner am Montagmorgen eine Meth-Pfeife im Schlafzimmer von Kleinert versteckt hatte. Das Säckchen mit dem Crystal Meth hatte dagegen Greiner in der Wohnung platziert.

»Ich wusste nicht, dass die Explosion so gewaltig ausfallen würde«, sagte er, als Wellmann ihn zu den Vorgängen im Ummendorfer Ried befragte. »Dass Dintler so schwer verletzt würde, wollte ich nicht, ehrlich. Das Handy mit Mächles Nummer hatte ich bei mir. Ich habe es in die Hütte geworfen, ehe die Explosion mich umgerissen hat. Und beinahe wäre alles glattgegangen.«

»Glatt heißt in diesem Fall, dass ein Unschuldiger für dich ins Gefängnis gekommen wäre«, erwiderte Wellmann.

Greiner zuckte mit den Achseln. »Dir hätte es doch nur recht sein können. Mächle hasst dich. Da hättest du einen Störenfried weniger in deiner Umgebung gehabt.«

»Und du hättest seinen Platz im Dezernat eingenommen, oder? Das war doch dein Plan. Du hattest dich schon einmal auf eine freie Stelle beworben, aber dann bin ich aus Stuttgart zurückgekommen, und du musstest im Drogendezernat bleiben.«

Greiner schaute seine Fingernägel an. »Ich wollte Karriere machen. Ich wäre ein guter Ermittler geworden.«

Wellmann schüttelte den Kopf.

»Gute Ermittler sind nicht korrupt.«

45

Als Wellmann nach Greiners Geständnis in das Büro des Dezernats zurückkehrte, herrschte eine Grabesstimmung. Linda saß an ihrem Schreibtisch. Ihre Schultern hingen herab, wie bei einer Marionette, deren Fäden durchtrennt worden waren. Bleich und hohlwangig war sie, die Augen glasig. Sie war übernächtigt, das sah Wellmann auf den ersten Blick. Doch da war auch noch etwas anderes. Er wollte zu ihr, doch plötzlich stellte sich ihm jemand in den Weg.

Irritiert sah er zur Seite. Es war Korbinian. Auch seine Gesichtsfarbe glich eher der einer wandelnden Leiche. Er hielt Wellmann die Hand entgegen. Seine Finger zitterten, und die Haut glänzte feucht.

»Ich wollte mich bei dir bedanken, Tobias«, brachte er mit sichtlichem Widerwillen hervor.

Wellmann sah ihm in die Augen. Korbinians Blick war unstet, seine Augäpfel bewegten sich schlenkernd hin und her, so als ob sie sich nicht ganz entscheiden könnten, ob sie zu Boden sehen oder Wellmanns Gesicht fixieren sollten.

»Es war ein feiner Zug von dir, mich heute Morgen anzurufen und mir eine Chance zu geben, mich zu verteidigen«, fuhr Korbinian fort. »Ich wäre diesem Greiner ins offene Messer gelaufen. Danke.«

Wellmann ergriff Korbinians Hand. »Gern geschehen«, sagte er. »Und jetzt lass mich bitte einen Moment mit Linda alleine.«

Korbinian nickte ihm zu und verließ das Büro.

Linda starrte noch immer ausdruckslos vor sich hin. Wellmann zog sich einen Bürostuhl her und setzte sich neben sie. Er sagte nichts, saß einfach nur da und wartete ab.

»Ich ... hab so was von versagt«, murmelte Linda schließlich.

Wellmann entgegnete nichts.

»Ich habe Tina Schöller falsch eingeschätzt, ich habe bei

dieser Frau Kuster nicht nachgebohrt und ich bin Peter auf den Leim gegangen. Ich bin eine miese Kommissarin. Ich sollte den Job wechseln.«

»Das sehe ich anders«, sagte Wellmann.

Linda schnaubte. »Und was bitteschön habe ich dazu beigetragen, diesen Fall aufzulösen? Ich habe alles nur noch komplizierter gemacht, weil ich nicht kapiert habe, was lief.«

»Ich habe auch erst heute Morgen herausgefunden, dass Peter Greiner der Maulwurf war. Und wenn mein Vater mich nicht daran erinnert hätte, dass wir einmal mit einem Köder eine dämliche Katze anstelle eines schlauen Maulwurfs gefangen haben, wäre ich gar nicht auf die Idee gekommen, jemand anderer als unser eitler Kater Korbinian könne der Informant sein. Ohne dich, Linda, wären die Ermittlungen übers Wochenende versandet und erst wieder aufgenommen worden, wenn der reguläre Bericht der Gerichtsmedizin eingetroffen wäre. Das hätte dem Drogenring genügend Zeit gegeben, alle Spuren zu verwischen. Durch deinen Spürsinn hast du den Grundstein dafür gelegt, dass wir jetzt das Haus von Gerhard Werner durchsuchen und hoffentlich eine Verhaftung vornehmen werden.«

»Ich mag den Grundstein gelegt haben«, sagte sie. »Aber danach habe ich nicht mehr viel gerissen.«

Wellmann schmunzelte.

»Was ist daran so witzig?«, fragte sie.

»Ich kann mich gut daran erinnern, wie du mir noch am Freitag vorgeworfen hast, dass ich kein Teamplayer sei, dass ich nur meine eigenen Interessen verfolgen würde. Und jetzt beklagst du dich, dass du nicht alleine den ganzen Fall gelöst hast? Wir haben das zusammen durchgezogen. Mit Waibel und auch mit Korbinian.«

Sie sah ihn lange an. Dann erschien die Andeutung eines Lächelns auf ihrem Gesicht. »Okay, das klingt jetzt gar nicht mehr so, als ob ich auf ganzer Linie versagt hätte.«

»Schwachsinn. Und jetzt fahren wir los. Eine Hausdurchsuchung steht an.«

Fünf Minuten später saßen sie im Dienstwagen. Linda lenkte ihn über die mittlerweile freigeräumten Straßen, die sich wie schmale schwarze Streifen durch die tief verschneite Landschaft zogen. Sie war übernächtigt und dementsprechend aufgekratzt. Lange würde sie sich nicht mehr auf den Beinen halten können. Sie hoffte, dass sie wenigstens die Hausdurchsuchung noch hinbekäme. Und danach brauchte sie dringend ein Bett.

Werner wohnte in einem frei stehenden Einfamilienhaus in der Neubausiedlung am nördlichen Rande Hochdorfs.

»Ja, schick!«, sagte Korbinian, als sie vor dem Gartentürchen standen und das rote Holzhaus im schwedischen Stil bewunderten. »Das hat eine Stange Geld gekostet.«

»Ich verwette meine Tourenski, dass ihm Uli Braun die Finanzierung vermittelt hat«, brummte Wellmann und drückte auf die Klingel. Er musste es noch zweimal wiederholen, ehe sich die Haustür einen Spalt breit öffnete und ein Mann Anfang vierzig seinen verstrubbelten Kopf hindurchschob. Linda erkannte in ihm den grobschlächtigen Jungen wieder, den sie auf dem Foto der Lindenweihergang in Isidor Kleinerts Album neben den beiden Teenie-Pärchen gesehen hatte. Sie zückte den Durchsuchungsbefehl und hielt ihn Werner vor die Nase. Seine geröteten Augen benötigten einen Moment, bis sie die Informationen an das Gehirn weiterleiten konnten, das wohl auch noch nicht ganz hochgefahren war.

»Was ... was soll das?«, stammelte er.

»Wir werden jetzt Ihr Haus durchsuchen«, sagte Linda. »Dazu sind wir richterlich ermächtigt. Ziehen Sie sich etwas an? Sie werden von unseren Kollegen zur Polizeidienststelle nach Biberach begleitet. Sie sind verhaftet wegen des Verdachts auf Mitgliedschaft in einer kriminellen Vereinigung und Bestechung eines Beamten.«

Sie deutete auf den Streifenwagen, der hinter dem Bus der KT parkte. Zwei Schutzpolizisten kamen herbei. Linda, Korbinian und Wellmann zogen ihre Latexhandschuhe an und verteilten sich im Gebäude. Der erste Raum, den Linda betrat, war ein

Büro. Eine ganze Regalwand war voller Ordner. Sie stöhnte auf. Sollte sie die etwa alle durchsuchen? Sie musterte die ordentlich markierten Rücken und zog schließlich einen Ordner heraus, auf dem »Hirabicker 2016 – x« stand. Er enthielt Steuerunterlagen und Korrespondenz mit dem Finanzamt. Der Hefter daneben war mit »Hirabicker Mitglieder« beschriftet und fasste neben einer Liste aller aktiven und passiven Vereinsmitglieder auch die Aufnahmeanträge und weitere Dokumente zu jedem Hirabicker. Linda legte die Klemmmappe auf den Tisch und wandte sich wieder der Regalwand zu. »Hirabicker Rechnungen« erregte als Nächstes ihre Aufmerksamkeit. Sie schlug den Aktendeckel auf und sah einen zwar fein säuberlich eingehefteten, aber trotzdem recht umfangreichen Wust von Belegen vor sich. Beim Durchblättern fiel ihr Blick auf eine Rechnung, die auf Dienstag vor einer Woche datiert war. Sie stammte vom »1-Euro-Markt« in Biberach. Auf dem Kassenzettel war nur eine Position aufgelistet: »Valentinsteelichter herzförmig, 100 St.«.

Korbinian hatte sich das Wohnzimmer vorgenommen. Es war ein lichtdurchfluteter Raum mit bis zum Boden reichenden Fenstern, die hinaus auf einen tief verschneiten Garten zeigten. Er konnte ein Spielhaus auf Stelzen erkennen. Offenbar hatte Werner Kinder. Wo die wohl gerade waren? Und wie sie darauf reagieren würden, wenn sie erführen, dass ihr Vater festgenommen worden war? Er durchforstete die Fernsehwand, die DVDs, CDs und Spiele enthielt. Allesamt für ein Publikum von sechs bis neunundneunzig. Nachdem er nichts Relevantes gefunden hatte, ging er ins Schlafzimmer. Das große Doppelbett war zerwühlt. Offensichtlich hatten sie Werner aus dem Schlaf gerissen. Das geschah ihm gerade recht.

Die große Glastür, die hinaus in den verschneiten Garten führte, war angelehnt. Im Schnee konnte Korbinian Fußspuren erkennen, die quer über den Rasen zu der Thujahecke führten, die die Grenze zum Nachbargrundstück bildete. Das sollte sich die KT wohl noch einmal etwas genauer ansehen. Korbinian wandte sich wieder dem Schlafzimmer zu. Auf dem Teppichboden lag ein Häs, ein mit rot-weißen Fetzen besetzter Overall, darunter eine Holzmaske. Dem grotesk verzerrten Mund entwand sich eine riesige, knallrote Zunge, die sich wie eine Schlange um eine Wange ringelte.

Er hob das Gewand auf und legte es auf das Bett. Da fiel ihm auf, dass die Tür des Kleiderschranks einen Spalt breit offen stand. Er schob sie ganz auf und entdeckte ein Bündel, das zusammengeballt unter Werners ordentlich auf Kleiderbügeln aufgehängten Anzügen und Pullis lag. Er zog es heraus und legte die einzelnen Teile auf das Bettlaken: eine grüne Hose und ein Hemd derselben Farbe, in dessen Brusttasche etwas steckte: ein Mundschutz und eine OP-Haube.

Wellmann war schnurstracks ins Bad gegangen. Er hatte gewusst, wonach er suchte, und nicht lange gebraucht, um es zu finden.

»Alter Schwede«, murmelte er, als er auf die drei Kartons im Innern des Spiegelschränkchens blickte, die Blister mit jeweils einhundert Tabletten Flunitrazepam enthielten. Das Bad war ordentlich aufgeräumt. Auf der Ablage des Waschbeckens befanden sich vier Becher mit Zahnbürsten, zwei in Erwachsenen-, zwei in Kindergröße. Die Duschkabine glänzte, und auch die Badewanne war sauber. Daneben stand ein Windlicht. Wellmann trat näher und spähte durch die Öffnung. Seine Augenbrauen zuckten vor Überraschung.

»Eigenbedarf«, brummte Werner und verschränkte die Arme vor der Brust.

Wellmann seufzte. Der Schatzmeister der Hochdorfer Hirabicker machte es ihnen deutlich schwerer als Peter Greiner. Sie hatten ihn nun seit drei Stunden in der Mangel. Aber auf beinahe jede Frage hatte er bislang eine Antwort parat gehabt.

»Und wer hat Ihnen das verschrieben?«, fragte Linda.

»Mein Hausarzt Dr. Meister in Biberach. Aber ich fürchte,

den werdet ihr nicht mehr dazu befragen können. Er ist leider Ende letzten Jahres verstorben.«

Ein überhebliches Grinsen umspielte seine Mundwinkel.

»Umso besser«, sagte Wellmann trocken. »Dann werden wir kein Problem damit haben, eine richterliche Genehmigung zur Durchsicht deiner Patientenakte zu bekommen. Dein Arzt wird sich nicht mehr dagegen wehren können.«

Das Grinsen auf Werners Gesicht verschwand. »Das könnt ihr nicht …«

»Und ob wir das können«, schnitt ihm Wellmann das Wort ab. »Wir haben Indizien dafür, dass du in dem Drogenring mit drinsteckst, den deine Hirabicker-Freunde aufgezogen haben. Isidor haben wir geschnappt, aber er will nicht mit uns kooperieren. Valentin Weißgerber und Anton Kuster sind tot. Und jetzt bist du uns ins Netz gegangen.«

»Ihr habt keine Beweise, dass ich bei dieser Drogensache mitgemacht habe«, blaffte Werner.

»Wir haben die Aussage von Peter Greiner, dass du ihn bestochen hast, um an Details über unsere Ermittlungen zu kommen. Es sieht nicht gut aus für dich.«

»Alles gelogen. Ich kenne diesen Greinert, oder wie der heißen soll, gar nicht.«

»Warum hat er dann in den letzten Tagen von seinem Prepaid-Handy aus achtzehnmal mit deiner Festnetznummer telefoniert? Du willst mir doch nicht erzählen, dass deine Frau hinter der ganzen Sache steht? Oder vielleicht deine Kinder? Die sind sechs und acht, nicht wahr?«

»Lass meine Mädchen aus dem Spiel!«, fuhr Werner ihn an.

»Warum sollte ich?«, fragte Wellmann kalt. »Ihr habt meinen Sohn da mit reingezogen. Deine Kinder werden noch lange genug darunter leiden, was ihr Vater für einen Riesenmist gebaut hat.«

Werners Augen funkelten wütend.

»Du hast zwei Möglichkeiten«, sagte Wellmann. »Entweder du stellst dich weiterhin stur. Das ist dein gutes Recht. Dann wirst du mit allen anderen Hirabickern, die wir in den nächsten

Stunden der Mitgliedschaft in eurem Drogenring überführen werden, abgeurteilt. Oder du bequemst dich dazu, auszusagen. Und zwar vollständig. Wir wollen die Namen von allen, die an der Sache beteiligt waren. Einen Überblick über die Strukturen des Drogenrings. Und über seine Finanzen. Wer steckt dahinter? Isidor hat nicht den Grips dazu. Und du auch nicht. Wer hat das Ganze aufgezogen?«

Der Kommissar konnte beinahe hören, wie die Zahnräder in Werners Kopf ratterten. Er hatte eine Entscheidung zu treffen, die objektiv betrachtet alternativlos war. Wenn er gegen seine Kumpane aussagte, würde ihm das schuldmindernd angerechnet werden. Er wäre viel rascher wieder auf freiem Fuß als die anderen. Aber aus langjähriger Erfahrung wusste Wellmann, dass die objektive Sicht der Dinge sich nicht immer durchsetzte. So auch in diesem Fall. Werner verschränkte erneut die Arme über der Brust.

»Ich sage jetzt gar nichts mehr.«

Wellmann nickte. Ohne ein weiteres Wort legte er die Rechnung auf den Tisch, die Linda in Werners Büro gefunden hatte. Der Schatzmeister der Hirabicker erbleichte.

»Was … was ist das?«, fragte er.

»Das weißt du ganz genau«, erwiderte der Kommissar. »Es ist das Puzzlestück, das uns bislang noch gefehlt hat, um zu beweisen, dass der Tod von Jana Krüger nicht selbst verschuldet war. Ihr habt sie getötet. Ihr habt ihr das Crystal Meth verabreicht und wolltet es so aussehen lassen wie einen gemeinschaftlichen Suizid. Welchen Aufwand ihr dafür betrieben habt. Neunundneunzig rote Teelichter. Es hat sicher eine Zeit lang gedauert, bis du die alle angezündet hattest.«

Werners Augen weiteten sich.

»Das ist Schwachsinn«, sagte er. »Ich habe keine Ahnung, wovon du redest.«

»Dann werde ich dir mal auf die Sprünge helfen«, sagte der Kommissar. »Meine Kollegin Keller hat mich vorhin, als sie mir von der Rechnung erzählt hat, gefragt, wo denn wohl das fehlende Teelicht abgeblieben sein könnte. Schließlich hast du einhundert gekauft, aber nur neunundneunzig am Lindenweiher verwendet.«

Er stellte einen Karton auf den Tisch und holte das Windlicht heraus. »Hier ist es, Linda«, sagte er und drehte das Glasgefäß um. Ein halb abgebranntes, herzförmiges Kerzchen rollte heraus. »Das war wohl auch Eigenbedarf? Oder?«

»Das war der Weißgerber«, platzte es plötzlich aus Werner heraus.

»Was war der Weißgerber?«, fragte Wellmann.

»Die Sache mit diesem Robert und seiner Freundin hat der für uns erledigt. Ich habe ihm gesagt, dass der Junge ein Problem darstellt. Um den Rest hat er sich gekümmert. Hat mir nur irgendwann eine Rechnung über diese Teelichter gebracht und eins davon dagelassen. Auf diese ganze Romeo-und-Julia-Geschichte ist er selbst gekommen. Wenn ich gewusst hätte, dass er den Jungen samt Freundin aus dem Weg räumen wollte, wäre ich natürlich eingeschritten. Er sollte ihm doch nur ein bisschen Angst machen. Aber die Drogen haben sein Gehirn wohl kaputt gemacht. Der war schon lange nicht mehr richtig im Kopf.«

Wellmann lehnte sich zurück. »Schon praktisch, wenn man immer einen toten Junkie zur Hand hat, dem man die Schuld in die Schuhe schieben kann. Leider hat deine Aussage einen kleinen Schönheitsfehler. Wir haben am Lindenweiher Schuhabdrücke gefunden. Und die passen zu deinen Winterstiefeln wie der Topf auf den Deckel. Du warst am Tatort. Nicht Weißgerber. Wenn sich nun auch noch herausstellt, dass das verbeulte Damenrad, das wir in deiner Garage entdeckt haben, Jana Krüger gehört hat, sieht es ganz duster für dich aus. Und zu guter Letzt haben wir auch Kusters Häs in deinem Schlafzimmer gefunden. Du hast meinem Sohn die mit dem Crystal Meth versetzten Bonbons gegeben. So kommt zum Mord an Jana Krüger auch noch ein versuchter Mord hinzu.«

Der Adamsapfel an Werners Hals hüpfte auf und ab wie ein Tischtennisball bei einem Match zweier Weltklassespieler.

»Du wirst um einen Prozess und eine Gefängnisstrafe nicht

herumkommen«, sagte Wellmann mit Nachdruck. »Wenn du uns jetzt alles gestehst, kann sich das positiv auf dein Strafmaß auswirken.«

Werner fixierte sein Gegenüber mit einem abschätzenden Blick. Dann begann er zu reden.

46

»Jetzt geh schon heim, den Rest bekommen wir auch ohne dich hin«, sagte Wellmann zu Linda. Sie schüttelte den Kopf, konnte aber nicht verhindern, dass die Bewegung einen erneuten Gähnreflex auslöste.

Es war kurz nach achtzehn Uhr. Beinahe vier Stunden lang hatte sie vom Nebenzimmer aus die Befragung verfolgt, die so spannend gewesen war, dass sie die Müdigkeit gar nicht mehr gespürt hatte. Werner hatte ausgepackt. Und zwar so richtig. Er hatte die Strukturen des Drogenrings offengelegt, der im Kern aus den Vorstandsmitgliedern der Hirabicker bestand. Und er hatte Ulrich Braun schwer belastet. »Braun, das Brain« hatte er ihn genannt, ihm die Idee und die Initiative zur Gründung des Drogenrings zur Last gelegt. Er hatte Braun als einen eiskalten Strategen dargestellt, der ohne mit der Wimper zu zucken befohlen habe, Robert Miller und Jana Krüger aus dem Weg zu räumen. Als Wellmann sich in die Ermittlungen einmischte, habe Braun befohlen, gegen den Kommissar vorzugehen, was darin gegipfelt habe, dass Braun in Kusters Häs Wellmanns Sohn die Crystal-Meth-Bonbons geschenkt habe. Die Maske habe er dann Werner zur Aufbewahrung anvertraut. Auch die Explosion in Kusters Hütte sei auf Befehl des Bankdirektors erfolgt. Als Greiner sie darüber informiert habe, dass die Ermittler ihnen auf der Spur seien, habe Braun Werner angewiesen, eine Sprengfalle anzubringen. Offenbar war Braun den Ermittlern auch nur um Haaresbreite entwischt, da er sich laut dessen Aussage bei Werner befunden habe, als die Polizei bei diesem aufgetaucht war. Die Fußspuren im Garten zeugten demnach von der überstürzten Flucht des Vereinsvorsitzenden.

Sobald die Vernehmung beendet war, hatte die Erschöpfung unerbittlich zugeschlagen. Linda konnte sich kaum mehr auf den Beinen halten. Ihr war klar, dass sie in ein Bett gehörte, doch wollte sie den Höhepunkt der Ermittlungen nicht verpassen: die Festnahme von Ulrich Braun.

Wellmann warf Linda einen besorgten Blick zu.

»Geh nach Hause und schlaf dich aus. Dann bist du morgen fit, wenn wir Braun in die Mangel nehmen. Die Festnahme selbst wird sicher nicht allzu spektakulär werden.«

Linda wollte etwas erwidern, doch kaum hatte sie ihren Mund geöffnet, musste sie schon wieder gähnen.

»Das war ein ›Ja‹«, sagte Korbinian. »Ab ins Bett mit dir. Und schreib 'ne SMS, wenn du gut daheim angekommen bist, okay?«

Linda sah ihn mit großen Augen an.

»Warum bist du denn plötzlich so ... fürsorglich?«

Korbinian lief mit einem Mal knallrot an.

»Meine Kollegen sind mir eben wichtig. Auch wenn du mir das wahrscheinlich nicht zutraust«, sagte er und wandte sich rasch um.

»Und jetzt?«, fragte Korbinian. Wellmann sah Linda nach, die zum Haupteingang der Dienststelle wankte. Hoffentlich schaffte sie es, ohne Unfall heimzufahren.

»Jetzt warten wir auf den Haftbefehl«, sagte er.

»Reicht Werners Aussage dafür aus?«, fragte Korbinian.

»Ich hoffe es. Wenn Isidor bei seiner Version der Geschichte bleibt und Braun eine Beteiligung an den Taten leugnet, könnte uns die Sache trotzdem noch um die Ohren fliegen. Wir brauchen einen stichhaltigen Beweis gegen Uli.«

Korbinian nickte, dann verzog er das Gesicht und begann damit, sich den Nacken zu massieren.

»Wenn du willst, kannst du auch nach Hause gehen. Die Kollegen von der Schutzpolizei helfen mir bei der Verhaftung«, schlug Wellmann vor.

»Vergiss es«, sagte Korbinian. »Du heimst hier nicht die ganzen Lorbeeren ein.«

Er zog ein kleines gelbes Büchlein aus seiner Hosentasche und schlug es auf.

»Was ist das?«, fragte Wellmann.

»›Romeo und Julia‹«, erwiderte Korbinian. »Ich wollte das schon immer mal lesen, bin aber nie dazu gekommen.«

»Und wie gefällt es dir?«, fragte Wellmann.

»Schwere Kost«, sagte Korbinian. Er blätterte in dem Heft herum. Plötzlich legte sich seine Stirn in Falten. Er las laut vor:

»Oh willkommner Dolch!
Dies werde deine Scheide, roste da
Und lass mich sterben!«

Wellmann nickte. Das waren Julias letzte Worte. »Ich habe es nicht mehr so genau in Erinnerung«, sagte Korbinian. »Aber stand in dem Facebook-Post nicht ›Messer‹ anstelle von ›Dolch‹?«

»Möglich«, sagte Wellmann. »Das haben wir gleich.«

Er setzte sich an den Laptop, tippte ein wenig darauf herum und las schließlich laut vor:

»Im Leben getrennt, im Tode vereint. Oh du willkom-
menes Messer. Dies ist deine Scheide. Roste dort und lass
mich sterben.«

»Das ›Im Leben getrennt, im Tode vereint‹ fehlt hier«, sagte Korbinian und deutete auf das gelbe Heft. »Außerdem hat der Verfasser in dem Posting ›Messer‹ statt ›Dolch‹ und ›dort‹ statt ›da‹ verwendet. Und ›ist‹ anstelle von ›werde‹.«

Auf Wellmanns Lippen erschien ein spöttisches Lächeln.

»Du hättest Lehrer werden sollen. Obwohl, wenn ich es mir genau überlege, ist es schon ein Segen, dass man jemanden wie dich nicht auf Schüler losgelassen hat.«

Korbinian ignorierte die Spitze. »Nein, im Ernst! Warum unterscheiden sich die beiden Zitate?«

»Weil der Verfasser des Postings eine andere Ausgabe von ›Romeo und Julia‹ verwendet hat«, murmelte Wellmann, der plötzlich begriff, worauf Korbinian hinauswollte.

»Genau! Und wenn wir diese Ausgabe bei Werner finden, haben wir einen Hinweis mehr dafür, dass er den Mord geplant hat.«

In Wellmanns Kopf sprang das Gedankenkarussell an. Etwas an Korbinians Überlegungen hatte eine Erinnerung in ihm geweckt. Eine unerwartete Erinnerung. Er griff zum Telefon. Korbinian beobachtete neugierig, wie er eine Stuttgarter Nummer wählte.

Dieter Fiseler war ganz offenbar erfreut, seinen ehemaligen LKA-Kollegen an der Leitung zu haben.

»Ja, Tobias, das ist ja mal eine Überraschung!«, rief er. »Wie geht's dir?«

Wellmann verzichtete auf jeden Small Talk und brachte kurz sein Anliegen vor. Nachdem er Fiseler die Textzeilen aus »Romeo und Julia« diktiert hatte, sagte dieser: »Okay, das sollte nicht zu lange dauern. Ich geb's weiter an unseren Mann vor Ort und melde mich bei dir.«

Der Weg von der Dienststelle zu Lindas Wohnung war nicht weit. Doch auf der siebenminütigen Fahrt war sie dreimal nah daran gewesen einzuschlafen. Beim letzten Mal war sie bereits halb auf die Gegenfahrbahn geraten. Das Hupen eines entgegenkommenden Fahrzeugs hatte sie wieder aufgeweckt, und sie hatte es gerade noch geschafft, einen Zusammenprall zu verhindern.

Sie stellte ihren Twingo in einer dunklen Ecke des Parkplatzes vor dem Wohnblock ab. Draußen war es rutschig, und sie musste sich an ihrem Auto festhalten, um nicht zu stürzen. Dabei verlor sie jedoch den Schlüssel, der mit einem Klirren auf den vereisten Boden fiel.

Als sie sich bückte, um ihn aufzuheben, hörte sie ein Geräusch. Es klang wie ein Kratzen oder ein Scharren. Sie drehte sich um und ließ ihren Blick herumschweifen. Doch sie konnte nichts entdecken. Ihre Finger schlossen sich um den Schlüsselbund. Da war es noch einmal, dieses scharrende Geräusch. Als ob jemand mit einem Scheibenkratzer arbeiten würde.

Ob das von ihrem Auto kam? Vielleicht hatte es sich ein Tier in ihrem Motorraum bequem gemacht. Sie erschauderte beim Gedanken daran, dass sie möglicherweise einen blinden Passagier mitgenommen hatte. Sollte sie besser nachsehen? Oder hatte sie sich das alles nur eingebildet? Unentschlossen richtete sie sich auf, als plötzlich etwas Großes, Schwarzes in ihr Blickfeld flog. Ihr Kopf wandte sich automatisch in die Richtung, aus der das Objekt kam, doch noch ehe sie erkannte, was es war, durchzuckte ein heftiger Schmerz ihre Schläfe. Dann war alles dunkel.

47

Korbinian stellte den Wagen in Sichtweite der Halle ab. Das war nicht leicht, denn um kurz vor halb acht herrschte bereits ein reger Betrieb. Trotzdem hatte er einen guten Platz an der Hauptstraße ergattert, von dem aus sie den Eingang im Blick hatten.

»Und jetzt?«, fragte er.

»Jetzt warten wir auf die Kollegen«, erwiderte Wellmann. »Wenn ich mich schon in die Höhle des Löwen wage, dann lieber in Begleitung eines halben Dutzends uniformierter Beamter.«

Nachdem der Haftbefehl eingetroffen war, waren sie sofort zu Brauns Haus aufgebrochen. Doch der Vorstand der Hirabicker war nicht da gewesen. Wellmann hatte sich gegen die Stirn geschlagen und gerufen: »Verdammt, der Ball! Das hatte ich ganz vergessen. Scheiße!«

Sie hatten überlegt, ob sie die Verhaftung verschieben sollten. Wenn sie Braun von seinem eigenen Fasnetsball abführten, würde das gewaltige Wellen schlagen, nicht nur in Hochdorf. Aber Wellmann hatte darauf bestanden, dass sie Braun umgehend verhaften müssten. Er hatte Verstärkung angefordert, und Korbinian hatte sie zur Gemeindehalle gefahren.

Wellmann griff nach seinem Handy und wischte über das Display. Keine Nachricht von Linda. Ob sie sicher zu Hause angekommen war? Wahrscheinlich schon, wenn sie einen Unfall gebaut hätte, hätten die Kollegen von der Schutzpolizei ihnen das inzwischen sicher mitgeteilt gehabt.

Ein schwarzer BMW glitt mühelos in die letzte freie Parklücke. Eine Frau in einem Katzenkostüm stieg aus. An ihrer kunstvollen Frisur waren spitze Ohren befestigt, und ihr Gesicht war stark geschminkt. Unter ihrem Parka lugte ein etwa neunzig Zentimeter langer Schwanz hervor. Sie ging auf die Halle zu.

»Sie kommen«, sagte Korbinian nach einem Blick in den Rückspiegel.

Wellmann wandte sich um und sah die beiden Streifenwagen die Straße entlangfahren. »Gut, ich gehe rein. Bleibst du im Wagen? Von hier aus kannst du den Eingang im Auge behalten. Es ist sicher spannend, wer das sinkende Schiff verlässt, wenn wir den Kapitän verhaften.«

Korbinian schickte sich an zu protestieren, doch Wellmann sah ihn nur eindringlich an. »Okay«, sagte er dann. »Aber beeilt euch. Ich friere mir hier sonst noch alles ab.«

Die beiden Streifenwagen parkten auf dem Halteverbots-streifen vor der Halle. Vier Beamte stiegen aus. Wellmann ging auf die Kollegen zu und begrüßte sie per Handschlag.

»Wir ziehen das so rasch und unauffällig wie möglich durch«, sagte er. »Die Türen sind noch geschlossen. Wir verschaffen uns Eintritt und führen Braun durch den Hinterausgang ab.«

Vor dem Eingang hatte sich eine kleine Menschenmenge versammelt, die auf den Einlass wartete. Zahlreiche Augen-paare beobachteten, wie sich der Kommissar mit seinen uni-formierten Begleitern näherte. Wellmann kannte niemanden. Das mochte daran liegen, dass alle diese Leute verkleidet waren und sich zum Teil sogar hinter Masken verbargen. Er sah zwei Batmans und einen Spider-Man und mehrere Frauen mit blon-den Perücken in eng geschnittenen Lederkostümen. Eine von ihnen trug einen Plastikdrachen auf der Schulter. Wellmann hatte keine Ahnung, was das darstellen sollte. Wahrscheinlich stammte es aus irgendeinem Film. Hinter den Glasfeldern der Eingangstüren huschten maskierte Gestalten auf und ab. Sie trugen das rot-weiße Häs der Hirabicker. Wellmann hörte ein Schloss knacken, und im nächsten Augenblick wurde er nach vorne geschoben. Die Umstehenden versuchten, näher an die sich öffnenden Türflügel zu gelangen. Der Kommissar fluchte leise vor sich hin. Sie waren zu spät gekommen, und er musste sich von seinem Plan einer diskreten Verhaftung verabschieden.

Er blieb stehen und beriet sich mit seinen Begleitern. Dann rief er laut:

»Hier spricht die Polizei! Bitte machen Sie den Weg frei und lassen Sie uns in die Halle!«

Als Linda erwachte, war es dunkel und kalt. Ihr Kopf schmerzte. Sie bewegte die Augen hin und her, aber es war so stockfinster um sie herum, dass sie nichts erkennen konnte. Wo war sie? Ein muffiger Geruch stieg in ihre Nase. Ein Geruch nach alter Feuchtigkeit. Vorsichtig legte sie ihre Wange ab. Nun spürte sie die Feuchtigkeit auch. Ihre Haut rieb über ein klammes Stück Stoff, eine alte Decke.

Sie hörte ein Lachen. Dann ein Brummen, das lauter wurde und wieder abnahm. Das musste ein Auto gewesen sein. Ob sie sich in der Nähe einer Straße befand? Erneut lachte jemand. Sie hörte gedämpfte Stimmen, die sich unterhielten. Erst als sie schreien und auf sich aufmerksam machen wollte, bemerkte sie den Stofffetzen in ihrem Mund. Auch ihre Hände waren zusammengebunden worden. Und ihre Füße. Die Fesseln schnitten unangenehm ein. Sie fühlten sich an wie Plastik. Wahrscheinlich Kabelbinder. Sie holte tief Luft und schrie mit aller Kraft nach Hilfe. Das Ergebnis schockierte sie. Sie konnte sich selbst kaum hören. Der Knebel war sehr effektiv eingesetzt worden. So würde sie draußen auf der Straße niemand bemerken. Die Anstrengung hatte einen stechenden Schmerz in ihrem Kopf explodieren lassen. Sie fiel auf die Decke zurück und stöhnte auf.

Erneut fuhr ein Auto an ihrem Versteck vorbei. In Lindas Kopf ratterte es. Wie konnte sie nur auf sich aufmerksam machen? Die Kälte kroch unbarmherzig an ihr hoch. Sie zitterte am ganzen Körper. Notgedrungen versuchte sie, sich durch Bewegung zu wärmen, und zog die Beine an. Ihre Knie stießen gegen etwas Hartes. Etwas metallisch Hartes. Und mit einem Mal wusste Linda, wo sie sich befand. Im Innern eines Autos. Ihr Entführer hatte sie in einen Kofferraum gesperrt.

Der Gedanke erschreckte und erleichterte sie zugleich. Wenn sie sich in einem Kofferraum befand, bestand die Grenze zur Außenwelt nur aus einer dünnen Blechschicht. Deshalb war es hier so eiskalt. Es blieb ihr allerdings nicht mehr viel Zeit, ehe die ersten Erfrierungen einträten. Aber es sollte doch möglich sein, sich durch das Blech bemerkbar zu machen. Sie zog die Knie an, streckte sie ruckartig durch und trat gegen den Kofferraumdeckel. Er gab ein krachendes Geräusch von sich. Sie wiederholte die Prozedur. Das Auto begann zu wippen. Dann verließen sie die Kräfte. Ihr Kopf drohte, vor Schmerz zu explodieren. Schwer atmend lag sie da und lauschte, ob vielleicht endlich Hilfe käme.

Wellmann betrat die Halle. Er erkannte den Ort wieder. Genau so hatte es letzten Donnerstag hier ausgesehen. Neben der Getränkeausgabe war eine Bühne errichtet worden, auf der bereits die Instrumente der Band auf ihren Einsatz warteten. In der Mitte der Längsseite befand sich die Bar. Wellmann schloss die Augen und versuchte, verschüttete Erinnerungen an die Oberfläche seines Bewusstseins zu holen, doch es war vergeblich.

»Du traust dich was!«, sagte jemand hinter ihm. Er drehte sich um und sah einen Mann im Häs der Hirabicker vor sich. Er trug eine besonders reich verzierte, deswegen aber nicht weniger hässliche Maske. Deren Mund war so breit, dass der Kommissar beide Hände hätte hineinstecken können. Die Nase dagegen war lang und spitz und stieß aus der unsymmetrischen Fratze hervor wie ein Dolch, ebenso das unnatürlich kantige Kinn. Der Hästräger nahm die Maske ab, und Wellmann sah, dass es sich um Uli Braun handelte. Sein Gesicht war so wutverzerrt wie das, das er eben noch getragen hatte. Rauchend vor Zorn baute er sich vor Wellmann auf.

»Erst verhaftest du der Reihe nach meine Vorstandskollegen, und dann störst du auch noch unseren Ball?«

Eine kleine Menschentraube hatte sich um sie gesammelt und verfolgte die Konfrontation zwischen Wellmann und dem Bankvorstand.

»Können wir das an einem diskreteren Ort besprechen?«, fragte Wellmann.

»Was willst du besprechen? Siehst du nicht, dass ich hier zu tun habe? Ich bin der Veranstalter, schon vergessen?« Braun verschränkte die Arme über der Brust und starrte den Kommissar herausfordernd an.

»Eben aus diesem Grund würde ich dir raten, dass wir in ein Nebenzimmer gehen«, entgegnete dieser.

Er erwiderte Ulis Blick, ohne mit der Wimper zu zucken. Sie standen sich eine Weile gegenüber, dann sagte Braun: »Okay, gehen wir nach nebenan.« Er führte sie in den Raum, in dem die Turngeräte aufbewahrt wurden. Wellmann und die Kollegen standen neben einem Barren, Braun lehnte sich lässig an einen Bock.

»Also, was soll das hier? Bist du jetzt total übergeschnappt?«, fragte er.

»Ich verhafte dich wegen des Verdachts der Mitgliedschaft in einer kriminellen Vereinigung und von Verstößen gegen das BTM-Gesetz.«

Braun lachte laut auf.

»Das ist jetzt nicht dein Ernst?«, rief er mit einer seltsam gepresst klingenden Stimme.

Wellmann enthielt sich einer Antwort. Stattdessen reichte er Braun den Haftbefehl. Dessen Augen flackerten, als er das Schriftstück überflog. Er schüttelte den Kopf.

»Das stimmt nicht. Das ist nicht wahr.«

»Wir haben die Aussage von Gerhard Werner«, erwiderte Wellmann.

»Werner?«

Braun stieß ein heiseres Lachen aus.

»Was hat er dir erzählt? Dass ich ihn gezwungen habe, bei der Sache mitzumachen?«

Wellmann wollte Braun am Arm packen und ihn nach draußen führen, doch er hielt inne.

»Wenn er das gesagt hätte, wäre es gelogen?«, fragte er.

Braun atmete tief aus und ein. Wellmann spürte, dass der Widerstand seines Schulfreundes kurz vor dem Brechen war.

»Ich hab niemanden überzeugen müssen«, sagte Braun schließlich. »Sie waren begeistert dabei. Und es lief auch richtig gut. Wir haben das Geschäft mit dem Crystal Meth im großen Stil aufgezogen. Haben massig Geld gemacht damit. Es war meine Idee gewesen, meine brillante Idee. Doch Antons Tod hat alles zerstört.«

»Weil er Robert Miller von euren Aktivitäten erzählt hat?«, fragte Wellmann, um Braun das letzte noch fehlende Geständnis zu entlocken.

Doch der winkte ab. »Mit dem Jungen wäre ich schon fertiggeworden. Er wollte Geld, und ich hätte es ihm gegeben. Warum hätte ich mir wegen Peanuts die Hände schmutzig machen sollen? Aber dann ist Gerhard ausgeflippt. Keine Ahnung, wie er auf die bescheuerte Idee gekommen ist. Er hat die kleine Krüger kaltgemacht. Daraufhin hat der junge Miller sich umgebracht. Und dann ist das passiert, was wir vermeiden wollten: Du hast die Ermittlungen übernommen.«

»Habe ich das richtig verstanden? Du hast Gerhard nicht den Auftrag gegeben, Jana zu töten?«, fragte Wellmann.

Braun schüttelte vehement den Kopf.

»Warum hätte ich so etwas tun sollen? Das war Wahnsinn.«

Es war zum Verzweifeln. Warum hörte sie keiner? Linda fühlte, wie die Kraft sie verließ und die frei werdende Energie in die zunehmende Panik gepumpt wurde, die von ihr Besitz ergriffen hatte. Sie versuchte, gleichmäßig zu atmen, aber der Knebel hinderte sie daran. Um sich von den überwältigenden Angstgefühlen abzulenken, riss sie so hart an ihren Fesseln, dass diese sich tief in ihre Handgelenke schnitten. Sie stöhnte kurz auf, doch im gleichen Moment spürte sie Erleichterung, als die Panik sich langsam zurückzog, wie eine Schlange, die eine unerwartete Wunde hatte einstecken müssen.

Sie sammelte alle Kraft in ihren Beinen und ließ die Füße erneut gegen das Blech des Kofferraumdeckels knallen. Schwer atmend lag sie da und lauschte. Zuerst war alles still, dann drang ein Laut zu ihr. Ein Rufen.

»Hallo? Ist da wer?«

Nachdem die Kollegen Braun durch die Hintertür abgeführt hatten, trat Wellmann in den Saal. Dieser hatte sich inzwischen bereits gut gefüllt. Überall standen maskierte Menschen. Die Band hatte zu spielen begonnen. Es waren fünf Männer und eine Frau. Der erste Song war »Summer of 69«, und während die letzten Takte verklangen, verdrehte Wellmann die Augen. Er konnte die abgenudelte Nummer nicht mehr hören. Langsam ging er in Richtung Ausgang. Endlich war das Lied vorbei, und die Sängerin richtete ein paar Begrüßungsworte an das Publikum, ehe die Band mit dem zweiten Song begann. Es war »Sex Bomb«.

Und dann geschah es: Wellmann spürte einen leisen Schwindel in sich aufsteigen. Die Melodie lullte ihn ein, und gleichzeitig kitzelte sie die Erinnerung aus ihm heraus. Roberts Gesicht erschien vor ihm, ein durchsichtiges Bild, das sich über die Szenerie legte, die jetzt vor seinen Augen stand. Um ihn herum tobte der Fasnetsball, die Leute tanzten und sangen. *»Sex bomb, Sex bomb, you're my Sex bomb!«* Robert sagte: »Es war kein Unfall damals mit Tante Monika. Sie ist ermordet worden.« Wellmann fürchtete schon, dass der Erinnerungsfaden wieder abreißen würde. Doch dieses Mal sprach Robert weiter, und seine Worte bestätigten, was der Kommissar geahnt und gefürchtet hatte, seitdem Braun abgestritten hatte, den Tod des Jungen in Auftrag gegeben zu haben.

Eine Frau in einem Katzenkostüm trat auf ihn zu. Sie hielt zwei Gläser in den Händen.

»Hallo, Sabine«, sagte er. »Ich hatte gehofft, dich hier zu treffen.«

Auf dem Katzengesicht breitete sich ein Lächeln aus.

»Mir ging es genauso. Möchtest du einen Glühwein?«

»Was hast du dieses Mal reingeschüttet? Wieder Flunitrazepam? Oder etwas Stärkeres, was mich ganz aus dem Weg räumen soll?«

»Bitte?«, fragte sie, so als ob sie ihn bei all dem Lärm, der sie umgab, nicht richtig verstanden hätte.

»Du warst es«, sagte Wellmann. »Du hast Gerhard Werner

angestiftet, Jana Krüger umzubringen und dadurch Robert Miller in den Tod zu treiben.«

Sie schaute ihn lange an. Das Lächeln unter ihren Schnurrbarthaaren gefror.

»Das ist verrückt«, sagte sie. »Was soll das, Tobias? Spinnst du?«

»Nein, ich spinne ganz und gar nicht. Du steckst hinter dem Tod der beiden Teenager. Und Monika hast du auch auf dem Gewissen.«

Sie stieß ein schallendes Lachen aus.

»Jetzt gehen aber die Pferde mit dir durch, mein Lieber. Wie kommst du darauf?«

Ihre Stimme sollte fröhlich klingen, doch Wellmann konnte die Anspannung gut wahrnehmen, die unter ihren Worten lag.

»Robert Miller hat es mir gesagt. Vor seinem Tod. Deshalb hast du mir auch das Flunitrazepam verabreicht. Damit ich mich nicht mehr an das Gespräch erinnern sollte. Jemand hat ihm gesagt, wer ich bin, und da er ausnahmsweise ein bisschen was intus hatte, hat er beschlossen, sich mir anzuvertrauen. Das musstest du verhindern. Um jeden Preis.«

In ihrem Blick veränderte sich etwas. Der spöttische Glanz von eben verflog und machte einer Eiseskälte Platz.

»Das musst du mir erst einmal alles beweisen«, sagte sie.

Wellmann holte sein Smartphone aus der Tasche und öffnete die SMS, die er vorhin von Dieter Fiseler empfangen hatte. Sabines Augen weiteten sich vor Entsetzen, als sie las:

Walker, Sabine. Der Tod und das Mädchen. Julias Sterbeszene im Spiegel der Jahrhunderte. Eine kritische Analyse verschiedener Übersetzungen. Magisterarbeit im Fach Germanistik, Tübingen, 1999.

Ihre eben noch so vollen Lippen zogen sich zu einem dünnen Strich zusammen.

»Das ist meine Abschlussarbeit. Was soll damit sein?«, fragte sie. Ihre Stimme zitterte.

»Du hast im Rahmen der Magisterarbeit verschiedene Übersetzungen von Julias Sterbeszene miteinander verglichen. Unter anderem deine eigene.«

Sie nickte und zischte: »Na und?«

»Dein Plan war nahezu perfekt. Du wolltest Robert Miller und seine Freundin aus dem Weg räumen, weil sie wussten, dass du Monika umgebracht hast. Ihren Tod wolltest du den Hirabickern in die Schuhe schieben, um deinen Ex-Mann zu vernichten. Und der Bequemlichkeit halber hast du die Sache so inszeniert, dass wir möglichst rasch die Verbindung zu Ulis Drogengeschäften aufdecken. Aber deine Eitelkeit hat dich verraten. Janas Facebook-Post war ein Fehler. Es sind Julias letzte Worte. Allerdings nicht nach der Textversion der Schulaufführung, sondern in deiner Übersetzung. Die konnte das Mädchen aber nicht kennen. Gerhard Werner hat den Post nach deinen Anweisungen geschrieben. Und zwar nachdem er Jana entführt, ihr Passwort erpresst und ihr das Crystal Meth eingeflößt hatte. Und von ihm hast du das Flunitrazepam bekommen. Hast du Gerhard auch verführt? Oder wie hast du ihn dazu gebracht, sich gegen Uli zu stellen und dir zu helfen?«

Er wollte nach ihr greifen, um sie festzunehmen, doch plötzlich zuckte ihre Hand nach vorne. Eine feuchte Hitze brannte in Wellmanns Augen, und er schrie auf. Er konnte nichts mehr sehen, hörte nur noch die Band, die ihr drittes Stück spielte: »Love Hurts.«

Korbinian vernahm ein Rumpeln. Er knetete die klammen Hände, die in dicken Fäustlingen steckten, und rieb zum zehnten Mal das Guckloch an der Frontscheibe frei, das der Niederschlag seines Atems sofort wieder zufrieren ließ. Die Gehsteige hatten sich geleert. Nur vor dem Halleneingang standen ein paar Raucher.

Wieder rumpelte es. Was war das für ein Geräusch? Es kam ihm so vor, als ob sich vorne etwas bewegte. Sollte er aussteigen und nachschauen? Der Gedanke war wenig verlockend. Draußen war es noch kälter als drinnen. Zum dritten Mal rumpelte es, und er sah ganz deutlich, dass der BMW von eben hin und her schaukelte. Ob da jemand einen Hund eingesperrt hatte? Das wäre Tierquälerei. Nicht, dass er viel Mitleid mit dem vernachlässigten Köter hätte, aber Herrgott. Wer tat denn so was? Er stieg aus. Ein eisiger Wind traf ihn mit voller Wucht, und er fluchte. Langsam ging er auf den BMW zu.

Etwa zwei Meter vom Heck des Wagens entfernt hielt Korbinian an. Eben hatte das Auto erneut gewackelt. Ein wenig wie einer dieser aufgemotzten Amischlitten aus den Hip-Hop-Videos.

»Hallo? Ist da wer?«, rief er.

Er lauschte. Ein schwaches Geräusch drang an sein Ohr. Was war das? Ein Stöhnen? Ein Schrei? Er hörte Schritte und sah, dass die als Katze verkleidete Frau auf ihn zurannte.

»Ist das Ihr Wagen?«, fragte er und trat ihr in den Weg. Doch sie wurde nicht langsamer. Stattdessen fuhr sie ihre Arme aus und stieß den Polizisten mit voller Wucht von sich. Auf dem eisigen Untergrund verlor Korbinian das Gleichgewicht und stürzte krachend zu Boden. Ein stechender Schmerz durchzuckte ihn vom Gesäß bis zur Kopfhaut. Er hörte das Aufsummen des BMW, dann schlug eine Autotür zu. Als er sich wieder aufrappelte, sah er gerade noch, wie die Rücklichter des BMW ansprangen. Der Motor heulte auf, und mit durchdrehenden Reifen schoss das Auto aus der Parklücke.

Wieder hörte er Schritte. Dieses Mal war es Wellmann. Der Kommissar rieb sich immer wieder die Augen und fluchte leise vor sich hin.

»Bist du das, Korbinian?«

»Äh, ja … Was zum Teufel ist passiert?«

»Das erzähle ich dir im Wagen. Wir müssen Sabine Braun folgen.«

Sie rannten zurück zum Dienstwagen. Korbinian gab Gas, und das Auto nahm mit quietschenden Reifen an Fahrt auf. Sie flogen um die Ecke in Richtung Degernau.

»Ich sehe sie nicht mehr!«, rief Korbinian.

Er schlug frustriert auf das Lenkrad.

»Ich weiß, wo sie hin ist«, sagte Wellmann. »Da vorne über die Bahnschienen und nach der Unterführung scharf links.«

Als sie in den Feldweg einbogen, sahen sie in einiger Entfernung tatsächlich die Rücklichter des BMW.

Die Hoffnung, die die Stimme in Linda hatte aufkeimen lassen, war sofort wieder in sich zusammengefallen, als ein Vibrieren der Karosserie angezeigt hatte, dass der Motor gestartet worden war. Das Fahrzeug setzte sich in Bewegung, und ihr Kopf schlug gegen die Wand des Kofferraums.

Der Wagen fuhr Vollgas. Linda wurde wild hin und her geschüttelt. Jede Bodenunebenheit versetzte ihr einen Schlag in den Rücken. Sie würde am ganzen Körper blaue Flecke davontragen, sofern sie das hier überlebte.

Nach einer gefühlten Ewigkeit bremste das Auto ab. Der Motor erstarb. Sie hörte eine Tür. Dann Schritte. Die Klappe des Kofferraums wurde aufgerissen, und sie starrte in die glühenden Augen einer Katze.

»Aussteigen!«

Die Gestalt löste Lindas Fesseln. Dann presste sich ein kalter Metallring gegen ihre Schläfe. Es war der Lauf ihrer Dienstwaffe. Verdammt, die Katze musste ihre Wohnung durchsucht haben, nachdem sie sie überwältigt und eingesperrt hatte. Linda stieg aus dem Kofferraum. Ihre Glieder schmerzten.

»Los, vorwärts«, sagte die Frau im Katzenkostüm.

Und nun endlich erkannte Linda sie.

»Sie sind Sabine Braun!«

»Halt die Klappe!«, herrschte die Journalistin sie an und schob sie den Weg entlang. Sie traten unter zwei Bäumen hindurch auf den Pfad, der zur Liegewiese des Lindenweihers führte. Der frische Schneefall der letzten Tage hatte alle Spuren überdeckt, die die Ermittler nach dem Fund der beiden toten Teenager hinterlassen hatten. Eine jungfräulich weiße Decke lag über allem gebreitet.

Sabine Braun bugsierte sie zu der Bank, auf der Jana Krüger gelegen hatte, und zwang sie, sich zu setzen. Die Kälte drang schneidend durch den dünnen Legginsstoff, und gleich darauf wurde es unangenehm feucht. Ihr Hintern schmolz den Schnee auf dem Holz.

»Was soll das hier?«, fragte Linda.

»Schnauze!« Die Journalistin richtete die Waffe auf sie. »Du hast hier gar nichts zu melden, du Schlampe.«

»Da steht der BMW!«, rief Korbinian.

Er parkte den Dienstwagen daneben und stieg aus. Wellmann rieb sich die Augen. Das Brennen ließ langsam nach. Er holte seine Pistole aus dem Handschuhfach, dann folgte er Korbinian.

»Da drin. Sie war da drin!«, klagte der und zeigte auf den offen stehenden Kofferraum.

»Wer?«, fragte Wellmann.

»Linda!«, rief Korbinian.

Wellmann schaute ihn irritiert an. Korbinian erzählte ihm von den Geräuschen, die er gehört hatte. Er hatte zwar keinen Beweis dafür, dass es Linda gewesen war, die versucht hatte, auf sich aufmerksam zu machen, aber sein Bauchgefühl sagte ihm, dass sich niemand anders in diesem Kofferraum befunden hatte.

»Beruhige dich. Wir müssen jetzt besonnen handeln«, sagte Wellmann. Er holte sein Handy aus der Tasche und setzte einen Notruf ab. Dann zog er Korbinian mit sich den Weg zum Lindenweiher entlang.

Sie fanden die beiden Frauen bei der Bank.

»Keinen Schritt weiter!«, rief Sabine Braun.

»Das Spiel ist aus, Sabine!«, sagte Wellmann. »Die Kollegen werden gleich hier sein. Gib auf!«

»Aufgeben?«, kreischte sie, wirr lachend. »Warum sollte ich aufgeben?«

Sie presste die Mündung der Waffe fester an Lindas Schläfe. Wellmann hob die Hände

»Sei vernünftig, Sabine! Was hast du davon, einen weiteren Menschen zu töten? Leg die Waffe weg!«

»Ich habe niemanden getötet«, gab sie schroff zurück.

»Du hast Gerhard Werner angestiftet, die beiden Teenager zu töten.«

Ein spöttisches Lächeln umspielte ihre Lippen. »Das wird nicht wahrer, wenn du es öfter wiederholst. Welche Beweise hast du für diese hanebüchenen Anschuldigungen?«

»Gerhard hat gestanden«, sagte Wellmann. Er sprach die Lüge aus, ohne zu zögern.

Sabines Augenbrauen zogen sich zusammen. Sie stieß ein grelles Lachen hervor.

»Das glaube ich nicht«, sagte sie.

Aus der Ferne war das Geräusch von näher kommenden Martinshörnern zu hören.

»Es ist aus, Sabine!«, beschwor Wellmann sie. »Leg die Waffe weg!«

Er trat einen Schritt auf sie zu und streckte die Hand aus.

»Bleib, wo du bist!«, rief Sabine. Sie nahm die Pistole von Lindas Schläfe und richtete sie auf Wellmann.

Linda spürte noch immer die kalte Berührung des Pistolenlaufs auf ihrer Haut, auch wenn Sabine Braun jetzt mit der Waffe auf Wellmann zielte. Aus den Augenwinkeln sah sie Sabines Hand, den Zeigefinger auf dem Abzug der Pistole.

Wellmann war nur wenige Meter von ihnen entfernt. Er war nicht zu verfehlen, wie er dort stand, die Hand noch immer ausgestreckt.

»Gib auf, Sabine!«, sagte er noch einmal.

»Hau ab, oder ich erschieße dich. Das ist mein voller Ernst!«

Er schüttelte den Kopf und trat einen weiteren Schritt auf sie zu.

»Du wirst mich nicht erschießen.«

Sabine schnaubte. »Warum bist du dir da so sicher?«

»Weil du mich dann endgültig an Monika verlieren würdest.«

Plötzlich zitterte die Hand, die die Pistole hielt. Linda wandte den Kopf leicht zur Seite. In Sabines Gesicht spiegelte sich Überraschung wider. Und noch eine andere Emotion. Aber

Linda war es egal, welches Gefühl das war. Mit aller Kraft drückte sie ihre Füße in den Boden und warf sich mit einem Satz auf die Journalistin. Sie prallte mit voller Wucht gegen sie und stieß sie um. Im Fallen löste sich ein Schuss. Linda knallte auf etwas Kaltes, Hartes, und ein scharfer Schmerz zuckte durch ihren Körper. Ein Knirschen setzte ein, wuchs sich zu einem ohrenbetäubenden Knacksen aus. Ihr letzter Gedanke, als das Eis des Lindenweihers zerbarst, galt Wellmann. Wie sehr sie es bedauerte, nicht länger mit ihm zusammengearbeitet zu haben. Dann raubte ihr das eisige Wasser den Atem und riss sie in die schwarze Tiefe.

48

Sechs Stunden später saßen Wellmann und Korbinian mit Sabine im Vernehmungszimmer. Sie hatten sie aus dem Lindenweiher gezogen. Genau wie Linda, die die Vernehmung vom Nebenraum aus verfolgte, war sie tropfnass und unterkühlt gewesen. Aber der Notarzt hatte sie untersucht und für okay befunden. Und so hatten sie sie direkt in die Dienststelle gebracht. Stundenlang hatte Sabine geleugnet, Monika getötet zu haben. Sie hatte überhaupt alles geleugnet. Dann hatte sie einen Anwalt verlangt und sich mit dem besprochen.

Währenddessen hatten Wellmann, Korbinian und Linda in ihrem Büro gesessen und Kaffee getrunken. Es war offensichtlich, dass das eine lange Nacht werden würde, doch keiner beschwerte sich. Die Spannung war mit Händen zu greifen. Es fehlte nur noch Sabines Geständnis, und der Fall wäre gelöst.

Zwar hatte sie sich durch Lindas Entführung in große Schwierigkeiten gebracht. Und die Indizienkette, die sie im Laufe der Ermittlungen gegen sie geflochten hatten, deutete mit einer hohen Wahrscheinlichkeit auf Sabine als treibende Kraft hinter dem Mord an Jana Krüger hin. Aber erst ein vollumfängliches Geständnis würde das justiziabel machen.

Zwei ewig lange Stunden später hatte Sabines Anwalt endlich an die Tür des Büros geklopft und signalisiert, dass seine Mandantin sich bereit erklärt hatte, zu den Vorwürfen Stellung zu nehmen. Wellmann und Korbinian gingen in das Vernehmungszimmer, in dem Sabine bereits auf sie wartete. Der Anwalt nahm neben ihr Platz.

Korbinian schaltete das Diktiergerät ein und sprach die üblichen einleitenden Worte, ehe Wellmann mit der Befragung fortfuhr. Er ging gleich in die Vollen. »Warum hast du Monika getötet?«

»Ich hätte nicht gedacht, dass das jemals rauskommt«, sagte Sabine. Sie wirkte zerknirscht, so als ob ihr das eiskalte Wasser des Weihers und die stundenlangen Vernehmungen jeglichen Widerstandsgeist ausgetrieben hätten.

»Es ist so lange gut gegangen. Aber der Kuster konnte seine blöde Klappe nicht halten. Gerhard hat es ihm erzählt. Ein nützlicher, aber leider auch sehr geschwätziger Idiot. Aber jetzt ist es wohl an der Zeit für mich, reinen Tisch zu machen. Ja, ich habe Monika getötet. Ich habe sie abgefüllt. Sie wollte nichts trinken. Aber ich habe sie so lange beschwatzt, bis sie den Whiskey gekippt hat. Er hat ihr geschmeckt. Gut geschmeckt hat er ihr. Ich hatte die Schlaftabletten meines Vaters untergemischt. Und als sie dann eingeschlafen ist, hat Gerhard sie in den Weiher geworfen. Schon praktisch, wenn man jemanden hat, der einem aus der Hand frisst. Der Gerhard war immer scharf auf mich. Und das habe ich zu nutzen verstanden. Ich habe ihn mir all die Jahre warmgehalten. Wie genügsam er war. Ganz anders als Uli, dieses notgeile Schwein.«

»Du warst bei Gerhard. Heute Morgen. Das waren deine Spuren im Garten«, sagte Wellmann.

»Gut kombiniert, Sherlock. Seine Frau und die Kinder haben ihre Eltern besucht, und da hat Gerhard die Belohnung dafür bekommen, dass er mit seiner Aussage Uli ins Verderben reißt. Beinahe hätte es geklappt.«

»Warum musste Monika sterben?«, fragte Wellmann noch einmal. Er spürte, wie ihm Tränen in die Augen traten, und wischte sie beiseite.

»Warum?« Sabine stieß ein bitteres Lachen aus. »Das weißt du doch. Weil sie mir im Weg gestanden hat. Du warst für mich bestimmt. Das hat sie nicht einsehen wollen. Und du leider auch nicht. Damals zumindest.«

»Aber du warst mit Uli zusammen.«

»Er war ein Notbehelf. Zweite Wahl sozusagen.«

Wellmann schüttelte den Kopf. »Wie hast du dir das vorgestellt? Dass ich zu dir komme, weil Monika tot ist?«

Sie verzog ihren Mund zu einem schmalen Strich. »Zuerst schon«, erwiderte sie. »Ich dachte, dass es bei euch eh nicht lange halten würde, dass du erkennen würdest, wer wirklich für dich bestimmt war. Doch je länger ihr zusammen wart, desto mehr ist mir klar geworden, dass du nie zu mir kommen würdest, selbst wenn Monika tot wäre. Ihr habt euch geliebt. Richtig geliebt. Deshalb habe ich Monika getötet. Als Strafe für dich. Ich war für dich bestimmt, nicht sie. Mir hättest du deine Liebe schenken sollen, nicht ihr. Ich habe sie getötet und dein Herz gebrochen.«

»Und Jana Krüger? Warum hast du sie umbringen lassen? Robert Miller hätte doch gereicht.«

»Es war ein großes Spiel. Und beinahe hätte ich es gewonnen. Ich wollte den Verdacht auf Uli lenken, da hast du richtig geraten. Er sollte nicht nur wegen der Drogensache ins Gefängnis. Uli sollte wegen Mordes verurteilt werden und dafür büßen, dass er mich all die Jahre behandelt hat wie eine bessere Nutte.«

Sie atmete schwer. Ihr Gesicht war puterrot angelaufen.

»Robert wollte auch mich erpressen. Zwanzigtausend Euro wollte er von mir. Und die sollte ich ihm auf den Fasnetsball mitbringen. So ein Schwachkopf. Es war ein Leichtes, Gerhard dazu zu bringen, dieser Jana aufzulauern. Ich habe ihm gesagt, dass ich einen todsicheren Plan habe, um den Verdacht auf Uli zu lenken. Gerhard hat zuerst gar nicht kapiert, dass er damit sein eigenes Grab schaufeln würde. Aber selbst, als er verstanden hat, dass er den Kopf dafür hinhalten muss, hat er mir weiter aus der Hand gefressen wie ein braves Hündchen. Das muss wahre Liebe sein.«

Sie lachte wieder.

»Er hat das Mädchen überwältigt und zum Lindenweiher gebracht. Dann hat er ihr das Meth eingeflößt. Sie ist nicht mehr aufgewacht. Und ihr lieber kleiner Freund hat sich so verhalten wie vorgesehen.«

»›Oh gib mir deine Hand, du, so wie ich ins Buch des grausen Unglücks eingeschrieben‹«, sagte Wellmann.

»Was soll das?«, fragte sie.

»Das ist doch aus ›Romeo und Julia‹, oder? Du hast das gestern Abend zu mir gesagt, als wir uns im ›Tweety‹ getroffen haben. Warum ausgerechnet dieses Stück? Warum diese Inszenierung? Das war doch viel zu riskant.«

»Du hast es immer noch nicht kapiert, oder?«

Wellmann schüttelte den Kopf.

»Erkläre es mir«, bat er sie.

»Vor drei Wochen habe ich dich gesehen. Beim Bäcker. Du hast mich nicht gesehen, ich habe mich versteckt. Vor Schreck und weil mein Herz so schnell geschlagen hat, dass ich fürchtete, es würde mir zerspringen. Es war so furchtbar. Ich hatte geglaubt, all die schrecklichen Gefühle nach zwanzig Jahren endlich hinter mir gelassen zu haben. Die Enttäuschung, den Hass auf dich und auf mich, weil ich nicht gut genug für dich war. Die Trauer um mein Leben, das deine Zurückweisung zerstört hatte, ehe es überhaupt begonnen hatte. All das glaubte ich, überwunden zu haben. Und dann tauchst du auf. Und mit einem Mal war alles wie damals. Es mag stimmen, dass Monika und du das perfekte Paar waren. Aber für mich warst du immer der perfekte Mann. Es konnte keinen anderen geben. ›Romeo und Julia‹ handelt von der einen großen Liebe, die selbst der Tod nicht auslöschen kann. Ich habe Jana und Robert zusammen gesehen. Weißt du, wie sehr er Monika glich? Dieselben Augen, dieselbe Nase, derselbe Mund. Und dieselbe Verliebtheit, wenn er mit seiner Freundin Hand in Hand durch Hochdorf spazierte. Das war zu viel. Das habe ich nicht ertragen. Ich wollte, dass er an seiner Liebe zerbricht. Deshalb habe ich Werner angewiesen, das Mädchen zu töten und alles bereitzustellen, dass der Junge sich sein wertloses Leben nehmen kann.«

»Warum dann der Facebook-Post?«, fragte Wellmann.

»Der galt dir«, knurrte sie. »Ich wollte dich leiden sehen. Ich wollte, dass du dich in die Ermittlungen reinkniest, dass du dieselben Scheißgefühle noch einmal durchleben musst wie ich. Deshalb habe ich den Lindenweiher zum Schauplatz erkoren, und deshalb habe ich Shakespeare zitiert. Alles nur für dich.«

»Ich verstehe nicht, warum Sie Linda entführt haben. Das war doch gar nicht mehr nötig, nachdem Werner Ihren

Ex-Mann als den Alleinschuldigen hingestellt hat«, schaltete sich plötzlich Korbinian ein.

»Ich habe sie entführt, um auf Nummer sicher zu gehen«, sagte sie. »Zwar habe ich nicht daran gezweifelt, dass Gerhard mich aus der Sache heraushalten würde, aber ich wusste nicht, was er aussagt. Und ich wusste nicht, ob es ausreichen würde, Uli wegen Mordes anzuklagen. Deshalb habe ich mir diese naive Tussi hier gekrallt und bin auf den Ball gefahren. Ich wäre ein Weilchen geblieben, bis genügend Hochdorfer mich gesehen hätten, und dann wäre ich zum Weiher gefahren, hätte die liebe Linda erschossen und die Waffe danach in Ulis Haus versteckt. Doch dann ist Tobias aufgekreuzt und hat meinen Ex verhaftet. Und da bin ich wohl ein bisschen leichtsinnig geworden. Ich wollte mit ihm anstoßen, seinen Ermittlungserfolg mit ihm feiern, ihn in seinem letzten Anflug von Hochgefühl erleben, ehe ich den finalen Akt im Drama seines Lebens eröffnet hätte. Aber da habe ich wohl mein Blatt überreizt.« Sabine sah einen Augenblick lang nachdenklich ins Leere, dann ging ein Ruck durch sie, und ihre Kiefer mahlten.

»Beinahe wäre ich damit davongekommen.«

Wellmann nickte. »Aber eben nur beinahe.«

Epilog

Aschermittwoch

Es war eine große Beerdigung. Die Schweinhauser Pfarrkirche war bis auf den letzten Platz mit schwarz gekleideten Menschen gefüllt gewesen. Wellmann hatte ganz hinten gestanden und die Totenmesse für Robert Miller verfolgt. Auch im Trauerzug zum Friedhof hielt er sich möglichst weit am Schluss. Er wollte nicht auffallen. Nur da sein, um ein stummes Zeichen der Anteilnahme zu setzen.

Er sah Roberts Eltern. Eberhard Miller, gefasst und aufrecht, und Sylvia Miller mit rot geweintem Gesicht. Die Verwandtschaft folgte ihnen, Freunde und Bekannte. Und schließlich die Dorfgemeinschaft. Es schien fast so, als ob ganz Schweinhausen auf den Beinen wäre, um Robert das letzte Geleit zu geben.

Wellmann stand an die Friedhofsmauer gelehnt und beobachtete, wie der Priester die Riten vollzog. Es war dasselbe Grab, in dem Roberts Großeltern lagen. Und Monika, seine Tante. Wellmann war nie dort gewesen, aus Angst, der Schmerz könnte ihn überwältigen. Und auch heute hielt er sich lieber in einem sicheren Abstand.

»Ach, da bist du«, sagte eine Frauenstimme, und Linda gesellte sich zu ihm. Sie war bleich, was durch ihre schwarze Kleidung noch mehr unterstrichen wurde.

»Und, hast du dich inzwischen wieder ein bisschen aufgewärmt?«, fragte Wellmann.

Eine feine Röte überzog ihr Gesicht, und der Kommissar lächelte.

»Ich habe ein heißes Bad genommen. Jetzt fühle ich mich wie neu geboren«, sagte sie. »Wo ist Korbinian?«

»Der lässt sich entschuldigen. Er ist bei seiner Mutter im Krankenhaus. Sie hatte vergangene Woche einen Schlaganfall.

Und gestern konnte er sie aus nachvollziehbaren Gründen nicht besuchen«, erwiderte Wellmann.

Lindas Augen weiteten sich. »Krass! Das wusste ich gar nicht.«

»Er überlegt sich, zu ihr zu ziehen. Da gilt wohl der alte Spruch, den meine Mutter bei solchen Gelegenheiten immer anbrachte: Unter jedem Dach ein Ach.«

Der Priester sprach den Segen über das Grab, und der Totengräber ließ den Sarg in die Grube hinab. Von der anderen Seite des Friedhofs her trat eine schwarz gekleidete Gestalt auf die Trauergemeinde zu.

»Oje, wenn das mal keinen Eklat gibt«, sagte Linda. »Das ist Janas Vater.«

Wellmann schüttelte den Kopf.

»Ich glaube nicht, dass die sich gleich prügeln werden, schau mal.«

Inzwischen hatten auch Roberts Eltern den Neuankömmling bemerkt. Durch die Reihen der Trauergäste huschte ein aufgeregtes Gemurmel, als Eberhard Miller auf Albert Krüger zutrat. Die beiden Männer standen sich gegenüber wie zwei Duellanten in einem Western. Doch anstatt ihre Colts zu ziehen, streckten sie ihre Arme aus und schüttelten sich die Hände.

»Wow«, sagte Linda. Sie rückte näher zu Wellmann, und der legte den Arm um sie.

»›Oh Bruder Montague, gib mir die Hand‹«, murmelte er.

Die beiden Bäcker traten gemeinsam an das Grab, und jeder ließ eine Schaufel Erde auf den Sarg fallen. Dann senkten sie die Köpfe und verharrten in stiller Trauer.

»Ich war heute Morgen sowohl bei Krüger als auch bei den Millers und habe ihnen gesagt, was tatsächlich geschehen ist«, sagte Wellmann. »Offenbar hat das ausgereicht, um bei Janas Vater so etwas wie Versöhnungsbereitschaft aufkeimen zu lassen. Ihre Mutter hat davon nichts wissen wollen. Sie hat Robert und seine Eltern verflucht.«

»Vielleicht braucht sie noch Zeit«, sagte Linda. »Zeit heilt doch alle Wunden.«

Wellmann schüttelte den Kopf. »Zeit alleine nicht. Aber Wahrheit und Zeit.«

Sie schauten schweigend zu, wie die Leute an das Grab traten und Erde hineinfallen ließen.

»Hat Braun gestanden?«, fragte Linda.

Wellmann nickte. »Er hat zugegeben, dass er die treibende Kraft hinter dem Drogenring war. Es war beinahe unerträglich, wie stolz er auf seine brillante Idee war, in das Crystal-Meth-Geschäft einzusteigen. Den Mord an Jana Krüger hat er jedoch weit von sich gewiesen. Wir haben uns dann noch einmal Gerhard Werner vorgeknöpft. Als er erfahren hat, dass Sabine gestanden hat, ist er zusammengebrochen und hat geredet. Er hat sie geliebt. Seit Jahrzehnten. Deshalb hat er ihr auch blind vertraut, als sie ihm aufgetragen hat, Jana zu töten, um Uli zu belasten. Und selbst als er erkannt hatte, dass sich die Schlinge auch um seinen Hals gelegt hatte, hat er sie noch immer gedeckt.«

»Wahnsinn«, sagte Linda.

»Tja, das nennt man wohl wahre Liebe«, sagte Wellmann trocken.

»Bei dir alles okay?«, fragte Linda. Sie hatte wieder diesen besorgten Ausdruck im Gesicht, den der Kommissar nicht an ihr mochte.

Er nickte. »Das Rätsel, das mich all die Jahre umgetrieben hat, ist gelöst. Ich bin guter Hoffnung, dass ich meinen Frieden finde.«

Nachdem der letzte Schweinhauser dem Toten die Ehre erwiesen hatte, verließen sie den Friedhof und gingen auf Lindas Twingo zu.

»Du und Korbinian«, sagte Linda. »Ihr habt euch gestern auch die Hände geschüttelt. So wie Krüger und Miller eben.«

Wellmann schmunzelte. »Na ja, zu Korbinians Verteidigung sollte man anführen, dass er gestern ziemlich unter Schock stand. Vielleicht bereut er schon bald, dass er sich bei mir bedankt hat.«

»Ja, das wäre ihm zuzutrauen. Wahrscheinlich hasst er dich nur noch mehr dafür, dass du ihm den Hals gerettet hast und er jetzt in deiner Schuld steht.«

Wellmann zuckte mit den Achseln. »Oder er sieht endlich ein, dass wir als Team nur funktionieren, wenn wir alle an einem Strang ziehen. Vielleicht haben uns die letzten Tage ja auch zusammenwachsen lassen. Wir werden sehen, was die Zukunft bringt.«

»Hoppla«, sagte Linda. »Was ist mit dir geschehen? So viel Optimismus?«

Wellmann grinste. »Die Hoffnung stirbt ja bekanntlich zuletzt, oder?«

Linda lachte herzlich auf, sodass einige der Beerdigungsgäste sich umwandten und ihr vorwurfsvolle Blicke zuwarfen. Sie hängte sich bei Wellmann ein, und gemeinsam gingen sie zu ihrem Twingo.

»Und jetzt?«, fragte sie. »Soll ich dich mitnehmen?«

Wellmann schüttelte den Kopf.

»Nein, danke. Mein Vater hat die Reifen an seinem Subaru erneuern lassen. Wir holen meine Kinder ab und fahren mit ihnen ein paar Tage ins Allgäu zum Skifahren. Das bisschen Urlaub habe ich mir doch redlich verdient, oder?«

Danksagung

Es hat drei Jahre in Anspruch genommen, aus einer einzelnen Szene, in der ein noch namenloser, verkaterter Kommissar an einem verschneiten Tatort auftaucht, den vorliegenden Roman zu entwickeln. Viele Menschen haben mich dabei mit Rat und Tat unterstützt. Ihnen allen danke ich von Herzen:

Michael Behr und Julia Hartmann haben die Rohfassung gelesen und mir wertvolle Rückmeldungen gegeben.

Die Dialektpassagen sowie geografische und kulturelle Besonderheiten Oberschwabens haben Christine Mayer, Anna Mayer und Heidi Altieri kritisch geprüft.

Meine Agentin Alisha Bionda von der Agentur Ashera hat mit dem Emons Verlag eine Heimat für »Mord im Dörfle« gefunden, wie ich sie mir besser nicht hätte wünschen können.

Christiane Geldmacher hat das Manuskript klug lektoriert und mich nebenbei vieles über das Krimischreiben gelehrt.

Das Team des Emons Verlags hat mich mit großer Herzlichkeit empfangen und das Kunststück vollbracht, eine simple Text-Datei in das wunderbare Taschenbuch zu verwandeln, das Sie nun in Händen halten.

Wie immer hat mir meine Familie mit viel Verständnis den Rücken frei gehalten, damit ich diesen Krimi schreiben konnte. Vielen Dank dafür!

Und last, but not least: Die Zitate aus Shakespeares »Romeo und Julia« habe ich der Übersetzung von August Wilhelm Schlegel entnommen. Die im Vergleich dazu deutlich holprigere Variante von Julias Sterbeszene habe ich selbst übersetzt.